MARY HIGGINS CLARK
SO SCHWEIGE DENN STILL

MARY HIGGINS CLARK

SO SCHWEIGE DENN STILL

THRILLER

Aus dem Amerikanischen von Karl-Heinz Ebnet

HEYNE‹

Die Originalausgabe KISS THE GIRLS AND MAKE THEM CRY
erschien erstmals 2019 bei Simon & Schuster, New York.

Sollte diese Publikation Links auf Webseiten Dritter enthalten,
so übernehmen wir für deren Inhalte keine Haftung, da wir uns
diese nicht zu eigen machen, sondern lediglich auf deren Stand
zum Zeitpunkt der Erstveröffentlichung verweisen.

Verlagsgruppe Random House FSC® N001967

Deutsche Erstausgabe 09/2020
Copyright © 2019 by Nora Durkin Enterprises, Inc.
All rights reserved. Published by arrangement
with the original publisher, Simon & Schuster Inc.
Copyright © 2020 der deutschsprachigen Ausgabe
by Wilhelm Heyne Verlag, München,
in der Verlagsgruppe Random House GmbH,
Neumarkter Str. 28, 81673 München
Redaktion: Claudia Alt
Printed in Germany
Umschlaggestaltung: Eisele Grafik.Design, München,
unter Verwendung von iStockphoto Europe GmbH (442656)
Herstellung: Helga Schörnig
Satz: Leingärtner, Nabburg
Druck und Bindung: GGP Media GmbH, Pößneck
ISBN: 978-3-453-27270-5

www.heyne.de

In liebender Erinnerung an
John Conheeney,
meinen außergewöhnlichen Ehemann

Prolog

12. Oktober

Gina Kane streckte sich auf ihrem Fensterplatz aus. Ihre Gebete waren anscheinend erhört worden. Die Türen des Jumbojets schlossen sich, die Flugbegleiter bereiteten sich auf den Start vor. Der mittlere der drei Sitze auf ihrer Seite war noch frei und würde es während des sechzehnstündigen Direktflugs von Hongkong nach New York City auch bleiben. Ein zweiter Glücksfall war der Passagier neben dem freien Platz. Sofort nach dem Anschnallen hatte er zwei Schlaftabletten eingeworfen, jetzt hatte er die Augen schon geschlossen, und auch daran würde sich in den nächsten Stunden wohl nichts mehr ändern. Perfekt. Sie wollte nachdenken, sie hatte keine Lust auf Small Talk.

Ihre Eltern hatten die Reise über ein Jahr lang geplant. Wie aufgeregt sie gewesen waren, als sie ihr am Telefon mitgeteilt hatten, dass sie fest dazu entschlossen seien und auch schon die Anzahlung geleistet hätten. Wie so oft hatte ihre Mutter gesagt: »Wir wollen es angehen, bevor wir zu alt dafür sind.«

Die Vorstellung, dass sie altern könnten, hatte sie damals als absurd empfunden. Ihre Eltern hielten sich gern in der Natur auf, sie gingen wandern, unternahmen lange Spaziergänge und Radtouren. Beim jährlichen Medizincheck hatte der Arzt bei ihrer Mutter dann allerdings eine »Abnormalität« entdeckt. Ein Schock: ein inoperabler Krebstumor. Vier Monate später war ihre Mutter, bis dahin ein Ausbund an Gesundheit, tot.

Erst nach der Beerdigung hatte ihr Vater die Reise erneut erwähnt. »Ich werde sie absagen. Wenn ich die anderen Paare aus dem Wanderverein um mich herum habe, deprimiert mich das nur.« Also hatte Gina spontan eine Entscheidung getroffen. »Dad, du wirst die Reise antreten, und du wirst nicht allein sein. Ich komme mit.« So waren sie zehn Tage lang durch die kleinen Dörfer im Hochland von Nepal gewandert. Daraufhin war er mit ihr nach Hongkong geflogen, von wo er den Direktflug nach Miami genommen hatte.

In diesem Fall war es leicht gewesen, das Richtige zu erkennen und es auch zu tun. Ihr Vater hatte die Reise sehr genossen. Genau wie sie. Sie hatte ihre Entscheidung nie infrage gestellt.

Aber wie stand es um ihr Urteilsvermögen in Hinblick auf Ted? Er war ein netter Kerl, kein Zweifel. Sie waren beide zweiunddreißig Jahre alt, und er war überzeugt, dass sie die Frau war, mit der er sein Leben verbringen wollte. Obwohl es ihm nicht gefiel, so lange von ihr getrennt zu sein, hatte er sie dazu ermutigt, ihren Vater zu begleiten. »Die Familie sollte immer an erster Stelle stehen.« Das hatte er oft gesagt bei den Treffen mit seiner weitverzweigten Verwandtschaft.

Sie hatte also viel Zeit zum Nachdenken gehabt, trotzdem wusste sie nach wie vor nicht, was sie Ted sagen sollte. Er hatte ein Recht darauf zu erfahren, wie es mit ihnen beiden weiterging. *Wie oft kann ich noch sagen, gib mir noch ein bisschen Zeit?*

Wie immer endeten ihre Grübeleien in einer Sackgasse. Zur Ablenkung nahm sie ihr iPad zur Hand und gab das Passwort für die E-Mail ein. Sofort füllte sich der Bildschirm mit neuen Nachrichten, vierundneunzig insgesamt. Nach einigen Klicks ließ sie sich die Mails nach dem Namen der Absender geordnet anzeigen. Keine Antwort von CRyan. Überrascht und enttäuscht verfasste sie eine neue Nachricht, gab CRyans Adresse ein und schrieb:

Hallo, C, ich hoffe, Sie haben die Mail, die ich vor zehn Tagen ge-
schickt habe, erhalten. Ich bin sehr gespannt darauf, mehr von
dem »schrecklichen Erlebnis« zu hören. Bitte melden Sie sich
baldmöglichst. Mit herzlichen Grüßen, Gina.

Bevor sie auf SENDEN drückte, fügte sie noch ihre Telefonnummer an.

Die einzige andere Mail, die sie öffnete, war von Ted. Ganz sicher würde er ihr vorschlagen, sich mit ihm zum Essen zu treffen. Damit sie reden konnten. Mit einer Mischung aus Erleichterung und Enttäuschung las sie, was er geschrieben hatte.

Hallo, Gina,
ich zähle die Tage, bis ich dich wiedersehe. Leider wird das Zäh-
len noch etwas weitergehen. Ich reise nämlich heute Abend ab,
die Bank hat mich mit einem Spezialprojekt betraut. Ich werde
mindestens eine Woche in L. A. sein. Ich kann dir nicht sagen,
wie enttäuscht ich bin.
    Aber ich verspreche dir, wenn ich zurück bin, holen wir alles
nach. Ich rufe dich morgen an.
    Alles Liebe,
    Ted

Über Lautsprecher wurde verkündet, die Maschine sei startklar und alle elektronischen Geräte müssten ausgeschaltet werden. Sie steckte ihr iPad weg, gähnte und schob sich ihr Kissen zwischen Kopf und Kabinenwand.

Die Mail, die sie zehn Tage zuvor erhalten hatte – die, die ihr Leben in Gefahr bringen würde –, ging ihr noch im Kopf herum, während sie langsam eindöste.

ERSTER TEIL

1

Ginas Wohnung lag an der Ecke 82nd Street und West End Avenue. Ihre Eltern hatten sie ihr überlassen, als sie in Rente gegangen und nach Florida gezogen waren. Die Wohnung war geräumig, verfügte über drei Zimmer sowie über eine ganz anständige Küche und rief den Neid ihrer Freunde hervor, von denen sich viele in winzige Einzimmerapartments zwängen mussten.

Sie stellte ihre Taschen im Schlafzimmer ab und sah auf die Uhr. 23.30 Uhr in New York, 20.30 Uhr in Kalifornien. Ein guter Zeitpunkt, um Ted anzurufen. Er meldete sich nach dem ersten Klingeln.

»Na, fremde Frau«, begrüßte er sie mit tiefer, liebevoller Stimme, die Gina mit einem warmen Gefühl erfüllte. »Ich kann dir gar nicht sagen, wie sehr du mir gefehlt hast.«

»Du hast mir auch gefehlt.«

»Es bringt mich noch um, dass ich eine ganze Woche in L. A. festsitze.«

Sie plauderten einige Minuten, bevor er das Gespräch beendete: »Ich weiß, du bist gerade erst nach Hause gekommen, wahrscheinlich bist du erschöpft. Bei mir stehen morgen unzählige Konferenzen an. Ich ruf dich an, wenn es hier etwas ruhiger geworden ist.«

»Gut«, sagte sie.

»Ich liebe dich.«

»Ich dich auch.«

Erst als sie auflegte, wurde ihr so richtig klar, dass Teds

unerwartete Reise nach Kalifornien auch ein Segen war. Natürlich hätte sie ihn wirklich gern gesehen, aber sie war auch erleichtert, dass sie nun nicht das Gespräch führen musste, zu dem sie noch nicht bereit war.

Als Gina am nächsten Morgen um halb sechs aus der Dusche trat, war sie überrascht, wie gut sie sich fühlte. Sie hatte fast acht Stunden im Flugzeug geschlafen und weitere vier nach ihrer Ankunft zu Hause. Sie spürte nichts vom gefürchteten Jetlag, unter dem viele nach einer langen Flugreise litten.

Sie konnte es kaum erwarten, wieder zur Arbeit zu kommen. Sofort nach ihrem Journalistik-Abschluss am Boston College hatte sie eine Stelle als Redaktionsassistentin bei einer kleinen Zeitung auf Long Island ergattert. Aufgrund von Etatkürzungen waren viele der langjährigen Mitarbeiter entlassen worden, weshalb sie bereits ein Jahr später große Artikel und Features verfasste.

Ihre Beiträge über Wirtschaft und Finanzen hatten den Herausgeber von *Your Money* auf sie aufmerksam gemacht. Begeistert war sie daraufhin zu dem unkonventionellen neuen Blatt gewechselt und hatte jede Minute der sieben Jahre genossen, die sie dort gearbeitet hatte. Aber auch hier hatten das nachlassende Interesse an den Printmedien, der Rückgang der Werbeeinnahmen ihre Spuren hinterlassen. Seit drei Jahren war *Your Money* nun schon eingestellt, und seitdem war sie als freie Journalistin tätig.

Zum einen gefiel ihr die Freiheit, jene Themen verfolgen zu können, die sie interessierten, zum anderen vermisste sie aber auch den regelmäßigen Lohneingang und die Krankenversicherung, in deren Genuss sie als Festangestellte gekommen war. Klar konnte sie sich aussuchen, worüber sie schreiben wollte, letztlich musste ihr jemand die Story aber auch abkaufen.

Der *Empire Review* hatte sie damals gerettet. Während eines

Besuchs bei ihren Eltern in Florida hatten Freunde von ihnen entsetzt erzählt, dass ihr achtzehnjähriger Enkel an seinem College bei einem Initiationsritual der Studentenverbindung mit Brandeisen traktiert worden war. Dabei waren ihm auf der Oberschenkelrückseite griechische Buchstaben eingebrannt worden. Beschwerden bei der Universitätsverwaltung verhallten ungehört. Wichtige Geldgeber unter den Ehemaligen drohten damit, Spenden zurückzuhalten, sollte gegen die »Greek Life«-Verbindung rigoros durchgegriffen werden.

Der *Empire Review* hatte sich sofort bereit erklärt, die Geschichte zu veröffentlichen. Man gab ihr einen üppigen Vorschuss und ein großzügiges Reise- und Spesenkonto. Der Artikel, als er im *ER* erschien, war eine Sensation. Die landesweiten Abendnachrichten griffen das Thema auf, sogar *60 Minutes* brachte einen Beitrag darüber.

Der Erfolg der Story machte sie als investigative Journalistin bekannt. Sie wurde überflutet mit »Tipps« von Möchtegern-Whistleblowern und allen möglichen Leuten, die behaupteten, Kenntnisse über einen gewaltigen Skandal zu haben. Manchmal hatte das tatsächlich zu Artikeln geführt, die veröffentlicht wurden. Es kam nur darauf an, zwischen den lohnenswerten Spuren und den Spinnern, den unzufriedenen Ex-Angestellten und Verschwörungstheoretikern zu unterscheiden.

Gina sah auf ihre Uhr. Am nächsten Tag stand ein Treffen mit dem Chefredakteur der Zeitschrift, Charles Maynard, an, der solche Gespräche üblicherweise mit dem Satz begann: »Also, Gina, worüber wollen wir denn als Nächstes schreiben?« Sie hatte also noch gut vierundzwanzig Stunden Zeit, um sich eine gute Antwort zu überlegen.

Sie zog sich schnell an, entschied sich für Jeans und einen warmen Rollkragenpullover. Nach dem Make-up betrachtete sie sich im Ganzkörperspiegel. Sie glich sehr ihrer Mutter, wie sie sie von frühen Aufnahmen kannte, als sie Ballkönigin an der Michigan State University gewesen war. Weit auseinanderstehende Augen, eher grün als haselnussbraun, dazu ein klassisches Profil. Kastanienbraune, schulterlange Haare, die sie noch größer aussehen ließen als ihre ein Meter siebzig.

Kurz darauf steckte sie einen tiefgefrorenen Bagel in den Toaster und machte sich Kaffee. Als alles fertig war, ging sie mit dem Teller und der Tasse zum Tisch am Wohnzimmerfenster, wo die Morgensonne zu sehen war, die sich gerade über den Horizont erhob. Zu keiner anderen Tageszeit war ihr der Tod ihrer Mutter so präsent wie jetzt, zu keiner anderen Tageszeit hatte sie so sehr das Gefühl, dass die Zeit zu schnell dahinraste.

Sie ließ sich am Tisch nieder – ihrem Lieblingsarbeitsplatz – und klappte den Laptop auf. Ungelesene Mails erschienen auf dem Bildschirm.

Ihr erster Blick galt den Nachrichten, die neu eingetroffen waren, seitdem sie sie im Flugzeug gecheckt hatte. Nichts dringendes. Noch wichtiger aber: nichts von CRyan.

Danach überflog sie die Mails der vergangenen Woche, in der sie sich in einer der wenigen noch vorhandenen Weltgegenden aufgehalten hatte, wo es kein WLAN gab.

- Die Mitteilung einer Frau aus Atlanta, die angeblich Beweise hatte, denen zufolge der recycelte Gummi auf Schulspielplätzen die Kinder krank machte.
- Eine Einladung, im nächsten Monat vor der ASJA, der American Society of Journalists and Authors, einen Vortrag zu halten.
- Eine Mail von jemandem, der im Besitz eines nach der Autopsie verloren gegangenen Knochenfragments von Präsident Kennedys Schädel sein wollte.

Obwohl sie sie mittlerweile wahrscheinlich auswendig kannte, ging sie zur Mail zurück, die sie am Tag ihrer Abreise nach Nepal erhalten hatte.

Hallo, Gina, ich glaube nicht, dass wir miteinander zu tun hatten, als wir am Boston College waren. Wir waren einige Jahre auseinander. Gleich nach dem Uni-Abschluss habe ich bei REL News angefangen. Dort hatte ich mit einem der obersten Vorgesetzten ein schreckliches Erlebnis. (Ich war nicht die Einzige.) Jetzt fürchtet man, ich könnte alles ausplaudern. Deshalb hat man mir eine Vertraulichkeitsvereinbarung angeboten. Mehr möchte ich dazu in der Mail nicht schreiben. Können wir uns irgendwo treffen?

Sie hatte sich zu erinnern versucht, warum der Name CRyan ihr bekannt vorkam. Hatte es eine Courtney Ryan an der Uni gegeben?

Gina las die Mail ein weiteres Mal und überlegte, ob sie irgendwas übersehen hatte. Das Medienunternehmen REL News gehörte zu den Lieblingen der Wall Street. Die Zentrale lag an der Ecke 55th Street und Avenue of the Americas, der Sixth Avenue, wie die meisten New Yorker sie immer noch nannten. In einem Zeitraum von zwanzig Jahren hatte es sich von einer kleinen Gruppe von Kabel-TV-Sendern zu einem nationalen Medienkonzern entwickelt. Ihre Einschaltquoten hatten CNN überholt und näherten sich dem Marktführer Fox. Das inoffizielle Motto lautete:»REaL News – nicht die der anderen Sorte.«

Als Erstes war ihr natürlich sexuelle Belästigung in den Sinn gekommen. Moment mal, hatte sie sich gebremst. Du weißt doch gar nicht, ob»CRyan« überhaupt eine Frau ist. Du bist Journalistin. Urteile nicht vorschnell. Halt dich an die Fakten. Es gab nur eine Möglichkeit, das herauszufinden.

Sie las sich noch einmal die Antwort durch, die sie verschickt hatte.

Hallo, Mr./Mrs. Ryan, ich bin sehr daran interessiert, mit Ihnen über das »schreckliche Erlebnis« zu reden, wie Sie es genannt haben. Ich werde in nächster Zeit außer Landes sein und auch keinen Mailzugang haben, bin aber ab dem 13. Oktober wieder hier. Wie Sie wahrscheinlich wissen, wohne und arbeite ich in New York City. Wo sind Sie? Es würde mich sehr freuen, von Ihnen zu hören. Mit den besten Grüßen, Gina.

Es fiel ihr schwer, sich zu konzentrieren, während sie durch die Mails scrollte. Sie hatte gehofft, mehr als nur das zu haben, wenn sie in das bevorstehende Treffen bei der Zeitschrift ging.

Vielleicht hatte sie ja eine Nachricht hinterlassen. Die Akkuladung ihres Handys hatte beim Boarding nur noch einen Balken angezeigt, bei der Landung in New York war das Gerät längst tot gewesen. In der Mail an CRyan hatte sie ihre Nummer angegeben.

Gina ging in ihr Schlafzimmer, nahm das Handy vom Ladegerät und kehrte in die Küche zurück. Sie weckte das Gerät auf. Sofort sah sie mehrere Nachrichten, aber nichts von einer unbekannten Nummer.

Die erste stammte von ihrer besten Freundin Lisa. »Hallo, meine Liebe. Ich kann es kaum erwarten, von deiner Reise zu hören. Ich hoffe, unser Essenstermin heute Abend steht noch. Wir müssen unbedingt in einen Laden im Village, ins Bird's Nest. Ich hab nämlich einen tollen neuen Fall. Ein Ausrutscher, sozusagen. Meine Mandantin ist auf Eiswürfeln ausgerutscht, die der Barkeeper beim Martini-Mixen fallen gelassen hat, dabei hat sich die Ärmste einen dreifachen Beinbruch zugezogen. Ich möchte das Lokal auskundschaften.«

Gina musste schmunzeln. Ein Abendessen mit Lisa war immer ein großer Spaß.

Die anderen Nachrichten waren Werbeanrufe, die sie sofort löschte.

2

Gina fuhr mit der U-Bahn die vier Stationen zur 14th Street, von dort ging sie drei Blocks weit zum Fisk Building, wo die zweite bis einschließlich sechste Etage von der Zeitschrift angemietet waren.

»Guten Morgen«, wurde sie vom Securitymitarbeiter begrüßt, als sie durch den Scanner ging. Vermehrte Drohschreiben hatten dazu geführt, dass die Zeitschrift ihr Sicherheitskonzept überdacht hatte: »Sämtliche Mitarbeiter und Besucher haben sich ausnahmslos einer Sicherheitskontrolle zu unterziehen.«

Gina trat in den Aufzug und drückte auf die 6, die Etage, die der Geschäftsführung und der Redaktion vorbehalten war. Kaum hatte sie den Aufzug verlassen, als sie eine freundliche Stimme hörte. »Hallo, Gina. Na, wieder im Lande?« Jane Patwell, langjährige Assistentin der Geschäftsleitung, streckte ihr die Hand hin. Sie war fünfzig Jahre alt, leicht untersetzt und haderte permanent mit ihrer Konfektionsgröße. »Mr. Maynard empfängt Sie in seinem Büro.« Sie senkte die Stimme zu einem verschwörerischen Flüstern: »Er hat einen gut aussehenden Kerl bei sich. Ich weiß aber nicht, wer das ist.«

Jane konnte es nicht lassen, immer wollte sie Leute miteinander verkuppeln. Trotzdem wunderte sich Gina immer wieder, dass Jane auch für sie jemanden finden wollte. Vielleicht, war sie schon versucht zu sagen, ist es ja ein Serienkiller. Dann aber lächelte sie nur und folgte ihr wortlos zu einem großen Eckbüro, wo Charlie Maynard residierte, der langjährige Chefredakteur und Herausgeber des Blatts.

Charlie war nicht an seinem Schreibtisch, sondern saß – mit einem Handy am Ohr – an seinem Lieblingsplatz, dem Konferenztisch am Fenster. Er war an die eins fünfundsiebzig groß, hatte einen ordentlichen Wanst und ein weiches Gesicht. Die allmählich grau werdenden Haare waren seitlich über den Schädel gekämmt, die Lesebrille war auf die Stirn geschoben. Gina hatte einmal mitbekommen, wie ein Kollege Charlie gefragt hatte, was er mache, um fit zu bleiben. In Anspielung auf ein George-Burns-Zitat hatte er geantwortet:»Ich halte mir zugute, auf die Beerdigung meiner Freunde zu gehen, die gejoggt haben.«

Er winkte Gina zu und bedeutete ihr, sich auf dem Stuhl ihm gegenüber niederzulassen. Neben ihm saß schon der gut aussehende Typ, von dem Jane gesprochen hatte.

Der Neue erhob sich und streckte ihr die Hand entgegen. »Geoffrey Whitehurst«, stellte er sich mit britischem Akzent vor. Er war über eins achtzig groß, hatte ebenmäßige Gesichtszüge, dunkelbraune Augen und ebensolche Haare. Alles an ihm, Miene, durchtrainierte Statur, zeugten von Selbstvertrauen und Autorität.

»Gina Kane«, sagte sie, hatte aber das Gefühl, als würde er ihren Namen bereits kennen. Er dürfte Mitte bis Ende dreißig sein, dachte sie und nahm auf dem Stuhl Platz, den er ihr zurechtschob.

Charlie beendete das Telefonat. »Charlie«, sagte sie, »es tut mir furchtbar leid, dass ich Ihren Geburtstag verpasst habe.«

»Machen Sie sich nichts draus, Gina. Siebzig ist das neue Fünfzig. Wir haben alle unseren Spaß gehabt. Geoffrey haben Sie ja schon kennengelernt. Ich möchte Sie aufklären, warum er hier ist.«

»Gina«, unterbrach Geoffrey, »eins vorweg: Sie sollen wissen, dass ich ein großer Fan Ihrer Arbeit bin.«

»Danke«, antwortete Gina und fragte sich, was als Nächstes kommen würde. Was dann folgte, war ein Schock. »Nach fünfundvierzig Jahren im Zeitschriftengewerbe habe ich beschlossen, es gut sein zu lassen. Meine Frau will, dass wir mehr Zeit mit den Enkelkindern an der Westküste verbringen, und ich stimme ihr voll und ganz zu. Geoff wird meinen Posten übernehmen und von jetzt an mit Ihnen zusammenarbeiten. Die Übergabe wird offiziell erst nächste Woche bekannt gegeben, ich wäre Ihnen daher dankbar, wenn Sie bis dahin Stillschweigen bewahren.«

Er schwieg kurz, um Gina Zeit zu geben, das alles zu verdauen, dann fuhr er fort. »Wir können von Glück reden, dass wir Geoff von der Time Warner Group loseisen konnten. Bislang hat er meistens in London gearbeitet.«

»Herzlichen Glückwunsch Ihnen beiden, Charlie und Geoffrey«, sagte Gina wie fremdgesteuert. Ihr einziger Trost war, dass Geoffrey ihre Arbeit anscheinend wertzuschätzen wusste.

»Bitte nennen Sie mich Geoff«, sagte er.

»Gina«, fuhr Charlie fort, »Ihre investigativen Recherchen erstrecken sich meistens über einen Zeitraum von mehreren Monaten. Deshalb habe ich Geoff heute dazugeladen, damit er von Anfang an dabei sein kann.« Er räusperte sich. »Also, worüber wollen wir als Nächstes schreiben?«

»Ich hab einige Ideen«, sagte Gina und zog ihr kleines Notizbuch aus der Handtasche. »Ich würde gern Ihre Meinung dazu hören.« Das war an sie beide gerichtet. »Ich habe mehrere Mails mit der ehemaligen Referentin eines New Yorker Senators ausgetauscht. Sowohl die Referentin als auch der Senator sind mittlerweile im Ruhestand. Die Referentin behauptet, Beweise zu haben, wonach gegen Barzahlungen und andere Gefälligkeiten Ausschreibungen und Auftragsvergaben manipuliert wurden. Es gibt nur ein Problem. Die Referentin will vorab fünfundzwanzigtausend Dollar, bevor sie offiziell mit den Fakten herausrückt.«

Geoff hakte als Erster nach. »Meiner Erfahrung nach sind jene, die sich ihr Wissen bezahlen lassen, im Allgemeinen wenig vertrauenswürdig. Sie schmücken ihre Storys aus und übertreiben alles, weil sie auf Geld und öffentliche Aufmerksamkeit aus sind.«

Charlie lachte. »Ich denke, selbst die größten Fans der Korruption in Albany finden das Thema mittlerweile langweilig. Außerdem stimme ich zu – es ist selten empfehlenswert, seine Informanten zu bezahlen.«

Charlie deutete auf Ginas Notizbuch. »Was haben Sie noch?«

»Okay«, sagte Gina und blätterte eine Seite weiter. »Ich bin von jemandem kontaktiert worden, der lange in der Zulassungsstelle von Yale gearbeitet hat. Angeblich sollen sich die Ivy-League-Universitäten abgesprochen haben, wie viel sie ihren einzelnen Bewerbern an Studienbeihilfen gewähren.«

»Warum soll das ein Problem sein?«, fragte Geoff.

»Weil das einer Preisabsprache sehr nahe kommt. Verlierer sind die Studierenden. Man könnte das mit den Absprachen unter den Unternehmen im Silicon Valley vergleichen, die sich darauf einigen, Mitarbeiter der Konkurrenz nicht abzuwerben. Die Unternehmen profitieren davon, weil sie keine höheren Löhne zahlen müssen, um ihre Topleute zu halten. Aber die Angestellten hätten mehr verdient, wenn sie ihre Arbeitskraft gegen Höchstgebot hätten verkaufen können.«

»Es gibt acht Privatuniversitäten, stimmt das?«, fragte Geoff.

»Ja«, antwortete Charlie. »Im Durchschnitt sind bei ihnen zusammen etwa sechstausend Studierende zum Grundstudium eingeschrieben. Es betrifft also achtundvierzigtausend von insgesamt zwanzig Millionen Collegestudierenden des Landes. Ich weiß nicht, ob eine Handvoll Ivy-League-Studierende, die bei ihren Beihilfen betrogen wurde, für unsere Leser von Belang ist. Wenn Sie mich fragen, verschwenden die an diesen überteuerten Unis sowieso ihr Geld.«

Charlie war in Philadelphia aufgewachsen, hatte die Pennsylvania State University besucht und sich in seiner Loyalität gegenüber staatlichen Bildungseinrichtungen nie erschüttern lassen.

Na, wunderbar, dachte sich Gina, du hinterlässt ja einen tollen Eindruck beim neuen Boss. Sie blätterte um und versuchte etwas enthusiastischer zu klingen. »Die nächste Sache steht noch ganz am Anfang.« Sie erzählte von der Mail über das »schreckliche Erlebnis« bei REL News, die bei ihr eingegangen war, und ihrer Antwortmail darauf.

»Es ist also zehn Tage her, dass Sie geantwortet haben, und seitdem kam keine Reaktion darauf?«, fragte Charlie.

»Ja. Elf, wenn man den heutigen Tag mit dazurechnet.«

»Diese CRyan, die Ihnen die Mail geschickt hat – haben Sie irgendwas über sie herausfinden können? Kann man ihr glauben?«, wollte Geoff wissen.

»Ich nehme wie Sie an, dass es sich bei CRyan um eine Frau handelt, aber sicher wissen wir das nicht. Natürlich hab ich mir als Erstes gedacht, es würde sich um eine MeToo-Sache handeln. Aber ich weiß nicht mehr als das, was in der Mail steht. Mein Gefühl sagt mir allerdings, es könnte sich lohnen, die Sache weiter zu verfolgen.«

Geoff sah zu Charlie. »Was meinen Sie?«

»Mich würde sehr interessieren, was CRyan zu sagen hat«, antwortete Charlie. »Es dürfte allerdings einfacher sein, sie dazu zu bringen, ihre Geschichte preiszugeben, bevor sie sich auf diese Vertraulichkeitsvereinbarung einlässt.«

»Okay, Gina, machen Sie sich an die Arbeit«, bestätigte Geoff.

»Treffen Sie sich mit ihr – ich bin mir ziemlich sicher, dass wir es mit einer Frau zu tun haben. Ich möchte hören, welchen Eindruck Sie von ihr haben.«

Auf dem Weg zum Aufzug murmelte Gina leise vor sich hin: »Hoffentlich stellt sich CRyan nicht als eine Verrückte heraus.«

3

Normalerweise hätte sich Gina erst einmal Zeit genommen, um ihre Umgebung wieder in sich aufzunehmen, die Stadt, die sie so sehr liebte, die Menschen, die Geräusche. Als sie in die U-Bahn einstieg, erinnerte sie sich schmunzelnd an Marcie, ihre Zimmergenossin im ersten Studienjahr, die aus einer Kleinstadt in Ohio stammte. Marcie hatte sie gefragt, ob es hart gewesen sei, in New York City aufzuwachsen. Gina war über die Frage mehr als erstaunt gewesen. Mit zwölf Jahren hatte sie sich in der U-Bahn und den Bussen zurechtgefunden und die Freiheit genossen, ganz allein überallhin fahren zu können. Sie hatte im Gegenzug Marcie gefragt, ob es nicht hart gewesen sei, an einem Ort aufzuwachsen, an dem man immer auf die Eltern angewiesen war, wenn man irgendwohin wollte.

Sie stattete dem kleinen Eckladen am Broadway einen Besuch ab und kaufte Milch und einige Sandwich-Zutaten. Überrascht, dass im Starbucks nebenan keine Schlange war, bestellte sie dort ihr Lieblingsgetränk, einen Vanilla Latte. Den eineinhalb Blocks langen Weg zu ihrer Wohnung war sie dann in Gedanken ganz bei der bevorstehenden Aufgabe.

Sie räumte die Lebensmittel ein, ging mit dem Latte zum Küchentisch, schaltete ihren Laptop an und öffnete CRyans E-Mail. Die Nachricht war von einem Google-Konto verschickt worden, was aber zweitrangig war. Nach zahlreichen Gesetzesverstößen standen die Techkonzerne unter großem Druck, die Privatsphäre ihrer Kunden besser zu schützen.

Google würde ihr daher keinesfalls behilflich sein, um an CRyan ranzukommen.

Gina las erneut die einzige Passage, die irgendeinen Anhaltspunkt lieferte: *Ich glaube nicht, dass wir miteinander zu tun hatten, als wir noch am Boston College waren. Wir waren einige Jahre auseinander.*

CRyan weiß anscheinend, in welchem Jahr ich meinen Abschluss gemacht habe, dachte Gina. Anscheinend waren wir einige Jahre zusammen auf dem Campus gewesen. *Einige* heißt mehr als ein Jahr, allerdings müssen es weniger als vier Jahre sein, sonst hätten wir nicht gleichzeitig am College sein können. Also muss CRyan zwei oder drei Jahre *vor* oder zwei oder drei Jahre *nach* mir ihren Abschluss gemacht haben.

Gina lehnte sich auf dem Stuhl zurück und nahm einen Schluck vom Latte. Während der Arbeit an der Brandeisen-Story hatte die Southern University Wind von ihren Recherchen bekommen. Die Uni hatte sich daraufhin quergestellt und sich konsequent geweigert, Kontaktinformationen zu den Mitgliedern der Studentenverbindung und den Fakultätsbeauftragten herauszugeben.

Hier lagen die Dinge aber anders. Das Boston College war nicht Ziel ihrer Recherchen. Es ging nicht um die Uni. Sie wollte nur, dass die Besitzerin der Mailadresse identifiziert würde.

Wenn es nur so einfach wäre, dachte sie. Wenn die Uni keine CRyan-Adresse hatte, würde sie gezwungen sein, zu ganz anderen Mitteln Zuflucht zu nehmen. Datenschutzbestimmungen hin oder her ...»Also gut«, sagte sie laut.»Es gibt nur eine Möglichkeit, das herauszufinden.«

4

»Boston College, Studentenverwaltung, was kann ich für Sie tun?« Ihr Gesprächspartner am anderen Ende der Leitung gab sich knapp und prägnant. Gina schätzte ihn auf etwa Mitte fünfzig.

»Hallo, hier ist Gina Kane. Ich habe am College vor zehn Jahren meinen Abschluss gemacht. Darf ich fragen, mit wem ich spreche?«

»Rob Mannion.«

»Schön, Ihre Bekanntschaft zu machen, Mr. Mannion ...«

»Nennen Sie mich doch bitte Rob.«

»Danke, Rob. Ich hoffe, Sie können mir mit einigen Informationen weiterhelfen.«

»Wenn Sie sich über Ehemaligentreffen informieren wollen, finden Sie dazu alles auf unserer Website. Ich kann Ihnen die Adresse geben.«

»Nein, nein, deswegen rufe ich nicht an. Ich möchte mit jemandem Kontakt aufnehmen, der ungefähr zur selben Zeit wie ich am College war.«

»Da kann ich Ihnen durchaus weiterhelfen. Nennen Sie mir den Namen der betreffenden Person und das Jahr ihres Abschlusses.«

»Genau das ist mein Problem. Ich habe den Namen der Person nicht. Ich hab nur eine Mailadresse. Ich hoffe ...«

»Na, dann schicken Sie der betreffenden Person doch einfach eine Mail und fragen Sie sie nach ihrem Namen.«

Gina versuchte nicht allzu frustriert zu klingen. »Ich darf

Ihnen versichern, der Gedanke ist mir auch schon gekommen.«
Sie wusste nicht, wie viel sie ihm gegenüber preisgeben sollte.
Manche Gesprächspartner waren immer ganz aufgeregt, wenn
sie erfuhren, dass sie mit einer Journalistin sprachen; andere
machten dann einfach dicht.»Meine Frage ist nur: Wenn ich
Ihnen eine Mailadresse gebe, könnten Sie mir dann sagen,
ob Sie weitere Informationen über den Besitzer der Adresse
haben?«

»Ich glaube nicht, dass ich befugt bin, Ihnen diese Auskünfte
zu erteilen.«

»Das verstehe ich, aber das war nicht meine Frage. Ich will
nur wissen, ob Sie über diese Informationen verfügen, auch
wenn Sie mir *keine* Auskunft erteilen können.«

»Das ist sehr ungewöhnlich«, erwiderte Rob, »aber ich sehe
mal nach. Einen Moment, ich suche in unserer Datenbank. In
welchem Jahr hat die fragliche Person ungefähr ihren Abschluss
gemacht?«

»Ich bin mir nicht ganz sicher, aber ich denke, es muss in
einem der folgenden sechs Jahre gewesen sein.« Sie nannte ihm
die Jahreszahlen.

»Ich muss jedes Jahr einzeln überprüfen.« Rob seufzte. Sein
Missmut war nicht zu überhören.

»Ich bin Ihnen wirklich sehr dankbar«, sagte Gina herzlich.

»Okay, hier kommen die Ergebnisse. Nicht im ersten Jahr,
nicht im zweiten, nicht im dritten, nicht im vierten, auch nicht
im fünften und sechsten. Tut mir leid. Ich kann Ihnen nicht
helfen.«

»Ganz allgemein, haben Sie die aktuellen E-Mail-Adressen
Ihrer Studierenden?«

»Wir bemühen uns, die Kontaktinformationen aktuell zu
halten. Aber zum größten Teil sind wir dazu auf die Studierenden angewiesen, die uns darüber informieren. Wenn sich diese
eine neue Mailadresse zulegen und uns nicht Bescheid geben,

lautet die Antwort natürlich Nein. Das gleiche gilt für Wohnadressen und Telefonnummern.«

»Haben Sie noch das letzte Jahr, in dem Sie nachgesehen haben, auf dem Bildschirm?«

»Ja.«

»Können Sie mir sagen, wie viele Studierende mit den Nachnamen Ryan aufgelistet sind?«

»Ms. Kane, ein großer Prozentsatz unserer Studentenschaft ist irischen Ursprungs.«

»Ich weiß. Ich gehöre selbst dazu.«

»Dieser Anruf zieht sich mittlerweile doch sehr in die Länge, Ms. Kane.«

»Bitte nennen Sie mich Gina. Rob, ich weiß Ihre Geduld wirklich zu schätzen. Bevor wir auflegen, möchte ich mit Ihnen aber noch über die Mails reden, die ich wegen der diesjährigen Spendenkampagne erhalten habe.«

»Wie nett von Ihnen«, antwortete Rob mit sichtlich mehr Enthusiasmus.

Eine Viertelstunde später hatte Rob ihr eine Tabelle mit allen Adressen gemailt, deren Nachname in dem Sechsjahreszeitraum »Ryan« lautete. Ihre Mastercard war mit einer Spende über 3000 Dollar belastet worden.

5

Gina ging die Tabellen durch, die Rob ihr geschickt hatte. Rechts neben dem Namen der jeweiligen Studierenden – Nachname, erster und zweiter Vorname – waren weitere Informationen aufgeführt: Geburtsdatum, Wohnadresse, Arbeitsstelle, Telefonnummer, Name des Ehepartners. Schnell stellte sie fest, dass Rob recht gehabt hatte. Bei keinem der gelisteten Namen fand sich die von ihr gesuchte Mailadresse.

Mit Kopieren und Einfügen übertrug sie die Namen auf ein neues Tabellendokument. In den sechs Abschlussjahren fanden sich insgesamt einundsiebzig mit dem Namen Ryan, etwas mehr als die Hälfte waren Frauen.

Daraufhin wählte sie diejenigen Ryans aus, deren Vorname mit C begannen, und schob sie an den Anfang der Liste. Es waren vierzehn: Carl, Carley, Casey, Catherine, Charles, Charlie, Charlotte, Chloe, Christa, Christina, Christopher, Clarissa, Clyde und Curtiss.

Gina druckte die Liste aus und markierte die Frauennamen. Da Casey sowohl ein weiblicher als auch männlicher Vorname sein konnte, überprüfte sie den zweiten Vornamen. Riley. Auch der konnte auf Männer wie Frauen zutreffen. Sicherheitshalber steckte sie Casey in die Liste der Frauen.

Dann hielt sie inne, ihr war ein beunruhigender Gedanke gekommen. Die Mailadresse ihrer Freundin Sharon bestand aus einem S mit dem angehängten Nachnamen. Allerdings war Sharon ihr zweiter Vorname, ihr Rufname lautete Eleanor. Würde sie diese Liste nach einer Sharon durchsuchen, würde sie unter dem falschen Namen nachschlagen. »Bitte, Ms. Ryan, lass deinen Rufnamen mit einem C beginnen«, flüsterte sie.

Gina überlegte, ob Facebook ihr dabei helfen könnte, die Suche einzuschränken. Sie probierte es mit dem ersten Namen auf der Liste: Carley Ryan. Wie nicht anders zu erwarten, fanden sich Dutzende Frauen und einige Männer mit diesem Namen. Sie gab »Carley Ryan, Boston College« ein. Vier Treffer, aber offenbar keiner in dem Alter, nach dem sie suchte. Sie probierte es mit »Carley Ryan, REL News«, fand aber nichts.

Sie wollte diese Prozedur schon mit dem nächsten Namen, Casey, wiederholen, brach aber ab. CRyan hatte nach eigener Aussage »ein schreckliches Erlebnis« bei REL News gehabt. Würde sie in diesem Fall auf ihrem Facebook-Konto REL erwähnen? Wahrscheinlich eher nicht. Wer etwas Fürchterliches erlebt hatte, würde sich doch lieber bedeckt halten. Vielleicht gehörte sie auch zu jenen, die keine Lust auf die sozialen Medien hatten.

Kurz überlegte sie, jeder der Frauen eine Mail zu schicken, verwarf den Gedanken dann aber. CRyan hatte, aus welchem Grund auch immer, beschlossen, nicht auf die Mail zu antworten, die Gina ihr eineinhalb Wochen zuvor geschickt hatte. Warum sollte sie ihr jetzt antworten? Sie griff zu ihrem Telefon und wählte die Nummer von Carley Ryan.

»Hallo.« Die Frau, die sich meldete, klang, als wäre sie in den mittleren Jahren.

»Hallo, ich spreche mit Mrs. Ryan?«

»Ja.«

»Ich bin Gina Kane. Ich habe 2008 meinen Abschluss am Boston College gemacht.«

»Haben Sie meine Tochter gekannt, Carley? Sie war in der Abschlussklasse 2006.«

»Ehrlich gesagt, ich kann mich an eine Carley nicht erinnern. Ich recherchiere für einen Artikel über Absolventen des Boston

College, die nach ihrer Ausbildung beruflich in der Medienbranche tätig waren. Hat Carley jemals für einen TV-Sender wie REL News gearbeitet?«

»O nein, Carley doch nicht«, antwortete die Frau und lachte verhalten. »Nach Carleys Meinung ist Fernsehen pure Zeitverschwendung. Sie ist Ausbilderin bei Outward Bound und leitet gerade eine Kanutour in Colorado.«

Gina strich Carley von ihrer Liste und überflog die noch übrigen Namen und Telefonnummern. Unmöglich zu unterscheiden, welche Nummern den Eltern gehörten und welche den jeweiligen Studierenden.

Wieder wählte sie. Casey meldete sich nach dem ersten Klingeln. Sie erklärte, Jura studiert zu haben und anschließend von einer Kanzlei in Chicago angestellt worden zu sein. Die nächste Sackgasse.

Anschließend hinterließ sie Catherine eine Nachricht.

Charlottes Nummer war eine 011 vorangestellt, in der Adressspalte eine Straße in London aufgeführt. Gina sah auf die Uhr. England war fünf Stunden voraus. Es war noch nicht zu spät. Beim zweiten Klingeln meldete sich eine mittelalte Frau mit britischem Akzent. Sie teilte mit, dass ihre Tochter Charlotte nach ihrem Abschluss eine Stelle bei Lloyd's of London angenommen habe und noch immer dort arbeite.

Chloe hinterließ sie eine Nachricht.

Clarissas Mutter erklärte in weitschweifiger Ausführlichkeit, dass ihre Tochter ihren Highschool-Freund geheiratet und mit ihm vier wunderbare Kinder habe, dass sie lediglich ein Jahr in Pittsburgh beschäftigt gewesen sei, bevor sie sich ganz den Kindern und dem Haushalt gewidmet habe. Sie fügte noch an, dass das bei ihr ganz anders gewesen sei. »Ich hab fast zehn Jahre gearbeitet, bevor ich mich für eine Familie entschieden habe. Clarissa ist ja ganz zufrieden, aber meinen Sie nicht auch, es wäre für Frauen generell besser, wenn sie erst mindestens fünf

Jahre arbeiten, sich eine Karriere aufbauen und Selbstbewusstsein entwickeln, bevor sie eine feste Bindung eingehen? Ich habe das Clarissa wer weiß wie oft gesagt, aber glauben Sie, sie hätte auf mich gehört? Natürlich nicht. Ich ...«

Chloes Rückruf verschaffte Gina dankenswerterweise eine Entschuldigung, das Gespräch zu beenden. Chloe hatte sofort nach dem College ein Medizinstudium begonnen und jetzt ein Stipendium an der Cleveland Clinic.

Die Nummer von Christa existierte nicht mehr.

Courtney ging ran, während sie gerade Mittagspause hatte. Sie war nach dem Studium Lehrerin geworden.

Gina sah zu den letzten beiden verbliebenen Namen, Catherine und Christina. Da sie nicht wusste, was sie als Nächstes tun sollte, stand sie auf und machte sich erst einmal ein Sandwich.

6

Nachdem sie ihr Sandwich gegessen hatte, betrachtete Gina mit neuem Schwung die Kontaktinformationen zu den ehemaligen Studentinnen. Die aktuellste Adresse für Christina gab Winnetka, Illinois, an, einen exklusiven Vorort etwa fünfundzwanzig Kilometer außerhalb von Chicago. Sie schlug die Telefonvorwahl für Winnetka nach, 224 und 847. Christinas Telefonnummer in der Tabelle begann mit 224.

Ohne sich große Hoffnungen zu machen, wählte sie die Nummer. Eine fröhliche Stimme meldete sich mit einem jovialen Hallo. Routiniert erklärte Gina zum x-tenmal den Grund ihres Anrufs.

Christinas freundlicher Ton schlug augenblicklich in eine Hasstirade um. »Sie rufen mich also an, weil Sie eine Story über dieses angeblich so wundervolle Boston College schreiben wollen? Vergessen Sie Ihre dämliche Story, schreiben Sie lieber über Folgendes: Meine Eltern haben sich auf dem BC kennengelernt, loyalere Studenten hätten Sie nie finden können. Jahr für Jahr haben sie wer weiß wie viel gespendet und freiwillig den Vorsitz mehrerer Komitees übernommen. Bei mir war es genauso, nachdem ich dort meinen Abschluss gemacht habe. Und dann, fünf Jahre später, bewirbt sich mein jüngerer Bruder. Er gehört zu den oberen zehn Prozent seiner Klasse, war Kapitän im Lacrosseteam, hat sich bei allen Aktivitäten engagiert. Alles in allem ein toller Junge, aber sie lehnen ihn ab. ›Wir haben so viele qualifizierte Bewerber aus Ihrer Gegend‹ – das war alles, was sie als Begründung angeben. Nach allem, was meine

Eltern und ich geleistet haben! Tun Sie mir einen Gefallen. Vergessen Sie meine Nummer.«

Der Hörer wurde aufgeknallt – das war es mit dem Anruf. Gina musste schmunzeln. Wäre Christina noch einen Moment länger in der Leitung geblieben, hätte sie ihr Rob Mannions Nummer geben können. Die beiden hätten sich hervorragend verstanden.

Gina sah aus dem Fenster. Bislang nichts als Fehlanzeige. Peachtree City, Georgia, lautete die Adresse, die Rob für Catherine Ryan geliefert hatte. Als sie die Onlinedatenbanken der Gegend einsah, fand sie keine Catherine Ryan, die dem Alter der von ihr gesuchten Frau entsprochen hätte.

Sie wusste nicht, was sie tun sollte. Falls Catherine Ryan tatsächlich die gesuchte CRyan war, könnte sie ihr ja noch etwas Zeit lassen, damit sie doch noch auf die von ihr hinterlassene Nachricht reagierte. Aber irgendwie hatte Gina das Gefühl, dass sie nicht lockerlassen durfte, dass sie eine andere Möglichkeit finden musste, um mit Catherine in Kontakt zu treten.

Rob hatte gesagt, sie würden ihre Informationen ständig aktualisieren, sofern die Ehemaligen neue Adressen und Telefonnummern zur Verfügung stellten. Hieß das, dass sie die alten Adressen dann löschten? Oder gab es vielleicht noch irgendwo am BC die Adresse von Catherines Eltern?

Sie ließ sich mit Rob verbinden, der sich beim ersten Klingeln meldete. Als sie sich vorstellte, reagierte er kurz angebunden. »Ich hab in nicht mal einer Minute einen Konferenzanruf.«

Es musste also schnell gehen. »Laut den Unterlagen, die Sie mir besorgt haben, befindet sich Catherine Ryans neueste Adresse in Georgia. Aber das scheint nicht mehr zu stimmen. Ich würde also gern ihre Eltern ausfindig machen. Haben Sie vielleicht noch deren Adresse, das heißt, die Privatadresse, als Catherine noch am College war?«

»Dazu muss ich den alten Datenbestand prüfen. Mal sehen, vielleicht finde ich sie noch, bevor die Konferenz beginnt.«

Sie hörte, wie er vor sich hin murmelnd Catherine Ryans Namen buchstabierte. Okay, hier ist es ja. 40 Forest Drive, Danbury, Connecticut.«

»Das war's auch schon. Auf Wiedersehen.«

7

Online fand Gina einen Eintrag über einen Justin und eine Elizabeth Ryan in Danbury. Die Adresse stimmte mit der überein, die Rob ihr gegeben hatte. Sie waren fünfundsechzig und dreiundsechzig Jahre alt. Passte also zu Eltern, deren Tochter Anfang dreißig sein musste, dachte Gina. Ihre Intuition sagte ihr, dass es besser wäre, persönlich nach Danbury zu fahren und sie nicht übers Telefon zu kontaktieren.

Die Fahrt an dem kühlen Herbsttag verlief angenehm und wurde nicht von allzu viel Verkehr beeinträchtigt. Waze sei Dank, dachte sie, als die Navigations-App ihren Mietwagen durch die Stadt zu einer hübschen Vorortgegend im südlichen Connecticut mit exklusiven Häusern auf großen Grundstücken lotste.

Sie klingelte, eine weißhaarige Frau Ende sechzig kam an die Tür. Argwöhnisch beäugte sie zunächst Ginas Visitenkarte, taute aber auf und erläuterte schließlich, dass sie und ihr Mann vor nicht ganz einem Jahr das Haus von den Ryans gekauft hätten und nicht im Besitz von deren neuer Adresse seien.

So viel also zur Richtigkeit von Onlinedatenbanken, dachte Gina. Sie wollte schon gehen, als sie auf dem Nachbargrundstück ein ZU-VERKAUFEN-Schild entdeckte. Sie drehte sich noch einmal zur neuen Hausbesitzerin um, die in der Tür stand.

»Eine Frage noch. Haben Sie das Haus über einen Makler erworben?«

»Ja.«

»Erinnern Sie sich noch an dessen Namen?«

»Ja, ich kann Ihnen seine Karte geben.«

Laut dem Navigationssystem war das Maklerbüro eineinhalb Kilometer entfernt. Es war siebzehn Uhr. Gina hoffte, der Makler würde noch im Büro sein, während sie sich auf dem Weg durch die Stadt zusammenreißen musste, damit sie die vorgeschriebene Höchstgeschwindigkeit nicht um mehr als zehn Stundenkilometer überschritt.

Das Büro lag an der Main Street, nebenan gab es eine chemische Reinigung, einen Feinkostladen, einen Friseur und ein Sportartikelgeschäft. Bilder von Häusern hingen im Schaufenster. Sie drückte im Stillen die Daumen und stellte erleichtert fest, dass sich die Tür öffnen ließ. Sie trat ein. Ein untersetzter Mann um die sechzig mit angehender Glatze kam ihr von einem hinteren Raum entgegen.

Er war offensichtlich enttäuscht, dass sie nicht auf Haussuche war, aber als sie die Ryans erwähnte, wurde er sehr redselig. »Eine nette Familie«, begann er. »Ich kenne sie schon, seit die Kinder noch ganz klein waren. Leider mussten sie wegziehen, mit Elizabeths Arthritis ist es immer schlimmer geworden. Sie haben was unternehmen müssen und sich umgesehen. Naples und Sarasota waren im Gespräch, schließlich sind sie in Palm Beach gelandet. Gute Entscheidung, wenn Sie mich fragen. Sie haben mir Bilder der Eigentumswohnung gezeigt, die sie kaufen wollten. Ich war nur ein paarmal dort, aber meiner Meinung nach haben sie sie für einen guten Preis bekommen. Alles frisch renoviert, große Räume, ein zweites Badezimmer neben dem Gästezimmer. Was will man mehr? Wirklich schade, dass sie hier weggezogen sind. Gute Leute, wenn Sie wissen, was ich meine.«

Der Makler musste Luft holen, was Gina die Gelegenheit bot, zu Wort zu kommen. »Können Sie sich zufällig noch an die Namen der Kinder erinnern?«

»Na, mal sehen. Ich werde ja langsam alt, früher waren die

Namen immer sofort da. Aber mittlerweile dauert alles seine Weile.« Er runzelte die Stirn. »Einen Moment. Ich erinnere mich. Der Junge, das war Andrew. Und das Mädchen hieß Cathy. Zwei hübsche Kinder. Die müssen jetzt Ende zwanzig sein. Mal sehen. Ja, ich hab's. Der Sohn heißt Andrew, und die Tochter Catherine. Sie haben sie Cathy genannt.«

»Wissen Sie noch, wie der Name buchstabiert wurde? Ich meine, mit einem C oder einem K?«

»Ja, das weiß ich. Mit einem C. C-A-T-H-E-R-I-N-E.«

CRyan, dachte Gina. Zumindest der richtige Buchstabe.

Drei Minuten später hatte sie die Adresse und die Telefonnummer der Ryans in Palm Beach.

Sie kehrte zu ihrem Wagen zurück, ließ den Motor an, wartete dann aber.

Statt sofort anzurufen – und das Risiko einzugehen, dass sie im Verkehrslärm nur schlecht zu verstehen war oder die Verbindung abbrach –, beschloss sie, so lange damit zu warten, bis sie zu Hause war. Die Rückfahrt von Danbury kam ihr länger vor als die Hinfahrt, auch musste sie sich eingestehen, dass sie früh aufgestanden und es für sie doch ein langer Tag gewesen war.

Um Viertel nach sieben war sie wieder in ihrer Wohnung. Dankbar schenkte sie sich ein Glas Wein ein, ließ sich im Essbereich nieder und griff zum Festnetztelefon.

Ein Mann meldete sich, als sie anrief. »Bei Ryans.«

Gina wiederholte, was sie bereits dem Immobilienmakler erzählt hatte – dass sie mit Cathy auf dem Boston College gewesen sei und sie gern sprechen wolle. Es folgte eine lange Pause, bevor Andrew Ryan fragte: »Waren Sie mit meiner Schwester befreundet?«

»Wir waren nicht eng befreundet, aber ich würde gern wieder den Kontakt mit ihr aufnehmen.«

»Dann wissen Sie also nicht, dass Cathy letzte Woche bei

ihrem Urlaub auf Aruba durch einen Unfall ums Leben gekommen ist?«

Gina war wie vom Donner gerührt. »Nein, das wusste ich nicht. Das tut mir schrecklich leid.«

»Danke. Wir sind alle entsetzt. Mit so etwas haben wir doch nie gerechnet. Cathy war immer sehr vorsichtig, und sie war eine sehr gute Schwimmerin.«

»Ich würde Ihnen gern darlegen, warum ich anrufe. Vielleicht ist das jetzt kein guter Zeitpunkt dafür. Wenn es Ihnen recht ist, rufe ich später noch einmal ...«

»Nein, schon okay. Wie kann ich Ihnen helfen?«

Gina zögerte nur kurz. »Ich bin Journalistin und wollte mit Cathy über eine Story reden, an der ich gerade arbeite. Zuerst eine Frage: Hat sie einmal bei REL News gearbeitet?«

»Ja.«

»Wie lange war sie da?«

»Drei Jahre. Dann hat sie gekündigt und eine feste Stelle bei einem Zeitschriftenverlag in Atlanta bekommen.«

»Wann haben Sie Cathy zum letzten Mal gesehen oder von ihr gehört?«

»Vor etwa zwei Wochen. Am Geburtstag unserer Mutter, da waren wir beide übers Wochenende in Palm Beach, um zu feiern.«

»An welchem Tag genau war das?«

Andrew Ryan antwortete. Gina rechnete kurz nach.

»Ich habe also am Geburtstag Ihrer Mutter eine E-Mail von Cathy bekommen. Ich möchte sie Ihnen vorlesen.«

Andrew hörte ihr zu. Gina erklärte, dass sie während der folgenden Zeit nicht erreichbar gewesen sei, Cathy aber vorgeschlagen habe, sich nach ihrer Rückkehr mit ihr zu treffen.

»Aber sie hat Sie nach Ihrer Mail nicht mehr kontaktiert?«

»Nein. Ich hab einiges unternommen, um sie ausfindig zu machen.«

Wieder folgte ein langes Schweigen. »Am Abend der Geburtstagsfeier hatte ich den Eindruck, dass etwas mit ihr nicht stimmt. Cathy war sehr still. Sie wollte mit mir über etwas reden, hat dann aber nur gesagt: ›Das machen wir, wenn ich aus Aruba zurück bin.‹ Sie wollte dort fünf Tage bleiben.«

»Wissen Sie, ob sie noch Kontakt zu Kollegen bei REL News hatte?«

»Ich bin mir ziemlich sicher, dass sie mit einigen in Verbindung geblieben ist.«

»Sie kennen nicht zufällig deren Namen?«

»Es gibt jemanden aus dem Großraum New York. Ihr Name ist mir aber entfallen. Vielleicht finde ich ihn. Ich bin nach dem Unfall nach Aruba geflogen und habe Cathys Habseligkeiten abgeholt, unter anderem ihr Handy und ihren Laptop. Ich sehe mal nach. Wenn ich den Namen vor mir sehe, erkenne ich ihn wieder.«

»Dafür wäre ich Ihnen sehr dankbar.«

»Geben Sie mir Ihre Nummer. Ich rufe Sie an, sobald ich was finde.«

Sie tauschten ihre Handynummern aus. Dann fragte Andrew: »Haben Sie irgendeine Idee, was meine Schwester mit diesem ›schrecklichen Erlebnis‹ gemeint haben könnte?«

»Noch nicht. Aber ich will es herausfinden.«

8

Nach dem Telefonat mit Andrew Ryan saß Gina lange nur da und ließ das Gespräch in Gedanken noch einmal Revue passieren. Sie hätte ihm gern noch weitere Fragen gestellt. Sie griff sich einen Block und machte sich Notizen.

Cathy hatte unmittelbar nach dem College bei REL News zu arbeiten begonnen. Zu diesem Zeitpunkt musste sie zweiundzwanzig gewesen sein. Laut ihrem Bruder war sie drei Jahre im Unternehmen geblieben. Das »schreckliche Erlebnis« hatte sich also zwischen ihrem zweiundzwanzigsten und fünfundzwanzigsten Lebensjahr zugetragen. Da war sie noch sehr jung und sehr verletzlich gewesen, dachte Gina.

Leider hatte sie vergessen, sich nach den Umständen ihres Unfalls zu erkundigen. Er hatte darauf hingewiesen, dass sie eine gute Schwimmerin gewesen sei – war etwas im Meer vorgefallen? Auf Aruba. War sie mit ihrem Freund dort gewesen? Mit Freundinnen? Allein?

Aruba, hatte da nicht auch Natalee Holloways Familie nur unter großen Schwierigkeiten herausfinden können, was sich ereignet hatte, nachdem ihre Tochter dort bei ihrer Highschool-Abschlussreise spurlos verschwunden war? Der Fall um die junge Frau hatte 2005 weltweit für Schlagzeilen gesorgt.

Hatte es irgendwelche Ermittlungen zu Cathys Tod gegeben? Und falls es *kein* Unfall gewesen war, wie sollte sie dem nachgehen?

Gina schob den Stuhl zurück und stand auf. In zwanzig

Minuten war sie mit Lisa im Bird's Nest verabredet, wie ihr erst jetzt wieder einfiel.

Sie eilte ins Schlafzimmer, um sich rasch umzuziehen. Sie griff sich eine schwarze Freizeithose, ein schwarzes Tanktop und ihre schwarz-weiß bedruckte Lieblingsjacke und verließ die Wohnung.

Die U-Bahn-Fahrt ins West Village dauerte nur zwanzig Minuten. Als sie ins Restaurant kam, saß Lisa schon an einem kleinen Tisch mit Blick auf die Bar.

Lisa sprang auf. »Du hast mir gefehlt«, begrüßte sie sie. »Falls du dich wunderst, warum ich diesen Tisch genommen habe: Ich möchte den Barkeeper im Auge behalten und sehen, ob wieder Eiswürfel auf dem Boden landen.«

»Und? Sind schon welche runtergefallen?«, fragte Gina.

»Bislang nicht. So, Schluss jetzt mit den Eiswürfeln. Erzähl mit bei einem Glas Wein von Nepal.«

»Da würde eine ganze Flasche nicht reichen. Also, die Reise nach Nepal war fantastisch. Es hat meinem Vater ausgesprochen gutgetan, wieder unter den alten Freunden zu sein. Der Tod meiner Mutter belastet ihn nach wie vor sehr.«

»Verständlich«, sagte Lisa. »Ich hab deine Mutter auch gemocht.«

Gina nahm einen Schluck vom Wein, zögerte, dann sagte sie: »Am Tag der Abreise nach Nepal hab ich eine Mail bekommen, aus der sich vielleicht mein nächster Artikel ergeben könnte.« Sie setzte Lisa ins Bild.

»So ein tödlicher Unfall«, sagte Lisa, »ist, um es mal ganz krass zu sagen, ein ziemlicher Glücksfall für denjenigen, der sich mit ihr außergerichtlich einigen möchte. Vielleicht etwas zu glücklich?«

»Genau das hab ich mir auch gedacht. Natürlich könnte es ein unglücklicher Zufall sein. Andererseits ist es ausgerechnet dann geschehen, als Cathy Ryan mir die Mail geschickt hat.«

»Was hast du als Nächstes vor?«

»Ich brauche noch das Okay von meinem neuen Boss, um nach Aruba zu fliegen und dort selbst zu recherchieren.«

»Kommt die Zeitschrift für deine Ausgaben auf?«

»Das werde ich diese Woche herausfinden.«

Lisa lächelte. »In meinem nächsten Leben will ich deinen Job.«

»So, das reicht jetzt von mir. Wie läuft's bei dir so?«

»Wie immer, mehr oder minder. Ich versuche aus Unfällen Kapital zu schlagen.« Lisa erzählte von den jüngsten Fällen, die sich seit ihrem letzten Treffen ergeben hatten. Eine Mandantin, die sich auf der Fifth Avenue eine leichte Gehirnerschütterung zugezogen hatte, nachdem ihr von einem Baugerüst ein Trümmerteil auf den Kopf gefallen war. »Mittlerweile, nach der Aufmerksamkeit, die das Thema durch die Footballspieler bekommen hat, wird für Gehirnerschütterungen mehr gezahlt. Eine einfache Sache also.« Ein weiterer Mandant hatte sich in der Drehtür eines U-Bahn-Ausgangs verletzt. »Die Tür hat auf halbem Weg blockiert. Mein Mandant ist dagegen geknallt und hat sich die Nase gebrochen. Er schwört hoch und heilig, nüchtern gewesen zu sein. Trotzdem frage ich mich natürlich, was er bis drei Uhr morgens so getrieben hat, wenn er nicht getrunken hat.«

Lisa sah zur Theke, als sie hörte, wie ein Drink gemixt wurde. »Bislang keine Eiswürfel auf dem Boden«, bemerkte sie mit einem schiefen Lächeln.

9

Am nächsten Morgen wurde Gina um zehn vor sieben von ihrem klingelnden Handy aus dem Schlaf gerissen. Sie streckte sich und versuchte die Augen offen zu halten. Das Display zeigte den Namen Andrew Ryan an.

»Ich rufe hoffentlich nicht zu früh an«, sagte er. »Ich bin kurz vor dem Boarding zu meinem Flug nach Boston und wollte noch mal auf unser gestriges Gespräch zurückkommen.«

»Kein Problem«, sagte Gina und griff zu ihrem Notizbuch, das sie immer auf dem Nachtkästchen liegen hatte. »Danke, dass Sie sich so schnell gemeldet haben.«

»Meg Williamson gehört zu den Kollegen von REL News, zu denen Cathy noch Kontakt hatte.«

»Meg Williamson«, wiederholte sie und notierte sich den Namen. »Haben Sie irgendwelche Kontaktdaten?«

»Nein, ich konnte sie nicht auf Cathys Computer oder Handy finden. Der Name ist mir gerade auf dem Weg zum Flughafen eingefallen. Wenn ich in Boston bin, rufe ich meine Mutter an, vielleicht weiß sie mehr.«

»Das wäre toll. Ist Ihnen sonst jemand bei REL News eingefallen, zu dem Cathy noch in Verbindung stand?«

»Nein, aber ich werde meine Mutter darauf ansprechen.«

»Nochmals vielen Dank. Wenn Sie noch Zeit haben, würde ich Ihnen gern ein paar Fragen stellen, die mir nach unserem Gespräch in den Sinn gekommen sind.«

»Ich hab noch ungefähr fünf Minuten. Schießen Sie los.«

»Ist Cathy allein oder mit Freunden nach Aruba geflogen?«

»Allein.«

»Wissen Sie vielleicht, ob sie sich dort mit jemandem treffen wollte?«

»Soweit ich weiß nicht. Sie wollte einfach nur ausspannen, allein.«

»Aruba ist ziemlich weit weg für ein paar Tage Urlaub. Irgendeine Vermutung, warum sie die Insel gewählt hat?«

»Nein. Aber sie hat das Wasser geliebt und alles, was man dort machen kann. Tauchen, Schnorcheln, Windsurfen.«

»Sie haben gesagt, Cathy sei bei einem Unfall ums Leben gekommen.«

»Ja, beim Jetski-Fahren.«

»Was ist passiert?«

»Die Polizei auf Aruba hat einen Tag nach dem Unfall meine Eltern angerufen und erzählt, Cathys Jetski wäre im Hafen gegen ein Boot gekracht. Sie wurde dabei abgeworfen.«

»Ist sie ertrunken oder an den Folgen des Zusammenpralls gestorben?«

»Das ist nicht klar geworden.«

»Ich frage nur ungern – aber haben Sie eine Autopsie durchführen lassen?«

»Nein. Wir haben darum gebeten. Aber als wir erfahren haben, dass das zwei bis drei Wochen dauern würde, haben wir uns dagegen entschieden. Ich weiß nur, dass sie massive Kopftraumata erlitten hat. Durch den Zusammenstoß ist sie höchstwahrscheinlich bewusstlos geworden. Cathy hat eine Rettungsweste getragen, aber mehrere Minuten mit dem Gesicht nach unten im Wasser gelegen, bevor sich jemand um sie kümmern konnte.«

»Verzeihen Sie mir die Frage, aber wissen Sie, ob man Alkohol in ihrem Blut festgestellt hat?«

»Laut dem Polizeibericht hat man an der Leiche starken Alkoholgeruch wahrgenommen.«

»Hatte sie Alkoholprobleme?«

»Auf keinen Fall. Sie hat nur in Gesellschaft getrunken. Ein oder zwei Drinks, wenn sie sich mit jemandem getroffen hat. Gelegentlich drei. Ich hab sie nie betrunken erlebt.«

Gina nahm sich vor, eine befreundete Pathologin darauf anzusprechen.

»War sie allein oder in einer Gruppe unterwegs?«

»Es war eine Tour. Drei oder vier andere Jetski plus einem Guide.«

»Wissen Sie, ob die anderen Tourteilnehmer von der Polizei befragt wurden?«

»Angeblich ist das geschehen. Nach dem Polizeibericht hätten alle gestanden, beim Lunch etwas getrunken zu haben.«

Gestanden, dachte sich Gina. Es klang, als hätten sie etwas Ungesetzliches getan.

»Hat die Polizei mit dem Jetski-Verleih gesprochen?«

»Ja. Natürlich hat der Verleiher behauptet, seine Geräte seien in vorbildlichem Zustand gewesen.«

»Haben Sie selbst mit dem Verleiher gesprochen?«

»Nein. Ich war doch wie gelähmt. Es ist schrecklich, wenn man Schubladen öffnen und die persönlichen Gegenstände seiner Schwester in einen Koffer packen muss. Mit dem Verleiher zu reden wäre das Letzte gewesen, was ich gewollt hätte.«

»Das kann ich gut verstehen. Entschuldigen Sie bitte, dass ich Ihnen diese Fragen stelle.«

»Schon okay. Machen wir weiter.«

»Hat jemand nach dem Unfall den Jetski untersucht?«

»Danach habe ich nicht gefragt. Ich weiß nicht, ob irgendein Gutachter einen Blick darauf geworfen hat.«

»Wird im Polizeibericht irgendwie erklärt, was sich abgespielt haben könnte?«

»Der Unfall wird auf einen Bedienfehler zurückgeführt. Angeblich soll Cathy in Panik geraten sein, nachdem sie den Gashebel unabsichtlich auf volle Leistung gestellt hat. Verschlimmert wurde das wohl noch, weil sie kurz vor dem Unfall in kurzer Zeit eine große Menge Alkohol zu sich genommen haben soll.«

»Haben Sie eine Kopie des Polizeiberichts?«

»Ja, den hab ich.«

»Wären Sie vielleicht bereit, ihn mir zukommen zu lassen?«

»Ja. Ich hab den Bericht eingescannt. Schicken Sie mir Ihre Mailadresse per SMS, und Sie bekommen von mir den Bericht.«

»Hilfreich wäre auch, wenn Sie mir einige aktuelle Fotos von Cathy schicken könnten.«

»Mal sehen, was sich finden lässt. Glauben Sie wirklich, dass Cathys Tod kein Unfall war?«

»Ich weiß nicht, was ich glauben soll. Ich kann Ihnen nur eines sagen: Ich mag keine Zufälle. Ein großes Unternehmen hat mit ihr verhandelt, um mit ihr eine Einigung zu erzielen, vielleicht wurde sie auch unter Druck gesetzt. Vielleicht hat sie gezögert und abgeblockt. Und plötzlich stirbt sie bei einem Unfall. Meiner Meinung nach ist das zu viel des Zufalls.«

»Mein Gott, wenn ich mir vorstelle, dass jemand meine Schwester umgebracht hat. Mein Abschnitt wird gerade zum Boarding aufgerufen. Wir sprechen uns wieder, ganz bestimmt.«

»Ja. Haben Sie einen guten Flug.«

Das Gespräch war beendet.

10

Nach dem Duschen und Ankleiden ging Gina mit dem Laptop unterm Arm zu Starbucks an der Ecke und bestellte sich einen Vanilla Latte. Wenn sie an ihren Artikeln schrieb, zog sie die Ruhe und Abgeschiedenheit ihrer Wohnung vor. Aber wenn sie Mails beantwortete und recherchierte, genoss sie die Hintergrundgeräusche eines Cafés.

Sie ließ sich an einem Tisch mitten im Laden nieder, weckte ihren Computer und begann sich über Aruba zu informieren. Das bisschen, was sie wusste, stammte von ihrer Lektüre und den Nachrichten über den Mord an Natalee Holloway.

Erste Anlaufstelle war Wikipedia. Sie las und machte sich Notizen.

25 km nördlich von Venezuela. Insel liegt in der sog. Niederländischen Karibik. Kilometerlange weiße Sandstrände. 100 000 Einwohner. Bei Touristen wegen der geringen Niederschläge beliebt.

Da sie ein Faible für Geschichte hatte, sprach eine Tatsache sie besonders an.

Peter Stuyvesant wurde 1642 zum Gouverneur ernannt, bevor er seinen neuen Posten in Neu-Amsterdam antrat, das später zu New York City umbenannt wurde.

Sie wechselte zu einem Reiseanbieter und fand Direktflüge vom JFK-Flughafen auf die Insel. Hin- und Rückflug waren für 666 Dollar zu bekommen, Hotelzimmer waren nicht allzu teuer. Jedenfalls wollte sie unbedingt in das Hotel, in dem Cathy Ryan abgestiegen war. Sie machte sich eine Notiz, um Andrew danach zu fragen.

Sie nahm einen großen Schluck von ihrem Kaffee. Was sie hatte, müsste reichen, damit *ER* sie nach Aruba schickte, trotzdem hätte sie Meg Williamson noch gern in die Geschichte eingebaut.

Mit ein wenig Glück würde sie von Mrs. Ryan heute noch Megs Nummer bekommen. Sie wollte sich zurechtlegen, was sie Meg alles fragen wollte, bevor sie sie kontaktierte. Hatte Meg den gesamten Zeitraum über bei REL News gearbeitet oder nur einen Teil der drei Jahre, die Cathy Ryan dort gewesen war? Wie nah hatten sie und Cathy sich gestanden? Wusste sie überhaupt, dass Cathy zwei Wochen zuvor ums Leben gekommen war? Hatte sie ebenfalls ein »schreckliches Erlebnis« bei REL News gehabt? Falls nicht, hatte Cathy ihr etwas darüber erzählt? Und würde Meg überhaupt mit ihr reden, falls sie sich bereits auf eine Vereinbarung eingelassen hatte?

Sie verfasste eine neue E-Mail und gab Geoffs Namen im Adressfeld ein. *Hallo, Geoff, es gibt einige Updates zur REL-News-Story, die ich Ihnen gern mitteilen würde. Haben Sie Zeit für ein Treffen?*

Eine halbe Minute später kam seine Antwort. *Bin bis 4 beschäftigt. Haben Sie nachher Zeit?*

Okay. Dann um 4.

11

In ihrer Wohnung legte sie sich schon mal einige Sommersachen auf dem Bett zurecht, falls Geoff ihr sein sofortiges Okay geben sollte. Sie würde höchstens zwei bis drei Übernachtungen bleiben, es war also nicht besonders schwer, alles Nötige zusammenzupacken. Sie versuchte daran zu denken, noch eine Sonnencreme zu besorgen.

Dann ging sie online und überflog die Nachrichten zum Mord an Natalee Holloway. Möglicherweise würde sie es mit Einheimischen zu tun bekommen, die bereits an Natalees Fall gearbeitet hatten. Auffällig war, dass Natalees Eltern so lange hatten warten müssen, bis überhaupt klar wurde, was ihrer Tochter zugestoßen war, und der Täter verhaftet werden konnte. Alle Zweifel an der Täterschaft von Joran van der Sloot, eines Inselbewohners, den Natalee kennengelernt hatte, wurden aber erst einige Jahre später ausgeräumt, als van der Sloot eine weitere junge Frau tötete.

Eine SMS von Andrew Ryan traf ein. Seine Mutter hatte Meg Williamsons Nummer gefunden.

Großartig!, dachte Gina, griff zum Telefon und wählte die Nummer. Sie beschloss, anders vorzugehen als bei CRyan. Nach dem fünften Klingeln bestätigte eine elektronische Stimme die Nummer, die sie gewählt hatte, und forderte sie auf, eine Nachricht zu hinterlassen. »Hallo, hier ist Gina Kane. Ich bin Zeitungsjournalistin. Ich möchte einen Artikel über Frauen schreiben, die in den vergangenen zehn bis fünfzehn Jahren fürs Fernsehen gearbeitet haben. Soweit ich weiß, waren Sie

bei REL News beschäftigt. Ich würde mich gern mit Ihnen unterhalten. Bitte melden Sie sich doch. Meine Handynummer
lautet ...«

12

Meg Williamson war an diesem Morgen nicht in ihrem Büro bei einer PR-Agentur in White Plains, sondern brachte ihre sechsjährige Tochter Jillian zur Kinderärztin. Jillian hatte leichtes Fieber und die ganze Nacht gehustet. Als sie nach Hause kam, ging sie die Anrufe durch. Und als sie die Nachricht von Gina Kane hörte, stockte ihr der Atem. Sie hörte sie ein weiteres Mal an.

Sie war aufgeschreckt, wusste aber, was sie zu tun hatte. Zum ersten Mal seit fast zwei Jahren wählte sie die Nummer, die Michael Carter ihr gegeben hatte. Er meldete sich nach dem ersten Klingeln. »Was gibt es, Meg?«

»Ich hab einen Anruf auf meinem Telefon. Ich hab sicherheitshalber alles aufgeschrieben, damit ich nichts falsch verstehe.« Sie las ihm Ginas Nachricht vor.

»Als Erstes: Geben Sie mir den Namen und die Nummer, unter der Sie zurückrufen sollen.« Meg nannte ihm beides. Es folgte eine lange Pause, dann sagte Carter nachdenklich: »Ich weiß, wie diese Reporter vorgehen. Sie kontaktieren eine Menge Leute, letztlich interviewen sie aber nur eine Handvoll davon. Ignorieren Sie die Nachricht. Soll sie doch jemand anderen interviewen. Sie haben das ganz richtig gemacht. Wenn sie noch mal anruft, geben Sie mir Bescheid.«

»Natürlich«, sagte Meg schnell. »Versprochen ...« Es wurde aufgelegt.

13

In der Highschool und am College hatte es Gina mit der Pünktlichkeit nie so genau genommen. In den Seminaren war sie oft verstohlen in die letzte Reihe geschlüpft, um der Aufmerksamkeit der Dozenten zu entgehen. Ihre Erfahrungen als Journalistin hatten sie eines Besseren belehrt. Mittlerweile erschien sie nicht nur pünktlich zu ihren Terminen, sondern überpünktlich. Um 15.45 gab der Wachmann in der Lobby des *Empire Review* ihr Erscheinen durch.

Als sie dann aus dem Aufzug stieg, wurde sie bereits von Jane Patwell begrüßt. »Gut, dass Sie etwas früher gekommen sind. Geoffs letzter Termin ist schon zu Ende, er kann Sie gleich empfangen.«

Jane stutzte. »Gina, wie hübsch Sie aussehen. Ihr Hosenanzug gefällt mir. Sie sollten immer Blau tragen. Vor allem dieses Dunkelblau, das steht Ihnen ausgezeichnet.«

Gina war klar, worauf Jane hinauswollte. Sie dachte, sie würde sich für Geoff in Schale werfen. Gina war amüsiert. Tu ich das?, fragte sie sich dennoch und lächelte.

Jane klopfte an Geoffs Tür und öffnete sie, als sein „Herein" zu hören war.

Er erhob sich und wies Gina zum Tisch am Fenster.

»Na, wie läuft es auf dem neuen Posten?«, fragte sie, als sie Platz genommen hatte.

»Etwas hektisch alles, aber im Großen und Ganzen ganz gut. Was haben Sie also Neues über REL News?«

Gina berichtete von ihrer letztlich erfolgreichen Suche nach

Cathy Ryan, ihrem Gespräch mit Andrew und von Cathys Tod bei einem Jetski-Unfall. Sie erklärte, dass sich eine Spur zu einer Frau aufgetan habe, die mit Cathy bei REL News zusammengearbeitet hatte.

Geoff ließ sich alles durch den Kopf gehen. »Ich habe das Gefühl, Sie erzählen mir gleich, dass dieser Jetski-Unfall vielleicht gar kein Unfall war.«

»Genau«, antwortete Gina. »Aber wenn ich herausfinden will, was sich wirklich zugetragen hat, muss ich hinfliegen, im selben Hotel absteigen und mit dem Jetski-Verleiher und den für den Fall zuständigen Polizisten sprechen. Und vor allem anfangen, Fragen zu stellen.«

»Wann können Sie abreisen?«

»Es gibt morgen Nachmittag einen Flug vom JFK-Flughafen nach Aruba. Ich rechne mit einem Aufenthalt von zwei bis drei Tagen.«

»Reicht ein Dreitausend-Dollar-Vorschuss auf die Spesen?«

»Ja.«

»Dann buchen Sie. Ich kümmere mich um den Vorschuss.«

Sie war schon auf dem Weg zur Tür, als er sie noch mal ansprach. »Gina, wenn Sie recht haben – und ich gehe eigentlich davon aus –, dann hat sich jemand verdammt viel Mühe gemacht, um Cathy Ryan zum Schwiegen zu bringen und es nach einem Unfall aussehen zu lassen. Passen Sie da unten auf sich auf.«

14

Sie hätte nicht gedacht, so schnell wieder eine Reise anzutreten – das ging Gina durch den Kopf, als sie an Bord der Maschine nach Aruba stieg. Sobald der Airbus 320 in der Luft war, las sie die Zeitungsartikel zum Holloway-Fall, die sie sich ausgedruckt hatte.

Während ihrer Highschool-Abschlussreise nach Aruba war die achtzehnjährige Natalee Holloway spurlos verschwunden ...

Gina gewann den Eindruck, dass sich die örtlichen Polizeibehörden damals quergestellt hatten, als das FBI in dem Vermisstenfall ermitteln wollte. Wenn sie sogar dem FBI Knüppel zwischen die Beine warfen, konnte sie sich lebhaft vorstellen, was sie erst bei ihr tun würden.

Von Andrew Ryan war am Vorabend eine Mail mit mehreren Anhängen eingetroffen. Neben dem Polizeibericht hatte Andrew einige Fotos von Cathy beigelegt, die aktuellsten, die er hatte finden können, wie er schrieb.

Gina betrachtete die Bilder. Eines war an einem Strand aufgenommen worden. Eine lächelnde Cathy in einem blauen einteiligen Badeanzug stand neben einem Surfboard, das so groß war wie sie selbst. Da sonst niemand auf dem Bild zu sehen war, ließ sich ihre Größe nur schwer bestimmen. Ihr Körper wirkte durchtrainiert. Lange dunkelbraune Haare fielen ihr fast bis zu den Schultern. Grübchen akzentuierten ihr breites Lächeln, das von ihren außergewöhnlich weißen Zähnen noch betont wurde. Ihre leicht rundlichen Gesichtszüge ließen auf einen ausgesprochen burschikosen Charakter schließen.

Das zweite Foto zeigte Cathy an einem Tisch. In der linken unteren Ecke war eine Torte mit brennenden Kerzen zu sehen. War dieses Bild, überlegte Gina, während der Geburtstagsfeier ihrer Mutter aufgenommen worden, kurz vor Cathys Abreise nach Aruba? Cathy wirkte hier anders. Das Lächeln schien etwas gequält, die Mundwinkel gingen kaum nach oben. Obwohl sie direkt in die Kamera blickte, erschien sie abgelenkt, als wäre sie in Gedanken ganz woanders.

Als Nächstes las Gina den Polizeibericht. Peter van Riper, den Streifenbeamten, der die Meldung über den Unfall im Hafen entgegengenommen hatte, würde sie nicht treffen können. Man hatte ihr bereits mitgeteilt, dass er im Urlaub war – aber das war nicht so wichtig.

Ihr Interesse galt vielmehr Hans Werimus, dem Polizisten, der die Befragungen durchgeführt hatte und zur Schlussfolgerung gelangt war, dass Cathy durch einen Unfall ums Leben gekommen sei. Werimus hatte zugestimmt, sich mit ihr am Donnerstag zu treffen. Blieben also noch der heutige und der nächste Tag, um mit den anderen auf ihrer Liste zu sprechen.

Aruba machte seinem Ruf, immer gutes Wetter zu haben, alle Ehre. Es war sonnig, die Temperaturen lagen bei fünfundzwanzig Grad, als Gina den Flughafen verließ und für die zwanzigminütige Fahrt zum Hotel in ein Taxi stieg.

Wenn die Insel manchmal als wüstenartig beschrieben wurde, entsprach das durchaus den Tatsachen. Die sanften Hügel waren größtenteils braun. Aufgrund ihrer Recherchen wusste sie, dass die besten Strände und Wasserverhältnisse an der Nordwestseite zu finden waren, dort, wo sie absteigen würde. Die andere Inselseite hatte kaum touristische Infrastruktur zu bieten.

Im Americana Hotel war in dieser Oktoberwoche viel los. Aufgrund Andrews Angaben wusste sie, dass Cathy das Zimmer 145 gehabt hatte. An der Rezeption erkundigte sie sich daher, ob das Zimmer noch zu haben sei. Die junge Angestellte beäugte sie misstrauisch. »Gibt es irgendeinen Grund, warum Sie ausgerechnet dieses Zimmer haben wollen?«

Gina wollte sich keinesfalls verraten. »Meine Mutter hat am vierzehnten Mai Geburtstag. Die Vierzehn und die Fünf waren immer schon meine Glückszahlen.«

»Na, sie scheinen Ihnen auch weiterhin Glück zu bringen. Ich gebe Ihnen Zimmer 145.«

Gina lehnte die Hilfe des Hotelpagen ab. Sie hatte nur einen kleinen Rollkoffer.

Gespannt, was sie erwarten würde, steckte sie ihre elektronische Schlüsselkarte in das Türschloss. Als das Lämpchen grün aufleuchtete, betätigte sie den Türgriff und trat in das L-förmige Zimmer.

Es handelte sich um ein geräumiges Eckzimmer mit deckenhohen Fenstern, durch die man einen Blick auf die Karibik hatte. Eine sachte, leicht salzige Brise strich durch die offenen Fenster. Das Doppelbett stand so, dass man von dort die untergehende Sonne im Blick hatte. Zu beiden Seiten standen Nachttischchen. An der Wand gegenüber der Fernseher, darunter ein Board mit zwei Reihen aus jeweils drei Schubladen. Auf der Ablage befanden sich eine Zeitung und eine Broschüre mit dem Hotellogo.

Wie musste es sich für Andrew Ryan angefühlt haben, als er dieses Zimmer betreten und die Sachen seiner Schwester abgeholt hatte – so kurz nach ihrem Tod?

Gina versuchte den Gedanken abzuschütteln, packte ihren Koffer aus und sah auf die Uhr. 19.30 Uhr. Kein Wunder, dass sie Hunger hatte. Sie hatte das Mittagessen ausfallen lassen, und der Snack im Flugzeug war kaum der Rede wert gewesen.

Kurz strich sie sich durch die Haare und wechselte in eine

Sommerhose und eine kurzärmelige Bluse. Sie wollte sich schon die letzte Ausgabe von *ER* greifen, nahm dann aber die Zeitung und die Hotelbroschüre mit. Freunde fragten sie oft, ob es ihr nichts ausmache, allein zum Essen zu gehen. »Ganz im Gegenteil«, pflegte sie darauf zu antworten. Sie war als Einzelkind aufgewachsen und fühlte sich richtig wohl, wenn sie sich beim Essen in ein Buch oder einen Zeitschriftenartikel vertiefen konnte. Das Alleinsein hatte nichts Einsames an sich; es bot Möglichkeiten.

Der Hotelspeisesaal war ungefähr zur Hälfte gefüllt. Der Oberkellner wies ihr einen Tisch in der Ecke zu. Auf dem Weg dorthin hörte sie viele englische Satzfetzen. Nur ein älteres Paar unterhielt sich auf Holländisch – nahm sie jedenfalls an.

An den beiden Tischen ihr gegenüber saß jeweils ein Pärchen Anfang bis Mitte dreißig. Ein Paar stieß miteinander an. Gina musste lächeln, als sie den Trinkspruch hörte – sie verstand nur das Wort »Anfang« – und ihre Schlüsse daraus zog. Das andere Paar küsste sich über den Tisch hinweg, bevor beide sich wieder zurücklehnten. Paare in ihren Flitterwochen, vermutete sie.

Sie ließ den Blick über die Fensterfront schweifen, sah über den Pool, betrachtete die zeitlosen, sanften Wellenbewegungen des türkisblauen Meers und musste an das Lieblingsbild ihrer Eltern denken, das während ihrer Flitterwochen auf den Bermudas aufgenommen worden war.

Als Nächstes überflog sie die *Aruba Daily*, die einzige englischsprachige Zeitung der Insel. Sie fand keine Artikel über irgendwelche Verbrechen.

Beim Essen warf sie gelegentlich einen Blick auf die Broschüre, die in ihrem Hotelzimmer ausgelegen hatte und die alles auflistete, was man auf der Insel unternehmen konnte. *Alle Aktivitäten können an der Hotelrezeption gebucht werden.* Es gab täglich einen Tauchausflug sowie für Anfänger einen Tauchkurs.

Es wurden drei verschiedene Schnorcheltrips angeboten, bei denen die Gäste zu einem nahen Riff gebracht wurden. Eine Tagesexkursion, bei der man die gesamte Insel kennenlernte, startete früh am nächsten Morgen und bot Frühstück und Lunch inklusive.

Der nächste Punkt erregte ihre Aufmerksamkeit.

Ein Jetski-Traum. Vier Stunden Fun! Unser erfahrener Guide führt Sie eineinhalb Stunden an der atemberaubenden Küste entlang. Sie halten an historischen Schauplätzen und anderen faszinierenden Zielen, zwischendurch erfrischen Sie sich, während einer neunzigminütigen Mittagspause, an den Köstlichkeiten des berühmten, direkt an der Küste gelegenen Restaurants Tierra Mar. Nach einer kurzen Rückfahrt zu unserem Strand, stehen Ihnen unsere hochmodernen Jetskis eine weitere Stunde zur freien Verfügung. Teilnehmer müssen älter als sechzehn Jahre sein.

Planänderung, dachte sich Gina. Ursprünglich hatte sie vorgehabt, sich einen Wagen zu mieten und zum Jetski-Verleih und zum Restaurant zu fahren. Aber warum nicht selbst erleben, was Cathy bis zu den letzten Augenblicken ihres Lebens getan hatte?

Auf dem Rückweg in ihr Zimmer meldete sie sich an der Rezeption für die Jetski-Tour am nächsten Tag. Ein hoteleigener Bus würde sie kostenlos zum Jetski-Verleih bringen. »Ja«, sagte man ihr, »es gibt auch Taxis, falls die Ihnen lieber sein sollten.« Die Rezeptionistin fand es augenscheinlich sehr seltsam, wenn nicht sogar verdächtig, dass sie vorzeitig zum Verleih aufbrechen wollte.

Es war erst halb zehn, dennoch beschloss sie, gleich ins Bett zu gehen. Sie schaltete das Licht aus und wartete, dass sich ihre Augen an die Dunkelheit gewöhnten. Im fahlen Mondlicht zeichneten sich schwach die Umrisse der Einrichtung ab. Sie versuchte sich vorzustellen, was Cathy Ryan durch den Kopf gegangen sein mochte, als sie hier zum letzten Mal eingeschlafen war.

15

Gina schlug die Augen auf und sah sich im Zimmer um. Einen Moment lang wusste sie nicht, wo sie war. Alles sah so anders aus als in den kleinen Herbergen und Zelten, in denen sie während ihrer Bergtour in Nepal übernachtet hatte. »Du bist nicht mehr in Kansas, Dorothy«, machte sie sich über sich selbst lustig und blickte zum Fenster, in dem sich das rötliche Licht der Morgendämmerung abzeichnete.

Der kleine Wecker auf dem Nachttisch zeigte 6.45 Uhr.

Sie schlüpfte in ihre Joggingklamotten, setzte ihr Sonnenvisier auf und machte sich auf zu einem halbstündigen Lauf entlang der Hauptstraße. Nach der Rückkehr stellte sie ihren Laptop auf den kleinen Tisch in der Zimmerecke. Vierzehn neue Nachrichten waren eingetroffen, nichts von Meg Williamson. Die einzige Mail, die sie öffnete, war von Ted.

Hallo, ich habe letzten Abend nicht angerufen, weil ich dich nicht wecken wollte. Ich kann dir gar nicht sagen, wie sehr du mir fehlst – wenn ich es versuchen sollte, würde ich kläglich scheitern. Es ist schon ziemlich hart, in eine Journalistin verliebt zu sein! LOL. L. A. ist ein Brutkasten. Lass es dir gut gehen in Aruba, aber gib auf dich acht. Ich liebe dich unendlich. Ted.

Gina seufzte und erhob sich. Warum kann ich ihm nicht die Gefühle entgegenbringen, die er für mich hat? Dann wäre alles viel leichter, dachte sie. Sie ging ins Bad und duschte. Bevor sie zum Frühstück aufbrach, wollte sie im hoteleigenen Businessraum die Bilder von Cathy ausdrucken. Vielleicht hatten die Bedienungen ja mehr Zeit zum Plaudern, wenn sie vor den meisten anderen Gästen auftauchte.

Der Frühstückssaal war fast leer. Zwei Kellnerinnen waren anwesend. Ein jüngeres Pärchen mit Kleidung für sehr viel kälteres Wetter beendete gerade das Essen. Wahrscheinlich brachen sie zum Flughafen auf, dachte Gina.

Man konnte sich vom Büfett nehmen oder von der Speisekarte wählen. Das Büfett sah verführerisch aus, minderte aber die Chance, mit den Kellnerinnen ins Gespräch zu kommen. Sie ließ sich an einem Fenstertisch nieder, zog die ausgedruckten Fotos von Cathy aus ihrer Strandtasche und legte sie auf den Tisch.

Welche Informationen würden ihr weiterhelfen, überlegte sie. Laut Andrew war Cathy allein angereist. Wenn sie sich mit jemandem hier hatte treffen wollen, möglicherweise wegen der Verhandlungen mit REL News, hätte sie darüber sicherlich Stillschweigen bewahrt. Aber warum sollte sich ein Vertreter von REL News die Mühe machen, bis nach Aruba zu kommen, wenn er sie viel einfacher in Atlanta hätte treffen können?

Eine Kellnerin in steifer kurzärmeliger weißer Bluse und eng geschnittener schwarzer Hose kam mit einer Kanne an ihren Tisch. »Anna« stand auf dem Namensschild an ihrer Brusttasche. »Ja, bitte«, sagte Gina, als ihr Kaffee angeboten wurde. Sie deutete auf die auf dem Tisch ausgelegten Bilder von Cathy.

»Meine Freundin hat vor etwa zwei Wochen in diesem Hotel übernachtet. Können Sie sich vielleicht an sie erinnern?«

»Wir haben so viele Gäste«, antwortete Anna. Dann sah sie zum Bild, und ihre Miene änderte sich schlagartig.

»Ihre Freundin ... das ist doch die Frau, die bei dem Unfall ums Leben gekommen ist, nicht wahr? Das tut mir leid.«

»Danke«, erwiderte Gina. »Ich gehe davon aus, dass sich meine Freundin hier im Hotel mit jemandem getroffen hat, kurz ...«

Sie stockte. »Kurz vor ihrem Unfall. Ich versuche herauszufinden, wer es gewesen sein könnte. Können Sie sich zufällig erinnern, ob sich Cathy hier im Hotel mit jemandem getroffen hat?«

»Nein. Sie war genau wie Sie allein. Ich hab sie einmal beim Abendessen bedient. Sie war sehr nett, sehr höflich. Ich weiß noch, sie hat um einen Tisch gebeten, etwas abseits von den anderen Gästen. Sie hat eine Zeitschrift mit dabeigehabt, aber ich hab sie nie lesen sehen. Sie hat nur aufs Meer hinausgestarrt.«

Gina senkte die Stimme und reichte ihr ihre Karte. »Wenn Ihnen noch irgendwas zu Cathy einfällt, melden Sie sich doch bitte bei mir.«

»Mach ich«, versprach Anna. »Es tut mir so leid wegen Ihrer Freundin. Sie war so jung und so hübsch.«

»Ja, das war sie. Eine letzte Bitte noch. Könnten Sie Ihre Kollegin bitten, an meinen Tisch zu kommen und die Bestellung aufzunehmen? Ich möchte sie ebenfalls auf Cathy ansprechen.«

Es stellte sich heraus, dass sich die andere Kellnerin überhaupt nicht an Cathy erinnern konnte.

Die Taxifahrt zum Jetski-Verleih dauerte etwa fünf Minuten. Sie sagte dem Fahrer, dass sie keine Rückfahrt benötige.

Gina ging vom Parkplatz über einen im Zickzack verlaufenden Holzsteg zu dem kleinen Büro. An den Wänden hingen Bilder von ehemaligen Kunden, die allesamt glückliche Gesichter zeigten. Das Anschlagbrett hinter dem Tresen machte deutlich, dass Paradise Rentals von allem etwas anbot. Neben Jetskis und kleinen Jollen waren auch SUP-Boards erhältlich.

Das Paar vor ihr bezahlte für ein Segelboot, daraufhin wandte sich der Mann hinter dem Tresen Gina zu. »Guten Morgen, Sie haben reserviert?«

Er war um die sechzig, sein tief gebräuntes Gesicht war von Falten durchzogen. Die dünner werdenden grauen Haare hatte er nach hinten gekämmt. Wahrscheinlich der Inhaber, wie Gina vermutete, nachdem sie sein Gesicht auf den meisten Bildern an den Wänden wiedererkannte.

Und als Inhaber würde er vermutlich argwöhnisch werden, wenn sie Fragen zu einem Unfall stellte, an dem einer seiner Leih-Jetski beteiligt gewesen war.

»Ja«, antwortete sie. »Ich gehöre zu einer Gruppentour des Americana Hotels.«

»Da sind Sie aber sehr früh dran«, sagte er mit einem Blick auf die Uhr.

»Ich weiß. Ich dachte mir, es wäre ganz nett, wenn mich jemand vorab schon mal mit dem Jetski vertraut machen könnte, bevor wir loslegen. Ich hab noch nie einen gefahren.«

Er seufzte. »Gehen Sie draußen rechts runter zum Tanksteg. Da wird Ihnen Klaus zeigen, was Sie zu tun haben.«

Gina verließ das Büro, sah nach rechts und entdeckte einen jungen Mann, der nach vorn gebeugt einen der Jetskis betankte. Er sah auf, als sie sich ihm näherte – kurz verharrte sein Blick auf ihren langen Beinen. Die dichten blonden Haare hingen ihm halb über die Ohren, dunkelblaue Augen dominierten sein hübsches Gesicht. Ein Badeslip war alles, was er am schlanken, durchtrainierten Körper trug.

»Sie sind Klaus?«, fragte Gina.

»Ja, bin ich.« Sein Englisch verriet einen deutschen Akzent.

»Ihr Chef meint, Sie könnten mir helfen. Ich will mich mit diesen Dingern vertraut machen, bevor ich um elf damit auf Tour gehe.«

»Machen Sie sich mal keine Sorgen, die sind ganz leicht zu fahren. Sie kommen vom Americana Hotel? Ich werde die Tour leiten.«

»Sind Sie bei allen Touren der Guide?«

»Peter und ich haben sie früher unter uns aufgeteilt, aber er hat letzten Monat aufgehört. Jetzt mach ich alle Touren, bis ein Neuer da ist.«

»Vor zwei Wochen soll auf einer Tour eine Frau bei einem Unfall ums Leben gekommen sein. Sie waren auch mit dabei?«

Klaus senkte den Kopf und warf einen Blick zum Büro, wo der Geschäftsinhaber eine Familie zu den Segelbooten führte. »Ungefähr einen Kilometer südlich von Ihrem Hotel gibt es eine Bar, das Silly Parrot. Treffen wir uns dort heute Abend um halb sieben. Dann können wir reden.«

Als der Inhaber näher kam, fuhr er, laut und deutlich, fort: »Keine Sorge, wir haben viele Anfänger auf den Jetskis. Halten Sie sich an die grundlegenden Regeln, dann passiert Ihnen nichts.«

16

Etwa eine Viertelstunde später traf der Bus vom Hotel ein. Zwei Pärchen Ende zwanzig bis Anfang dreißig sowie ein Mann in den Fünfzigern stiegen aus und gingen zum Bootshaus. Nach der Anmeldung kam die Vorstellungsrunde. Die Pärchen stammten aus Minneapolis und Cleveland und verbrachten ihre Flitterwochen auf der Insel. Der Mann, der sich als Richie vorstellte, fragte: »Und Sie sind ganz allein hier, Gina?«

Das war das Letzte, was sie jetzt brauchte. Eine kleine Notlüge sollte jegliche Avancen im Keim ersticken. »Ja, vorerst. Mein Verlobter kommt erst morgen.«

»Der Glückliche«, beschied Richie und hatte zu tun, seine Enttäuschung zu verbergen.

Klaus kam zu ihnen, stellte sich als ihr Guide vor und bat alle, ihm zu folgen. Er stieg auf einen Jetski, die anderen blieben noch auf dem Steg. »Alles, was trocken bleiben soll, können Sie hier unterbringen.« Er deutete auf eine kleine Satteltasche hinter dem Sitz. »Sie werden zwar unterschiedliche Modelle bekommen, die Bedienung ist aber überall gleich.« Er betätigte einen Schalter, mit dem er den Jetski startete. »Er ist jetzt im Leerlauf. So legen Sie den Vorwärtsgang ein, und wenn Sie am rechten Handgriff drehen, beschleunigen Sie – wollen Sie langsamer werden, lassen Sie einfach den Handgriff los. Nun zu einigen grundlegenden Regeln ...«

»Gibt es eine Bremse?«, fragte der Flitterwöchner aus Minneapolis.

»Keine Bremse«, antwortete Klaus mit einem Lächeln. »Sobald

Sie kein Gas mehr geben, bremst das Wasser Sie recht schnell ab.«

Eine Viertelstunde später sausten sie an der Küste entlang. Klaus an der Spitze hob die Hand und signalisierte ihnen damit, langsamer zu werden. Er wies sie auf die Überreste einer Befestigungsanlage hin und erzählte von den ersten holländischen Siedlern auf der Insel und ihren Auseinandersetzungen mit den Caiquetio-Indios vom Stamm der Arawak aus Venezuela.

Gina machte alles großen Spaß. Kurz hatte sie sogar ein schlechtes Gewissen, weil sie alles der Zeitschrift als Rechercheausgaben in Rechnung stellen würde.

Nach drei weiteren Zwischenstopps liefen sie den Anlegesteg des Restaurants Tierra Mar an. Fischerboote und Jachten unterschiedlicher Größe tanzten sanft auf den Wellen.

Hier würden sie zum Mittagessen einkehren, wie Gina von der Tourbeschreibung wusste. Und sie musste an Cathy Ryan denken, die hier ihre letzte Mahlzeit zu sich genommen hatte.

Sie holten ihre Wertgegenstände aus den Satteltaschen und folgten Klaus ins Restaurant. Ein Tisch für sieben Personen war reserviert. Er befand sich rechts von der Theke und bot einen wunderbaren Ausblick auf das azurblaue Wasser und die Küste. Richie beeilte sich, neben Gina Platz zu nehmen. Obwohl sie ihm von ihrem Verlobten erzählt hatte, war die Botschaft anscheinend noch nicht ganz angekommen.

Der Kellner bestand darauf, dass jeder ihre weltberühmte Piña colada probierte. Nach einigem Zögern nickten alle. Nur Klaus lehnte ab und bestellte sich eine Coke.

Alle wählten Fisch, der, wie sie zwanzig Minuten später feststellen durften, ausgesprochen köstlich war. Erneut kam der Kellner und begann ihre Piña-colada-Gläser nachzufüllen. Gina legte die Hand auf ihr Glas und bat um einen Eistee. Die Neuvermählten sahen sich nur an und akzeptierten schulterzuckend ihren zweiten Cocktail. »Wer A sagt, muss auch B sagen«, meinte Richie und sah zu, wie die cremige weiße Flüssigkeit langsam sein Glas füllte.

»Ist dieser Tisch immer für die Jetski-Tour reserviert?«, fragte Gina Klaus.

»Ja, wenn wir sechs Leute auf der Tour haben, was fast immer der Fall ist, wird dieser Tisch für uns freigehalten.«

Nach dem Essen brachte Klaus sie zu Paradise Rentals zurück. »Wir haben beim Essen etwas getrödelt«, verkündete er. »Sie können jetzt nach Lust und Laune selbst fahren. Aber bringen Sie die Jetskis bitte in einer Dreiviertelstunde zurück.«

Die beiden Pärchen rasten auf ihren Gefährten ins offene Meer hinaus. Gina beschloss, zur Küste zurückzukehren. Sie wollte für sich sein. Erleichtert nahm sie zur Kenntnis, dass Richie nach einigem Zögern seinen Jetski in die andere Richtung lenkte. Falls er gehofft hatte, sie würde seinem Beispiel folgen, wurde er bitter enttäuscht.

17

Die Rückfahrt im Minibus zum Hotel verlief ruhig. Der lange Tag in der heißen Sonne und die beiden Piña coladas forderten von den neuvermählten Pärchen allmählich ihren Tribut. Obwohl die Fahrt höchstens zehn Minuten dauerte, schienen sie eingedöst zu sein. Vor Gina saß das Paar aus Minnesota. Er hatte den Kopf gegen die Fensterscheibe gelehnt, während ihrer auf seiner Schulter ruhte. Sein Hals und der Schulterbereich waren knallrot von der Sonne. Seine blasse Haut hätte mehr Sonnencreme vertragen können.

In ihrem Zimmer dann stellte sie ihren Handy-Wecker auf 16.30 Uhr. Nur Minuten später war sie tief und fest eingeschlafen.

Sie war weit draußen auf offener See. Der Jetski rauschte mühelos über das ruhige, glasklare Wasser. Rechts von ihr fuhr Klaus, seine blonden Haare wehten im Wind. Er winkte ihr zu, sie lächelte. Links und etwas hinter ihr war Ted. Sie drehte sich zu ihm um. Seine Miene war angstverzerrt. Er rief ihr etwas zu, aber sie konnte ihn nicht verstehen. »Aus« war alles, was sie hörte. Sie wandte sich wieder nach vorn, aber von Klaus war jetzt nichts mehr zu sehen. Stattdessen lag direkt vor ihr, kaum fünf Meter entfernt, eine kleine Jacht. Sie würde in sie hineinkrachen. Sie überlegte noch, vom Jetski zu springen, aber selbst dafür war keine Zeit mehr. Ihr Herz raste, sie riss den Mund auf und schrie.

Gina schlug die Augen auf. Mit beiden Händen hielt sie das Kopfkissen umklammert. Ihr Atem ging stoßweise, als wäre sie gerade durch den Central Park gejoggt. Schweiß stand ihr auf der Stirn. Reglos lag sie eine ganze Minute nur da und war froh, sich in ihrem sicheren Hotelzimmer zu befinden. Sie wünschte sich, Ted wäre bei ihr. Oder ihr Vater. Jemand, der sie festhalten würde, jemand, an dem sie sich festhalten könnte.

Der Wecker ihres iPhone klingelte.

18

Der Portier sah, dass Gina die Lobby durchquerte. »Sie gehen aus, ja? Soll ich Ihnen ein Taxi rufen?«

»Nein, danke«, erwiderte Gina. »Nur zur Sicherheit, ich bin auf einen Drink im Silly Parrot verabredet. Das ist in einer Viertelstunde zu Fuß doch zu erreichen, oder?«

»Ja. Zehn bis fünfzehn Minuten«, sagte er und deutete nach rechts. »Sie können an der Straße entlanggehen, aber am Strand ist es viel schöner.«

»Dann nehme ich den Strand«, sagte Gina, setzte die Sonnenbrille auf und trat ins Freie.

Der Portier wartete, bis Gina außer Sichtweite war, dann verschwand er in seinem kleinen Büro hinter der Gepäckaufbewahrung. Er nahm einen Zettel aus seiner Brieftasche und wählte zum zweiten Mal an diesem Tag die darauf notierte Nummer.

Nach dem ersten Klingeln meldete sich jemand mit den gleichen Worten wie am Morgen. »Was gibt's?«

»Gina Kane hat beim Frühstück die Bedienungen auf Cathy Ryan angesprochen ...«

»Darüber haben wir uns schon unterhalten«, wurde er schroff unterbrochen. »Erzählen Sie mir, was ich noch nicht weiß.«

»Gut. Miss Kane war tagsüber auf der Jetski-Tour. Jetzt trifft sie sich mit jemandem in einer nahe gelegenen Bar, dem Silly Parrot.«

»Halten Sie mich auf dem Laufenden«, kam als Antwort, bevor die Verbindung unterbrochen wurde.

Der Portier lächelte und schob den Zettel mit der Telefonnummer wieder in seine Brieftasche. Der unhöfliche Amerikaner am anderen Ende der Leitung ließ sich besser ertragen, wenn er daran dachte, was er mit den 2000 Dollar tun könnte, die auf sein Bankkonto eingehen würden.

19

Mit der Strandtasche in der Hand ging Gina in Gedanken versunken über den glatten weißen Sand. Anscheinend handelte es sich um einen öffentlichen Strandabschnitt. Eltern hatten ihre Handtücher ausgebreitet und Sonnenschirme in Ufernähe aufgebaut, damit sie ihre Kleinkinder im Auge behalten konnten. Zwei Jungs, die sie auf etwa dreizehn schätzte, warfen sich gekonnt ein Frisbee zu. Zwei Paare, jeweils auf einer Seite des Netzes, spielten vergnügt Beachvolleyball

Sie musste an ihre Eltern denken, die sich seit der Highschool gekannt hatten. Ihr Vater hatte die katholische Jungenhighschool in Oradell, New Jersey, besucht, während ihre Mutter auf der dazugehörigen Mädchenschule gewesen war. Regelmäßig wurden Tanzveranstaltungen abgehalten, Kennenlernpartys, wie ihr Dad und ihre Mom sie immer nannten, die von den Eltern streng beaufsichtigt wurden.

Gina wurde nie müde, von ihrem Vater die Geschichte ihres Kennenlernens zu hören. »Ich war sechzehn und stand mit meinen Freunden von der Leichtathletikmannschaft so rum. Da fällt mein Blick auf dieses wunderschöne Mädchen, das sich mit ihren Freundinnen unterhält. Unsere Blicke treffen sich – nur für eine Sekunde. Aber sie hat mich angelächelt, bevor sie sich ganz schnell wieder ihren Freundinnen zugewandt hat. Bis heute weiß ich nicht, woher ich den Mut nahm, zu ihr hinüberzugehen und mich vorzustellen.« Und immer fügte er lachend hinzu: »Ich wäre mir wirklich wie ein Idiot vorgekommen, wenn sie dem Typen hinter mir zugelächelt hätte. Aber zum Glück ist mir dieser Gedanke nie gekommen.«

Die Antwort ihrer Mutter fiel immer gleich aus: »Mein Lieber, ich kann mich wirklich glücklich schätzen. Der erste Kerl, den ich geküsst habe, hat sich als Prinz entpuppt. Ich habe die Frösche alle einfach übersprungen.«

Gina ließ den Blick über den Strand schweifen und entdeckte einen großen roten Holzpapagei mit einem blinzelnden Auge, der auf einem strohgedeckten Dach thronte. Unter diesem Dach befand sich ein langer Tresen mit Barhockern, dazu Tische, die teils unter dem Dach standen, falls man den Schatten vorzog, teils aber auch draußen im Sand, wenn man von der Sonne noch nicht genug hatte. Etwa die Hälfte der Tische war besetzt.

Eine Bedienung im Bikini kam auf sie zu. »Nur eine Person?«, fragte sie.

»Nein, ich warte noch auf jemanden.«

»Wollen Sie sich an die Bar setzen?«

Gina sah sich um. Am Pool waren noch einige Tische frei. »Wäre es okay, wenn ich den nehme?«, sagte sie und zeigte auf den Tisch, der dem Pool am nächsten stand.

»Klar.« Die Bedienung führte sie hin. »Wissen Sie schon, was Sie trinken wollen?«

»Erst mal Mineralwasser. Mit Sprudel. Alles andere bestelle ich, wenn mein Freund da ist.«

Gina zog das kleine Notizbuch, das sie immer bei sich hatte, aus ihrer Strandtasche und malte mit dem Kugelschreiber einige Kringel, um sich zu vergewissern, dass er funktionierte.

Dann sah sie auch schon Klaus, der die Bar von der Straße aus betrat. Sie winkte ihm zu. Er nickte und kam herüber.

»Sie sind da. Danke«, sagte er.

»Ich sollte Ihnen danken«, erwiderte sie.

Als die Bedienung sich ihrem Tisch näherte, stellte Gina gleich mal klar: »Ich zahle. Was wollen Sie?«

Klaus, kurz vom Bikini der Bedienung abgelenkt, bestellte ein Heineken. Sein Blick folgte ihr auch, als sie zur Bar ging.

»Keine Sorge«, sagte Gina. »Wenn sie die Getränke bringt, sehen Sie sie wieder.«

»War das so auffällig?«, fragte er.

»Ja, war nicht zu übersehen.«

Er lachte peinlich berührt.

»Gut, Klaus – haben Sie auch einen Nachnamen?« Gina lächelte ihn an. Sie wollte auf das eigentliche Thema zu sprechen kommen.

»Ja. Webber, mit zwei B.«

»Und woher kommen Sie?«

»Aus Hamburg.«

»Ihr Englisch ist ausgezeichnet. Sind Sie zweisprachig aufgewachsen?«

»Meine Mutter hat als Dolmetscherin gearbeitet. Sie hat mit mir ständig Englisch gesprochen. Es wird mir beruflich helfen, hat sie immer gesagt. Und damit recht gehabt.«

»Wie alt sind Sie?«

»Neunzehn.«

»So jung noch, und Sie wissen schon, was Sie machen wollen?«

»In Deutschland ist das anders als in Amerika. In Amerika besucht fast jeder ein College, ob es für ihn sinnvoll ist oder nicht. In Deutschland kann man einen ausgezeichneten Job bekommen, wenn man auf einer Technischen Hochschule einen guten Abschluss macht.«

»Meinen Sie damit einen Job bei Paradise Rentals?«

Sein breites Lachen brachte zwei Reihen ebenmäßiger weißer Zähne zum Vorschein. »Natürlich nicht. Sie sind Amerikanerin, oder?«

»Ja. Aus New York City.«

»Sie kennen sicher BMW, den deutschen Autohersteller?«

»Natürlich.«

»Der Hauptgeschäftssitz von BMW in den USA befindet sich in Woodcliff Lake, New Jersey, nicht weit von New York City entfernt. Jedes Jahr beginnt dort für Trainees aus aller Herren Länder ein neues Ausbildungsjahr, von dort aus werden sie dann in alle Welt geschickt. Manche der Trainees kommen von amerikanischen Colleges, andere wie ich von Technischen Hochschulen.«

»Das ist gut. In den USA haben viele junge Menschen nach dem Studium einige Hunderttausend Dollar Schulden wegen der Studiengebühren, ohne dass sie eine Arbeit finden. Bei BMW werden Sie sich also mit Autos beschäftigen?«

»Nein, mein Spezialgebiet sind Motorräder. Ich fahre sie, seitdem ich vierzehn bin. Meine erste Maschine hab ich mir selbst gebaut. Die Japaner verkaufen die meisten Motorräder, aber die besten bauen BMW und Harley-Davidson.«

»Gut. Sie haben also in Hamburg studiert und wollen bei BMW arbeiten. Was hat Sie nach Aruba verschlagen?«

»Das Ausbildungsprogramm bei BMW beginnt im September. Jetskis haben mich schon immer interessiert. Für mich sind das Motorräder auf dem Wasser. Ich hab mir zwei alte besorgt, sie zerlegt und wieder zusammengebaut, um zu verstehen, wie sie funktionieren. Im Anzeigenteil einer Zeitschrift für Jetskis bin ich dann auf ein Jobangebot gestoßen. Paradise Rentals hat einen Techniker gesucht. Ich hab mich beworben, ich bin genommen worden, und vor zwei Monaten hab ich hier angefangen. Aber ich bin ehrlich, ich hab von Anfang an klargemacht, dass ich im August aufhöre.«

»Klaus, ich bin froh, dass Sie mir das alles erzählen. Sie scheinen genau die Person zu sein, die mir vielleicht weiterhelfen kann.«

»Weiterhelfen? Wobei?«

»Als ich Sie auf dem Tanksteg auf Cathy Ryan angesprochen habe, wollten Sie nicht mit mir reden. Warum nicht?«

»Bevor ich antworte, eine Frage: Sind Sie von der amerikanischen Polizei?«

»Nein.«

»Der Polizei von Aruba?«

»Nein. Ich bin Journalistin.«

»Reporterin?«

Gina war sie nicht recht darüber im Klaren, wie viel sie ihm mitteilen konnte. »Ja, eine Reporterin. Ich recherchiere über ein amerikanisches Unternehmen, in dem einige Angestellte schlechte Erfahrungen gemacht haben. Ich möchte diese Ex-Angestellten aufspüren und erfahren, was ihnen zugestoßen ist.«

»Cathy Ryan war eine davon?«

»Ja. Sie waren Cathys Tourguide an dem Tag?«

Klaus nickte.

»Erzählen Sie mir alles, woran Sie sich erinnern können.«

»Ich hab bei meiner Arbeit mit einer Menge Leute zu tun, aber sie ist mir sofort aufgefallen.«

»Wieso?«

»Weil sie im Unterschied zu Ihnen eine sehr erfahrene Jetski-Fahrerin war.«

»Woher wissen Sie das?«

»Sie haben vielleicht bemerkt, dass der Verleih Modelle unterschiedlicher Hersteller hat.«

»Das ist mir natürlich nicht aufgefallen, aber fahren Sie fort.«

»Nachdem ich bei Cathys Tour den Teilnehmern erklärt habe, wie man mit so einem Jetski umgeht, hat sie das neueste Kawasaki-Modell bemerkt, das wir erst vor Kurzem bekommen haben. Sie hat gefragt, ob sie diese Maschine haben könnte, weil sie alle anderen schon mal gefahren ist.«

»Und was haben Sie gesagt?«

»Klar, kein Problem. Den anderen bei der Tour war es egal, welchen Jetski sie haben.«

»Abgesehen von ihrer Jetski-Erfahrung, wissen Sie noch, in welcher Stimmung sie war? Hat sie einen glücklichen Eindruck gemacht? War sie traurig?«

»Sie war nett, aber zurückhaltend. Sie hat nicht viel gelächelt. Sie hat mich ein wenig an Sie erinnert.«

»An mich?« Gina war überrascht.

»Ja. Es waren drei Typen mit dabei, die dürften in den Dreißigern gewesen sein. Sie wollten sich an sie ranmachen. Sie war nicht unhöflich, hat aber deutlich zu verstehen gegeben, dass sie ihre Ruhe haben wollte.«

»Die Tour hat auch im Tierra Mar zu Mittag gegessen, genau wie wir heute?«

»Ja.«

»Sie haben am selben Tisch gesessen?«

»Ja. Ist das wichtig?«

»Vielleicht. Klaus, es ist einfacher, wenn ich Ihnen erzähle, worum es mir geht. Kann ich mich darauf verlassen, dass Sie über unser Gespräch Stillschweigen bewahren?«

Er nickte.

»Cathy Ryans Tod ist von den Behörden auf Aruba untersucht worden.« Sie deutete auf ihre Tasche. »Ich habe den Polizeibericht gelesen. Man ist sofort zu dem Schluss gekommen, dass es sich um einen Unfall handelte, der durch einen Fahr- oder Bedienfehler verursacht wurde. Außerdem soll Cathy zum Zeitpunkt des Zusammenstoßes betrunken gewesen sein. Ich habe jedoch Grund zu der Annahme, dass es sich nicht um einen Unfall gehandelt hat.«

Klaus nahm einen großen Schluck von seinem Bier. »Ich würde Ihnen gern helfen, wenn ich kann.«

»Haben Sie den Unfall mit eigenen Augen gesehen?«

»Zum Teil. Ich habe als Letzter das Restaurant verlassen, ich hatte noch mit dem Geschäftsführer zu tun. Aber als ich rausgekommen bin, hab ich jemanden schreien gehört, ich hab aufgesehen und gerade noch mitbekommen, wie Cathy in die Jacht gerast ist.«

»Was haben Sie daraufhin gemacht?«

»Ich bin zu meinem Jetski gerannt, um ihr zu helfen.«

»Haben die Leute auf der Jacht versucht, Hilfe zu leisten?«

»Da waren nur ein Mann und eine Frau, beide sehr alt. So um die fünfundsiebzig. Sie konnten ihr nicht helfen. Aber sie haben mir gesagt, sie hätten die Polizei verständigt.«

»Wo waren die anderen Tourteilnehmer?«

»Die waren bereits unterwegs, auf dem Rückweg zum Verleih. Die Jetskis sind sehr laut. Wer sich nicht umdreht, bekommt gar nicht mit, was in seinem Rücken geschieht.«

»Und was ist dann passiert?«

»Als ich zu Cathy kam, war sie schon bewusstlos. Sie hat eine Schwimmweste getragen und ist mit dem Gesicht nach unten im Wasser getrieben. Ich hab sie auf den Sitz meines Jetskis gezogen und sie zur Anlegestelle gebracht. Die Polizei ist sehr schnell gekommen, der Krankenwagen gleich danach. Die Sanitäter haben mit Wiederbelebungsmaßnahmen begonnen.« Sein Gesicht verzog sich gequält. »Dann haben sie Cathy auf eine Trage gelegt, ihr eine Atemmaske übergestreift und sie zum Krankenwagen gebracht. Den Sanitätern war anzusehen, dass sie keine große Hoffnung mehr hatten.«

»Sie hat nicht mehr das Bewusstsein wiedererlangt, solange Sie mit dabei waren?«

»Nein.«

»Laut dem Polizeibericht soll Cathy in Panik geraten sein. Sie hat bis zum Zeitpunkt des Aufpralls Gas gegeben.«

»Das überrascht mich jetzt aber sehr.«

»Warum sagen Sie das?«

»Wir haben mit so vielen Anfängern zu tun, mit so vielen Idioten, die nur losrasen wollen. Aber Cathy war erfahren und vorsichtig. Sie war nicht der Typ, der in Panik gerät.«

»Klaus, von unserem Tisch beim Mittagessen sind die Jetski nicht zu sehen. Was hätte jemand tun können, wenn er es darauf abgesehen hat, dass Cathy verunglückt?«

»Sie meinen, wie hätte er das Fahrzeug *sabotieren* können?«

»Genau.«

Er atmete hörbar aus. »Normalerweise wird die Kraftstoffzufuhr unterbrochen, wenn man den rechten Handgriff loslässt. Man könnte höchstens eine kleine Abdeckung mit einer Feder am Griff befestigen, sodass er auf Vollgas bleibt, auch wenn man die Hand wegnimmt.«

»Was würden Sie tun, wenn der Jetski weiterhin Höchstgeschwindigkeit fährt, obwohl Sie den Griff losgelassen haben?«

»Eine ungewöhnliche Situation. Das Sicherste und Klügste wäre wohl, einfach runterzuspringen. Man würde hart auf dem Wasser aufschlagen, aber unverletzt bleiben. Wahrscheinlich würde ich aber erst einige Sekunden am Griff herumprobieren, falls er sich irgendwie verhakt hat.«

»Dabei würden Sie den Blick auf den Griff gerichtet haben.«

»Vermutlich.«

»Das heißt, Sie würden also nicht sehen, was vor Ihnen liegt.«

»Ja, wahrscheinlich.«

»Wissen Sie, was mit Cathys Jetski nach dem Unfall geschehen ist?«

»Der war ziemlich hinüber. Ich hab einige Teile im Wasser treiben sehen.«

»Wissen Sie, ob sich irgendjemand den Jetski nach dem Unfall angesehen hat?«

»Keine Ahnung. Die Polizei hat mit mir noch auf der Anlegestelle gesprochen, bevor Cathy abtransportiert wurde. Man hat mir gesagt, ich soll zu Paradise Rentals zurückfahren und dort warten. Ein Inspektor würde mich dort befragen.«

»Haben Sie …«

»Und man hat mich angewiesen, im Laden anzurufen und dem Inhaber mitzuteilen, was vorgefallen ist. Außerdem sollte er den anderen Tourteilnehmern ausrichten, dass sie im Laden warten. Der Inspektor wollte ebenfalls mit ihnen reden.«

»Wurden Sie alle gemeinsam befragt?«

»Erst nicht. Er hat mit mir gesprochen und mit dem Inhaber. Er wollte wissen, ob es mit Cathys Jetski schon vor dem Unfall irgendwelche Probleme gegeben hat. Aber das war nicht der Fall, ehrlich nicht.«

»Und dann hat er die anderen Teilnehmer befragt?«

»Ja. Keiner von denen hat den Unfall überhaupt mitbekommen. Sie waren alle schon losgefahren. Er war aber sehr am Mittagessen interessiert und wie viel jeder von uns getrunken hat.«

»Hat das Restaurant auch seine weltberühmten Piña coladas an Mann und Frau bringen wollen wie heute?«

Klaus lächelte. »Ja. Genau wie heute.«

»Nach dem Polizeibericht hat jeder beim Essen, auch Cathy, sehr viel getrunken, was vermutlich eine Rolle bei dem Unfall gespielt hat.«

»Das stimmt nicht. Ich habe nichts getrunken. Und Cathy sehr wenig.«

»Die Restaurantrechnung, die auf ihre Hotelrechnung aufgeschlagen wurde, weist zwei Piña coladas aus. So steht es im Polizeibericht.«

»Als der Kellner mit einer weiteren Runde kam, war Cathys Glas noch halb voll. Aber bevor sie ablehnen konnte, wurde es schon aufgefüllt. Als wir schließlich aufbrachen, ist mir aufgefallen, dass ihr Glas immer noch voll war.«

Klaus nahm den letzten Schluck von seinem Bier und sah auf seine Uhr.

»Klaus«, sagte Gina, »ich kann Ihnen gar nicht genug danken. Sie waren mir eine große Hilfe.« Sie gab ihm ihre Visitenkarte.

»Hier haben Sie meine Mobilnummer und Mailadresse. Falls Ihnen noch irgendwas einfallen sollte ...«

»... melde ich mich. Danke für das Bier.«

20

Gina war in ihrem Hotelzimmer so sehr in Gedanken versunken, dass sie die Schönheit des Sonnenuntergangs nur am Rande wahrnahm. Der hellorangefarbene Ball war mittlerweile am Horizont verschwunden. Sein gelber Lichtschein ließ die bauschigen Wolken erstrahlen, bevor sich alles zu einem blassen Zwielicht abmilderte.

Ihr Termin bei Inspektor Werimus war für zehn Uhr dreißig am nächsten Morgen festgelegt. Laut Google Maps dauerte die Fahrt zur Polizeidienststelle fünfundzwanzig Minuten.

Ursprünglich hatte sie vorgehabt, mit allen zu sprechen, die Cathy Ryan auf ihrer Jetski-Tour begleitet hatten. Ihre Namen waren im Polizeibericht aufgeführt. Vier kamen aus den USA, einer aus Kanada. Es würde nicht schwer sein, sie ausfindig zu machen.

Aber was würde sie von ihnen erfahren, was sie nicht schon von Klaus gehört hatte? Hätte Cathy eine Ahnung davon gehabt, dass sie sich in Gefahr befunden hatte, hätte sie das sicherlich keinem bei der Tour – oder auch im Hotel – mitgeteilt.

Nach ihrer Rückkehr vom Treffen mit Klaus hatte sie sich mit dem Portier unterhalten. Er beteuerte zwar, dass er Informationen über die Gäste eigentlich nicht herausgeben dürfe, sagte ihr aber, dass Cathys Zimmerreservierung nach ihrem Unfall noch für zwei weitere Tage gegolten hätte. Allerdings wusste er nicht, was sie für die verbliebene Zeit noch alles geplant hatte. Über das Hotel hatte sie nur die Jetski-Tour gebucht.

Es gab nur noch eine Person auf Aruba, die, wie Gina meinte, ihr weiterhelfen könnte. Der Inhaber von Paradise Rentals. Sie ärgerte sich, Klaus nicht gefragt zu haben, was mit dem demolierten Jetski geschehen war. Vielleicht wusste er es auch gar nicht. Zumindest der Ladeninhaber musste es aber wissen.

Gina überlegte, den Inhaber noch vor ihrem Termin bei der Polizei aufzusuchen, verwarf den Gedanken aber. Nach dem Treffen mit dem Inspektor würde sie besser vorbereitet sein, um ihm Fragen zu stellen.

Zum vielleicht zehnten Mal an diesem Tag sah sie auf ihr Handy, in der Hoffnung, eine Sprach- oder Textnachricht von Meg Williamson vorzufinden. Unverdrossen klappte sie ihren Laptop auf und wartete, bis ihre Mails heruntergeladen waren. Sie überflog sie. Nichts von Meg, wie sie enttäuscht feststellte. »Wer am lautesten schreit, wird auch gehört«, sagte sie sich, rief bei Meg an, hinterließ eine weitere Nachricht und schickte ihr noch eine Mail.

Ihre Laune hob sich, als sie die Mail von ihrem Vater las. Er war im Kino gewesen und schwärmte von einem neuen, gerade eröffneten Restaurant.

Sie war erleichtert. In früheren Mails oder bei ihren Telefonaten hatte er immer darüber reden wollen, was sie gerade machte, an welcher Story sie arbeitete, wie es mit Ted ging. Und wenn sie ihm alles erzählt hatte, fragte sie ihn meistens: »Dad, genug über mich. Was treibst du so den lieben langen Tag?« Seine Antworten darauf waren immer sehr ausweichend. »Mach dir um mich mal keine Sorgen. Mir geht es gut.« Sie sprach ein stummes Dankgebet, dass er so viele Freunde hatte, die ihn in ihre Pläne miteinbezogen.

21

Die Polizeidienststelle auf Aruba lag im Herzen von Oranjestad, einer Stadt mit knapp dreißigtausend Einwohnern. Das Gebäude mit seiner cremefarbenen Fassade war im spanischen Kolonialstil gehalten. Drinnen standen drei Stuhlreihen zu beiden Seiten eines Mittelgangs. Direkt vor Gina saß ein uniformierter Polizist hinter einem Respekt einflößenden Holzschreibtisch.

Gina trat näher. Der Polizist war in die vor ihm liegende Tageszeitung vertieft. Zwanzig Sekunden vergingen. Da sie nicht wusste, wie sie ihn sonst auf sich aufmerksam machen sollte, räusperte sie sich etwas lauter, als nötig gewesen wäre. Es funktionierte.

Jetzt konnte sie auch das Namensschild an seiner Brusttasche entziffern. Knudsen sah zu ihr auf und entschuldigte sich. Bevor er weiter ausholen konnte, sagte sie: »Mein Name ist Gina Kane. Ich bin mit Inspektor Hans Werimus verabredet.«

Er schob ihr ein Klemmbrett hin und bat sie, sich einzutragen. »Ich hab um halb elf einen Termin bei ihm.«

»Bitte nehmen Sie Platz. Ich gebe Bescheid, dass Sie da sind.«

Gina drehte sich um, ging zur ersten Stuhlreihe und setzte sich. Knudsen brauchte noch mehrere Minuten, bis er sich vom offensichtlich äußerst spannenden Zeitungsartikel losreißen konnte. Sie überlegte schon, ob sie sich noch einmal vernehmlich räuspern sollte, ließ es dann aber sein. Ihre Geduld wurde schließlich belohnt. Knudsen griff zum Hörer und wählte.

Eine halbe Stunde verging. Es hatte keinen Sinn, den Polizeibericht erneut durchzugehen. Sie kannte ihn mittlerweile fast auswendig. Sie sah auf ihre Uhr. Fast elf. Die Mühlen der Gerechtigkeit mahlen langsam, ging ihr durch den Kopf.

Sie hörte das Telefon auf Knudsens Schreibtisch klingeln. Er meldete sich und legte gleich wieder auf. »Ms. Gina Kane.« Er sah zu ihr, dann deutete er nach links und zeigte ihr, welchen Weg sie nehmen sollte. Ein Mann wartete am Ende des langen Gangs. Er war weit über eins achtzig. Gina erinnerte sich, irgendwo gelesen zu haben, dass die Holländer zu den größten Menschen weltweit gehörten. Die durchschnittliche Körpergröße von Männern lag bei über eins zweiundachtzig.

»Folgen Sie mir bitte«, sagte er und führte sie um die Ecke zu einem Raum mit acht durch schulterhohe Seitenwände voneinander getrennte Kabinen. Den Stimmen nach zu urteilen, die zu hören waren, mussten zumindest einige der Kabinen besetzt sein.

Der Inspektor blieb bei der zweiten Kabine stehen, zog einen Stuhl unter dem Tisch hervor und deutete auf einen zweiten, kleineren Stuhl. »Bitte nehmen Sie Platz«, sagte er. »Tut mir leid, wir müssen leider mit beengten Platzverhältnissen vorliebnehmen.«

»Ich danke Ihnen, dass Sie für mich Zeit finden, Inspektor Werimus. Ich würde Ihnen gern einige Fragen stellen ...«

»Ms. Kane, eines muss ich klarstellen: Ich bin Inspektor Andrew Tice. Inspektor Werimus ist einem dringenden Fall zugeteilt worden und wird in den nächsten Tagen nicht verfügbar sein.«

»Das ist, offen gesagt, sehr enttäuschend«, sagte Gina und legte ihr Notizbuch auf den Schoß. »Ich bin extra von New York angereist, um mich mit ihm zu treffen.«

»Ich bedaure die Unannehmlichkeiten, aber manchmal lässt sich das nicht ändern. Vielleicht kann ja ich Ihnen behilflich sein.«

»Vielleicht«, erwiderte Gina mit einen Anflug von Sarkasmus.

Tice öffnete eine Schublade am Schreibtisch und holte eine Akte heraus. »Bevor wir loslegen, Ms. Kane, würde ich gern erfahren, was Sie an dem Fall so sehr interessiert. Sie haben meinem Kollegen gesagt, Sie seien Autorin?« Er sah auf die Akte.

»Das stimmt.«

»Von Romanen?«

»Nein. Ist es wirklich wichtig, womit ich meinen Lebensunterhalt bestreite?«

»Ja, vielleicht«, antwortete er mit einem herablassenden Lächeln. »Sind Sie Anwältin?«

»Nein.«

»Sie sagen, Sie sind Autorin ...«

»Ich bin Reporterin«, unterbrach Gina und lächelte ihn ebenso herablassend an.

»Gut. Dann sind Sie vielleicht eine Reporterin, die für eine Anwaltskanzlei arbeitet?«

Gina änderte die Taktik. »Inspektor Tice, ich habe nicht das geringste mit einer Anwaltskanzlei zu tun. Aber je mehr Fragen Sie stellen, desto mehr bin ich versucht, eine zu konsultieren. Kann ich jetzt meine Fragen loswerden?«

»Tut mir leid, Ms. Kane. Bürger der USA neigen gern dazu, vor Gericht zu ziehen, wenn irgendwo etwas nicht nach ihrem Geschmack läuft. Aber Gerichtsprozesse sorgen für schlechte Publicity. Aruba ist eine kleine Insel, die vom Tourismus lebt, wobei die meisten Touristen aus den USA kommen. Ich beantworte sehr gern Ihre Fragen.«

Auf dem Rückweg ins Hotel starrte Gina aus dem Fenster ihres Taxis, ohne draußen etwas wahrzunehmen. Ihr Besuch bei der Polizei war reine Zeitverschwendung gewesen. Tice wusste sehr wenig, was nicht schon im Polizeibericht stand. Gina sprach ihn auf die Aussage des Streifenbeamten an, wonach Cathys Leichnam stark nach Alkohol gerochen habe. »Cathy Ryan hat gut zwei Minuten mit dem Gesicht nach unten im Wasser gelegen. Können Sie mir erklären, wie der Beamte unter diesen Umständen einen starken Alkoholgeruch hat feststellen können?«

»Das kann ich nicht. Aber es würde nicht im Bericht stehen, wenn er es nicht am Tatort festgestellt hätte.«

»Dem Streifenpolizisten van Riper ist also auf der Anlegestelle aufgefallen, dass die Leiche stark nach Alkohol roch. Ist ihm das aufgefallen, bevor oder nachdem er erfahren hat, dass Cathy Ryan im Restaurant Alkohol serviert worden war?«

»Das weiß ich nicht. Bedaure.«

Ich auch, dachte Gina.

Tice bekräftigte die Richtigkeit des Polizeiberichts, wonach Cathy beim Mittagessen zwei Drinks zu sich genommen hatte. Gina zögerte, Klaus zu erwähnen, der in diesem Punkt andere Informationen hätte vorlegen können. Wenn sie ihn jetzt in diese Sache mit hineinzog, würde er vielleicht später, wenn sie ihn brauchte, nicht mehr zur Verfügung stehen.

Einzig bei der Frage, was nach dem Unfall mit dem Jetski geschehen war, hatte Tice ihr weiterhelfen können. »Die Untersuchung kam zu dem Schluss, dass der Jetski einwandfrei funktioniert hat, der Unfall war daher auf einen Bedienfehler zurückzuführen. Das Gerät wurde daraufhin Paradise Rentals, dem rechtmäßigen Eigentümer, übergeben.«

»Die Polizei hat ihn also dem Mietunternehmen zurückgebracht?«

»Nein. Wir sind kein Lieferservice. Der Eigentümer des Jetskis konnte ihn jederzeit abholen und damit tun und lassen, was ihm beliebt.«

»Aber Sie wissen nicht, was Paradise Rentals mit dem Jetski gemacht hat?«

»Nein. Warum sollte ich?«

Dich interessiert es nicht, was mit Cathy Ryans Jetski geschehen ist, aber mich, dachte sie.

»Entschuldigen Sie«, rief sie und versuchte die Aufmerksamkeit des Taxifahrers zu gewinnen.

Er stellte das Radio leiser.

»Planänderung«, sagte sie und nannte ihm die Adresse des Verleihers.

22

Der Inhaber der Verleihfirma hing am Telefon, als Gina wieder das kleine Büro betrat, und nahm eine Reservierung von vier Kajaks für den folgenden Nachmittag entgegen. Bevor sie eingetreten war, hatte sie zum Tanksteg gesehen. Von Klaus keine Spur, ebenso wenig waren die Jetskis an ihren Anlegestellen. Wahrscheinlich waren sie auf Tour.

Der Inhaber legte auf und wandte sich an Gina. »Kann ich Ihnen helfen?«

»Ja, das können Sie. Mr. ...?«

»De Vries«, sagte er und deutete zu einer gerahmten Lizenz, die an der Wand hinter seinem Tresen hing.

»Das Geschäft gehört Ihnen, Mr. de Vries?«

»Seit fünfundzwanzig Jahren, ja«, antwortete er lächelnd.

»Vor zweieinhalb Wochen ist eine junge Frau auf einem von Ihnen verliehenen Jetski ums Leben gekommen.«

»Sind Sie Anwältin?«, fragte de Vries. Sein Lächeln war einem finsteren Blick gewichen.

Dann auf ein Neues, dachte sich Gina. In den nächsten zwei Minuten beteuerte sie ihm, dass sie weder für eine Anwaltskanzlei arbeite noch Interesse daran habe, ihn zu verklagen, außerdem, dass sie überzeugt sei, dass der Jetski, den er an Cathy vermietet hatte, einwandfrei funktionierte, *als er ihn an sie vermietet hatte.*

»Ich möchte herausfinden, was mit dem Jetski nach dem Unfall geschehen ist. Die Polizei gibt an, er sei Ihnen wieder übergeben worden. Haben Sie ihn in Ihren Laden zurückgebracht?«

»Natürlich nicht. Für wie blöd halten Sie mich?«

»Das Ding gehört doch Ihnen ...«

»Ich weiß, wem es gehört. Sie haben gestern an der Tour teilgenommen, oder?«

»Ja.«

»Wie würde es aussehen, wenn Sie runter zur Anlegestelle laufen und dort ein Jetski-Wrack liegen sehen? Da würden Sie doch fragen, was denn damit passiert sei, und ich würde antworten, ›keine große Sache, damit ist bloß eine junge Frau im Hafen in eine Jacht gerauscht und dabei ums Leben gekommen. Aber Sie werden sicherlich bei uns viel Spaß haben.‹«

»Okay. Ich verstehe, warum Sie den Jetski nicht mehr hier haben wollen. Was haben Sie damit gemacht?«

»Ich hab einen Transportdienst angerufen und beauftragt, das Ding auf der Müllkippe zu entsorgen.«

»Sie haben Ihre Leute keinen Blick draufwerfen lassen, damit sie feststellen konnten ...«

»Damit sie was feststellen konnten? Die Polizei hat mir erzählt, dass die junge Frau, die noch dazu betrunken war, in Panik geraten ist und den Unfall verursacht hat. Was hätte ich mir denn ansehen sollen?«

»Wissen Sie, auf welche Müllkippe der Jetski gebracht wurde?«

»Es gibt nur eine hier. Aber dort werden Sie den Jetski kaum noch finden.«

»Warum nicht?«

»Weil das über zwei Wochen her ist. Das Ding dürfte mittlerweile im Müll begraben und voll und ganz hinüber sein.«

23

Hinüber fühlte sich auch Gina am nächsten Morgen, als sie sich zu Beginn des fast fünfstündigen Flugs von Aruba zum JFK in ihrem Sitz anschnallte. Um nichts unversucht zu lassen, hatte sie sich einen Wagen gemietet und war zur Deponie hinausgefahren, auf der der Müll dieser Inselhälfte landete. Die Laster, die nahezu ununterbrochen ankamen oder abfuhren, wurden alle zehn Minuten vom schrillen Kreischen der Müllpressen übertönt. Ein Aufseher hatte ihr bestätigt, dass alles, was Metall enthielt – Autos, alle möglichen Geräte und, ja, auch ein Jetski –, zusammengepresst und als Altmetall verkauft würden. Im Durchschnitt dauerte es drei Tage, bis ein metallischer Gegenstand nach seiner Ankunft in der Schrottpresse landete. Von einem fast drei Wochen zuvor abgeladenen Jetski war nichts mehr übrig.

Der Airbus 320 beschleunigte auf der Rollbahn und stieg über den türkisfarbenen Gewässern auf. Das hydraulische Summen verkündete, dass das Fahrwerk im Rumpf der Maschine verschwunden war. Nachdenklich sah Gina aus dem Fenster. »Sackgasse« war das Wort, das ihr durch den Kopf ging. Aber ihr Gefühl sagte ihr auch, dass sie auf der richtigen Spur war. Jemand hatte Cathy Ryan umbringen wollen und es wie einen Unfall aussehen lassen. Allerdings führte die Spur ins Nichts, zumindest auf Aruba. Sie musste ihre Hoffnungen auf Meg Williamson richten, die aus irgendeinem Grund nicht auf ihre Nachrichten reagierte.

Geoff hatte sie eine Mail geschickt, um einen Termin bei ihm zu vereinbaren, damit sie ihn informieren konnte, was sie auf Aruba erfahren hatte. Seine Antwort hatte sie überrascht. Da er Anfang nächster Woche unterwegs sein würde, hatte er ihr vorgeschlagen, ihn gleich diesen Nachmittag zu treffen, falls sie sich nicht zu müde fühlte. Gina hatte eingewilligt.

So stand sie jetzt vor einer kniffligen Aufgabe. Sie musste Geoff davon überzeugen, dass die REL-News-Story Potenzial hatte, obwohl sie selbst im Moment nicht so recht wusste, wie sie weitermachen sollte.

Zumindest der Abend sollte aber nett werden, dachte sie. Lisa hatte vorgeschlagen, es sei mal wieder allerhöchste Zeit für ein Freitagabendtreffen, um sich angemessen aufs Wochenende vorzubereiten. Nach dem Aufenthalt auf Aruba konnte sie ein wenig Spaß gebrauchen, dachte sich Gina und begann sich Notizen für das Treffen in der Redaktion zu machen.

24

Geoff erwartete sie um halb vier. Damit hatte sie noch genug Zeit, ihre Sommerkleidung auf die Waschmaschine zu werfen und ihre Toilettensachen auszupacken. Und um ihren Vater anzurufen. Sie hatte es vor dem Abflug auf Aruba versucht, aber nur den Anrufbeantworter erreicht. Bislang hatte er nicht zurückgerufen. Ihre leichte Besorgnis stellte sich dann aber schnell als unnötig heraus. »Hallo. Tut mir leid, ich hab deinen Anruf übersehen.«

Ansonsten klang er unerwartet fröhlich. Was sie freute, aber auch überraschte. Auf ihr »Hallo, Dad« folgte sofort seine Frage: »Wie war es auf Aruba?«

»Besseres Wetter als in New York. Wie war es in Florida?«

»Die letzten Tage hat es geregnet.«

»Wie schade. Womit hast du dich beschäftigt?«

»Ach, ich hab ein paar Filme im Kino nachgeholt.« Gina wusste, dass ihr Vater nur ungern allein ins Kino ging. »Wer hat dich begleitet?«

»Eine neue Nachbarin, eine Kinoliebhaberin.«

»Schön für dich.«

»Und wie läuft es bei deiner neuen Story?«

Kurz erzählte sie ihm von ihren Fortschritten oder eben fehlenden Fortschritten, ohne dabei – die übliche journalistische Gepflogenheit – den Namen des Unternehmens zu nennen, über das sie recherchierte. Danach plauderten sie noch etwas, aber erst als Gina schon aufgelegt hatte, fiel ihr ein, dass ihr Vater den Namen seiner neuen Nachbarin nicht erwähnt hatte. Sie schob den Gedanken beiseite, während sie in eine Winterjacke schlüpfte und sich einen Schal um den Hals wickelte. Es war an der Zeit, zur U-Bahn zu eilen, um sich mit Geoff zu treffen.

Eine halbe Stunde später, bei ihrer Ankunft in der Redaktion, wurde sie wie üblich von Jane begrüßt. »Immer schön, dich zu sehen. Der Boss hat gesagt, ich soll dich gleich reinschicken, wenn du da bist.«

Gina war nicht zu spät dran, trotzdem beschleunigte sie ihre Schritte. Sie klopfte an Geoffs Bürotür und öffnete sie, als sie hörte: »Kommen Sie rein, Gina.«

Wieder saß er am Tisch am Fenster. Vielleicht zog er – genau wie Charles Maynard – bei kleineren Treffen diesen Platz seinem Schreibtisch vor. »Erzählen Sie mir von Ihrem Urlaub auf Aruba«, begann er. Entsetzt starrte Gina ihn an. Betrachtete er ihre Reise wirklich als einen Urlaub?

Dann aber bemerkte sie seine hochgezogene Augenbraue. »Mein subtiler britischer Humor, verzeihen Sie, Gina. Gut, erzählen Sie mir, was Sie herausgefunden haben.«

Gina berichtete von ihrem Versuch, Cathy Ryans Aufenthalt so weit wie möglich nachzuvollziehen; sie war im selben Hotelzimmer abgestiegen, hatte an der gleichen Jetski-Tour teilgenommen. Sie fasste den Inhalt ihrer Gespräche zusammen und erzählte von ihrem Besuch auf der Mülldeponie.

»Geoff, der Gasgriff von Cathys Jetski ist von großer Wichtigkeit«, sagte sie. »Wurde er manipuliert, als sie mit der Gruppe beim Essen saß? Klaus, der Tourguide, meinte, so was sei leicht zu bewerkstelligen.« Sie fuhr fort: »Die Polizei auf Aruba war jedenfalls entschlossen, Cathys Tod als einen unglücklichen Unfall hinzustellen. Und die Polizei hat absichtlich oder unabsichtlich zugelassen, dass jeder Beweis zerstört wurde.«

»Wie gehen wir jetzt weiter vor?«

»Cathys Bruder hat eine Freundin seiner Schwester bei REL News erwähnt, mit der sie immer noch in Kontakt stand. Sie heißt Meg Williamson. Ich hab ihr mehrere Nachrichten geschickt und ihr auch auf die Mailbox gesprochen. Bislang hat sie sich nicht gemeldet.«

»Dann sollten wir mit ihr weitermachen«, erwiderte Geoff. Er stand auf. Das Treffen war offensichtlich vorbei.

»Ich mach mich sofort an die Arbeit«, sagte sie. »Gibt es hier einen ruhigen Ort, wo ich telefonieren könnte?«

»Ich bitte Jane, dass sie Sie in den kleinen Konferenzraum bringt.«

»Nicht nötig. Ich kenne den Weg.«

Zwei Minuten später schloss Gina die Tür hinter sich, drückte in Gedanken die Daumen und wählte Meg Williamsons Nummer. Nach dem vierten Klingeln meldete sich die Mailbox.

25

»Mommy, warum gehst du nicht ans Telefon?«, fragte Jillian. Meg legte den Finger an die Lippen und machte *schhh*. Sie lächelte unsicher. »Das ist bestimmt wieder nur so ein Anruf von Leuten, die uns was verkaufen möchten«, erklärte sie, obwohl sie Gina Kanes Nummer sah, die ihr von ihren früheren Nachrichten mittlerweile bekannt war.

»Oder die uns sagen, dass wir was gewonnen haben, aber das stimmt dann gar nicht«, erwiderte Jillian und verließ auch schon das Wohnzimmer, um ins Nebenzimmer zu gehen, wo sie immer ihre Hausaufgaben machte.

Meg sah der Sechsjährigen hinterher. Jillian entgeht nichts, dachte sie liebevoll. Ein weiterer Grund, warum sie nicht wollte, dass sie hier war, wenn *er* anrief.

Sie hatte ihm von Ginas Anrufen erzählt. Er hatte ihr befohlen, sie zu ignorieren. Sie hatte seine Anweisungen befolgt, aber die Anrufe hörten nicht auf. Wie lange sollte das noch so gehen?

26

Nach dem erfolglosen Anruf bei Meg Williamson verließ Gina den Konferenzraum und fuhr nach Hause. Sie hatte sich mit Lisa zwar zum Abendessen verabredet, allerdings weder Zeit noch Ort ausgemacht.

Sie rief sie an, Lisa meldete sich nach dem ersten Klingeln.

»Hallo, irgendeinen Vorschlag, wo wir uns treffen?«

»Jedes Lokal, in dem die Barkeeper keine Eiswürfel durch die Gegend werfen. Die Mandantin mit dem gebrochenen Knöchel hat jetzt festgestellt, dass sie sich beim Sturz auch noch am Hals verletzt hat.«

Gina lachte. »Ich will alles darüber erfahren.«

»Und ich will von dir hören, wie es in der Sonne auf Aruba war. Ich reserviere einen Tisch in der Villa Cesare für halb acht.«

Villa Cesare in der 86th Street gehörte zu den Restaurants, die immer voll waren. Sie und Lisa durften sich aber zu den Stammgästen zählen und waren mit dem Besitzer und den meisten Angestellten per Du.

»Bis dann also«, bestätigte Gina. Wie schön, wenn man so eine Freundin hatte, dachte sie sich und legte das Handy zur Seite. Und noch besser, wenn man sich schon lange kannte.

Ihre Bekanntschaft ging auf das schlimmste Blind Date ihres Lebens zurück. Er, der ältere Bruder eines Mädchens aus ihrem Studentenwohnheim, war Harvard-Student und total von sich eingenommen. Das Beste an diesem Date war dann später an der Bar, als er auf Harvard-Kommilitonen stieß und sich schier endlos mit ihnen unterhielt. Da lernte sie zufällig Lisa kennen.

Lisa war im zweiten Studienjahr an der Boston University und hatte ebenfalls ein erstes Date mit einem Harvard-Studenten. Und war genauso gelangweilt wie Gina. So kamen sie ins Gespräch und retteten sich gegenseitig an diesem katastrophalen Abend. Seitdem waren sie miteinander befreundet.

Sie waren damals beide neunzehn gewesen, dachte Gina. Das alles war jetzt dreizehn Jahre her. Sie hatte nie jung heiraten wollen. Na, Ziel erreicht, wie ihr Dad sagen würde. Zweiunddreißig ging auf keinen Fall mehr als jung durch.

Sie schob den Gedanken beiseite. Das Wichtigste war momentan, irgendwie mit Meg Williamson in Kontakt zu kommen. Sie hatte sie so oft angerufen, dass es fast schon an Belästigung grenzte.

Lisa saß bereits am Tisch und nippte an einem Apple Martini. Gina zog sich einen Stuhl heran. »Du lässt ja ganz schön den Kopf hängen, meine Liebe. Irgendwas nicht in Ordnung?«, fragte sie zur Begrüßung.

»Nein, alles okay. Ich musste nur daran denken, wie sich Kleinigkeiten, zum Beispiel Eiswürfel, die auf den Boden fallen, zu ernsthaften Problemen auswachsen können.« Lisa lachte. »Los, erzähl, wie war es auf der Insel?«

Gina seufzte. »›Kompliziert‹ – das beschreibt es wohl am besten. Ich möchte dich nicht mit Einzelheiten langweilen.«

»Nichts ist langweiliger als eine siebenstündige eidesstattliche Aussage, wie ich sie heute erleben durfte. Los, erzähl schon.«

Wie vier Stunden zuvor bei Geoff erzählte Gina also von ihren Befragungen auf der Insel und den Gesprächen mit Andrew Ryan. Sie schloss mit den Worten: »Mein Gefühl sagt mir, irgendwas geht bei REL News vor sich. Aber ich möchte unbedingt vermeiden, hinter jedem Zufall eine Verschwörung zu wittern.«

»Gina, ich hab es dir schon mal gesagt, als wir uns darüber unterhalten haben: Wenn jemand überlegt, ein großes Unternehmen zu verklagen, und daraufhin bei einem Unfall ums Leben kommt, schrillen bei mir sämtliche Alarmsirenen. Dazu kommt, dass sich diese Meg Williamson weigert, mit dir zu reden – da geht bei mir ebenfalls der Alarm los. Hat Cathy Ryan in ihrer Mail nicht was von weiteren Opfern erwähnt?«

Gina zitierte die Passage aus dem Gedächtnis: »Dort hatte ich mit einem der obersten Vorgesetzten ein schreckliches Erlebnis. Ich war nicht die Einzige.«

»Also«, erwiderte Lisa, »entweder geht es hier nur um Ryan und möglicherweise um Williamson, oder ...«

Gina beendete für sie den Satz. »Oder die beiden sind die Spitze eines Eisbergs, und es gibt mehr Opfer, vielleicht sehr viel mehr.«

ZWEITER TEIL

Zwei Jahre zuvor

27

Fast zwei Jahre zuvor, an einem Freitagabend gegen halb sechs. Die Mitarbeiterbüros waren in einem Gebäude auf der gegenüberliegenden Straßenseite der REL-Studios und der Redaktion untergebracht. Michael Carter, als Jurist in der Personalabteilung tätig, war länger geblieben, weil er noch ein Projekt fertigstellen wollte, freute sich aber schon auf das Wochenende.

Jemand klopfte leise an die Tür. Lauren Pomerantz stellte sich kurz vor. Sie war eins sechzig groß, hübsch, hatte kastanienbraune Haare und hellbraune Augen. Er konnte sich nicht erinnern, mit ihr schon mal zu tun gehabt zu haben, ihr Gesicht war ihm aber aus der Cafeteria vertraut. Sie machte einen nervösen Eindruck und musste erst dazu überredet werden, Platz zu nehmen.

Auf ein Neues also, dachte sich Carter. Die letzte junge Mitarbeiterin, die bei ihm angeklopft hatte, hatte sich beschwert, weil es in der Cafeteria anscheinend nicht genügend glutenfreie Speisen gab. Was würde sie wollen?

»Mr. Carter«, begann sie, »ich arbeite wirklich gern bei REL News. Ich habe mich nie beschwert, wenn ich mal über Nacht durchgearbeitet habe. Ich gehe wirklich ungern. Es war richtig, was ich gemacht habe, nachdem es passiert ist, aber keiner hat irgendetwas unternommen.« Tränen traten ihr in die Augen und liefen ihr über die Wangen. »Und jetzt bin ich dem Team zugeteilt, das ihn auf der Konferenz begleiten soll.« Sie begann zu schluchzen und vergrub das Gesicht in den Händen.

»He, schon gut, ich bin da, um Ihnen zu helfen«, sagte er,

nachdem er gewartet hatte, bis sie sich etwas sammeln konnte. Am liebsten hätte er sie in den Arm genommen oder ihre Hände berührt. Aber das verbot sich natürlich.

»Haben Sie was dagegen, wenn ich mich Ihnen gegenüber setze?«, fragte er und zog einen Stuhl zurecht.

Sie schüttelte den Kopf.

»Lauren, es freut mich, dass ich Ihr Vertrauen genieße und Sie zu mir gekommen sind. Ich möchte Ihnen helfen. Vielleicht fällt es Ihnen schwer, darüber zu reden, aber ich muss wissen, was vorgefallen ist.«

»Sie werden mir nicht glauben.«

»Geben Sie mir doch erst mal die Chance, mir alles anzuhören, bevor Sie zu wissen glauben, wie ich darauf reagieren werde.«

»Gut«, sagte sie und nickte. »Vor vier Wochen, an einem Mittwoch, dem vierundzwanzigsten, bin ich an meinem Arbeitsplatz von Evelyn Simms angerufen worden.« Simms war Brad Matthews' Sekretärin. »Sie hat gesagt, Mr. Matthews möchte mir persönlich danken für die Bearbeitung des Beitrags über die Abstimmung zum Waffenkontrollgesetz, und hat mich gefragt, ob ich nach der Ausstrahlung am Abend in sein Büro kommen könnte. Natürlich habe ich zugesagt.«

»Und Sie sind hingegangen?«, fragte Carter.

Lauren nickte. »Ich habe auf dem Weg dorthin noch einen Zwischenstopp in der Maske eingelegt. Rosalee hatte nichts zu tun, also hat sie mein Make-up schnell noch ein bisschen aufgefrischt.«

»Warum haben Sie das getan?«

»Ich weiß es nicht. Das frage ich mich auch die ganze Zeit. Irgendwie hatte ich das Gefühl, ich wäre auf dem Weg zu einem Vorstellungsgespräch. Ich gebe es ja zu, ich wollte mich von meiner besten Seite zeigen.«

»Fahren Sie fort.«

»Anfangs war alles okay. Mr. Matthews hat von den Anfängen bei einem kleinen Kabelsender in Detroit erzählt. Ich kannte die Geschichte schon, unterbrach ihn aber nicht. Und während er erzählte, stand er auf und schloss die Tür zu seinem Büro.«

»Sie hatten keine Einwände?«

»Nein. Es ist doch sein Büro. Er ist Brad Matthews. Was hätte ich denn sagen sollen?«

»Und was ist dann geschehen?«

»Er hat von Teamwork geredet, wie wichtig es sei, dass jeder ein Teamplayer ist, dass die Chemie stimmt, dass man sich gegenseitig hilft und unterstützt. Er hat mich gefragt, ob ich das genauso sehe.«

»Und Sie ...?«

»Was hätte ich denn sagen sollen? Natürlich habe ich ihm zugestimmt. Er hat gesagt, dass wir uns näherkommen sollten. Ich habe nichts darauf erwidert. Dann ist er ans Fenster getreten, hat hinausgesehen und geschwärmt, dass er nicht genug bekommt von dieser wunderbaren Aussicht über den East River. Er hat auf etwas gedeutet und mich zu sich herangewinkt.«

Wieder traten ihr Tränen in die Augen. Um ihr etwas Zeit zu lassen, stand er auf, ging hinter seinen Schreibtisch und holte zwei Flaschen Mineralwasser. Er gab ihr eine, sie schraubte sie auf und nahm einen Schluck.

»Sie standen also neben ihm am Fenster ...«

»Ich sah hinaus, dorthin, wohin er zeigte. Aber mit einem Mal trat er hinter mich und hielt mich umfasst. Dann waren seine Finger an meiner Stirn und strichen über mein Gesicht.« Ihr Atem beschleunigte sich, sie bemühte sich um Selbstbeherrschung. »Ich spürte, wie er sich an mir rieb. Seine Hand wanderte hinunter zu meinem Hals, unter meine Bluse, auf meine Brüste.«

»Haben Sie gesagt, dass er damit aufhören soll?«

»Erst hatte ich Angst. Dann habe ich gesagt: ›Was machen Sie da?‹«

»Und?«

»Er hat gesagt: ›Ich bin doch dein Freund, wir kommen uns nur näher.‹ Und dann hat er mich am Hals und bis hinauf zur Stirn geküsst.«

Carter hörte ihr gebannt zu. Laut manchen Umfragen ist Brad Matthews der vertrauenswürdigste Mann Amerikas. Falls das, was er soeben gehört hatte, stimmte, würde es wie eine Bombe einschlagen. *Falls* – woran er aber so seine Zweifel hatte.

»Es tut mir leid, dass Sie das alles noch einmal durchleben müssen«, sagte er, »aber ich muss genau wissen, was sich zugetragen hat.«

»Er wollte mich noch mal küssen, da hat das Telefon auf seinem Schreibtisch geklingelt.«

»Er ging ran?«

»Er tat so, als wäre überhaupt nichts gewesen. Er ließ von mir ab, ging rüber und nahm den Hörer auf. Senator McConnell war in der Leitung. ›Hey, Mitch, was gibt's?‹ – das hat er zur Begrüßung gesagt.«

»Hat er Sie gebeten, zu gehen oder noch zu bleiben?«

»Er hat mich noch nicht mal mehr angesehen. Als wäre ich gar nicht da. Ich bin dann einfach gegangen. Er hat mir noch nachgewinkt.«

Carter schwieg. Lauren starrte ihn nur an, dann fragte sie: »Mr. Carter, Sie glauben mir doch?«

Er atmete hörbar aus. Hätte er ihr ehrlich antworten können, hätte er gesagt: *Nein, ich glaube dir nicht. Ich glaube, du erzählst einen Haufen Mist. Aber alle Achtung vor deiner lebhaften Fantasie. Meiner Meinung nach willst du dich bloß in den Vordergrund drängen, indem du einen der vertrauenswürdigsten Männer in ganz Amerika in den Schmutz ziehst.* Aber das konnte er ihr nicht sagen.

»Ms. Pomerantz, ich möchte ehrlich zu Ihnen sein. Was ich persönlich glaube, spielt keine Rolle. Es gehört zu meinen Aufgaben, das, was Sie mir sagen, ernst zu nehmen. Alles, was Sie erzählt haben, ist zwischen Ihnen und Mr. Matthews vorgefallen, hinter verschlossenen Türen, wie Sie selbst gesagt haben. Es gibt keine anderen Zeugen. Er hat das Recht, seine Version der Ereignisse darzulegen. Sein Ruf steht auf dem Spiel ...«

»Ruf?«, kam es höhnisch von ihr. »Wollen Sie mir damit sagen, dass mir niemand glauben wird, wenn es gegen ihn geht?«

»Lauren, das habe ich nicht gesagt ...«

»Müssen Sie auch gar nicht. Die Botschaft ist auch so deutlich genug.«

»Haben Sie irgendwelche Beweise, die Ihre Aussagen bekräftigten? E-Mails, eine SMS zwischen Ihnen und Mr. Matthews?«

»Ich habe etwas, was sogar noch besser ist, Mr. Carter.« Sie zog ihr iPhone heraus und tippte einige Male darauf herum. Nach einigen Sekunden war Brad Matthews' charakteristischer Bariton zu hören. »Lauren, kommen Sie rein, nehmen Sie Platz.« In den folgenden Minuten hörte Carter die Aufzeichnung, die alles bestätigte, was Pomerantz vorgetragen hatte.

»Machen Sie das immer so? Zeichnen Sie immer Ihre Gespräche auf?«

»Nur wenn ich einen guten Grund dazu habe.«

»Zeichnen Sie dieses Gespräch hier auf?«

»Nein, sollte ich?«

»Was war der gute Grund, warum Sie ...« Er stockte kurz und suchte nach dem richtigen Wort. »... Ihren Besuch bei Mr. Matthews aufgezeichnet haben?«

»Es war kein *Besuch*. Ich wurde als Angestellte des Unternehmens ins Büro meines Vorgesetzten gerufen. Es war eher eine Anweisung, der ich nachgekommen bin. Und der Grund für die Aufzeichnung waren die Gespräche unter den Frauen, Mr. Carter. Frauen reden miteinander, auch darüber, wie sie von den Männern behandelt werden, für die und mit denen sie arbeiten.«

Carter starrte Lauren an. Sie war attraktiv. Und tough. Und intelligent. Sie musste wissen, dass jede renommierte Anwaltskanzlei erpicht sein würde, sie als Mandantin zu gewinnen, dann könnten sich die Anwälte in der Publicity sonnen, wenn sie Brad Matthews vom Sockel stießen. Trotzdem kam sie zu ihm. Warum?

»Lauren, ich darf Ihnen versichern, dass REL News Ihre Beschwerde sehr ernst nimmt. Nach dem üblichen Verfahren ...«

»Nein, das glaube ich nicht.«

»Lauren, bitte. Es ist keine Viertelstunde her, dass ich davon erfahren habe, trotzdem kommen Sie bereits zu dem Schluss, dass ich nichts unternehmen werde?«

»Sie sind nicht der Erste, mit dem ich spreche.«

»Nein?«

»Am Tag nach dem Vorfall habe ich mich an jemanden gewandt, von dem ich dachte, dass er den Mut und auch Einfluss hätte, um etwas in die Wege zu leiten. Nichts ist geschehen. Als ich ihn eine Woche später anrief und nachfragte, bekam ich als Erstes zu hören: ›Arbeiten Sie gern hier?‹ Er sagte mir, ich solle mich auf meinen Job konzentrieren.«

»Mit wem haben Sie gesprochen?«

»Frederick Carlyle Jr.«

Carter lehnte sich zurück. Der Sohn des Unternehmensgründers war auf dem besten Weg nach oben in die Konzernspitze. Er war zwar erst fünfundvierzig, aber schon jetzt meinten einige, dass er eines Tages CEO Dick Sherman ablösen würde. Hier ging es um die Karrieren zweier hochrangiger Angestellte. Und möglicherweise auch um eine dritte, wenn er die Sache richtig anging.

Nämlich seine eigene.

Baue eine persönliche Beziehung zu ihr auf, dachte er sich. Finde heraus, worauf sie hinauswill. »Lauren – ich darf Sie doch beim Vornamen nennen?«

»Das machen Sie doch schon. Aber okay.«

»Es tut mir aufrichtig leid, dass Ihnen das zugestoßen ist. Auf keinen Fall will ich, dass Sie so etwas noch einmal erleben müssen. Wie soll das Ihrer Meinung nach aufhören?«

Wieder fing sie an zu weinen. »Ich liebe meinen Beruf. Ich arbeite gern fürs Fernsehen. Ich will nicht die nächste Monica Lewinsky sein. Klar, die beiden Fälle sind nicht unbedingt zu vergleichen, aber ich will keinesfalls als jemand gelten, der die Karriere des großen Brad Matthews beendet hat. Ich will einfach ein normales Leben führen und die Arbeit machen, die mir gefällt.«

Carter konnte seine Aufregung kaum verbergen. Pomerantz verschaffte ihm hiermit die Gelegenheit, mit der höchsten Führungsriege von REL News zu verhandeln, und zwar auf Augenhöhe. Er sah sich bereits in einem sehr viel größeren Büro sitzen, das er in nicht allzu ferner Zukunft beziehen würde.

»Lauren, nichts, was ich tun kann, wird das Leid lindern, das Ihnen zugefügt wurde. Wenn Sie sich an eine fremde Kanzlei wenden, wird Ihr Name an die Öffentlichkeit gelangen. So ist es nun mal. Ihr Bild wird auf der Titelseite der *New York Post* erscheinen. Hier haben Sie jedoch die Möglichkeit, dass Ihnen Gerechtigkeit widerfährt, ohne dass Sie Ihre Anonymität aufgeben müssen.«

Zehn Minuten später hatte Pomerantz Carters Büro verlassen. Auf seine Bitte hin hatte sie ihm noch, bevor sie aufbrach, die Aufzeichnung ihrer Begegnung in Brad Matthews' Büro gemailt.

Er hatte die Füße auf dem Tisch liegen und die Hände im Nacken verschränkt und hörte sich die Aufzeichnung mit einem breiten Lächeln zum dritten Mal an.

28

Michael Carter war, seitdem er bei REL News angefangen hatte, Richard Sherman nur ein paarmal begegnet. Erst letzte Woche hatte er den CEO im Flur getroffen. »Hallo, Mr. Sherman«, hatte Carter ihn so freundlich wie möglich begrüßt. Worauf sich Sherman nur ein brüskes »Hallo« abgerungen hatte, ohne seine Schritte zu verlangsamen. Offensichtlich hatte Sherman nicht die geringste Ahnung, wer er war. Das allerdings, sinnierte Carter, würde sich jetzt ändern.

Obwohl es Carter nur zum Sergeant gebracht hatte, hielt er sich zugute, wie ein General zu denken. Die Anschuldigung, der Beweis – man konnte es nennen, wie man wollte –, dass der altehrwürdige Brad Matthews sich des sexuellen Missbrauchs schuldig gemacht hatte, musste unter Verschluss gehalten werden. Das war das Erste und Wichtigste. Aber das würde nicht einfach werden. REL News war immerhin ein Unternehmen, das Informationen und Nachrichten der Öffentlichkeit zugänglich machte. Im schlimmsten Fall würde ein anderes Medienunternehmen die Story über Matthews publik machen. Damit wäre REL nicht mehr in der Lage, sich aufs hohe moralische Ross zu schwingen und zu behaupten, das Unternehmen habe umgehend gehandelt, als die Vorwürfe publik wurden.

Der alte Spruch – wenn mehr als zwei Leute davon wissen, ist es kein Geheimnis mehr – war vermutlich wahr. Würde er sich an den in solchen Fällen üblichen Ablauf halten, müsste er seinen Chef in der Personalabteilung von der Situation in Kenntnis setzen. Sein Chef würde damit zum Hausjustiziar gehen, einem siebzigjährigen Anwalt, der nur noch wenige Monate bis zu seiner Pensionierung hatte. Weil er den Abschluss seiner Karriere nicht mit dem Makel eines solchen Falls verunstalten wollte, würde er sich an eine der vielen externen Kanzleien wenden, die vom Unternehmen regelmäßig konsultiert wurden. All das würde passieren, bevor Dick Sherman davon erfuhr – der letztlich entscheiden musste, wie REL News mit dieser Krise umging.

Oder Sherman erfuhr direkt davon, nämlich von dem Anwalt, der bereits einen Plan in petto hatte, womit er sich nicht nur der unschönen Situation annehmen, sondern auch die Zahl der Mitwisser auf das absolute Minimum beschränken würde. Außerdem würde Michael J. Carter damit zu einem unerlässlichen Aktivposten in der Zukunft von REL News werden.

Die erste Herausforderung schien ganz einfach zu meistern zu sein, aber je mehr er darüber nachdachte, desto komplexer wurde sie. Wenn etwas schiefging, würde Sherman in bester CEO-Manier vehement abstreiten, Carters Plan jemals genehmigt zu haben. Allerdings würde Sherman in diesem Fall nur schwer die Treffen und die Gespräche erklären können, die er mit Carter führen musste, um den Plan in die Tat umzusetzen. E-Mails hinterlassen Spuren. Telefonate und SMS hinterlassen Spuren. Wenn er Sherman über die Hauspost eine schriftliche Notiz zukommen ließ, musste er damit rechnen, dass Shermans Sekretärin das Schreiben öffnete, bevor sie es weiterleitete.

Ihr Schreibtisch stand direkt vor seinem Büro. Sie führte seinen Terminkalender. Würde sie später danach gefragt, könnte sie jederzeit angeben, mit wem sich Sherman – mit oder ohne Termin – in seinem Büro getroffen hatte. Das erste Gespräch mit Sherman musste allerdings in absoluter Anonymität ablaufen. Wie war das zu machen?

Später an dem Abend, nachdem er Shermans Personalakte durchgesehen hatte, entschloss er sich zu einer Strategie, die seiner Meinung nach funktionieren müsste. Beim Abendessen bemerkte seine Frau Beverly: »Du kommst mir heute Abend sehr abgelenkt vor. Belastet dich irgendwas?«

Nein, meine Liebe, war Carter versucht zu antworten. *Ich bin in Gedanken bloß bei der vielleicht wichtigsten Entscheidung meines Lebens.* Er antwortete nur: »Tut mir leid, ich bin mit dem Kopf noch bei einigen Projekten. Keine große Sache.«

Nachdem seine Frau zu Bett gegangen war, schlich er sich ins Zimmer seines Sohnes. Er küsste ihn auf die Stirn und googelte auf dessen Computer den samstäglichen Zugfahrplan vom Grand Central Terminal nach Greenwich, Connecticut. Keiner würde auf die Idee kommen, den Computer seines Sohnes zu inspizieren.

Er kehrte in die Küche zurück, öffnete seine Aktentasche und legte einen Notizblock auf den Tisch. Mit Bleistift hatte er sich die Dinge notiert, die er für das hoffentlich morgen anstehende Treffen noch erledigen musste. Auf der zweiten Seite hatte er die Bedingungen formuliert, auf die er bestand, falls der Plan angenommen würde.

»Fehler«, sagte er sich, als er die akkurat geschriebenen Wörter auf der zweiten Seite betrachtete. *Seine Handschrift.* Er setzte sich an seinen Computer, tippte alles ab und druckte die Seite aus.

Zufrieden mit seinen Vorbereitungen, räumte er die Aktentasche wieder ein, ging ins Wohnzimmer und schaltete den Fernseher an.

Die 22-Uhr-Nachrichten von REL News fingen gerade an.

29

In dem Wissen, dass der morgige Tag für ihn ein großer – ein bedeutender – Tag werden würde, ging er eine Stunde früher zu Bett als sonst. Das tat ihm nicht gut. Er lag noch wach, als das blasse Licht des Weckers Mitternacht, dann ein Uhr, dann zwei Uhr anzeigte. Seine Gedanken rasten und verscheuchten jegliche Müdigkeit. Er widerstand der Versuchung, eine Schlaftablette zu nehmen. Das Letzte, was er wollte, war ein Medikamentenkater, mit dem er am nächsten Tag zu kämpfen hätte.

Er schlug die Augen auf und sah, dass es im dunklen Raum hell war. Seine Frau Beverly lag nicht mehr neben ihm. Er sah auf den Wecker. Fünf vor acht! Mit einem Satz war es aus dem Bett und eilte unter die Dusche. Er war dankbar um den zusätzlichen Schlaf und versuchte sich zu beruhigen. Es war noch genügend Zeit, um alles, was er vorhatte, in die Tat umzusetzen.

Er zog sich schnell an, wählte Hemd, Jeans und Joggingschuhe. Er wollte keinesfalls auffallen, sondern als der aussehen, der er ja auch war: ein junger Angestellter, der am Samstag im Büro einige Extrastunden einlegte.

Als er die Küche betrat, hatte sich Zack schon halb durch seine armen Ritter gefuttert, die er jeden Tag zum Frühstück bekam. Beverly stand am Herd. »Na, guten Morgen, du Schlafmütze«, begrüßte sie ihn etwas übertrieben fröhlich.

Zack brach in schallendes Lachen aus, sah zu ihm und rief: »Du Schlafmütze.« Er drehte sich zu seiner Mutter hin und wiederholte: »Daddy ist eine Schlafmütze.« Beide lachten noch lauter über seinen neuen Spitznamen.

Wie konnte ich nur so ein Dummchen heiraten, fragte sich Carter, während er sich ein Glas Orangensaft einschenkte. Und wie kann ich verhindern, dass Zack auch so wird? »Ich will morgen darüber nachdenken«, zitierte er im Stillen Scarletts berühmten Satz aus *Vom Winde verweht*. Heute bin ich mit anderem beschäftigt.

»Kommst du zu meinem Fußballspiel, Daddy?«

»Das hoffe ich doch«, sagte Carter. Das hatte er ganz vergessen. »Wann ist es denn?«

»Es ist die letzte Partie heute«, antwortete Beverly. »Um halb drei im Park.«

»Gestern hat sich im Büro noch was ergeben, um das ich mich heute unbedingt kümmern muss.« Er sah auf seine Uhr. »Wenn ich sofort aufbreche, sollte ich bis dahin fertig sein, dann komme ich noch zum Spiel.«

»Du willst kein Frühstück?«, fragte sie.

»Ich hol mir was auf dem Weg ins Büro«, sagte er, beugte sich hinüber und gab Zack einen Kuss. Anschließend bekam Beverly ihren obligatorischen Kuss auf die Stirn, fünf Minuten später war er durch die Tür.

Erster Halt war der Starbucks zwei Blocks von seiner Wohnung entfernt. Es war Viertel vor neun. Sherman sollte mittlerweile wach sein, beschloss er.

Im Laden, der unter der Woche immer voll besetzt war, hatten sich nur wenige Gäste eingefunden. Zehn Leute, jeder von ihnen offensichtlich allein, saßen an den Tischen in der Mitte des Ladens, lasen Zeitungen oder starrten auf ihre Laptops, während sie an ihren Getränken nippten. Carter suchte sich einen von ihnen aus.

»Entschuldigen Sie vielmals, dass ich Sie störe, aber ich hab mein Handy verloren. Könnte ich mir vielleicht Ihres leihen, ich müsste nur schnell wo anrufen.« Damit legte er einen Fünf-Dollar-Schein auf den Tresen neben den jungen Studenten mit dem NYU-Sweatshirt, der von seinem Laptop aufgeblickt hatte.

»Sie bleiben aber im Café, ja?«, sagte der junge Mann mit fremdem Akzent.

»Ich bin gleich da drüben«, sagte Carter und zeigte zu einer ruhigen Ecke.

»Sie müssen mich nicht bezahlen«, antwortete der Student und reichte ihm das Handy.

»Schon gut«, erwiderte Carter und zog sich in die Ecke zurück. Er sah sich um, und als er sich sicher war, dass keiner auf ihn achtete, wählte er die Nummer, die er sich eingeprägt hatte.

»Hallo«, meldete sich der CEO in seiner typisch griesgrämigen Art.

»Ich spreche mit Mr. Richard Sherman?«

»Ja. Wer zum Teufel sind Sie?«

»Ich bin Michael Carter. Anwalt in der Personalabteilung von REL News ...«

»Nie von Ihnen gehört. Wenn Sie keinen verdammt guten Grund haben, mich an einem Samstag zu Hause anzurufen ...«

»Den hab ich, Sir.« Zuvor war er seine Worte mehrmals durchgegangen. »Falls nicht umgehend angemessene Maßnahmen ergriffen werden, wird eine junge Angestellte in Kürze gerichtlich gegen REL News vorgehen. Sie verfügt über Beweise, dass Brad Matthews sie in seinem Büro sexuell belästigt hat. Es gibt ein schmales Zeitfenster, um das Problem noch einzudämmen. Mehr möchte ich am Telefon nicht mitteilen. Können wir uns treffen?«

Es folgte Schweigen, dann: »Können Sie nach Greenwich kommen?«

»Sagen Sie mir, wann und wo.«

»Kennen Sie den Bahnhof Greenwich?«

»Ich komme mit dem Zug.«

»Ich werde in einem schwarzen Mercedes S550 sitzen, der am Nordende des Parkplatzes steht. Zwölf Uhr. Seien Sie pünktlich.« Die Leitung war tot, noch bevor Carter zustimmen konnte. Er atmete tief durch. Die erste Hürde war damit genommen. Ohne nachzudenken, schob er sich das Handy in die Tasche und wollte zur Tür. Erst da sah er den Studenten, der ihm zuwinkte und auf seine leere Hand deutete. Konzentrier dich, sagte er sich und gab das geliehene Gerät zurück.

30

Auf dem Bahnhof in Greenwich war nicht viel los. Michael Carter ging durch den Ausgang und sah zum nördlichen Ende des so gut wie leeren Parkplatzes. Den gesuchten Wagen konnte er nirgends entdecken. Zwecklos, wie ein Idiot draußen rumzustehen, dachte er sich, ging wieder hinein und setzte sich.

Vergeblich versuchte er sich auf den Artikel zu konzentrieren, den er las. Um 11.57 Uhr erhob er sich, trat hinaus und ging langsam auf einen schwarzen Mercedes zu. Als er drei Meter davor war, senkte sich die Seitenscheibe auf der Fahrerseite.

»Carter?«, fragte Richard Sherman.

»Ja, Mr. Sherman. Ich ...«

»Steigen Sie ein«, sagte er und winkte ihn um den Wagen herum.

31

Michael Carter stieg auf der Beifahrerseite ein, schloss die Tür und stellte seine Aktentasche zwischen die Füße. Sherman trug einen dunkelblauen Jogginganzug und graue Laufschuhe. Es war bekannt, dass sich der CEO einiges auf seine Fitness zugute hielt. Wahrscheinlich war er auf dem Weg zu seinem Trainer oder kam von ihm.

Carter war sich nicht im Klaren, was er als Nächstes tun sollte. Trotz seiner Vorbereitungen war er extrem nervös. Sollte er Sherman das Gespräch beginnen lassen oder selbst die Initiative ergreifen? Sherman starrte ihn nur an, starrte ihn *finster* an, um genau zu sein.

Carter räusperte sich, streckte ihm die Hand hin und sagte: »Mr. Sherman, ich weiß es sehr zu schätzen, dass Sie sich so kurzfristig mit mir treffen.«

Sherman machte keine Anstalten, ihm die Hand zu schütteln.

»Gut«, begann Carter und versuchte selbstbewusster zu klingen, als er sich fühlte. »Gestern Abend gegen fünf Uhr ist die Produktionsassistentin Lauren Pomerantz in mein Büro gekommen. Sie hat mir von einer Begegnung in Brad Matthews' Büro erzählt, die hinter verschlossenen Türen stattfand.«

Sherman hörte aufmerksam zu, während Carter Pomerantz' Geschichte wiedergab. Die Reaktion des CEO war vorhersehbar.

»Nichts als Behauptungen«, grummelte Sherman.

»Genau so habe ich auch reagiert, Mr. Sherman«, antwortete Carter, holte sein Handy heraus und wischte und tippte darauf herum. »Bis ich das zu hören bekam.«

Carter hielt das Gerät zwischen sich und den CEO. Keiner der beiden sagte ein Wort, bis die Aufzeichnung zu Ende war.

»Mein Gott«, war Shermans erste Reaktion. Darauf folgte: »Was wissen wir über diese Pomerantz?«

Carter zog eine Akte aus seinem Koffer und schlug sie auf den Knien auf. Er genoss es, jetzt zu diesem *wir* zu gehören. »Leider ist sie eine vorbildliche Angestellte. Sie ist seit dreieinhalb Jahren beim Unternehmen. Ihre Jahresbeurteilungen sind herausragend und wurden mit Gehaltserhöhungen honoriert. Sie ist zweimal befördert worden.«

»Sie sind Anwalt«, blaffte Sherman. »Wenn man jemanden in seinem Büro ohne sein Wissen aufzeichnet ... ist das illegal?«

»Guter Einwand, Sir. Ich habe das letzten Abend noch recherchiert. Streng genommen hat Pomerantz damit gegen die internen Richtlinien von REL News verstoßen, wie sie im Handbuch für Angestellte dargelegt sind, aber ich fürchte, das wird uns nicht viel helfen. Klar, sie könnte dafür gefeuert werden, aber ich habe den Eindruck, dass sie sowieso vorhat, das Unternehmen zu verlassen.«

»Na, dann sind wir sie ja los.«

»Sie könnte noch eine andere Strategie verfolgen. REL ist ein Nachrichtensender. Dass das Aushängeschild und Chefredakteur des renommiertesten Nachrichtensenders des Landes eine von ihm abhängige Angestellte sexuell belästigt, kann fraglos als eine Nachricht von öffentlichem Interesse gesehen werden. Sie hat nur getan, was jeder Reporter tun würde, wenn er hinter einer Story her ist.«

Sherman schlug mit der Faust gegen das Lenkrad, eine Reaktion, die Carter mit Genugtuung erfüllte.

»Wenn ich ganz offen sein kann, Sir. Anwälte werden sich stundenlang die Köpfe heißreden, ob die Aufzeichnung vor Gericht als Beweis zugelassen werden kann.«

»Kennedy und Edelman hätten ihre helle Freude daran«, warf Sherman ein und verwies damit auf eine beliebte Sendung von REL News, in der zwei Anwälte die beiden Seiten eines Gerichtsfalls diskutierten.

»Das können Sie laut sagen. Aber wenn es so weit kommt, ist der Schaden für das Unternehmen bereits eingetreten.« Carter wartete kurz, dann fuhr er fort: »Es sei denn, das Problem kann vorher behoben werden.«

Sherman sah ihn an. Zum ersten Mal verriet sein Ton so etwas wie Respekt. »Können wir verhindern, dass die Sache publik wird?«

»Ja, weil wir früh genug davon erfahren haben. Soweit ich sagen kann, gibt es außer der Tonaufzeichnung keine Spuren in diesem Fall. Es wurden keine Mails über Matthews verschickt. Seit Pomerantz letzten Abend mein Büro verlassen hat, arbeite ich an einem Plan. Um ihn in die Tat umzusetzen, ist nur Ihre Zustimmung erforderlich.«

»Worum geht es?«

»Außer uns gibt es, soweit ich das zu sagen vermag, lediglich vier Personen, die von der Sache wissen: Matthews, Pomerantz, dazu die Person, die Pomerantz geraten hat, die Begegnung mit Matthews in dessen Büro aufzuzeichnen.«

»Und die vierte?«

»Pomerantz hat mir erzählt, sie habe unmittelbar nach dem Vorfall Frederick Carlyle Jr. davon unterrichtet.«

»Daddys kleiner Freddie, der Trottel«, sagte Sherman. »Hat er irgendetwas deswegen unternommen?«

»Laut Pomerantz nicht. Angeblich hat er ihr nur gesagt, sie könne sich glücklich schätzen, einen Job bei REL zu haben, und solle sich ansonsten wieder an ihre Arbeit machen.«

Es folgte ein langes Schweigen. Carter wartete, dass Sherman etwas sagte. »Wird Pomerantz den Mund halten?«

»Davon bin ich überzeugt, wenn wir ihr geben, was sie will.«

»Geld, oder?«

»Das auch. Sie kennen Ihre Kollegen bei CNN und Fox und den anderen großen Sendern?«

»Dumme Frage.«

»Verzeihung. Pomerantz möchte, auch wenn sie REL News verlässt, weiterhin in der Branche arbeiten. Vielleicht in New York, vielleicht in Houston, woher sie kommt. Ein Anruf von Ihnen könnte das in die Wege leiten.«

»Ja. Woher wissen wir, dass diejenige Person, die Pomerantz den Tipp gegeben hat, ebenfalls den Mund hält?«

»Das wissen wir nicht. Aber bislang hat sie geschwiegen – das sind die guten Neuigkeiten. Aber wer immer es ist, eine nicht unerhebliche Einzahlung auf ihr Konto sollte ihr weiteres Stillschweigen sichern.«

»Und wenn es noch andere gibt?«

»Das wäre möglich – die würden wir dann entsprechend behandeln. Statt nichts zu tun und ängstlich darauf zu warten, dass sie und ihre Anwälte eine Pressekonferenz einberufen, sollten wir – genauer gesagt, sollte *ich* – sie aufspüren und die Sache direkt mit ihnen regeln.«

»Was meinen Sie mit ›direkt‹?«

»Wollen Sie wirklich alle Einzelheiten kennen?«

»Nein, lieber nicht.«

Carter spürte die Erregung. Es war ihm gelungen, das Interesse zu wecken, jetzt sollte er die Sache zum Abschluss bringen.

»Unsere einzige Chance, den Deckel draufzuhalten, besteht darin, die Zahl der Mitwisser auf ein Minimum zu beschränken. Das heißt, kein Wort zu REL-Anwälten oder externen Beratern.«

»Fahren Sie fort.«

»Ich beginne mit Pomerantz und überrede sie, sich mit uns zu einigen und eine Vertraulichkeitsvereinbarung zu unterzeichnen.«

»Sie meinen, sie lässt sich darauf ein?«

»Für zwei Millionen Dollar schon, denke ich.«

»Zwei Millionen sind viel Geld.«

»Ich weiß. Um an das Geld zu kommen, wird sie mir auch erzählen, wer sonst noch von Matthews weiß. Und wir sollten es in Relation sehen. Wie viel Umsatz generiert Matthews jedes Jahr für REL? Fünfzig Millionen?«

»So in etwa«, murmelte Sherman, wobei er natürlich ganz genau wusste, dass die eigentliche Zahl eher bei siebzig Millionen lag.

»Um die nötigen Maßnahmen in die Wege zu leiten, darf uns niemand zusammen sehen. Ich kann dazu auch nicht mein Büro in der Personalabteilung benutzen.« Er nahm ein Blatt Papier aus seinem Koffer und reichte es Sherman. »Sie werden die Dienste der Consultingfirma Carter & Associates in Anspruch nehmen. Als Honorarvorschuss werden einmalig zwölf Millionen Dollar sowie zweihunderttausend Dollar pro Monat für Auslagen fällig. Zwölf Millionen Dollar werden auf mein Anderkonto überwiesen. Dieses Geld verwende ich für die Kompensationszahlungen an Matthews' Opfer.«

»Warum gleich so viel, wenn doch bislang nur wenige Opfer bekannt sind?«

»Soll ich Sie jedes Mal von Neuem kontaktieren, wenn ich von einem weiteren Opfer erfahre und erneut Geld brauche?«

Das leuchtete Sherman ein. »Das ist eine Menge Geld, das ich ohne plausiblen Grund kurzfristig lockermachen muss.«

»Sie sind der CEO. Das überlasse ich ganz Ihnen.«

Erneut fasste Carter in seine Aktentasche und holte zwei Tüten mit den am Morgen erworbenen Gegenständen heraus. Er war äußerst vorsichtig vorgegangen. Jeder 7-Eleven, jeder Drogeriemarkt hatte bereits Überwachungskameras installiert, die aufzeichneten, wer was kaufte. Hätte er sechs Handys in einem

Laden gekauft, wären vielleicht Fragen gestellt worden; bei jeweils einem Handy in sechs unterschiedlichen Läden sicherlich nicht.

»Sollte was schieflaufen, ist es in unser beider Interesse, dass wir so wenig Kontakt wie möglich haben. Keine Mails, keine Telefonate, weder vom Büro noch über Handys, nichts. Sie wissen, was ein Wegwerfhandy ist?«

»Sind das Geräte, mit denen man bei diesen Handy-Weitwurf-Wettbewerben antritt?«

Carter hätte fast aufgelacht, aber der CEO schien es tatsächlich ernst zu meinen. »Nein, das ist was anderes. Wegwerfhandys können nicht zurückverfolgt werden. Jedes Gerät hat eine Guthabenkarte von etwa dreißig Minuten. Wenn wir miteinander reden, dann kurz und bündig. Eine rasche Zusammenfassung dessen, was ich erreicht habe und woran ich gerade arbeite.«

»Wie bekomme ich mehr Gesprächsguthaben, wenn es verbraucht ist?«

»Sie kriegen keins. Sie werfen das Handy weg und greifen zum nächsten. Ich habe jedem von uns für den Anfang drei Geräte mitgebracht. Wenn nötig, werde ich später mehr besorgen. Das sind Ihre drei Nummern. Die Nummern meiner Geräte stehen auf diesem Blatt«, sagte er und reichte ihm den Zettel.

»Carter, Sie waren sehr davon überzeugt, dass ich Ihrem Plan zustimme, nicht wahr?«

»Ehrlich gesagt, ich hatte keine Ahnung, wie Sie sich entscheiden werden. Aber wenn Sie zusagen, wäre es vorzuziehen, dass wir sofort loslegen, ohne ein zweites Treffen vereinbaren zu müssen.«

Sherman starrte vor sich hin und spürte Wut in sich aufkeimen. Er hatte keine Ahnung, wer dieser Typ war, aber es blieb ihm nichts anderes übrig, als ihm zu trauen.

»Gut, Carter, wir werden zusammenarbeiten. Geben Sie mir bis Dienstag oder Mittwoch Zeit, damit das Geld auf Ihr Konto fließen kann.«

»Ich bin noch nicht ganz fertig. Es besteht die geringe Gefahr, dass uns jemand abhört. Zu unserem eigenen Schutz verwenden wir daher einen Code. Jedes Opfer wird als ein Auto bezeichnet, ein Ford, ein Chevy, ein Mercedes etc. Wenn es ums Geld geht, steht ein Kubik für eine Million. Dieser Code findet sich auf dem Zettel mit den Telefonnummern.«

»War es das?«

»Drei abschließende Punkte. Als Erstes die Kopie meiner Kündigung, die ich am Montag einreiche. Als Zweites: Wenn ich weitere Opfer finde, brauche ich Zugang zu ihren Personalakten. Rufen Sie jemanden in der IT an und beauftragen Sie ihn damit, einen Zugang für Carter & Associates einzurichten. Sie rufen mich an und bestätigen mir, dass zu meiner Abfindungsvereinbarung auch gehört, dass meine Familie noch zwei Jahre über das Unternehmen krankenversichert ist.«

Wie lange wird es dauern, bis man die Leiche findet, wenn ich diesem Dreckskerl den Hals umdrehe und ihn in den Long Island Sound werfe? Sherman kochte innerlich vor Zorn. »Und das Letzte?«, sagte er.

»Der Einzige, der mit Bestimmtheit weiß, wie viele Opfer es noch gibt, ist Brad Matthews. Sie oder ich werden mit ihm reden müssen, um es herauszufinden. Und wenn Sie schon dabei sind, dann bitten Sie ihn doch, die Liste nicht unbedingt noch länger werden zu lassen. Lassen Sie sich etwas einfallen, wie Sie das angehen wollen.«

»Gut. Ich werde Sie in zwei Tagen auf einem dieser verdammten Handys anrufen. Jetzt raus mit Ihnen.«

Sherman sah zu, wie Carter ausstieg und Richtung Bahnhofseingang ging. Dann dachte er an sein Aktienpaket, das er beim bevorstehenden Börsengang des Unternehmens erhalten würde, drückte das Gaspedal durch und raste mit quietschenden Reifen aus dem Parkplatz.

32

Sherman musste sich sehr zusammenreißen, um auf der fünf Kilometer langen Heimfahrt vom Bahnhof in Greenwich das Tempolimit nicht zu überschreiten. Er wollte an seinen Computer. Er verfluchte sich für das Reifenquietschen auf dem Parkplatz. Kurz nachdem er wieder langsamer geworden war, bog ein Streifenwagen um die Ecke. Das hätte ihm jetzt gerade noch gefehlt, dass er von der Polizei angehalten wurde.

Ich lege meine ganze Karriere in die Hände von diesem Carter, obwohl ich absolut nichts über ihn weiß, dachte er. Er erinnerte sich an eine Detektei, an die sich ein Freund gewandt hatte, als er – völlig zu Recht – seine Frau einer Affäre verdächtigte. Als man sie in flagranti erwischt hatte, ließ sie sich auf eine sehr viel vernünftigere Scheidungsvereinbarung ein, nachdem im Gegenzug versichert wurde, dass über die Affäre Stillschweigen bewahrt würde.

Aber was erhoffe ich mir, was über diesen Carter herausgefunden wird, wenn ich eine Detektei auf ihn ansetze, grübelte er. Ist es wirklich wichtig, ob er der intelligenteste oder dümmste Absolvent seines Jurajahrgangs war? Er muss sauber sein, sonst wäre er nicht von REL eingestellt worden. Ich komme ihm nicht aus, aber kann ich ihm auch trauen?

Sherman fuhr in seine Garage, schloss hinter sich das Tor und eilte durch das Fernsehzimmer, wo seine Frau auf der Couch saß und in einer Zeitschrift blätterte. »Mit dem Training schon fertig?«, fragte sie, ohne aufzublicken.

Da er sich mit ihren Fragen nicht aufhalten wollte, tat er, was er in letzter Zeit immer häufiger tat. Ohne ihr zu antworten, ging er schnurstracks zu seinem Arbeitszimmer und schloss hinter sich die Tür.

Hoffentlich irre ich mich, flehte er im Stillen, während er die Mails durchsuchte, die Frederick Carlyle Jr. ihm geschickt hatte. Er überflog sie, bis er die gesuchte gefunden hatte. In der Betreffzeile hatte Carlyle geschrieben: *Bleibt unter uns.*

Sherman öffnete sie.

Dick,

ich wurde heute von einer jungen Produktionsassistentin angesprochen. Sie behauptet, eine MeToo-Begegnung mit Brad Matthews in dessen Büro gehabt zu haben, was sie sehr anschaulich beschrieben hat. Ich habe ihr gesagt, ich kümmere mich darum. Wie soll ich Ihrer Meinung nach vorgehen?

Fred

Sherman verschränkte die Hände hinterm Kopf. Er sah zum Datum der Mail, was nur bestätigte, was er bereits wusste. Die Mail war in seinem Posteingang gelandet, als sein Anwalt gerade die Verhandlungen über seinen jetzigen Vertrag zum Abschluss brachte. Seine Abfindung würde, wenn er in Rente ging, dreißig Millionen Dollar betragen. Diese Summe könnte sich leicht verdoppeln, wenn der avisierte Börsengang wirklich in die Tat umgesetzt werden sollte. Sechzig Millionen Dollar. Dann wäre er megareich. Selbst wenn er seine Frau in die Wüste schickte und ihr die Hälfte abgeben müsste, würde er damit seinen jetzigen Lebensstil im Alter aufrechterhalten können.

Das alles hing jetzt in der Schwebe. Drei Monate waren vergangen, seitdem er die Mail vom Junior bekommen hatte. Es lief auf die immer gleiche Frage hinaus: *Was hatte er gewusst, und ab wann hatte er es gewusst?*

Sie werden mir die Hölle heißmachen, weil ich so viel Zeit habe verstreichen lassen, dachte er.

33

Michael Carter hörte kaum das sanfte Klacken des Zugs auf der Rückfahrt zum Grand Central Terminal, sondern war ganz auf den Notizblock konzentriert, den er vor sich liegen hatte. Seine To-do-Liste füllte das oberste Blatt. Das alles fühlte sich ziemlich surreal an.

Es wäre gelogen, hätte man behauptet, er sei überzeugt gewesen, dass Sherman seinem Plan zustimmen würde, auch wenn es gute Gründe dafür gab. Womit Carter allerdings nicht gerechnet hatte, war dieses rauschhafte Hochgefühl, das ihn erfasst hatte, nachdem der CEO von REL News das Schicksal des Unternehmens in seine Hände gelegt hatte.

Der erste Fall ist immer der schwierigste. Falls er eine Einigung mit Lauren Pomerantz erzielte – *sobald* er eine Einigung mit ihr erzielte, verbesserte er sich –, würde ihm die dabei gewonnene Erfahrung bei den nachfolgenden Verhandlungen zugutekommen. Es würden ganz sicher weitere folgen. Wie viel, wusste er nicht. Kranke Typen wie Brad Matthews machten so was nicht nur hin und wieder. Matthews hatte Macht und Zugang zu vielen verletzlichen jungen Frauen. Mit ein wenig Glück gab es viele Opfer, dachte Carter, und damit viel Arbeit für ihn.

Aus seiner aktiven Dienstzeit wusste er, dass das Ergebnis einer militärischen Auseinandersetzung meistens schon feststand, bevor der erste Schuss auf dem Schlachtfeld abgegeben wurde. Die Seite mit der überlegenen Aufklärung, mit den überlegenen Kenntnissen trug so gut wie immer den Sieg davon. Er zweifelte nicht im Geringsten, dass Pomerantz mit ihrer Audioaufzeichnung bei den anstehenden Verhandlungen das bessere Blatt in der Hand hielt. Wenn er etwas erreichen wollte, durfte ihr nicht klar werden, dass sie im Grunde alle Karten in der Hand hatte.

Er zog Pomerantz' Personalakte aus seinem Koffer und sah sich um. Keiner in dem fast leeren Zug war in Hörweite.

Er begann schon, auf einem der Wegwerfhandys ihre Mobilnummer zu wählen, hielt dann aber inne. Sie war sowieso schon nervös. Warum sie noch mehr erschrecken, indem er sie auf einer *anonymen* Nummer anrief?

Er nahm sein iPhone und gab ihre Nummer ein. Beim dritten Klingeln meldete sie sich mit leiser, brüchiger Stimme.

»Lauren, hier ist Michael Carter. Wir haben uns gestern Abend in meinem Büro unterhalten. Als Erstes: Wie geht es Ihnen?«

»Was wollen Sie von mir hören, Mr. Carter? Dass ich sage, es geht mir hervorragend? Das tut es nicht. Ich bin mir sicher, Sie rufen mich an einem Samstagnachmittag nicht an, um sich nach meinem Wohlbefinden zu erkundigen. Was wollen Sie?«

Carter war es nicht gewohnt, dass junge Frauen so unhöflich zu ihm waren. Er hatte zu tun, sich seine Irritation nicht anmerken zu lassen. »Gut, Lauren, kommen wir gleich zum Grund meines Anrufs. Als Sie das erste Mal dem Unternehmen Ihren Vorfall gemeldet haben, ist nichts passiert. Jetzt sind keine vierundzwanzig Stunden vergangen, seitdem Sie mich in meinem Büro aufgesucht haben, trotzdem bin ich bereits befugt, mit Ihnen eine Vertraulichkeitsvereinbarung auszuhandeln. Dazu gehört auch die Garantie, dass man Ihnen bei einem anderen Fernsehsender, in der Stadt Ihrer Wahl, eine vergleichbare Stellung anbietet.«

Stille am anderen Ende der Leitung. Kurz glaubte Carter, die Verbindung wäre unterbrochen worden. »Lauren, sind Sie noch da?«

»Ja«, antwortete sie leise.

»Gut. Ich brauche den morgigen Tag und den Montag, um noch einige Dinge festzuzurren. Können wir uns am Dienstag treffen? Ort und Zeitpunkt schicke ich Ihnen per SMS.«

»Mr. Carter, ich möchte eine Freundin mitbringen. Sie ist keine Anwältin, aber ich fühle mich besser, wenn ich ...«

»Lauren, hören Sie zu. Ich bin befugt, mit Ihnen, und zwar ausschließlich mit Ihnen, die Einzelheiten der Einigung auszuarbeiten. In dieser Hinsicht sind mir die Hände gebunden. Wir sollten uns treffen, und zwar nur wir beide. Es wird keinerlei Druck auf Sie ausgeübt, Sie müssen am Dienstag nichts unterzeichnen. Wir wollen uns nur darauf einigen, was beide Seiten erreichen wollen, damit von einer gütlichen Einigung gesprochen werden kann, und dann sehen wir weiter. Klingt das für Sie annehmbar?«

»Ich glaube schon.«

»Perfekt. Lauren, ich habe Ihnen hoffentlich deutlich gemacht, dass Sie mir trauen können. Versprechen Sie mir, dass Sie mit niemandem über den Vorfall reden, bevor wir uns am Dienstag treffen.«

»Ich werde nichts sagen«, kam die zögerliche Antwort.

»Ich melde mich wieder. Auf Wiedersehen.«

Carter beendete das Gespräch, als der Zug im Grand Central Terminal einlief.

34

Dick Sherman hatte ein lausiges Wochenende hinter sich. Im Lauf der Zeit hatte er es sich angewöhnt, die unangemessenen Kommentare seiner Frau auszublenden und ihre idiotischen Vorschläge zu gemeinsamen Unternehmungen zu ignorieren, dennoch hatte er sich mehrmals dabei ertappt, wie er sie anblaffte. Das Carter-Matthews-Problem wollte ihm nicht aus dem Kopf. Er war zwar kurz davor, den ersten Schritt zur Lösung zu unternehmen, hatte dabei aber ein Gefühl, das er nicht kannte: Er war nervös.

Der Summer auf seinem Schreibtisch ertönte. »Mr. Sherman, Mr. Myers ist da.«

»Schicken Sie ihn rein«, bellte er.

Seit elf Jahren war Ed Myers Finanzvorstand der REL News Corporation. Er war die perfekte Ergänzung zu Sherman. Während Sherman ein Genie war auf dem Gebiet der Programmgestaltung und der Auswahl beliebter Moderatoren, die beim Publikum ankamen, verstand sich Myers auf Zahlen. Immer wieder hatten sich das *Wall Street Journal* und *Forbes* lobend über REL News ausgelassen, wie gekonnt das Unternehmen mit wenig Geld regionale Kabelsender aufgekauft und ein landesweites Medienimperium daraus geschmiedet hatte.

Keiner hatte die Ausgaben besser unter Kontrolle als Myers. Es war nur leicht übertrieben, wenn man behauptete, dass er auch ohne Computer wusste, wofür jeder Dollar im Unternehmen ausgegeben wurde. Das war Myers' größte Stärke, die Sherman jetzt aber gewaltige Kopfschmerzen bereitete.

»Kommen Sie rein, Ed. Wie geht es Ihnen? Nehmen Sie doch Platz«, sagte Sherman und kam um seinen Schreibtisch herum, um ihm die Hand zu geben.

Myers war sichtlich erstaunt. Er konnte sich beim besten Willen nicht daran erinnern, dass sich Sherman jemals nach seinem Befinden erkundigt hatte. Irgendetwas musste anstehen. »Mir geht es gut, Dick. Danke.«

»Ed, wir arbeiten beide schon lange zusammen. Wir haben viele Herausforderungen gemeistert und immer einen Weg für uns gefunden.«

»Ja, das haben wir«, erwiderte Myers und fragte sich, warum Sherman, der sich sonst nie darüber ausließ, dass andere gute Arbeit leisteten, ihn so mit Komplimenten überschüttete. Dann schoss ihm ein Gedanke durch den Kopf: Will er mich feuern?

»Ed, vertrauen Sie mir?«

»Natürlich vertraue ich Ihnen. Habe ich irgendetwas getan, um daran Zweifel zu wecken?«

»Nein, natürlich nicht. Es ist wichtig, dass wir einander vertrauen, weil Sie etwas für mich tun müssen, ohne groß Fragen zu stellen.«

»Was tun?«

»Sie müssen zwölf Millionen Dollar auf dieses Konto überweisen«, sagte er und reichte ihm ein Blatt Papier. »Ich möchte, dass das Geld in den nächsten vierundzwanzig bis achtundvierzig Stunden dort eingeht.«

»Das ist jetzt nicht Ihr Ernst, oder?«

Shermans Blick machte deutlich, dass es ihm todernst war.

»Das ist viel Geld, das hier einfach so abgezogen wird. Ich muss es als irgendwas deklarieren. Können Sie mir nicht wenigstens sagen …«

»Ed, ich würde Sie nicht darum bitten, wenn es für das Unternehmen nicht von existenzieller Bedeutung wäre. Glauben Sie mir, Sie wollen den Grund nicht wissen. Keiner wird die Anweisung infrage stellen, wenn Sie sie abzeichnen. Können Sie das tun?«

Myers atmete tief durch und betrachtete die Kontodaten. »Gut. Ich frage lieber nicht, wer Carter & Associates sind.« Myers nahm seine Brille ab, zog ein Reinigungstuch aus der Tasche und begann sie zu putzen. Er starrte zum Fenster, ohne irgendetwas wahrzunehmen. »Ich bin gerade damit beschäftigt, die Zahlen aufzubereiten, die die Investmentbanker für ihre Unternehmensbewertung benötigen. Zwölf Millionen Dollar sind eine ganze Menge. Handelt es sich um eine einmalige Ausgabe, oder kommt noch mehr?«

Die Frage erwischte Sherman unvorbereitet. Unsicherheit durfte er sich nicht leisten. »Es geht nur um dieses eine Mal.« Er versuchte überzeugt zu klingen.

»Dann kann ich die Summe im M&A-Budget verschwinden lassen.«

»Wie?«, fragte Sherman, der natürlich wusste, dass Myers von Mergers & Acquisitions sprach.

»Ich sage Ihnen nichts, was Sie nicht selbst wissen. Bei potenziellen Übernahmen wenden wir viel Geld für Due-Diligence-Prüfungen auf. Das meiste davon fließt an externe Gesellschaften, Investmentbanker, Anwaltskanzleien und Berater. Die gehen die Bücher durch, wollen sehen, ob das Unternehmen wirklich so profitabel ist, wie es vorgibt zu sein, befassen sich mit den rechtlichen Hürden und geben daraufhin eine Empfehlung ab, ob die Übernahme zu REL passt.«

»Sie könnten die zwölf Millionen Dollar als Ausgabe deklarieren, die beim Erwerb dieser Unternehmen angefallen wäre?«

»Umgekehrt. Manchmal durchlaufen wir das ganze Prozedere, machen unsere Hausaufgaben, kommen aber zu dem Schluss, dass das Unternehmen XYZ für REL nicht geeignet ist. Auch wenn keine Übernahme erfolgt, wird bei so einer

Due-Diligence-Prüfung viel Geld ausgegeben. Solange keiner zu tief gräbt, kann ich die Summe da unterbringen.«

»Und wenn die Wall Street herausfindet, dass wir viel Geld für ein Unternehmen ausgeben, das wir gar nicht erwerben?«

»Die meisten Analysten haben keine Ahnung. Wenn sie sich überhaupt dazu äußern, dann loben sie uns höchstens für die Vorsicht, mit der wir bei unseren Zukäufen vorgehen.«

»Ich wusste, ich kann auf Sie zählen, Ed. Machen Sie das so.«

35

Michael Carter sah auf seine Uhr. 10.50 Uhr. In zehn Minuten sollte Lauren Pomerantz eintreffen, vorausgesetzt, sie war pünktlich.

In den fünf Tagen, seitdem Pomerantz in seinem Büro aufgetaucht war, hatte er eine Menge auf den Weg gebracht. Eine Stunde zuvor hatte sein Broker von Schwab angerufen und bestätigt, dass auf das Konto von Carter & Associates zwölf Millionen Dollar eingegangen waren. Sherman hatte also Wort gehalten. Er hatte die Summe irgendwie lockermachen können.

Carter hatte gehofft, einige Tage mit der Suche nach neuen Büroräumlichkeiten zubringen zu können, die seinem neuen Verantwortungsbereich, seinem neuen Lebensabschnitt gerecht würden. Aber dafür war keine Zeit geblieben. So hatte er sich lediglich online bei einem Bürodienstleister erkundigt, hatte eine Stunde später in Midtown die Räumlichkeiten besichtigt und einen Vertrag für einen Monat unterzeichnet. Das dunkle Büro war kleiner, als er sich gewünscht hätte, die Einrichtung modern, aber eher von der billigen Sorte. Der Blick aus dem kleinen Eckfenster ging auf einen Wolkenkratzer, der das Büro ständig beschattete. Er hatte sich für eines der größeren Büros entschieden, die über einen kleinen Konferenztisch verfügten. Nur zwei der vier Stühle würden nötig sein. Zu den Dienstleistungen gehörte auch eine sehr attraktive junge Rezeptionistin, Beatrice, die ihm Bescheid geben würde, wenn Pomerantz eintraf.

War vielleicht gar nicht so schlecht, dachte er sich, während er sich umblickte, wenn sie sich hier trafen. Würde er Pomerantz in einem exklusiveren Ambiente empfangen, würden womöglich bloß ihre Geldforderungen nach oben gehen. So waren die Menschen nun mal. Außerdem war es durchaus von Vorteil, die Ausgaben niedrig zu halten, zumindest für den Anfang.

Er hatte sich bei zwei Kumpeln aus dem Militär gemeldet, mit denen er nach wie vor in Kontakt stand. Beide arbeiteten für einen Sicherheitsdienst; einer war für eine Wirtschaftsauskunftei tätig, der andere für Verizon Wireless, den größten Mobilfunkanbieter der USA. Ihre Informationen könnten sich als unschätzbar erweisen, würden aber nicht billig sein. Und bei der Unterzeichnung des Mietvertrags für das Büro hatte er seine Kreditkarte belastet.

Als er sein Kündigungsschreiben an REL abschickte, war ihm ein übler Gedanke gekommen: Was, wenn Sherman seine Meinung änderte und sich nicht an ihre Vereinbarung hielt? Sherman könnte abstreiten, dass sie sich jemals getroffen hatten. Carter hatte einiges unternommen, um sicherzustellen, dass es keine Aufzeichnung von ihrem Treffen gab. Dann würden die Kosten für die Recherchen und das Büro ausschließlich an ihm hängen bleiben, und er müsste darum betteln, dass er seine alte Stelle zurückbekäme. Die Überweisung des Geldes hatte ihm diese Ängste genommen.

Auf dem Weg zum Büro war er in eine Bäckerei gegangen, hatte einige Teilchen gekauft und sie auch gleich aufschneiden lassen. Die Rezeptionistin hatte sich gegen eine Gebühr dazu bereit erklärt, ihnen bei Bedarf Kaffee zu bringen.

Um die Zeit totzuschlagen, rief er nochmals Pomerantz' Facebook-Seite auf. Sie hatte in den vergangenen fünf Tagen nichts gepostet.

Das Telefon auf seinem Schreibtisch summte. »Mr. Carter, eine Ms. Pomerantz ist hier.«

»Ich komme gleich.« Bevor er das Büro verließ, warf er einen Blick in den Spiegel an der Tür. Er hatte seine Garderobe speziell für diesen Anlass gewählt. Wenn er die Krawatte wegließ, wirkte er gleich viel zugänglicher. Ein blassblauer Pullover mit V-Ausschnitt stand für Verlässlichkeit und Vertrauenswürdigkeit. Er sah damit sehr viel ehrlicher aus. Und die hellbraune Hose vermittelte Gelassenheit und Ruhe. Er wusste nicht recht, ob er diesem ganzen Farbbedeutungsmumpitz Glauben schenken sollte, aber warum es nicht mal probieren? Vielleicht wirkte es ja bei Pomerantz. »Showtime«, sagte er sich, strich sich die Haare an den Schläfen glatt, öffnete die Tür und trat in den Flur hinaus.

Lauren Pomerantz folgte ihm wortlos durch den Flur. Carter war das nur recht, er zog es sowieso vor, dass ihre Unterhaltung ausschließlich in seinem Büro stattfand. Sie trug einen grauen Sweater über einer gestreiften Bluse, die bis obenhin geschlossen war. Er musste daran denken, was er über graue Kleidungsstücke gelesen hatte. Wer so etwas trägt, möchte *unsichtbar* bleiben. Damit konnte er ihr mit Vergnügen dienen.

»Bitte nehmen Sie Platz«, sagte Carter und wies auf den Konferenztisch. »Ich kann Kaffee bringen lassen. Wollen Sie ...«

»Nein, danke.«

»Bitte greifen Sie zu.«

»Ich hab schon gegessen.«

»Wasser vielleicht?«, fragte er.

»Gut«, sagte sie. Ihre Miene gab nichts preis.

Carter holte zwei Flaschen Mineralwasser aus dem Minikühlschrank hinter seinem Schreibtisch. Pomerantz hatte den Stuhl vor der Wand gewählt. Carter setzte sich ihr gegenüber und schob ihr eine der Flaschen hin.

»Warum sind wir hier?«, fragte sie abrupt.

Carter war verblüfft über die Frage. »Ich bin hier, um alles zu unternehmen, damit Ihnen Gerechtigkeit widerfährt, damit ...«

»Das meine ich nicht. Warum sind wir *hier* und nicht im Gebäude von REL News?«

»Offen gesagt, Lauren, wollte ich es Ihnen so einfach wie möglich machen. Ich möchte keinesfalls, dass Sie zufällig der Person begegnen, die Ihnen so viel Kummer bereitet hat.«

Pomerantz schwieg. Sie sah sich im Raum um, ohne Blickkontakt mit ihm aufzunehmen. Carter schlug den Ordner auf, den er aus dem Büro mitgebracht hatte, und tat so, als würde er darin lesen. Menschen verabscheuen von Natur aus die Leere. Er wollte, dass sie als Erste das Wort ergriff.

»Egal, was geschieht, Mr. Carter, ich werde heute nichts unterschreiben.«

»Das respektiere ich, Lauren. Das haben Sie mir schon am Telefon gesagt. Wir sind hier, um über die Bedingungen einer möglichen Einigung zu sprechen. Darf ich anfangen?«

»Nur zu.«

»Das oberste Ziel dieser Vereinbarung ist der Schutz Ihrer Privatsphäre. Dazu gehört aber auch eine einmalige Zahlung an Sie und die Garantie, Sie bei der Suche nach einer vergleichbaren Stellung in einem anderen Medienunternehmen zu unterstützen. Ich habe noch Ihre Befürchtung im Ohr, die Sie in meinem Büro geäußert haben. Sie wollen keine neue Monica Lewinsky sein.«

»Und was erwarten Sie von mir?«

»Nicht mehr als Ihr Stillschweigen. Sie wissen, was eine Vertraulichkeitsvereinbarung ist?«

Sie nickte.

»Gut. Die Bedingungen sind eindeutig. Wenn Sie gegenüber anderen auch nur ein Wort darüber erwähnen, sind Sie verpflichtet, die vereinbarte Geldsumme zurückzuzahlen. Nun, ich weiß, das wird nicht passieren. Aber wenn es zu einem Rechtsstreit kommt, werden Sie für die Anwaltskosten beider Seiten aufkommen.«

»Ich gehe davon aus, dass Sie mir irgendwann die Höhe der vereinbarten Summe verraten werden.«

»Ja. Nach Unterzeichnung der Vereinbarung bin ich befugt, Ihnen zwei Millionen Dollar zu überweisen. Eine Überweisung dauert in der Regel vierundzwanzig Stunden. Wenn Sie heute noch unterschreiben, dürften Sie das Geld morgen auf Ihrem Konto vorfinden.«

»Ich sagte, ich unterschreibe heute nicht.«

»Das habe ich vernommen. Ich habe nur erklärt, wie schnell es mit so einer Überweisung geht.«

Carter nahm ein Dokument aus dem Ordner und schob es ihr hin. »Ich bin nicht unbedingt der typische Anwalt. Wenn möglich, vermeide ich jedes juristische Geschwafel. Die Vereinbarung umfasst lediglich drei Seiten.« Er sah auf seine Uhr. »Ich muss noch etwas erledigen, das keinen Aufschub duldet, keine Sorge, es dauert nur wenige Minuten. Lesen Sie es doch ruhig schon mal durch.«

Ohne auf eine Antwort zu warten, ging er an seinen Schreibtisch, klappte seinen Laptop auf und begann zu tippen. Er tat so, als würde er das Geschriebene noch einmal durchlesen, beobachtete dabei aber Pomerantz. Es funktionierte. Nach anfänglichem Zögern studierte sie den Text aufmerksam.

Er hatte sich viel Mühe gegeben, um jedes Wort, jede Formulierung zu vermeiden, die nicht sofort verständlich gewesen wäre. Volle fünf Minuten vergingen, bevor sie fertig war und aufblickte. Carter tippte noch einige Worte, dann kehrte er zum Tisch zurück.

»Entschuldigen Sie. Ich danke Ihnen für Ihre Geduld.«

»Gilt das als Einkommen? Muss ich auf die zwei Millionen Dollar Steuern zahlen?«

Carter war beeindruckt. Pomerantz war klug, man durfte sie nicht unterschätzen. Laut Personalakte hatte sie an der Southern Methodist University einen doppelten Abschluss erworben, in Wirtschafts- und Kommunikationswissenschaften. »Im Moment nicht. Sie werden die Summe nicht versteuern müssen.«

143

»Was heißt ›im Moment nicht‹?«

»Der Bundesstaat New York denkt über eine Gesetzesänderung nach, bei der es darum geht, wie der finanzielle Ausgleich solcher Vereinbarungen zu bewerten ist. Wird sie verabschiedet, müssen entsprechende Zahlungen ganz normal versteuert werden. Auch im Kongress wird über ein ähnliches Gesetz beraten. Offensichtlich zählt die Privatsphäre der Opfer recht wenig. Man kann also nur jedem raten, eher früher als später zu handeln.«

Carter ließ die Bemerkung so im Raum stehen. Er erwähnte nicht, dass der Gesetzesvorschlag eingebracht wurde, damit es Firmen erschwert oder es für sie zumindest kostspieliger wurde, Missetäter in den eigenen Reihen zu schützen. Sollte der Vorschlag durchgehen, könnten Firmen die Ausgaben für solche Vertraulichkeitsvereinbarungen nicht mehr steuerlich absetzen.

»Mr. Carter, ich weiß Ihre Bemühungen zu schätzen. Was ich gelesen habe, scheint mir ziemlich eindeutig zu sein. Trotzdem ist das hier keine faire Auseinandersetzung. Matthews und REL News werden durch Sie, einen Anwalt, vertreten. Offensichtlich haben Sie Erfahrungen mit solchen Fällen.« Sie deutete auf die Papiere vor sich.

»Glauben Sie mir, nur weil ich Anwalt bin, bin ich nicht unbedingt klüger als Sie.«

Sie ging auf seinen Scherz nicht ein. »Folgendes würde ich gern tun. Ich werde keinen Anwalt konsultieren, sondern es nur einer Freundin vorlegen, die Anwältin ist. Ich werde sie bitten, sich alles durchzulesen, damit ich sicher sein kann, dass ich alles richtig verstanden habe und nichts zu meinem Nachteil geschieht.«

Carter schüttelte den Kopf. »Tut mir leid, Lauren, das ist nicht möglich.«

»Was soll das heißen? Warum nicht?«

»Meine Anweisungen sind sehr klar. Mein Mandant will die Zahl derjenigen, die von dem Vorfall wissen, so klein wie möglich halten. Ich gehe davon aus, dass das auch in Ihrem Interesse ist. Wenn Sie eine dritte Partei mit hinzuziehen, reduziert sich das Angebot auf eine Million Dollar.«

»Ich will nur, dass meine Freundin sich das durchliest und mir in zehn Minuten meine Fragen beantwortet ...«

»Lassen Sie sich von einem Anwalt gesagt sein, Lauren, so wird das nicht funktionieren. Ein Anwalt oder eine Anwältin wird Sie dazu überreden, seine oder ihre Dienste in Anspruch zu nehmen. In Fällen wie diesem liegt das Anwaltshonorar bei etwa einem Drittel der fraglichen Summe. Statt der ursprünglichen zwei Millionen beträgt das Angebot nur noch eine Million. Nach Abzug der Anwaltskosten bleiben noch etwa sechshundertsechsundsechzigtausend Dollar übrig. Selbst bei einem Erfolgshonorar neigen Anwälte dazu, die Sache hinauszuzögern. Statt morgen schon die volle Summe zu bekommen, erhalten Sie vielleicht in einem Jahr oder auch in zwei einen verringerten Betrag, wenn Sie Glück haben. Gleichzeitig müssen Sie damit rechnen, dass in der Zwischenzeit der Bundesstaat New York oder der Kongress das Gesetz verabschiedet, von dem ich vorhin erzählt habe. In diesem Fall geht ein Drittel der Restsumme für die Steuer weg, sodass Ihnen lediglich etwas mehr als vierhunderttausend Dollar bleiben. Ich sage es nur ungern, Lauren, muss es aber ansprechen. Sie könnten versucht sein, das Schriftstück insgeheim einem Anwalt vorzulegen und darauf hoffen, dass ich nichts davon erfahre. Die Sache hat nur folgenden Haken. Falls Sie das Ihnen vorliegende Dokument unterzeichnen, beeiden Sie, dass Sie mit niemandem über den Vorfall gesprochen haben, nachdem Sie letzte Woche bei mir im Büro waren. Auf Meineid stehen im Bundesstaat New York empfindliche Strafen.«

»Ich bin keine Lügnerin«, sagte sie trotzig.

»Das weiß ich. Und, Lauren, wissen Sie, was das Traurigste an diesem ganzen Verfahren sein wird?«

Sie sah ihn an, antwortete aber nicht.

»Ich garantiere Ihnen, dass Ihre Privatsphäre verletzt werden wird. Ihre Freundin, die Anwältin, arbeitet für eine Kanzlei, oder? Die Kanzlei hat Partner, die über diesen potenziell öffentlichkeitswirksamen Fall Bescheid wissen wollen. Sie werden aus Ihren drei Seiten dreißig Seiten machen. Zahllose Teilhaber werden daran arbeiten. Mitarbeiter werden das Dokument ausdrucken und kopieren. Meinen Sie wirklich, dass all diese Leute den Mund halten werden?«

»Mr. Carter, ich habe nichts zu verbergen. Vielleicht rät mir die Anwältin, mit der ich rede, dass ich mehr verlangen sollte.«

»Lauren, ich will Ihnen helfen. Bitte zwingen Sie mich nicht dazu.«

»Zu was?«

Carter tat so, als würde er zögern, kehrte an seinen Schreibtisch zurück, holte einen Ordner aus der mittleren Schublade und setzte sich wieder. Zufrieden nahm er zur Kenntnis, dass sein Schreibtischsessel höher war als die Stühle am Konferenztisch. So sah er jetzt auf Pomerantz herab.

»Lauren, ist Ihnen die Bedeutung des Wortes ›einvernehmlich‹ geläufig?«

»Machen Sie jetzt Witze?«

»Jemand hat Sie davor gewarnt, sich mit Matthews allein in einem Raum aufzuhalten, aber Sie sind trotzdem in sein Büro gegangen. Oder?«

»Das habe ich Ihnen erklärt.«

»Ich weiß. Aber wenn wir schon dabei sind, dann erklären Sie mir doch bitte noch einmal, warum Sie in der Maske einen Zwischenstopp eingelegt haben, bevor Sie zu ihm sind. Sie wollten besonders attraktiv aussehen, oder?«

»Ich wollte mich von meiner besten Seite zeigen.«

»Attraktiv? Von der besten Seite? Sie können mir sicherlich den Unterschied zwischen den beiden Ausdrücken erklären.«

»Sie drehen mir die Worte im Mund um. Ich habe Ihnen erzählt, was geschehen ist.«

»Ja. Sie haben es mir erzählt, so wie Sie es auch Ihrer Anwältin erzählen werden, die Sie für eine ganze Reihe von eidesstattlichen Aussagen vorbereiten wird, bei denen Sie dann den Anwälten von REL und Matthews Ihre Version der Ereignisse erzählen können.«

»Es ist nicht *meine* Version!«

»Es ist *Ihre* Version. Mr. Matthews' Erklärung der Ereignisse wird sich von Ihrer bestimmt gravierend unterscheiden.«

»Mr. Carter, vergessen Sie nicht, ich habe die Aufzeichnung.«

»Vielleicht.«

»Was soll das heißen, vielleicht?«

»Mr. Matthews hat sicherlich nicht sein Einverständnis gegeben, dass Sie dieses Treffen in seinem Büro aufzeichnen. Kann gut sein, dass es vor Gericht überhaupt nicht zugelassen wird.«

»Das ist doch lächerlich. Es werden doch ständig Telefonate aufgezeichnet.«

»Telefonate werden anders behandelt. Aber in einem Büro darf man einen gewissen Schutz der Privatsphäre erwarten. Diese haben Sie verletzt. Hören Sie zu, Lauren, man wird Sie im Paragrafensumpf versinken lassen, man wird Sie in juristisches Scharmützel verwickeln. Ich will Ihnen nur ersparen, dass man Sie in die Mangel nimmt.«

»Ich habe nichts zu verbergen.«

»Wirklich nicht? Wie wär's, wenn ich Ihnen einen kleinen Vorgeschmack darauf gebe, was Sie erwartet, wenn Sie gegen Mr. Brad Matthews und REL News in den Krieg ziehen? Und ich garantiere Ihnen, es wird ein Krieg werden. Wird das für Sie in Ordnung sein, Blue Skies?«

»Wie haben Sie mich genannt?«, fragte sie und war nun sichtlich geschockt.

»Kommen Sie, Lauren, das ist doch Ihr Datingname auf Tinder. Den gleichen Namen haben Sie vor zwei Jahren auf Bumble benutzt. Korrigieren Sie mich, wenn ich etwas Falsches sage. Ist das nicht die Datingseite, auf der die Frauen den ersten Schritt tun müssen? Haben Sie beim Dating schon immer zu der offensiveren Sorte von Frauen gehört?« Carter hatte seinem Army-Kumpel bei der Kreditauskunft 2500 Dollar zahlen müssen, damit er von ihm eine Aufstellung von Pomerantz' Mastercard-Abrechnungen der vergangenen fünf Jahre bekam. Er hatte Carter den Namen von jemandem genannt, der Zugang zu den Aufzeichnungen von allen hatte, mit denen sie über die Dating-App kommuniziert hatte. Dafür hatte er 1500 Dollar Gebühr verlangt.

»Keine Antwort auf diese Frage? Dann probieren wir es doch mit einer anderen. Nachdem Sie mit einem Mr. Douglas Campbell, wohnhaft in der 524 East 86th Street, eine Reihe von Nachrichten ausgetauscht haben, haben Sie Bumble nicht mehr benutzt, das stimmt doch, oder, Lauren? Und handelt es sich hierbei um Mr. Campbells Handynummer?« Er las die Nummer vor. »Würde man, wenn man Ihre Textnachrichten an ihn durchgeht, auf anzügliche Beschreibungen stoßen? Und ich hoffe doch, dass Sie ihm keine expliziten Fotos geschickt haben. Weiß Gott, wie peinlich so was sein kann.«

Sein Army-Kumpel bei Verizon hatte ihm ihre Handyaufzeichnungen der vergangenen drei Jahre besorgt. Räumlich getrennte Liebende rufen sich typischerweise zwischen zehn Uhr abends und Mitternacht an. Die Handyinformationen hatten ihn weitere 1500 Dollar gekostet.

»Das hat nichts damit zu tun, was Matthews mir angetan hat«, sagte sie. »Außerdem bin ich nicht dumm. Es ist Ihnen nicht erlaubt, meine Vergangenheit vor Gericht auszubreiten.«

»Da haben Sie absolut recht, Lauren, das wäre nicht erlaubt, *falls* es sich um einen Strafprozess handelt. Wenn Sie diesen Weg einschlagen wollen, dann sollten Sie aber mit der Polizei reden, nicht mit mir. Möge Gott verhindern, dass es so weit kommt. Bei einem Zivilverfahren wird beiden Seiten mehr Freiraum zugestanden. Viel mehr Freiraum. Ihre Seite würde alles aufbieten, um Mr. Matthews als ein Ungeheuer darzustellen. Und die besten Juristen, die für Geld zu haben sind, werden *Ihr* Leben unter die Lupe nehmen und alles herausfinden, um Sie in der Luft zu zerreißen. Ich bin nur ein ganz gewöhnlicher Anwalt für Arbeitsrecht. Trotzdem habe ich all das in wenigen Tagen herausgefunden.

Sie haben sicherlich die Nominierung von Brett Kavanaugh zum Richter am Obersten Gerichtshof verfolgt. Die Leute in den Kneipen, zu Hause am Esstisch haben sich darüber gestritten, wer die Wahrheit sagt und wer lügt. Wollen Sie wirklich so in Erinnerung behalten werden? Selbst wenn Sie gewinnen sollten, werden Sie verlieren.«

Vergeblich versuchte Lauren die Tränen zurückzuhalten. Sie schlug die Hände vors Gesicht. »Ich weiß nicht, was ich machen soll«, brach es aus ihr heraus.

Mit seiner warmherzigsten Stimme sagte Carter: »Es ist an der Zeit, dass das alles heilen kann und der Schmerz vergeht. Beatrice, die Rezeptionistin, die Sie draußen kennengelernt haben, fungiert zugleich als öffentliche Notarin. Beantworten Sie nur noch eine einzige Frage, dann rufe ich sie herein, und sie bezeugt Ihre und meine Unterschrift unter dieser Vereinbarung.«

Zehn Minuten später – die unterzeichneten Papiere lagen vor ihm – hatte er die Füße auf dem Schreibtisch liegen. Bei näherer Betrachtung beschloss er, dass dieses Büro genau richtig für ihn war. Das Geld, das er sich dadurch sparte, konnte er besser verwenden. Beatrice, die neunundzwanzigjährige Rezeptionistin mit ihren braunen Augen, dem schwarzen Pferdeschwanz und einem eng anliegenden, ihre wunderbaren Rundungen betonenden weißen Sweater hatte sich einverstanden erklärt, mit ihm am Abend zum Essen zu gehen.

Er sah zum Zettel auf der Schreibtischunterlage. Dallas war darauf notiert, die Stadt, in der Pomerantz arbeiten wollte. Er musste Sherman darüber in Kenntnis setzen, damit er seine Beziehungen spielen ließ und ihr dort eine Stelle beschaffte.

Unter Dallas war bereits das nächste Projekt skizziert. Dort stand der Name der Frau, die Lauren Pomerantz gewarnt hatte, sich vor Brad Matthews in Acht zu nehmen. Es handelte sich um die ehemalige REL-News-Angestellte Meg Williamson.

36

Dick Sherman war auf dem Heimweg durch die Bronx und wie immer auf der linken Spur der Route 95 unterwegs. Ungewöhnlich war nur, dass er selbst am Steuer saß. Beim letzten Abendessen hatte ihm seine Frau mitgeteilt, dass sie mit ihrem eigenen Wagen in die City fahren würde, sie wollte bei ihrer Schwester übernachten und am nächsten Tag mit ihr ganz früh vom JFK-Flughafen auf die Bermudas fliegen. Er wusste nicht, was sie trieb, es war ihm auch egal. Ihn betraf lediglich, dass er sich bereit erklärt hatte, ihren Wagen nach Greenwich zurückzubringen. So hatte er seinem Chauffeur den Abend freigegeben.

Sherman hatte sich gerade einen Podcast der REL-Abendnachrichten angehört. Auf seine herzliche Art klang Matthews wie der einzige Erwachsene im Raum, während er von der neuesten Kongressanhörung berichtete, bei der sich die Republikaner und Demokraten zwei Stunden lang lautstark beharkt hatten. Den Beitrag beendete Matthews wie so oft mit einer humorigen Bemerkung: »Wir haben ein Regierungssystem, das von Genies ersonnen wurde, damit auch Idioten damit umgehen können.«

Sherman wäre zügig vorangekommen, wäre da nicht dieser Blödmann in seinem Toyota vor ihm gewesen. Der Trottel war doch mehr als zehn Wagenlängen hinter dem vorausfahrenden Wagen. Mittlerweile folgte Sherman ihm schon seit über zwei Kilometer, er hatte sogar zweimal aufgeblendet, aber das hatte alles nichts genutzt. Der Fahrer vor ihm war völlig verpeilt.

Vier Tage waren vergangen, seitdem er Carter vor dem Bahnhof in Greenwich getroffen hatte. Er hatte es noch nie gemocht, ein Handy bei sich tragen zu müssen, jetzt musste er sogar mit seinem *und* dem von Carter rumlaufen.

Ed Myers hatte ausgeführt, was er versprochen hatte, Shermans Sorgen waren dadurch aber nicht geringer geworden. Als sie sich im Flur begegneten, hatten Myers ihn kaum angesehen. Sherman musste daran denken, wie er sich vor Jahren dazu hatte breitschlagen lassen, so ein dämliches Pfadfinder-Dinner zu besuchen, das zu Ehren Myers gegeben worden war – Myers hatte dem komischen Verein angehört. Was für eine Folter, sich die zwölf Punkte des Pfadfindergesetzes anhören zu müssen. Hoffentlich erinnerte sich Myers an das Gesetz über den Gehorsam, dachte er jetzt. Konnte man darauf vertrauen, dass Myers den Mund hielt, wenn er unter Druck geriet?

Diese Gedanken wurden durch ein ungewohntes Klingeln unterbrochen. Kurz glaubte er, das Geräusch käme aus dem Radio. Dann erkannte er, dass es von seinem Wegwerfhandy stammte.

Endlich wechselte der Toyota vor ihm auf die mittlere Spur. Shermans Wagen machte einen kleinen Schlenker, als er in die rechte Tasche griff und das Handy herauszog, das mittlerweile zum vierten Mal klingelte. Er erinnerte sich an Carters Vorsichtsmaßnahmen – keine Namen, nur codierte Begriffe verwenden, falls jemand sie abhören sollte. Er brachte den Wagen wieder in die Spur und meldete sich. »Hallo. Was gibt's?«

»Ich hab mich umgesehen und mich für den Ford entschieden. Der Preis ist okay. Zwei Kubik.«

»Gute Arbeit«, sagte Sherman und überlegte, ob das wirklich die angemessene Antwort war, wenn einem jemand erzählte, er habe sich einen Wagen gekauft. »Das freut mich für Sie.«

»Ich hab den Markt aber noch im Blick. Mein Auge ist auf einen Chevy gefallen.«

»Auch gut«, antwortete Sherman und überlegte, wie er das nächste Thema anschneiden konnte. Er hatte beschlossen, dass Carter dabei sein sollte, wenn er Matthews auf seine Verfehlungen ansprach. Wie lautete der Code dafür? Bei unserem nächsten Treffen würde er diesem Verschlüsselungsquatsch ein Ende machen, nahm er sich vor und bemerkte nicht, dass er jetzt derjenige war, der langsamer geworden war und den Verkehr hinter sich aufhielt. Ihm kam eine Idee. »Ich fahre gern Zug. Gleiche Zeit, gleicher Ort.«

»Einverstanden«, antwortete Carter und legte auf.

Sherman hatte immer noch das Handy am Ohr, als er erleichtert ausatmete. Aber seine Erleichterung hielt nur kurz an. Zuckendes Blaulicht spiegelte sich auf seinem Armaturenbrett. Er sah nach rechts. Ein blau-weißer Wagen der New Yorker Verkehrspolizei befand sich neben ihm auf der mittleren Spur. Der Beamte gab ihm unmissverständlich zu verstehen, dass er anhalten sollte.

»Verdammt!«, brüllte er und schleuderte das Handy auf den Boden. Keine zehn Minuten später lag neben ihm auf dem Beifahrersitz ein Strafzettel für unachtsames Fahren und Handynutzung am Steuer.

37

»Entschuldige, Liebling, ich war in Gedanken woanders. Was hast du gesagt?«

»Mir reicht es jetzt. Wir müssen miteinander reden, auf der Stelle«, sagte Diane Myers, griff nach der Fernbedienung, die auf dem Beistelltisch neben ihrem Mann lag, und schaltete die Footballpartie aus. »Und beschwer dich ja nicht. Wahrscheinlich weißt du noch nicht mal, wie es steht.«

Myers wollte schon etwas erwidern, musste sich aber eingestehen, dass seine Frau recht hatte. Er kannte den Spielstand wirklich nicht. So viel also dazu, sich das Spiel anzusehen.

»Gut, meine Liebe. Worüber willst du reden?«

»Über dich, über uns und was verdammt noch mal los ist.«

»Diane, ich weiß nicht, was du …«

»Ed, hör auf! Du ziehst mich gern damit auf, dass Geduld noch nie meine Stärke war. Vielleicht hast du recht. Aber inzwischen bin ich mit meiner Geduld restlos am Ende – und zwar, was dich betrifft. Etwas ist passiert, und ich möchte wissen, was.«

Er seufzte. »Ich weiß nicht, wovon du redest.«

»Ach? Du stehst komplett neben dir. Vor drei Tagen hast du vergessen, Tara zum Geburtstag zu gratulieren. Du hast es vergessen, obwohl ich dich im Büro angerufen habe, um dich daran zu erinnern.« Ihre Tochter war in ihrem ersten Studienjahr in Fordham. »Bei unserem Essen letzten Abend warst du so abwesend, dass es schon an Unhöflichkeit grenzte. Als du auf die Toilette gegangen bist, haben mich Art und Ali gefragt, ob mit dir alles in Ordnung ist.« Sie waren mit den Grooms befreundet, seitdem ihre ältesten Töchter zusammen in die erste Klasse gekommen waren. »Und nimm es mir nicht übel, aber du siehst schrecklich aus. Die ganze letzte Woche hast du dich nur von einer Seite auf die andere gewälzt, obwohl du nie Schlafprobleme hattest.«

»Diane, ich weiß nicht, was ich sagen soll. Ich hab momentan einigen Stress in der Arbeit.«

»Das nehm ich dir nicht ab. Nicht für eine Sekunde. Komm schon, Ed. Als du kurz nach unserer Heirat bei REL News angefangen hast, sagtest du, das Unternehmen sei finanziell am Ende. Du hast sogar Witze darüber gemacht – wenn du am nächsten Tag nicht aus dem Büro anrufst, würde das nur bedeuten, dass wegen der ausstehenden Zahlungen die Telefone abgeschaltet wurden. Aber du hast das alles nie an dich herangelassen. Wenn du abends nach Hause gekommen bist, hast du den Schalter umgelegt. Und jetzt hast du Stress, obwohl es dem Unternehmen hervorragend geht?«

»Das ist es nicht.«

»Ed, sei ehrlich: Hast du eine Affäre?«

»O Gott, nein. Ich schwöre es dir.« Er seufzte. »Du hast recht. Wir müssen reden. Kannst du uns beiden einen Scotch einschenken?«

Diane hörte aufmerksam zu, während er ihr von Shermans ungewöhnlicher Bitte erzählte, die zwei Wochen zuvor an ihn herangetragen worden war. Er schloss mit den Worten: »Ich habe den Finanzbericht für das dritte Quartal abgesegnet und unterzeichnet. Was mich umtreibt, sind die Auswirkungen, die sich daraus ergeben könnten.«

»Was meinst du?«

»Zwölf Millionen Dollar verschwinden nicht einfach so. Das Unternehmen oder, besser gesagt, *ich* muss nachweisen, wofür das Geld ausgegeben wurde.«

»Aber du sagst doch, es wurde für M&A-Projekte aufgewendet, die nicht realisiert wurden, oder?«

»Ja. Und falls dem so wäre, wäre das Geld eine absetzbare Ausgabe. Ende der Geschichte.«

»Und falls dem nicht so wäre?«

Er nahm einen großen Schluck. »Als Erstes, streich das *falls*. Wir wissen, dass dem nicht so ist. Was wir nicht wissen, ist, wofür das Geld aufgewendet wurde – wurde es für Ausgaben verwendet, die abzugsfähig sind, oder nicht?«

»Könntest du Sherman nicht einfach fragen?«

»Im Nachhinein betrachtet hätte ich das machen sollen. Im Nachhinein betrachtet hätte ich vieles anders machen sollen. Aber er hat mir deutlich zu verstehen gegeben, dass keine Fragen gestellt werden sollen. Ich habe einfach stillschweigend angenommen, dass das Geld für einen legitimen Zweck verwendet würde und die zwölf Millionen daher steuerlich aus Ausgaben geltend gemacht werden können.«

»Und was heißt das?«

»Das heißt, dass ich als CFO RELs Finanzbericht unterzeichnet habe. Wurde das Geld nicht für einen legitimen Zweck verwendet, habe ich gegen mehrere Gesetze verstoßen und mache mich damit unter anderem der Steuerhinterziehung strafbar.«

»Kannst du das nicht noch ändern?«

»Wenn es nur so einfach wäre. Es würden dann viele Fragen gestellt. Wie soll ich es erklären? Der CEO hat mich darum gebeten, und ich bin der Bitte nachgekommen, ohne nachzuhaken und Einzelheiten einzufordern? Wer sind Carter & Associates? Warum überweise ich denen Geld? Selbst wenn ich den Geist wieder in die Flasche zurückstopfen könnte, würden Carter und seine besagten Partner das Geld noch zurückgeben, oder ist es schon ausgegeben worden und verschwunden?«

»Hast du irgendeine Ahnung, wofür das Geld verwendet wurde?«

»Nein. Es gab schon CEOs, die privat in finanzielle Schieflage gerieten und vom Unternehmen gerettet werden mussten, die suchtkrank waren oder Glücksspielprobleme hatten. Ist das bei Sherman der Fall? Ich weiß es nicht.«

Sie nahm seine Hände in ihre. »Du musst mit jemandem reden. Erklär, was geschehen ist, und steh jetzt dafür gerade. Je länger du schweigst, desto schlimmer wird es nur, wenn es irgendwann ans Licht kommt.«

»Ich weiß. Aber mit wem?«

»Gibt es jemanden im Vorstand, mit dem du reden könntest?«

»Das sind alles von Sherman persönlich ausgewählte Leute. Wenn er abstreitet, mit mir überhaupt gesprochen zu haben, werden sie ihm glauben. Und ich bin der, der gefeuert wird und die Prügel bezieht.«

»Kannst du nicht mit Carlyle Sr. reden?«

»Er ist weit weniger in die aktuellen Abläufe einbezogen als früher. Wenn er überhaupt noch etwas macht, dann, dass er als Erstes Sherman anruft und ihn darauf anspricht.«

»Und Carlyle Jr.?«

Er nahm einen weiteren Schluck vom Scotch. »Das wäre möglich. Er und Sherman haben sich noch nie besonders gemocht. Ehrlich gesagt, können sich die beiden auf den Tod nicht ausstehen.«

»Versprich mir, dass du gleich morgen mit ihm redest.«

»Das werde ich tun. Danke. Ich liebe dich.«

38

Michael Carter war verärgert, dass er nun schon den zweiten Tag in Folge nach Greenwich, Connecticut, fahren musste, diesmal sogar an einem Sonntag. Sherman hatte ihn während der Woche angerufen und um ein Treffen »zur gleichen Zeit, am gleichen Ort« gebeten. Also hatte er Sherman am Tag zuvor am Bahnhof von Greenwich getroffen. Seiner Meinung nach hätte sich der CEO ruhig etwas dankbarer zeigen können für die tolle Arbeit, die er bei der zögerlichen Lauren Pomerantz geleistet hatte. Er ließ das Treffen in Gedanken Revue passieren. Der CEO hatte keinen Kommentar dazu abgegeben, wie clever er im Privatleben der jungen Frau herumgeschnüffelt hatte. Carter hatte ihm eine Kopie von Pomerantz' Lebenslauf in die Hand gedrückt und ihn an seine Verpflichtung erinnert, für sie eine Arbeitsstelle zu finden. »Sie will nach Dallas«, sagte er.

»Ich zahle Ihnen einen Haufen Geld. Was machen Sie als Nächstes?«

»Ich schau mir Meg Williamson an und werde in den nächsten Tagen mit den Recherchen beginnen.«

Sherman starrte vor sich hin. Carter spürte, dass er mit sich rang, und wollte den Gedankengang des CEO nicht unterbrechen.

»Mit Matthews ist noch zu reden. Er muss dazu gebracht werden, dass er sich zurückhält und uns erzählt, ob es noch weitere Frauen gibt.«

»Genau«, sagte Carter leise.

»Ich weiß nicht recht, ob ich mit ihm allein reden soll.«

»Das ist natürlich Ihre Entscheidung. Aber ich denke, ich sollte mit dabei sein.«

»Warum?«

»Ich habe in der Army solche Befragungen vorgenommen. Konfrontiert man Menschen mit gravierenden Verfehlungen, reagieren sie auf zwei unterschiedliche Arten. Entweder leugnen sie oder sie lügen. Ertappt man sie bei ihren Lügen, fühlen sie sich gedemütigt und werden wütend. Dann geht es nicht mehr darum, was er diesen Frauen angetan hat, sondern nur darum, was Sie ihm antun. Er wird aus dem Treffen rausgehen und sich ungemein schlecht behandelt fühlen. Sie werden mit ihm nachher aber noch zusammenarbeiten müssen. Wollen Sie also, dass er diese Gefühle gegen Sie oder gegen mich richtet?«

»Sie haben recht«, sagte Sherman.

Carter hatte den Eindruck, dass Sherman dieser Satz nicht oft über die Lippen kam. Nur mit Mühe könnte er seine Freude darüber verbergen. Der CEO von REL News verließ sich auf ihn, Michael Carter, damit er einem der vertrauenswürdigsten Männer des ganzen Landes gewaltig den Marsch blies.

»Das Treffen kann nicht in meinem Büro stattfinden. Ich mag auch keine Hotelzimmer für so etwas, seltsam wäre es auch, wenn wir drei in einem Auto sitzen. Wo machen wir es also?«

»Wohnt Mr. Matthews irgendwo hier in der Gegend?«

»In Stamford. Gleich nördlich von hier.«

»Gehören Sie einem gemeinsamen Klub an?«

»Ich weiß, was möglich wäre.« Sherman griff sich sein Handy, ging ins Adressbuch und drückte auf eine Taste. »Brad, hier ist Dick Sherman. Es hat sich was wegen des Börsengangs ergeben, worüber ich gern mit Ihnen sprechen würde. Aber nicht am Telefon.« Es folgte eine Pause. »Nein, keine Sorge. Alles in Ordnung. Wie wäre es mit einem gemeinsamen Frühstück morgen um neun im Klub? ... Gut, bis dann.«

Sherman wandte sich an Carter. »Alles klar. Morgen im Greenwich Country Club. Kommen Sie um zehn.«

Carter war es nicht entgangen, dass Sherman nicht gefragt hatte, ob ihm dieser Termin überhaupt passte. »Aber Sie sagten doch neun Uhr, oder?«

»Ja. Ich werde erst was mit ihm essen. Sie stoßen um zehn dazu. Fragen Sie nach dem Restaurant für die Mitglieder. Wir nehmen uns einen Kaffee und ziehen uns in einen der Konferenzräume zurück, wo Sie dann in Aktion treten können.« Geringschätzig beäugte er Carters Jeans. »Gehören Sie einem Country Club an?«

»Nein.«

»Dachte ich mir. Gehen Sie auf die Klubwebsite und sehen Sie unter der Rubrik Gäste nach. Und kleiden Sie sich angemessen.« Er sah zur Uhr am Armaturenbrett. »Das war's für heute. Ich bin spät dran für meinen Trainer.«

39

Carter bog von der Doubling Road ab und passierte die Steinsäulen, die den Eingang zum Greenwich Country Club flankierten. Majestätische Eichen, die meisten ohne Laub, säumten die Zufahrt. Es hatte doch einiges gekostet, sich eine große BMW-Limousine zu leihen. Falls sich Sherman danach erkundigen sollte – immer vorausgesetzt, es fiel ihm überhaupt auf –, dann hatte er eine Erklärung parat. »Wenn ich mit einem Honda Accord komme, falle ich im Greenwich Country Club doch auf wie ein bunter Hund.«

Aus dem kalten Nebel war ein stetes Nieseln geworden. Die Temperatur an diesem Novembersonntagmorgen lag unter fünf Grad. Er hielt vor dem Klubhaus und wurde von einem gelangweilt dreinschauenden Angestellten empfangen, der fürs Parken des Wagens zuständig war und einen ziemlich verfrorenen Eindruck machte. »Ich bin Gast von Dick Sherman und mit ihm im Restaurant verabredet.«

Carter stieg eine Treppe hinunter und stellte sein Handy stumm – das hatte er auf der Website gelesen. Er betrat einen so gut wie leeren Raum mit etwa zwanzig Tischen. Zwei Seiten des Raums waren verglast und gaben den Blick auf den Golfplatz frei. An einer Wand waren die Gewinner der Turniere bis zum Jahr 1909 verewigt. Eine glänzende Mahagonitheke, hinter der niemand zu sehen war, befand sich links von ihm.

Vier Männer Ende siebzig, Anfang achtzig spielten an einem runden Tisch in der Ecke Gin Rommé. Einer der Männer schrieb auf, ein anderer mischte die Karten. Anscheinend war es verpönt,

Geld auf dem Tisch liegen zu haben. Die Gewinne würden wohl später beglichen werden. An der anderen Seite, am Fenster, saßen Sherman und Matthews. Die mit Eigelb verschmierten Teller und die Saftgläser vor ihnen waren leer. Carter sah auf seine Uhr. Neun Uhr neunundfünfzig. *Dann mal los*, sagte er sich und versuchte selbstbewusst aufzutreten, während er den Raum durchquerte.

Sherman nahm als Erster mit ihm Blickkontakt auf und winkte ihn heran. »Brad, das ist Michael Carton. Michael ist der, von dem ich erzählt habe. Er möchte wegen des geplanten Börsengangs ein paar Dinge ansprechen.«

Carter machte sich nicht die Mühe, ihn wegen des falschen Nachnamens zu korrigieren.

Matthews streckte ihm die Hand hin. »Schön, Sie kennenzulernen, Michael. Setzen Sie sich doch.«

Sherman winkte der Bedienung. »Marlene, drei Kaffee in Bechern.«

»Wir können uns nicht hier unterhalten?«, fragte Matthews und zeigte auf den so gut wie leeren Raum.

»Sie wissen doch, was man sagt: Wände haben Ohren«, erwiderte Sherman.

Marlene kam mit den Bechern. Sherman erhob sich. »Folgen Sie mir«, sagte er und setzte sich in Bewegung.

»Na, dann wollen wir ihm mal nach«, sagte Matthews zu Carter, stand auf und warf ihm ein Lächeln zu, das die Fernsehzuschauer so charmant fanden.

Carter sah zur Bedienung und dann zu der Kartenspielrunde, von denen keiner sie überhaupt zur Kenntnis nahm.

Sherman führte sie durch einen schmalen Gang. Gerahmte Schwarz-Weiß-Aufnahmen von Golfern und dem weitläufigen Platz hingen an den Wänden. Der CEO wandte sich nach links in einen Raum, in dem mehrere schwarze Ledersofas und Polstersessel vor einem offenen Kamin standen. Ein ausgestopfter

162

Elchkopf starrte traurig auf sie herab und erinnerte an die Frühzeit des Klubs, als die Jagd noch eine gewisse Rolle gespielt hatte. »Hier sind wir ungestört«, sagte Sherman und ließ sich auf einem Sessel nieder. Carter wartete, bis auch Matthews Platz genommen hatte, damit er sich ihm gegenüber setzen konnte.

»Michael, ich glaube, ich weiß, warum wir hier sind«, begann Matthews.

Carter und Sherman tauschten einen überraschten Blick aus. Bevor einer von ihnen reagieren konnte, fuhr Matthews schon fort.

»Zum Schluss der Sendung am Freitag habe ich von den vielen tollen Leuten geredet, die bei REL News arbeiten, darüber, was für ein wunderbarer Sender es ist und wie stolz ich bin, dazuzugehören. Ich war immer ein Nachrichtenmann. Ich habe nie in der Geschäftswelt an sich gearbeitet. Ich weiß, Sie dürfen nichts sagen, wenn das Unternehmen den Börsengang vorbereitet. Falls ich irgendeine Regel verletzt habe, möchte ich mich dafür entschuldigen. Aber ich kann Ihnen versichern, dass ich mein Herz am rechten Fleck habe.«

Auf seine Rede folgte das Zehntausend-Watt-Lächeln des Nachrichtenmoderators, wie die *New York Post* es gern beschrieb. So verharrte er kurz, wie am Ende jeder Sendung. Als würde er darauf warten, dass der Sendeleiter hinter der Kamera runterzählte, damit er sein Lächeln endlich ausknipsen konnte.

Sherman blieb stumm. Er zog es offensichtlich vor, sich auf die Rolle des Zuschauers zu beschränken.

»Mr. Matthews«, begann Carter, »ich möchte mit Ihnen über den avisierten Börsengang reden und wie wertvoll Sie für REL News waren und auch weiterhin sein werden. Es wäre nicht das gleiche Unternehmen ohne Sie.«

»Wenn Sie sich Sorgen machen, dass ich beabsichtige, in Rente zu gehen, dann kann ich Sie beruhigen. Und auch was meine Gesundheit betrifft, ich war gerade bei meinem Arzt und ...«

»Offen gesagt, Mr. Matthews, es interessiert mich einen feuchten Kehricht, was Ihr Arzt gesagt hat. Deshalb sind wir nicht hier.«

Matthews wandte sich an Sherman. »Für wen hält er sich eigentlich, so mit mir zu reden? Was zum Teufel geht hier vor sich?« Er machte Anstalten aufzustehen.

Carter erhob sich und sagte mit lauter Stimme: »Matthews, wenn Sie nicht den Rest Ihres Lebens Bier trinken und mit Bill O'Reilly, Matt Lauer und Charlie Rose Golf spielen wollen, dann setzen Sie sich wieder und halten den Mund!«

Matthews sah aus, als hätte man ihn geschlagen. Sherman deutete auf den Sessel des Moderators. »Brad, bitte, lassen Sie ihn ausreden.« Matthews starrte finster zu Carter, nahm aber wieder Platz.

Carter, der sich ebenfalls wieder niedergelassen hatte, ließ Matthews nicht aus den Augen. Er beugte sich vor, griff nach seinem Kaffeebecher, nahm einen großen Schluck, ließ sich viel Zeit, bis er den Becher zurückstellte, und genoss es, Matthews zum Schwitzen zu bringen. Kein Zweifel, wer jetzt das Sagen hatte.

»Ist Ihnen die Bedeutung des Begriffs ›sexueller Missbrauch‹ klar?«

»Beleidigen Sie nicht meine Intelligenz.«

»Dann war das also ein Ja. Trotzdem sollten wir sichergehen, dass wir alle wissen, wovon die Rede ist. Die American Psychological Association definiert das als ›ungewollte sexuelle Handlung, bei der der Täter Gewalt anwendet, Drohungen ausspricht oder sich zunutze macht, dass das Opfer seine Einwilligung nicht äußern kann.‹«

»Sparen Sie sich Ihre Belehrungen.«

»Verstehen Sie die Definition, die ich Ihnen soeben erläutert habe?«

»Kommen Sie endlich zum Punkt, Carton!«

»Vier Frauen haben glaubhaft angegeben, von Ihnen ungewollt sexuell bedrängt worden zu sein.«

Sherman sah ihn an, sichtlich überrascht, dass es vier Frauen sein sollten.

»Ich habe mich nie in meinem Leben Frauen gegenüber ungebührlich verhalten. Ich habe zahlreiche Auszeichnungen von Frauenorganisationen erhalten ...«

»Sparen Sie sich Ihr Pressegeschwätz. Ich kann Ihnen versichern, es interessiert niemanden, für was für einen tollen Typen Sie sich halten.«

»Ich weiß nicht, wer Sie sind, Mister, aber ich bin mit meiner Geduld am Ende. Ich habe nie ...«

»Kennen Sie eine Frau namens Lauren Pomerantz?«, fragte Carter und griff wieder zu seinem Kaffeebecher.

Matthews zuckte unmerklich zusammen und drehte sich zum Kamin hin. »Der Name kommt mir bekannt vor, aber ich bin mir nicht sicher.«

Sogar guten Lügnern fiel es schwer, den Blickkontakt aufrechtzuerhalten, dachte Carter. Er ließ Matthews ausreden.

»REL News ist in den letzten Jahren enorm gewachsen. Ich bemühe mich, aber ich kann mir nicht die Namen aller Mitarbeiter in der Nachrichtenredaktion merken. Lauren ... wie, sagten Sie, lautet der Nachname?«

»Pomerantz. Soll ich es Ihnen buchstabieren?«

Ohne Matthews aus den Augen zu lassen, griff Carter in die Innentasche seines Jacketts, zog sein Handy heraus und legte es auf den Tisch. »Ich weiß, ich verstoße damit gegen die Handyregeln des illustren Greenwich Country Club. Aber unter diesen ungewöhnlichen Umständen wird man das hoffentlich etwas lockerer sehen. Letzte Chance, Matthews: Hat es in Ihrem Büro eine Begegnung zwischen Ihnen und Pomerantz gegeben?«

»Ich habe keine Ahnung, wovon Sie reden«, sagte Matthews. Die Selbstsicherheit in seiner Stimme war verschwunden.

»Wenn es Ihnen nicht laut genug ist, dann sagen Sie es bitte«, sagte Carter und tippte auf den Bildschirm. Matthews war zu hören: »Lauren, kommen Sie rein.« Die drei Männer lauschten der Aufzeichnung bis zum Ende.

Carter sah zu Matthews, der vorgebeugt dasaß und die Hände zwischen den Knien verschränkt hatte. »Die Aufzeichnung könnte manipuliert sein«, sagte der Moderator leise. »Das geht heutzutage, sogar Experten fallen darauf herein.«

Carter lehnte sich in seinem Sessel zurück und nahm die Haltung eines Schuldirektors an, der es mit einem aufsässigen Schüler zu tun hatte. »Mr. Matthews, Sie mögen es vielleicht nicht glauben, aber ich bin hier, um Ihnen zu helfen.«

Matthews war verwirrt. Er wandte sich an Sherman, der ganz ruhig sagte: »Schon gut, Brad. Es ist in unser aller Interesse, dass Ihre ... Fehltritte nicht an die Öffentlichkeit gelangen. Die Sache mit Pomerantz ist bereits ad acta gelegt.«

Ein Hauch Farbe kehrte in Matthews' Gesicht zurück.

Carter griff in seine Jacketttasche und holte einen kleinen Block und einen Stift heraus. »Ich brauche die Namen, Mr. Matthews. Nur so kann ich sie finden und sie dazu überreden, sich mit uns zu einigen und Stillschweigen zu bewahren.«

Matthews beugte sich vor. »Sie haben Pomerantz. Die anderen drei waren Mel Carroll, Christina Neumann und Paula Stephenson.«

Carter und Sherman warfen sich einen Blick zu. Beide wussten, dass Matthews nicht ganz ehrlich war – der Name Meg Williamson war nicht gefallen. Aber Carter hatte das Gefühl, dass es für den heutigen Tag reichte. Er wollte erst mit Sherman darüber reden, wie sie weiter vorgehen sollten. Die zwölf Millionen Dollar reichten eventuell nicht.

»Mr. Matthews, ich danke Ihnen. Wir alle haben Dinge getan,

auf die wir nicht stolz sind. Es erfordert Mut, sich dem zu stellen, so wie Sie es heute getan haben. Möglicherweise müssen wir uns noch einmal treffen. Bis dahin werden Mr. Sherman und ich alles unternehmen, um dieses Problem aus der Welt zu schaffen. Aber dazu brauchen wir Ihre Hilfe.«

Matthews blickte erwartungsvoll auf.

»Erschweren Sie uns die Arbeit nicht noch mehr. In Zukunft keine weiteren Übergriffe, bitte.«

Matthews nickte.

»Okay, wir sind fertig«, sagte Sherman. Die drei Männer verließen den Raum, gingen nach draußen und ließen sich vom Klubangestellten ihre Wagen bringen, ohne auch nur noch ein Wort miteinander zu wechseln.

40

Ed Myers hatte zwei Kaffee in den Händen, als er an die halb geöffnete Tür klopfte. Frederick »Fred« Carlyle Jr. war bekannt für seine langen Arbeitszeiten. Er war oft der Erste, der morgens kam, und der Letzte, der abends ging. Er saß an seinem Schreibtisch und las eine Zeitung.

»Ed, kommen Sie rein«, sagte er, überrascht über die morgendliche Störung.

»Danke, Fred«, erwiderte er. »Ich wollte Sie noch erwischen, bevor die Sekretärinnen und Sachbearbeiter Sie mit Beschlag belegen. Ich geh mal davon aus, dass Sie vielleicht einen Kaffee mögen«, sagte er und reichte ihm eine Tasse.

»Ich hatte zwar schon eine, aber eine zweite kann nicht schaden«, sagte Carlyle. »Nehmen Sie doch Platz.« Er deutete auf einen der Ledersessel vor seinem großen Mahagonischreibtisch.

»Junior«, wie er im gesamten Unternehmen genannt wurde, hatte das große Eckbüro seines Vaters übernommen, als der Firmengründer ein Jahr zuvor beschlossen hatte, nicht mehr regelmäßig im Büro zu erscheinen. Für viele war das eine Überraschung gewesen. Dick Sherman hatte offen von seinen Plänen gesprochen, das Büro des »Alten« nach dessen Ausscheiden zu übernehmen. Der CEO hatte sich dann aber, sehr untypisch für ihn, zurückgehalten und mit Junior deswegen keinen Streit vom Zaun gebrochen.

Sofort danach hatten Gerüchte über »den Alten« die Runde gemacht. Anfangs hatten Myers und die anderen es auf dessen Müdigkeit oder Zerstreutheit zurückgeführt. Besonders ein

Vorfall war ihm in Erinnerung geblieben. Während einer Konferenz hatte Carlyle Sr. eine kaum relevante Frage über den Umsatz gestellt, den ihre Kabelsender im Großraum Los Angeles erzielten. Sherman hatte sie beantwortet und seine Präsentation fortgesetzt. Eine Viertelstunde später hatte der Unternehmensgründer ihn dann mitten im Satz unterbrochen und ihm exakt die gleiche Frage gestellt. Myers, der auf dem Podium gestanden hatte, waren die besorgten Gesichter aller Anwesenden nicht verborgen geblieben.

Einige Wochen später hatte sich Myers in Shermans Büro aufgehalten, als der Leiter von RELs PR-Abteilung anklopfte. John Shea erklärte, er habe Carlyle Sr. am Morgen für das anstehende Treffen mit Analysten vorbereitet. Carlyle Sr. habe zweimal die Moderatoren von RELs führenden Nachrichtensendungen verwechselt und außerdem darauf beharrt, Autowerbung wäre der Bereich, der das größte Wachstum im gegenwärtigen Jahr generieren würde. Wie sie alle wussten, galt das für pharmazeutische Werbung.

Im Unternehmen war man unsicher, wie man damit umgehen sollte. Wessen Aufgabe war es, dem Boss zu sagen, dass er der Arbeit nicht mehr gewachsen war? Dass Carlyle Sr. Witwer war, verkomplizierte die Sache zusätzlich. Er lebte allein in einem stattlichen Herrenhaus in Scarsdale. Eine langjährige Haushälterin und Köchin war seine einzige Gefährtin.

Junior hatte sich schließlich des Problems angenommen. Er hatte auf einer REL-Vorstandssitzung persönlich einen Brief überbracht, in dem sein Vater seinen Rücktritt verkündete. Damit war ein Problem gelöst, dafür ein neues geschaffen. Da Carlyle Sr. die Aktienmehrheit gehörte, kontrollierte er das Unternehmen. Lag die Herrschaft nun in den Händen des Vorstands oder in denen seines Sohnes?

Myers sah sich um. Erst jetzt fiel ihm auf, wie selten er seit dem Rücktritt des Unternehmensgründers in diesem Büro gewesen war. Carlyle Sr. hatte immer Gefallen an spontanen Sitzungen gehabt. Oft hatte er Angestellte dazu eingeladen, doch zum Lunch vorbeizukommen. Es gab dann Sushi oder kleine Lammkoteletts und andere Horsd'œuvres, und der Senior erzählte gern Geschichten aus der Anfangszeit von REL News und wie oft das Unternehmen kurz vor der Pleite gestanden hatte. Gleichzeitig war der Senior ein guter Zuhörer. Kam ihm zu Ohren, dass der Ehepartner eines Mitarbeiters erkrankt war, erkundigte er sich stets nach dessen Befinden. Erwartete ein Angestellter die Geburt eines Kindes oder Enkelkindes, verschickte er kurz danach eine Glückwunschkarte mit einem kleinen Geschenk.

Der Junior war in vielerlei Hinsicht das Gegenteil seines Vaters. Der Senior war ein geborener Verkäufer gewesen. Selten hatte er Anzeigenkunden zum Lunch mit Drinks und Zigarren eingeladen, ohne dafür die Zusicherung zu bekommen, dass ein Großteil ihres Werbebudgets an REL fließen würde. Auf seinem Schreibtisch hatten sich immer die Papiere gestapelt, aber erstaunlicherweise hatte er es immer irgendwie geschafft, die gesuchten Dokumente auf Anhieb zu finden. Seine Garderobe war ihm mehr oder weniger gleichgültig. Oft hatte er sich von seiner Sekretärin sagen lassen müssen, dass er doch den obersten Knopf schließen oder die nicht zum Anzug passende Krawatte glatt streichen solle, bevor er zum nächsten Meeting eilte.

Junior hingegen, der auf seine Art durchaus umgänglich war, gab sich sehr viel formeller. Er hatte eine Privatschule in Exeter besucht und später seinen Abschluss an der Cornell, einer der Eliteunis, gemacht – ganz anders als sein Vater, der lediglich zwei Jahre an der Universität Binghamton absolviert hatte. Junior wurde von vielen gemocht, aber von niemandem geliebt. Er achtete penibel auf sein äußeres Erscheinungsbild. Hemden und Krawatten waren sorgfältig ausgesucht, damit seine Paul-Stuart-Anzüge am besten zur Geltung kamen. Selbst an windigen Tagen war jedes Härchen an seinem Platz.

Der Senior hätte darauf bestanden, dass sie am Konferenztisch in der Ecke Platz nahmen, dachte Myers. Aber Junior blieb hinter seinem Schreibtisch sitzen und genoss es, auf den CFO hinabzublicken.

»Also, Ed, was ist so wichtig, dass Sie sich bemüßigt fühlen, mir eine Tasse Kaffee zu bringen, bevor Sie mir sagen, worum es geht?«, fragte er mit gezwungenem Lächeln.

»Fred, wenn ich etwas redegewandter wäre, würde es mir leichter fallen, die Umstände zu erklären, die mich heute zu Ihnen führen. Aber das bin ich nicht, also sage ich es geradeheraus. Ich habe Mist gebaut.«

In den folgenden zehn Minuten erzählte Myers vom Treffen in Shermans Büro, von der Überweisung und der möglicherweise unberechtigten steuerlichen Abschreibung des Betrages. Dabei versuchte er Carlyles Reaktion einzuschätzen. Aber ohne Erfolg. Junior hatte die ganze Zeit mit unbewegter Miene zugehört. »Diese Carter & Associates, an die das Geld ging, haben Sie irgendeine Vorstellung, um wen es sich da handeln könnte?«, fragte er jetzt.

»Nein.«

»Haben Sie versucht, es herauszufinden?«

Myers seufzte. Ihm gefiel nicht, wie das Gespräch lief. »Nein, das habe ich nicht. Ich habe es in Erwägung gezogen, befürchte aber, je mehr ich weiß, desto tiefer werde ich in die Sache mit hineingezogen. Und egal, was ich über Carter herausfinde, wie soll ich dann damit umgehen?«

Junior lehnte sich in seinem Sessel zurück und faltete die Hände auf dem Schreibtisch. Zum zweiten Mal in noch nicht einmal einem Monat fürchtete Myers, er könnte seinen Job verlieren. Ein beängstigender Gedanke kam ihm in den Sinn: Wenn er mich feuert und ich Schwierigkeiten bekomme wegen meines Verhaltens, wird dann REL die Anwaltskosten übernehmen, oder bin ich auf mich allein gestellt?

Jetzt ergriff Junior das Wort. »Ed, es war richtig, dass Sie zu mir gekommen sind«, sagte er ohne die geringste Regung in der Stimme. »Wahrscheinlich sollte ich Ihnen das nicht mitteilen, aber Sie haben ein Recht darauf, es zu erfahren. Seit mehreren Jahren argwöhne ich, dass sich Dick Sherman auf Kosten des Unternehmens persönlich bereichert. Dieser neueste Vorfall bestätigt meine Vermutungen.«

Myers war wie vor den Kopf geschlagen. »Mein Gott, Mr. Carlyle, es gehört zu meinen Aufgaben, die Finanzen des Unternehmens im Blick zu behalten. Wenn mir etwas entgangen sein sollte, kann ich Ihnen gar nicht genug beteuern, wie sehr ich das bedaure.«

Junior winkte nur ab. »Sie können davon nichts mitbekommen haben. Wie Sie wissen, ist Brad Matthews nicht nur Moderator der REL-Abendnachrichten, sondern auch Chefredakteur. Er hat das letzte Wort, welche Storys gemacht werden und wie über das jeweilige Thema berichtet wird. Der Aktienkurs von Unternehmen steigt oder fällt, je nachdem, wie sie in unserer Sendung bewertet werden.

Sherman hat seine Chance gesehen und Matthews mit angeheuert. Über eine Scheinfirma, die von ihnen beiden gegründet wurde, haben sie Aktien von Unternehmen erworben, bevor REL News wohlwollende Beiträge über sie ausgestrahlt hat. Sie haben sogar von Firmen abkassiert, damit sie im Gegenzug vorteilhaft über sie berichten. Es überrascht mich, dass die Börsenaufsicht noch nicht tätig geworden ist.«

»Wenn ich fragen darf, Fred, woher wissen Sie das alles?«

Junior sah sich um, als wäre er unschlüssig, wie er fortfahren sollte. »Ich weiß nicht recht, ob ich Ihnen mehr erzählen soll, aber es ist schwer, diese Last allein zu tragen. Eines dieser fraglichen Unternehmen muss angenommen haben, dass mein

Vater daran beteiligt ist. Deren CEO hat meinen Vater zu Hause angerufen und sich beschwert, dass sie zwar Geld bezahlt haben, REL News sich aber nicht an ihren Teil der Vereinbarung gehalten hat.«

»Das hat Ihnen Ihr Vater erzählt?«

»Nein, er hätte nie gewollt, dass ich mit hineingezogen werde. Gegen Ende hat mein Vater gewusst, dass sein Gedächtnis wiederholt Aussetzer hat. Also hat er seine Anrufe aufgezeichnet, damit er sein Gedächtnis auffrischen kann. Ich habe den CEO von Statewide Oil auf Band.«

»Du meine Güte! Ich weiß nicht, was ich sagen soll«, erwiderte Myers.

»Ed, ich habe Sie ins Vertrauen gezogen. Behalten Sie die Sache aber für sich. Ich recherchiere in aller Stille. Ich möchte Sie nur um eines bitten: Geben Sie mir sofort Bescheid, falls Sherman mehr Geld für Carter oder für irgendetwas anderes haben möchte, was Ihnen seltsam vorkommt.«

»Ich gebe Ihnen mein Wort.«

»Und, Ed, die Überweisung an Carter & Associates war ein Fehler Ihrerseits. Aber das war unter den Umständen verständlich und kann wieder hingebogen werden.«

»Danke, Fred«, sagte er ungeheuer erleichtert.

Als Myers aufstand, um zu gehen, bemerkte er, dass er nicht einen Schluck von seinem Kaffee genommen hatte.

41

Bei der zweiten Tasse Kaffee, die er sich mit seiner neuen, fürs Büro angeschafften Keurig-Kaffeemaschine gemacht hatte, beendete Michael Carter die Durchsicht des Immobilienteils der *New York Times*. Er hatte mehrere Angebote in der Upper East Side angestrichen. Noch vor nicht allzu langer Zeit hätte er sich keine dieser Wohnungen leisten können, aufgrund seiner neuen Tätigkeit aber war er zuversichtlich, dass alles funktionieren würde. Bei allen Angeboten, egal, ob es sich um Eigentumswohnungen oder genossenschaftlich organisierte Immobilien handelte, würden die Kaufinteressenten von einem Ausschuss auf Herz und Nieren geprüft werden. Dessen besonderes Augenmerk galt Bewohnern, die sich nach Meinung der Ausschussmitglieder nicht in die Eigentümergemeinschaft einfügten oder, schlimmer noch, eventuell das monatliche Hausgeld nicht begleichen konnten. Solche Mitbewohner wieder loszuwerden war unter den eigentümerfreundlichen Gesetzen von New York City zeitaufwendig und kostspielig.

Er musste lächeln, als er sich schon mal vorstellte, wie er vor den Ausschuss treten würde. *Fangen wir an, Mr. Carter, und erzählen Sie uns doch, womit Sie Ihren Lebensunterhalt verdienen.*

Bekleidet mit seinem neuesten Paul-Stuart-Anzug, würde er antworten: *Ich sehe meine Tätigkeit im Dienst der Öffentlichkeit. Ich ermögliche es der amerikanischen Bevölkerung, dass sie weiterhin ihren Lieblingsnachrichtenmoderator im Fernsehen zu sehen bekommt, obwohl er in Wirklichkeit hinter Gittern sitzen müsste.*

Er wurde wieder ernst und erkannte, dass es gar nicht so einfach war, eine befriedigende Erklärung für seine Art der Tätigkeit zu finden. Aber er hatte ja noch Zeit, sich darüber Gedanken zu machen. Zeit, wie sich herausstellte, hatte er im Überfluss.

Eine potenzielle neue Einkommensquelle hatte sich am Vortag aufgetan. Einer seiner alten Army-Kumpel hatte ihn auf dem Handy angerufen. Roy war unberechtigterweise seinen Job bei der Sicherheitsfirma losgeworden, und sein Arbeitgeber versuchte jetzt, ihm elf Wochen angesammelten Urlaub vorzuenthalten. »Ich weiß«, hatte Roy gesagt, »du übernimmst keine Privatfälle. Aber kannst du mir einen Anwalt für Arbeitsrecht empfehlen?«

Carter hatte eine spontane Entscheidung getroffen. »Ich habe genau den Richtigen für dich, Roy: mich!«

Warum nicht, hatte er sich gesagt. Seine Vereinbarung mit REL verbot ihm nicht, auch andere Mandanten zu vertreten. Das zusätzliche Geld wäre nett, und dem Bewerbungsausschuss einer Wohnanlage könnte er damit eine plausiblere Erklärung liefern, womit er seinen Lebensunterhalt bestritt. Sherman musste davon gar nichts mitbekommen, und falls doch, ging es ihn nichts an.

Wieder wallte Wut in ihm auf, als er an das Treffen mit Sherman zurückdachte, bei dem er ihm von der zögerlichen Lauren Pomerantz erzählt hatte und wie er sie dazu hatte überreden können, die Vereinbarung zu unterzeichnen. Statt dafür gelobt zu werden, hatte er den Eindruck, der CEO würde annehmen, dass er ihm viel zu viel Geld für einen leichten Job zahlte. Carter würde sich hüten, diesen Fehler noch einmal zu machen.

Pomerantz hatte erzählt, dass sie von Meg Williamson darauf hingewiesen worden war, bei Matthews vorsichtig zu sein. Es war nicht schwer gewesen, Williamson zu finden. Ihre Handynummer hatte sich nicht geändert, seitdem sie REL verlassen hatte. Sie hatte gekündigt, ohne vorher eine neue Stelle gefunden zu haben. Das machte immer alles noch schwerer. Potenzielle neue Arbeitgeber nahmen unter diesen Umständen automatisch an, man wäre gefeuert oder zur Kündigung gedrängt worden.

Bei Williamson hatte er eine andere Vorgehensweise gewählt, um sie zu einem Treffen zu überreden. Er hatte ihr erzählt, REL habe sich bei den Abzügen verrechnet und schulde ihr noch einen Teil ihres Lohns. Mit einer Vierjährigen an der Hand war sie am nächsten Tag in sein Büro gekommen.

Die Anwesenheit des hübschen kleinen Mädchens, das anfangs ruhig auf dem Schoß seiner Mutter saß, hatte sich als Vorteil für Carter herausgestellt. Meg freute es, dass er sich mit ihrer Tochter abgab, die seine Fragen mit einem strahlenden Lächeln beantwortete. Das zusätzliche Geld, sagte ihm Meg, wäre ein Geschenk des Himmels, da sie gerade eine Scheidung durchmache und sie sich auf ihren Ex in nichts verlassen konnte.

»Meg, ich entschuldige mich, dass ich Sie unter Angabe von falschen Gründen eingeladen habe, aber ich bin mir sicher, es wird Sie außerordentlich interessieren, was ich Ihnen zu sagen habe«, hatte er begonnen. Eine langwierige gerichtliche Schlammschlacht gegen Brad Matthews, versicherte er, würde für sie und, fügte er hinzu und sah zu ihrer Tochter, auch für Jillian eine enorme Belastung darstellen.

Auf Carters Vorschlag erschien Beatrice und nahm Jillian mit zu sich nach draußen. Jetzt konnten er und Meg offen miteinander reden.

Er heuchelte Interesse, als sich die in Tränen aufgelöste Meg ihren Kummer von der Seele redete und von Matthews' Avancen und ihrer gegenwärtigen schwierigen Lage erzählte. Eine Viertelstunde später drückte Beatrice der unterzeichneten Vertraulichkeitsvereinbarung ihr notarielles Siegel auf. Eine gefasstere Meg hatte Jillian auf dem Schoß. Und Meg gab ihre anfängliche

Zurückhaltung auf und gestand, dass sie zwei weitere Opfer kannte. Carter behielt es für sich, dass er von Pomerantz bereits wusste, den Namen Cathy Ryan hingegen zum ersten Mal hörte.

Die Einigung mit Williamson war ebenso glatt verlaufen wie die erste, Sherman allerdings erzählte er eine ganz andere Geschichte. Bei ihrem nächsten Treffen am Bahnhof in Greenwich schmückte er seine Erzählung mit einigen weiteren Elementen aus.

»Es war ein hartes Stück Arbeit mit Meg Williamson. Erst nach mehreren Anrufen hat sie sich überhaupt zu einem Treffen mit mir bereit erklärt. Sie hat gerade eine Therapie begonnen wegen der Sache mit Matthews. Und glauben Sie mir, es war einiges an Überredungskunst notwendig, damit sie ihre Therapie wieder absagt. Genau wie Pomerantz hat sie anfänglich darauf bestanden, eine Freundin mitzubringen – zur moralischen Unterstützung. Das hab ich ihr ausreden müssen. Sie hat mir gesagt, dass sie bei einer Freundin in Hackensack, New Jersey, wohnt, also bin ich da rausgefahren – und von ihr versetzt worden. Ihre Tochter war krank, sie hat auf die Schnelle keinen Babysitter auftreiben können. Ich hab ihr gesagt, wenn sie jetzt nicht unterschreibt, riskiert sie es, dass der finanzielle Erlös aus der Vereinbarung als gemeinschaftliches Vermögen der Ehepartner angesehen wird. Wenn ihr Ex-Mann davon Wind bekommt, hätte er theoretisch Anspruch auf die Hälfte davon. Also bin ich später ein zweites Mal ins wunderschöne Hackensack gefahren und konnte sie zur Unterzeichnung bewegen.«

Shermans einzige Reaktion darauf war ein widerwilliges »Weiter so.«

42

Jacob Wilder und Junior hatten sich im Squash-Court des New York Athletic Club angefreundet. Beide waren Mitte vierzig, beide waren ausgezeichnete Spieler, die seit Jahren zusammen bei Turnieren im Doppel auftraten. Als Junior einen REL-Anwalt brauchte, der diskrete Erkundigungen einzog, war die Entscheidung einfach gewesen.

»Wird ein Unternehmen gegründet«, erklärte Wilder, »muss es im New Yorker Handelsregister eingetragen werden.«

»Ich nehme an, dazu gehört auch eine Adresse?«

»Ja, aber Carter & Associates geben lediglich eine Postfachadresse an.«

»Werden die Eigentümer eines Postfachs von der Post geheim gehalten?«

»Theoretisch ja. Für fünfzig Dollar, nein«, sagte er und schob ihm einen Zettel über den Tisch.

»Wie nett, Jacob. Vergiss nicht, die fünfzig Dollar auf deine Rechnung zu setzen«, sagte Junior mit einem Lächeln.

»Keine Sorge, Boss, ich werde mir was einfallen lassen. Und noch was. Bis vor Kurzem hatten wir in der Personalabteilung einen Anwalt mit dem gleichen Nachnamen, Carter. Nur so zum Spaß hab ich mir mal seine Personalakte angesehen.«

»Und?«

»Die Adresse des Postfachinhabers stimmt mit der Upper-East-Side-Adresse überein, wo Carter gewohnt hat, als er noch bei REL beschäftigt gewesen war.«

»Ausgezeichnet. Kannst du mir eine Kopie ...«

»Ich hab mir schon gedacht, dass du Carters Akte sehen möchtest«, sagte er und reichte ihm einen braunen Umschlag. »Viel Vergnügen bei der Lektüre.«

43

Paula Stephenson wusste nicht, was sie tun sollte. Ihr Blick fiel auf die Rechnungen, die auf dem Küchentisch lagen. Sie hinkte beim Hausgeld vier Monate hinterher, das Darlehen hatte sie seit drei Monaten nicht mehr bedient. Um alles noch schlimmer zu machen, hatte die Wohnung auch noch an Wert eingebüßt, seitdem sie sie erworben hatte. Ein Brief war eingetroffen, in dem ihr angedroht wurde, dass ihr Wagen zurückgenommen würde. Ihre Krankenkasse hatte sie rausgeworfen, weil sie die Beiträge nicht mehr gezahlt hatte. Der Betrag auf ihrem Kreditkartenkonto war auf wenige Tausend Dollar zusammengeschmolzen.

Wie habe ich nur zwei Millionen Dollar durchgebracht, fragte sie sich wütend.

Es hatte mit dem Alkohol angefangen, dachte sie und sah zur Wodkaflasche und dem Glas, die ihr immer – und meist die einzige – Gesellschaft leisteten. Sie war genau zu der geworden, zu der sie nie hatte werden wollen. Ihre Eltern waren beide Alkoholiker gewesen. Sie hasste das Trinken, aber sie wollte eben dazugehören. Wenn andere tranken, man selbst aber nicht, fühlte man sich unwohl. Dann dachten die anderen, man würde sich über sie erheben.

Da sie keine Außenseiterin sein wollte, fand sie schließlich eine Lösung. Sie würde sich einen einzigen Drink genehmigen, meistens Wein, gelegentlich ein Bier, aber nie mehr. Daran würde sie sich den ganzen Abend festhalten, und wenn die Party vorbei wäre, würde immer noch ein Schluck Wein im Glas sein.

Sie verzog das Gesicht, nahm einen weiteren großen Schluck vom Wodka und genoss das Brennen in der Kehle. Langsam entspannte sie sich etwas.

Alles hatte sich nach der Sache mit Matthews geändert, dachte sie und zog an ihrer Zigarette.

Sie war die Wettermoderatorin eines kleinen Kabelsenders in Cincinnati gewesen. Nachdem der Sender von REL News aufgekauft wurde, hatte man sie nach New York eingeladen. Die Arbeitszeiten waren ein Horror. Nachtschichten, Wochenendarbeit, aber sie lebte ihren Traum. Sie war Fernsehmoderatorin, war fünfundzwanzig und liebte das Leben in New York City.

Ein Jahr lang war es ein Traum. Ein halbes Jahr ein Albtraum. Bei der Weihnachtsfeier fiel sie ihm auf. Wie war sie begeistert gewesen, als der große Brad Matthews sie namentlich angesprochen hatte. *Er weiß, wer ich bin!*

Es gab viel zu feiern. REL News beendete das Jahr erneut mit einer beeindruckenden Steigerung der Einschaltquoten. Umfragen bestätigten, dass die Fernsehzuschauer ihre ausgewogene Berichterstattung der von CNN und Fox vorzogen. Als eine Bedienung vorbeikam und Champagner anbot, nahm Matthews ein Glas für sich, das andere reichte er ihr. Er stieß mit ihr an und sagte: »Wir müssen alle mit unserer Arbeit fortfahren, um das Vertrauen der Amerikaner zu gewinnen.«

Sie wollte nicht auffallen. Der Champagner schmeckte seltsam, gleichzeitig aber auch angenehm. Der restliche Abend war ein einziger Nebel. Noch ein Glas Champagner, ein Absacker an der Bar, das Angebot, sie in seinem von einem Chauffeur gesteuerten Wagen nach Hause zu fahren, erst aber, aus welchem Grund auch immer, ein Gang zu Matthews' Büro. Sie schenkte sich jetzt Wodka nach, als sie sich wieder daran erinnerte, wie er auf der Couch auf ihr gelegen hatte. Weinend war sie daraufhin allein im Taxi nach Hause gefahren.

Bald darauf begannen die Anrufe. Er wollte sie in seinem

Büro sehen, nach ihrem Auftritt oder vor der Sendung. Sie kam in sein Büro, war perfekt gestylt, Make-up und Haare für das heiße Scheinwerferlicht vorbereitet. Die Bürotür, die zufiel. Als er ihr ein mit einer klaren Flüssigkeit gefülltes Glas reichte, sagte er ihr, wie sehr es ihn gefreut habe, bei der Weihnachtsfeier ihre Bekanntschaft gemacht zu haben. Es war das erste Mal, dass sie Wodka gekostet hatte.

Gewöhnlich ging er als Erster. Damit blieb ihr ein wenig Zeit, sich wieder herzurichten. Wenn die Tränen versiegt waren, eilte sie zum Auffrischen zurück in die Maske. REL bestand darauf, dass Moderatoren und vor allem die Moderatorinnen sich von ihrer besten Seite zeigten.

Irgendwann hatte sie genug. Sie hasste Matthews, sie hasste sich dafür, was sie ihn hatte machen lassen. Sie wollte weg aus New York. Also kündigte sie bei REL – das war jetzt eineinhalb Jahre her – und nahm den erstbesten Job an, der ihr angeboten wurde, als Wettermoderatorin bei WDTN in Dayton. Aber vieles hatte sich verändert nach dem, was Matthews ihr angetan hatte, und nicht zum Besseren. Sie hatte ihr Selbstvertrauen verloren. Bis dahin hatte sie die Aufregung genossen, wenn der Produzent mit den Fingern runtergezählt und ihr ein Zeichen gegeben hatte, dass sie nun live auf Sendung war. In Dayton fand sie das grüne Licht der Livekamera beängstigend. Und das merkte man.

Durch Matthews wusste sie, was sie tun musste, um ruhiger zu werden. Ein Schluck Wodka, bevor sie auf Sendung ging, schon klappte es, zumindest anfangs. Aber die Nervosität kam zurück und jagte ihr Angst ein. Größere Probleme verlangten nach stärkeren Heilmitteln.

Es dauerte nicht lange, bis ihre Produzenten und manche Zuschauer es bemerkten. In einer Sendung verschliff sie mehrmals den Namen Cincinnati.

Sie nahm einen weiteren Schluck, als sie an die Demütigung

dachte, die darauf folgte. Ein Treffen mit dem leitenden Produzenten und einem Anwalt des Senders in ihrem kleinen Büro. Auf ihr Leugnen folgte der Fund einer halb leeren Wodkaflasche in ihrer Schreibtischschublade. Sie willigte ein, sich aus persönlichen Gründen freistellen zu lassen. Wem wollte sie damit was vormachen?, fragte sie sich. Sie war gefeuert worden.

Es war nicht nötig, sich irgendeiner albernen Suchttherapie zu unterziehen, hatte sie sich eingeredet. Ist doch ganz normal, dass man vor der Kamera ein wenig Lampenfieber hat. Alles würde wieder gut werden, wenn sie sich bloß etwas Zeit ließ und sich zusammenriss nach allem, was bei REL News geschehen war. Und außerdem hatte sie genug von dem kalten Wetter in Ohio.

Und dann spürte Michael Carter sie auf. Nach einem Treffen, das keine Stunde dauerte, waren zwei Millionen Dollar in ihre Richtung unterwegs, solange sie über die Ereignisse bei REL den Mund hielt. Vor einem Jahr, dachte sie, hatte sie zwei Millionen Dollar besessen.

Nach Eingang der Überweisung war sie drei Monate auf Reisen gewesen. Kreuzfahrten in Italien und Griechenland. Ein Skiaufenthalt in Vale. Die meisten in ihrem Alter hatten weder die Zeit noch das Geld, um sich solche Reisen leisten zu können, also war sie allein unterwegs gewesen. Es war nicht schwer, andere Leute zu treffen, vor allem in den Bars.

Eine Woche nach ihrem Umzug nach North Carolina lernte sie Carlo kennen. Er war mit einem fantastischen italienischen Aussehen gesegnet und arbeitete für eine Hightechfirma.

Zum ersten Mal seit Langem fühlte sie sich wohl in Gegenwart eines Mannes. Er war nett zu ihr. Im Gegensatz zu anderen kritisierte er sie nicht wegen ihres Alkoholkonsums. Sie standen kurz davor, sich zu verloben. Die von ihm entwickelte Software schien vielversprechend zu sein. Es war an der Zeit, dass er kündigte und sich selbstständig machte, um für sie beide eine gemeinsame Zukunft aufzubauen. Mit dem richtigen Startkapital würde das Unternehmen in wenigen Monaten profitabel sein.

Aus den wenigen Monaten wurden sechs, dann neun Monate. Da sie nicht riskieren konnte, die investierten 700 000 Dollar zu verlieren, schoss sie weiteres Geld nach. Und noch mehr. Am Ende waren 1,3 Millionen von ihrem Geld weg. Genau wie das Unternehmen. Und Carlo. Wie hatte sie nur so blöd sein können?

Diese Frage hatte sie sich unzählige Male in den zurückliegenden Monaten gestellt. Aber das traf nicht nur auf ihr Investment in Carlos Firma zu. Sie öffnete eine Mappe, die auf dem Tisch lag und mit »MeToo« beschriftet war, und betrachtete erneut die Internetartikel, die sie ausgedruckt hatte. Die Frau, die 20 Millionen von einer Nachrichtenagentur bekam. Der Filmproduzent, der sich in drei Fällen jeweils mit Summen zwischen 9,5 und 10 Millionen Dollar außergerichtlich mit den Betroffenen geeinigt hatte. Eine Frau, die 9 Millionen von einem Fernsehsender erhielt. Zwei Frauen, die von anderen Sendern noch mehr zu erwarten hatten, wenn eine Einigung erzielt wurde.

Verglichen mit diesen Frauen, hatte REL ihr sehr wenig bezahlt. Zwanzig Millionen Dollar, zehnmal so viel, wie sie bekommen hatte. Was dieser Frau angetan wurde, konnte nicht schlimmer gewesen sein als das, was sie erlitten hatte. Und man hatte sie ausgetrickst und davon abgehalten, sich einen Anwalt zu nehmen, dachte sie verbittert.

Sie machte sich nicht die Mühe, die Vereinbarung durchzugehen, die auf der Küchentheke lag. Sie hatte sie in der vergangenen Woche gut ein Dutzend Mal gelesen. Wenn sie jetzt mehr Geld verlangen würde, würde REL auf der Rückzahlung der zwei Millionen bestehen, die sie bereits bekommen hatte.

Sie sah zur Telefonnummer von Carter & Associates, die im Briefkopf des Dokuments aufgeführt war. Sie hatte mit diesem hinterhältigen Schleimer nur einmal gesprochen, nachdem sie die Vereinbarung unterzeichnet hatte. Sie hatte ihn angerufen, um ihm den Eingang der zwei Millionen zu bestätigen. Er hatte ihr eingebläut, ihn nie mehr anzurufen, mit einer Ausnahme. Wenn irgendjemand, vor allem aber ein Journalist, sie wegen ihrer Arbeit bei REL kontaktierte, sollte sie ihn unverzüglich unter dieser Nummer anrufen.

Sie wusste, was zu tun war, hatte aber Angst, den ersten Schritt zu unternehmen. Es war, als würde wieder das grüne Licht an der Kamera aufleuchten. Ein weiterer Schluck Wodka half ihr, sich zu konzentrieren. Sie musste unbedingt mit jemandem reden, der sie verstehen würde. Von den anderen Matthews-Opfern kannte sie nur Cathy Ryan. Die hatte sich bislang gesträubt und sich einer Einigung verweigert, womit sie sicherlich auf dem besten Weg war, eine sehr viel höhere Summe zu erzielen.

Aber es gab noch jemanden, den sie anrufen konnte. Eine der wirklich anständigen und mitfühlenden Personen, die noch bei REL arbeiteten. Ein offenes Ohr, das hätte sie gern, aber sie brauchte niemanden, der ihr bloß den egal wie gut gemeinten Rat geben wollte, sich Hilfe für ihr Alkoholproblem zu suchen.

Sie öffnete eine zweite Mappe und betrachtete den Artikel aus dem *Wall Street Journal*, den sie ausgeschnitten hatte. Er handelte vom bevorstehenden Börsengang von REL News. Richtiges Timing war alles. Vielleicht wendete sich ja ihr Glück. Vielleicht bekam sie ein weiteres Stück vom Kuchen ab, dachte sie, während sie weiterhin auf die Telefonnummer von Carter & Associates starrte.

44

Michael Carter atmete die kühle Abendluft, während er die zwei Blocks von der U-Bahn zu seiner Wohnung zurücklegte. Er hatte mit ersten Recherchen zu den von Matthews genannten Opfern begonnen. Nachdem er jetzt seine Arbeitszeiten frei bestimmen konnte, schaffte er es fast jeden Tag ins Fitnessstudio. Das Bäuchlein, das sich bereits über den Gürtel gewölbt hatte, war merklich geschrumpft. Seine Frau fragte nicht mehr ständig nach, was er an den Abenden trieb, an denen er spät nach Hause kam. Sie hatte seine Erklärung akzeptiert, er würde für REL an »besonderen Projekten« arbeiten, was unregelmäßige Arbeitszeiten mit sich brachte. So hatte er am vergangenen Abend die Rezeptionistin seines gemieteten Büroraums zum nunmehr dritten Mal zum Essen ausführen können. Lächelnd dachte er daran, wie sie sich auf der Fahrt nach Brooklyn im Uber-Wagen geküsst und andere Zärtlichkeiten ausgetauscht hatten. Es war nur eine Frage der Zeit, bis sie dazu bereit war, mit ihm nach dem Essen in ein Hotel zu gehen.

Seine Gedanken wurden von einer tiefen Stimme unterbrochen. »Michael Carter?«

»Ja«, antwortete er überrascht.

Er drehte sich um. Hinter ihm stand ein großer, breitschultriger Schwarzer, der mindestens einen Kopf größer war als er. Er spürte die riesige Pranke des anderen auf seiner Schulter. »Hier entlang«, sagte der Mann und deutete zu einem schwarzen Lincoln Navigator, der links von ihnen mit laufendem Motor wartete. Es war keine Bitte; es war ein Befehl. Der Mann schob ihn sanft zum Wagen.

»Hören Sie, wenn Sie Geld wollen, ich kann …«

Ohne darauf einzugehen, öffnete der Mann die hintere Wagentür. »Einsteigen«, sagte er.

Carter sah, dass bereits jemand auf der gegenüberliegenden Seite der Rückbank saß. Er konnte nur die Unterarme und Beine erkennen, nicht aber das Gesicht. Kein Überfall, sondern ein Anschlag im Stil der Mafia? Würde man ihn mit dem Gesicht nach unten auf dem East River treibend finden?

Eine Hand schob ihn voran. »Schon gut«, sagte er. »Ich steig ja schon ein.« Er beugte sich vor und glitt auf die Rückbank. Nervös sah er zu dem Mann im Wagen.

»Oscar, gönnen Sie uns ein paar Minuten, damit wir ungestört reden können«, sagte der andere im Befehlston.

»Schicken Sie eine SMS, wenn Sie mich brauchen«, erwiderte Oscar, bevor er die Tür schloss.

Im ersten Moment war sich Carter nicht sicher, wen er neben sich hatte, aber die Stimme bestätigte seine Vermutung. Frederick Carlyle Jr. sah ihn wortlos an.

Es dauerte etwas, bis Junior das Wort ergriff. »Ziehen Sie es vor, als Michael Carter oder als ›Carter & Associates‹ angesprochen zu werden?«

»Mr. Carlyle, wenn ich Ihnen kurz erklären dürfte …«

»Carter, ich gebe Ihnen alle Zeit der Welt, damit Sie mir erklären, warum Sie und Dick Sherman zwölf Millionen Dollar vom Unternehmen meiner Familie gestohlen haben. Wenn ich mit Ihrer Erklärung nicht zufrieden bin, werden Oscar und ich Sie persönlich zur Polizei begleiten, wo ich Anzeige gegen Sie erstatten werde. Und ich warne Sie, Mr. Carter«, sagte er und öffnete eine Mappe, die er auf dem Schoß liegen hatte. Carters Personalakte. »Ich weiß bereits eine Menge über Sie.«

Carter ging seine Optionen durch. Er könnte sich weigern, die

Fragen zu beantworten, die Tür öffnen und einfach abhauen. Vorausgesetzt, die Kindersicherung war nicht eingeschaltet. Er sah sich schon verzweifelt am Türgriff rütteln, während Carlyle ihn nur blasiert betrachtete. Und selbst wenn er den Wagen verlassen konnte, wäre dann nicht noch irgendwo Oscar, der ihn dann wohl unweigerlich in Empfang nahm? War es nur ein Bluff, dass Carlyle ihn anzeigen würde? Er konnte es nicht sagen.

»Gut, Mr. Carlyle, ich werde Ihnen die Wahrheit erzählen.«

»Das wäre sehr erfrischend.«

Carter erklärte, wie Lauren Pomerantz in seinem Büro erschienen war, wie sie ihm vom Missbrauch durch Brad Matthews erzählt und er Sherman seinen Plan vorgelegt hatte, um die Situation zu entschärfen. Nur einmal wurde er von Junior unterbrochen.

»Wer weiß sonst noch, was Pomerantz widerfahren ist?«

Das, dachte sich Carter, war eine Schachpartie. Gewinnen würde derjenige, der mehrere Schritte vorausplanen konnte. Bei seinen Ausführungen hatte er wohlweislich das Detail verschwiegen, dass sich Pomerantz zuerst an Junior gewandt hatte – der in ihrem Fall allerdings nichts unternommen hatte. Junior, überlegte Carter, wollte sehen, ob er, Carter, davon wusste. Konnte ja nicht schaden, noch ein Ass im Ärmel zu haben, für später. »Meines Wissens Matthews, klar, dazu Sherman, ich und jetzt Sie.«

»Fahren Sie fort. Erzählen Sie mir alles Weitere.«

In der folgenden Viertelstunde berichtete Carter von den bislang erzielten Einigungen, von seinen Fortschritten bei den Verhandlungen mit anderen Opfern und vom Treffen mit Matthews und Sherman im Greenwich Country Club.

»Sie glauben also, es gibt noch mehr Frauen als die, von denen wir bislang wissen?«, fragte Junior.

»Ja. Als ich Matthews aufgefordert habe, die Namen zu nennen, hat er Meg Williamson nicht erwähnt. Wie viele er noch verschwiegen hat, weiß ich nicht.«

»Ich habe meine Meinung über Sie geändert, Mr. Carter. Im ersten Moment habe ich Sie für einen Dieb gehalten, wenngleich für einen cleveren Dieb. Es ist nicht so einfach, zwölf Millionen Dollar unauffällig verschwinden zu lassen, aber Ihnen und Sherman ist das gelungen.«

»Bei allem Respekt, Mr. Carlyle, wenn es uns wirklich gelungen wäre, würden Sie jetzt nicht hier sitzen und mich zur Rede stellen.«

»Wohl wahr«, antwortete Junior mit einem Grinsen. »Es muss Sie nicht interessieren, wie ich Ihnen auf die Schliche gekommen bin. Ich möchte, dass Sie Folgendes tun. Fahren Sie mit Ihrem Projekt fort. Halten Sie mich über jeden einzelnen Schritt auf dem Laufenden. Mit wem Sie in Verhandlungen stehen, welche Vereinbarungen Sie treffen, welche potenziellen neuen Opfer es gibt. Ich will alles wissen.« Er überreichte ihm einen Zettel, auf dem eine Telefonnummer und eine Mailadresse notiert waren.

»Noch zwei Dinge, Carter. REL stützt sich auf ein Netz von gut platzierten Informanten, damit wir bei den Nachrichten einen Vorsprung vor unseren Konkurrenten haben. Diese Informanten werden für ihre Dienste finanziell entlohnt. Ich gehe davon aus, dass Sie in der Lage sind, diese Transaktionen abzuwickeln.«

»Natürlich«, erwiderte Carter.

»Und schließlich: Ich beobachte Dick Sherman schon seit mehreren Jahren. Ich möchte Sie nicht mit Einzelheiten langweilen, aber er und Matthews haben ihre Stellung bei REL dazu benutzt, sich illegal zu bereichern. Sie werden sich sicherlich gewundert haben, warum Sherman Ihrem Plan zur Rettung von Matthews so schnell zugestimmt hat.«

»Das hat mich in der Tat überrascht«, sagte Carter, auch wenn das keineswegs so gewesen war. Er hatte lediglich angenommen, dass Sherman loyal zum Unternehmen stand und alles tun würde, um RELs Goldesel, Brad Matthews, weiterhin an den Sender zu binden.

»Ich rate Ihnen zur Vorsicht. Sie können Sherman nicht trauen. Daher kein Wort zu Sherman oder zu irgendeinem anderen über unser heutiges Treffen oder über unsere weitere Zusammenarbeit. Habe ich mich klar ausgedrückt?«

»Kristallklar.«.

»Sie können jetzt gehen«, sagte Junior, nahm sein Handy und schrieb die SMS an Oscar.

45

Dick Sherman stellte seinen Mercedes auf dem Bahnhofpark-
platz in Greenwich ab. Die verhaltene Wut, die seit Wochen in
ihm glimmte, brannte mittlerweile lichterloh. Er hätte auf seine
Intuition hören sollen, dachte er. Und gleich beim ersten Treffen diesem Carter den Hals umdrehen und ihn im Long Island
Sound versenken sollen.

Für Sherman war es nichts Neues, dass er sich unter Menschen, besonders unter Angestellten, unwohl fühlte. Mochte er
jemanden nicht, ließ er die betreffende Person kurzerhand feuern oder sorgte dafür, dass man ihr das Leben so schwer machte,
dass sie von sich aus kündigte. Wenn Matthews ihm jetzt im
Gang begegnete, war von Respekt nichts mehr zu spüren. Nach
einem schnell gemurmelten Hallo, eilte der Moderator einfach
an ihm vorbei. Myers, war ihm aufgefallen, schien ihm ebenfalls aus dem Weg zu gehen. Außer bei Konferenzen hatten er
und der CFO im vergangenen Monat kaum ein Wort miteinander gewechselt.

Carter allerdings machte ihn rasend. Dieser miese Anwalt
hatte ihn wieder auf einem seiner bescheuerten Handys angerufen und ihm mitgeteilt, dass eine weitere Überweisung nötig
sei. Sherman hatte ihn sofort abgewürgt. »Gleiche Zeit, gleicher
Ort, starren wir eben wieder auf Züge«, hatte er nur geblafft.

Sherman atmete tief aus und war bemüht, sich zu beruhigen – vergeblich. Das Gefühl, dass Carter ein falsches Spiel mit
ihm trieb, nagte an ihm. Woher wusste er überhaupt, dass Carter
mit den Frauen irgendwelche Vereinbarungen schloss? Carter

behauptete es bloß. Woher wusste er, dass die Frauen jeweils die zwei Millionen Dollar erhielten? Carter behauptete es. Und jetzt behauptete Carter, es gebe weitere Opfer, was weitere Vereinbarungen nach sich ziehen würde und weitere Überweisungen an Gott weiß wen. Carter & Associates. Wenn er glaubte, er könnte ihn hintergehen, dann wusste er nicht, mit wem er es zu tun hatte, dachte Sherman.

Michael Carter ging langsam über den Parkplatz und näherte sich dem schwarzen Mercedes. Es war das erste persönliche Treffen mit Sherman seit seiner Begegnung mit Carlyle Jr. Offen gesagt, er war es leid, ständig herumgeschubst zu werden. Er hätte Sherman am Telefon abblitzen lassen sollen. Seine Frau hatte ihm die Hölle heißgemacht, weil er das letzte Fußballspiel seines Sohnes in dieser Saison verpassen würde. Sein Sohn brachte seinen Unmut auf andere Art zum Ausdruck. Er hatte sich schlicht geweigert, aus seinem Zimmer zu kommen und sich von ihm zu verabschieden, als er heute Morgen aufgebrochen war. Und das alles, um die Probleme von anderen zu lösen, dachte er. Dafür handelte er sich nichts als Ärger und Scherereien ein.

»Planänderung, Carter. Ich habe Ihnen zwölf Millionen Dollar überwiesen, jetzt sagen Sie, Sie brauchen noch mehr. Für was für einen Idioten halten Sie mich eigentlich? Ab jetzt will ich von allem Nachweise. Ich will Kopien der von Ihnen ausgehandelten Vertraulichkeitsvereinbarungen und Belege der Überweisungen an die Opfer. Ich will wissen, mit wem Sie verhandeln, ich will eine Auflistung Ihrer Ausgaben. Erst wenn ich das alles habe, können wir darüber reden, ob noch mehr Geld nötig ist.«

Dem ersten Eindruck nach glich dieses Gespräch auf gespenstische Weise der Unterhaltung mit Junior auf der Rückbank des Autos. Warum? Sherman glaubte, er klaue ihm das Geld, deshalb! Was für eine absurde Situation. Laut Junior steckte Sherman mit Matthews unter einer Decke, um sich auf RELs Kosten zu bereichern, und jetzt sorgte sich Sherman darum, dass ein anderer Geld einsackte, das eigentlich REL gehörte!

Es ist eine Schachpartie, sagte er sich wieder. Denk mehrere Züge im Voraus. Er könnte Sherman sagen, er solle zur Hölle fahren, aber was dann? Wenn Sherman ihn feuerte und einen anderen für die Verhandlungen fand, würde er für Carlyle Jr. nicht mehr von Nutzen sein. Dabei hatte Junior gerade erst damit angefangen, ihn für die Zahlungen an vertrauliche Informanten einzuspannen. Das könnte eine Tätigkeit werden, die ihn noch lange begleitete.

»Ich kann Sie gut verstehen«, antwortete Carter. »Sie bekommen sämtliche Belege, die Sie wollen und die dokumentieren, wofür das Geld ausgegeben wird. Und wenn wir schon dabei sind, hier ein kurzer Überblick über meine bisherige Tätigkeit. Lauren Pomerantz hat, wie Sie wissen, unterschrieben. Laut Pomerantz war Meg Williamson diejenige, die sie vor Matthews gewarnt hat. Auch Williamson hat unterzeichnet und dabei einen weiteren Namen genannt, Cathy Ryan. Mit ihr habe ich einige Nachrichten ausgetauscht, aber es geht nur langsam voran.«

»Wird sie unterschreiben?«

»Irgendwann. Wann, ist schwer zu sagen. Bei unserem Treffen mit Matthews hat er Paula Stephenson angegeben. Ich bin gleich darauf nach Ohio geflogen und habe mit ihr eine Einigung erzielt. Matthews hat zwei weitere Namen genannt, Christina Neumann und Mel Carroll. Ich konnte Neumann ausfindig machen, sie ist verheiratet und lebt in Montana. Von Carroll bislang keine Spur, aber ich werde sie finden.

So, Sie fragen also, warum ich mehr Geld brauche.« Carter zählte die Namen an den Fingern ab. »Pomerantz, Williamson, Ryan, Stephenson, Neumann, Carroll. Das sind sechs Opfer à zwei Millionen Dollar. Die zwölf Millionen, die Sie mir überwiesen haben, sind also schon weg. Mein Honorar und meine Spesen sind da noch gar nicht mit eingerechnet. Wenn ich diese Frauen finde, werden sie wahrscheinlich auf weitere Missbrauchsopfer verweisen. Wir wissen ja, dass Matthews uns angelogen hat. Irgendwann werden wir ihm die Pistole auf die Brust setzen müssen, damit er uns eine vollständige Liste gibt.«

»Wäre es irgendwie möglich, sich mit einigen für weniger als zwei Millionen zu einigen?«

»Lesen Sie Zeitungen, sehen Sie die Nachrichten? Zwei Millionen, das ist billig. Offen gesagt, es wundert mich, dass sie nicht mehr fordern.«

»Wie viel brauchen Sie noch?«

»Noch mal sechs Millionen innerhalb eines Monats. Das sollte dann vorerst reichen.«

Sherman seufzte. »Ich kümmere mich darum. Wir sind fertig.«

»Nein, sind wir nicht«, erwiderte Carter. »Wenn Sie wirklich über jeden meiner Schritte Bescheid wissen wollen, brauchen wir andere Kommunikationswege. Besorgen Sie sich einen billigen Laptop, kaufen Sie ihn in bar. Besorgen Sie sich eine neue E-Mail-Adresse, eine, in der Ihr Name nicht vorkommt. Und auf diesem Computer, ausschließlich auf diesem Computer, kontaktieren Sie mich über folgende Mailadresse.« Er schrieb sie auf einen Zettel und reichte ihn Sherman. »Wenn alles vorbei ist, werfen Sie den Laptop ins Meer oder in den Fluss. Wasser zerstört die Elektronik. Dann löschen Sie die Mailadresse, und keiner wird je davon erfahren.«

In erster Linie erspare *ich* mir damit Zeit, dachte sich Carter. Junior und Sherman wollten beide wissen, was er so trieb. Er konnte dann den beiden dieselben Mails schicken.

»Noch was«, fuhr Carter fort und sah Sherman unverwandt in die Augen. »Wenn wir uns das nächste Mal treffen, dann zu einem mir genehmen Zeitpunkt und an einem Ort, den ich auswähle. Und jetzt können Sie fahren. Ich will ja nicht, dass Sie zu spät zu Ihrem Trainer kommen.«

Carter stieg aus und ging zum Bahnhofsgebäude zurück. Sherman hätte ihn am liebsten mit seinem zwei Tonnen schweren Wagen plattgewalzt.

Ein Anwalt weniger, dachte er, und die Welt wäre gleich viel schöner.

46

Michael Carter streckte sich auf seinem Sitzplatz in der ersten Klasse. Er flog von Billings, Montana, nach Minneapolis, von wo er nach einem fünfundvierzigminütigen Zwischenstopp weiter nach New York reisen würde.

Christina Neumann, eines der von Matthews genannten Opfer, lebte in Billings. Er hatte einiges unternehmen müssen, damit sie auf seine Anfragen reagierte. Zum Glück änderten die meisten ihre Handynummer nur selten. Seine Kontaktperson bei Verizon hatte, natürlich gegen eine Vergütung, bestätigt, dass sie immer noch dieselbe Nummer hatte wie zu ihrer Zeit bei REL, und hatte ihm ihre gegenwärtige Rechnungsadresse gleich mitgeliefert.

Die ersten drei Textnachrichten, die er Neumann schickte, wurden ignoriert. Sie gab ihr Schweigen erst dann auf, als er in einer vierten Nachricht ankündigte, dass er ohne Vorwarnung nach Billings kommen und vor ihrer Tür stehen würde. Noch am selben Tag hatte sie zurückgerufen.

Nein, hatte er ihr gesagt, es interessiere ihn nicht, dass sie mit den Vorfällen angeblich ihren Frieden geschlossen und mit dem Leben weitergemacht habe. Seine Aufgabe sei es, eine Vereinbarung herbeizuführen. Schon möglich, dass sie zufrieden sei, die Vergangenheit Vergangenheit sein zu lassen, aber morgen könnte sie ihre Meinung vielleicht ändern. Der Verlust der Arbeitsstelle, eine teure Scheidung, Eltern, die an Alzheimer erkrankten und umfangreiche Pflege benötigten. So was geschah, und plötzlich war es dann vielleicht gar keine so schlechte Idee, die Vergangenheit wieder auszugraben, weil man sich den großen Reibach versprach.

Es blieb ihm nach wie vor ein Rätsel, warum Menschen meinten, ihre tiefsten Verletzungen ihrem Gegner anvertrauen zu müssen. Sie hatte ihm offenbart, dass sie ihrem Ehemann nichts von den Vorfällen bei REL erzählt hatte. Er hatte ihr daraufhin offenbart, dass, falls sie sich weigern sollte, sich mit ihm zu treffen, ihr Mann einem solchen Treffen vielleicht aufgeschlossener gegenüberstand. Daraufhin hatten sie sich auf einen Termin geeinigt, an dem ihr Mann geschäftlich unterwegs war.

Er musste schmunzeln, als er an das Treffen mit Christina Neumann zurückdachte. Eine kleine blonde Frau mit hinreißender Figur. Mit keinem der bisherigen Opfer hatten sich die Verhandlungen so einfach gestaltet wie mit ihr. Keine halbe Stunde hatte sie sich in seinem gemieteten Büro aufgehalten. Von anderen Opfern wusste sie nichts. Neumann bestand darauf, dass ihr Mann von den Ereignissen bei REL nichts erfuhr. Und sie brauchte das Geld nicht. Sie las die Vertraulichkeitsvereinbarung kaum durch, bevor sie unterschrieb. Auf ihre Anweisung hin transferierte er die zwei Millionen Dollar auf das Konto der »Amerikanischen Gesellschaft zur Verhütung von Grausamkeiten gegen Tiere«. Was für eine Närrin, dachte er und fragte sich kurz, ob sie eine Quittung haben wollte, dass er das Geld wirklich an den von ihr bestimmten Empfänger überwiesen hatte.

Er war überzeugt, Neumann hätte sich von sich aus niemals gemeldet. Aber er sah keine Notwendigkeit, das Sherman und Junior mitzuteilen.

Er klappte seinen Laptop auf und setzte die Mail auf, in der er von drei Tagen anstrengendster Verhandlungen berichtete, an deren Ende schließlich Christina Neumanns glückliche Unterzeichnung der Vertraulichkeitsvereinbarung stand.

47

Mit einem frustrierten Seufzen machte sich Michael Carter eine weitere Notiz in seinem Block. Es war nicht immer einfach, die Frauen zur Unterzeichnung einer Vereinbarung zu überreden. Während seines ersten Gesprächs mit Cathy Ryan hatte sie ihm gesagt, er solle sich zum Teufel scheren. Aber er war überzeugt, dass er sie unter Druck setzen und wie die anderen weichklopfen konnte. Die Frauen ausfindig zu machen, die Verhandlungen anzuleiern – das war ein Kinderspiel gewesen. Bis jetzt.

Erneut besah er sich Mel Carrolls Personalakte. Matthews hätte ihm die Arbeit sehr erleichtern können, wenn er sich nur an US-Amerikanerinnen gehalten hätte.

Carroll hatte als Praktikantin einem internationalen Austauschprogramm von REL News angehört. Sie war mit dreiundzwanzig Jahren nach New York gekommen, nachdem sie ein Jahr in Südafrika für die dortige REL-Niederlassung gearbeitet hatte.

Die beiden Frauen, die sie als Kontaktpersonen für Notfälle angegeben hatte, waren ihm keine Hilfe. Beide lebten als südafrikanische Staatsangehörige in New York City, hatten aber keine Ahnung, wo Carroll abgeblieben war, nachdem sie REL verlassen hatte.

Das südafrikanische Konsulat hatte zu helfen versucht. Man hatte ihm sogar eine Kopie ihrer Geburtsurkunde zukommen lassen, auf der die Namen ihrer Eltern verzeichnet waren. Sie war in Genadendal geboren.

Einiges wies darauf hin, dass sie dorthin zurückgekehrt war. Bei ihrer Kündigung elf Monate zuvor hatte sie angegeben, dass man ihren ausstehenden Lohn an eine Bank an ihrem Geburtsort überweisen solle, eine Kleinstadt eineinhalb Stunden östlich von Kapstadt. Es gab keine Garantie, dass sie dort auch wirklich lebte, aber es war ein Ausgangspunkt.

Amüsiert stellte sich Carter vor, wie Sherman reagieren würde, wenn er hörte, dass er auf RELs Kosten nach Südafrika fliegen würde. Zum Teufel mit ihm, dachte er sich. Er hatte einen Job zu machen, und er wollte ihn gut machen. Wenn er dabei auch noch seinen Spaß haben konnte, ging das nur ihn was an. Er öffnete seinen Laptop und tippte in das Suchfeld: »Safaris in Südafrika.«

48

Houston, wir haben ein Problem, begann Michael Carter seine Mail an Sherman und Junior. Von Anfang an hatte er es als eine mögliche Schwachstelle in seinem Plan erkannt, sich das Schweigen von Matthews' Opfern erkaufen zu wollen. Er hatte das bislang mit keinem der beiden diskutiert, weil er selbst keine vernünftige Antwort hatte, wie mit dieser Situation umzugehen war. In Wahrheit war seine Empfehlung eher eine Art Erste-Hilfe-Maßnahme, aber nicht die endgültige Lösung des Problems. Zwanzig Monate nach der ersten Vereinbarung mit Lauren Pomerantz waren er und sie alle gezwungen, sich dem Problem direkt zu stellen.

Er fuhr fort:

Paula Stephenson hat vor eineinhalb Jahren eine Einigung unterzeichnet, jetzt hat sie sich wieder bei mir gemeldet. Sie will mehr Geld. Nach ihrem Ausscheiden bei REL war sie bei einem Kabelsender in Dayton beschäftigt, bei dem sie nach wenigen Monaten kündigte. In Wahrheit war sie gefeuert worden, weil sie betrunken auf Sendung ging. Sie ist nach Durham gezogen, wo sie sich eine Eigentumswohnung kaufte. Kurz danach verlor sie eine beträchtliche Geldsumme bei einem Investment in ein Softwareunternehmen.

Sie kann ihre Hausgeldzahlungen, ihren Autokredit, ihre Kreditkarte etc. nicht mehr bedienen. In unseren Gesprächen verwies sie auf die höheren Summen, die andere Medienkonzerne betroffenen MeToo-Opfern zahlen. Obwohl sie keine Namen nannte, behauptet sie, andere Missbrauchsopfer von Matthews würden ihre Geschichte bestätigen, falls sie damit an die Öffentlichkeit gehen würde.

Sollte es wirklich so weit kommen, könnten ihre Anschuldigungen als das leere Gerede einer Säuferin abgetan werden. Aber neben ihrer Vertraulichkeitsvereinbarung sind die zwei Millionen Dollar, die sie erhalten hat, auf Carter & Associates zurückzuverfolgen und letztlich auf REL News, was ihren Vorwürfen ein hohes Maß an Glaubwürdigkeit verleiht.

Stephenson hat sich bereit erklärt, bis zu unserem Treffen in Durham, das für folgenden Montag vereinbart ist, Stillschweigen zu bewahren. Ich schlage eine Interimslösung vor. Wir bieten ihr einen Einjahresvertrag, durch den sie pro Monat fünfzigtausend Dollar erhält. Das bringt uns erst einmal über den geplanten Börsengang und gibt uns Zeit für weitere Erwägungen. Außerdem verhindern wir dadurch, dass sie nochmals einen Großteil der Summe auf einmal auf den Kopf haut.

Sollte ich von Ihnen nichts hören, werte ich dies als Ihr Einverständnis zu diesem Plan.

Nach dem Versenden der Mail lehnte sich Carter zurück. Er war nervös wegen des anstehenden Treffens. Die Verhandlungen mit den anderen Opfern waren intellektuelle Auseinandersetzungen gewesen, Schachpartien, bei denen jede Seite über Stärken und Schwächen verfügte. Bei Stephenson aber glaubte er eine stille Renitenz zu spüren. Er musste an den Bob-Dylan-Song denken. »When you ain't got nothing, you got nothing to lose.« Stephenson war zwar pleite, sie war Alkoholikerin, trotzdem hielt sie alle Trümpfe in der Hand.

49

Carter hatte seinen aufgeklappten Laptop auf dem Schreibtisch im angemieteten Büro in Durham stehen. Er las noch einmal das aufgesetzte Dokument durch, das er mit Paula Stephenson besprechen wollte. Er drückte eine Taste, worauf es hinter ihm surrte. Der Drucker war aktiviert worden.

Die Rezeptionistin hatte ihn einige Minuten zuvor über das Eintreffen der Notarin in Kenntnis gesetzt. Warum mache ich mir überhaupt die Mühe, fragte er sich. Allein seine Anwesenheit zeigte doch nur, wie wenig solche Vereinbarungen auf dem Rechtsweg durchsetzbar waren. Er hatte mittels der üblichen Formulierung »für jetzt und alle Zeit« die Unterzeichnerin an die Bedingungen des Vertrags gebunden. In Paula Stephensons Fall hatte »für alle Zeit« aber gerade mal fünfzehn Monate gehalten.

Weder Sherman noch Junior hatten auf seine E-Mail geantwortet. Das hatte ihn sowohl überrascht als auch erleichtert. Eigentlich hatte er Shermans Unmut erwartet, nachdem sie an eine der Frauen, mit der sie sich bereits geeinigt hatten, noch mehr zahlen mussten. Außerdem war er davon ausgegangen, dass zumindest einer von ihnen nachfragte, warum er fünf Tage wartete, bis er sich mit Stephenson traf.

Die Antwort hätte ihnen beiden nicht gefallen. Als er sich darauf eingelassen hatte, seinen Army-Kumpel wegen der unrechtmäßigen Kündigung anwaltlich zu vertreten, hatte er für ihn bald eine lukrative Einigung ausgehandelt. Was weitere Aufträge zur Folge hatte. Wenn seine Arbeit für REL an ein Ende käme, könnte er möglicherweise ganz darauf umsatteln.

Stephenson hätte sich mit ihm eigentlich sofort treffen wollen. Er hatte sie vertrösten müssen, weil er bei einem seiner Arbeitsgerichtsprozesse an zwei Tagen vor Gericht zu erscheinen hatte.

»Wo steckst du, Paula?«, fragte er sich nun und sah auf die Uhr. Sie waren für elf Uhr verabredet, mittlerweile war es fünfunddreißig Minuten danach. Sie hatte nicht auf seine SMS reagiert, sein Anruf war sofort auf ihre Mailbox weitergeleitet worden. Wieder sah er auf sein Handy. Sie hatte nicht versucht, ihn zu kontaktieren.

Zeitpunkt und Ort ihres Treffens hatte er ihr telefonisch mitgeteilt. War es möglich, dass er sich irgendwie versprochen hatte? Er bezweifelte es. Sie hatte ihn mehrmals gebeten, alles zu wiederholen, auch hatte sie einigermaßen nüchtern geklungen. Und selbst wenn sie Ort und Zeit durcheinandergebracht haben sollte, warum reagierte sie nicht auf seine Nachrichten?

Um Mittag meldete sich die Rezeptionistin. Solle die Notarin wirklich noch länger warten? »Nein, schicken Sie sie herein.« Er bezahlte sie für ihren Aufwand. Die Rezeptionistin nannte ihm ein chinesisches Lokal, das auch über einen Lieferservice verfügte.

Um zwei Uhr musste er eine Entscheidung treffen. Er würde nichts erreichen, wenn er weiterhin untätig herumsaß, außerdem wollte er seinen Flug um 18.30 Uhr nach Newark nicht verpassen. Er ließ sich auf seinem Laptop die Adresse von Paula Stephensons Wohnung anzeigen. Laut Navigations-App könnte er in zwanzig Minuten dort sein. Aber wozu, falls sie ihre Meinung bezüglich ihres Treffens geändert hatte? Denkbar war allerdings auch ein anderes Szenario. Wenn sie die Nacht durchgesoffen hatte, lag sie vielleicht noch im Bett und schlief ihren Rausch aus. Es wäre einen Versuch wert, dachte er sich und öffnete die Uber-App.

»Sie können gleich hier anhalten«, wies Carter den Uber-Fahrer an, als er an den Straßenrand auf der gegenüberliegenden Seite von Stephensons Wohnanlage heranfuhr. Jenseits der Rasenfläche, die sich zu beiden Seiten der Zufahrt erstreckte, sah er einen Streifenwagen mit blinkenden Lichtern. Daneben stand ein Krankenwagen, an dem ein Sanitäter in weißer Jacke gerade die Heckklappe öffnete. Zwei weitere Sanitäter näherten sich mit einer Rollbahre. Eine menschliche Gestalt lag darauf, reglos und vollständig von einer Plane bedeckt.

So unauffällig wie möglich ging Carter die Zufahrt entlang und mischte sich unter die Schaulustigen. Er hoffte zu erfahren, was geschehen war, ohne allzu viele Fragen stellen zu müssen.

»Manchmal wächst einem alles über den Kopf«, seufzte eine Frau. »Ich habe gehört, die Hausverwaltung hat sie gehörig unter Druck gesetzt, weil sie mit den Zahlungen im Rückstand war.«

»Hat sie sich wirklich umgebracht?«, fragte jemand anderes.

»Ich habe auf dem Stockwerk zu tun gehabt und gehört, dass sie sich erhängt hat – hat jedenfalls die Polizei gesagt. Was für ein schrecklicher Tod«, teilte ein Mann mit, dessen Hemd und Jeans mit Farbspritzer bedeckt waren. Sein Pick-up mit der Aufschrift einer Malerfirma stand gut dreißig Meter weiter.

»Kennt jemand ihren Namen?«, fragte Carter und versuchte so beiläufig wie möglich zu klingen.

»Stephenson«, antwortete eine Frau. »Ihre Wohnung war dort im dritten Stock.«

Carter entfernte sich von der Gruppe und wollte zurück auf die Straße. Da fiel sein Blick auf einen Polizisten, der ihm aufmerksam hinterhersah – als würde der Polizist spüren, dass er etwas in seiner Tasche hatte, was ihn mit Stephenson und dem verband, was ihr zugestoßen war. Carter lächelte ihm verhalten zu, drehte sich um und setzte sich in Bewegung. Bei jedem

Schritt erwartete er einen Pfiff zu hören, eine laute Stimme, die ihm befahl, stehen zu bleiben. Aber er erreichte die Straße, ohne sich noch einmal umzudrehen, und schlug den Weg nach rechts ein. Seine Gedanken rasten. Er musste jetzt erst einmal in Ruhe überlegen.

Problem gelöst war sein erster Gedanke, als er erfahren hatte, dass Paula Stephenson tot war. Eine weitere offene Angelegenheit erledigt, diesmal ohne zusätzliche Kosten für REL. Keiner musste sich mehr Sorgen machen wegen einer Alkoholikerin, die eine wandelnde Zeitbombe gewesen war. Aber es war noch ein anderes Szenario vorstellbar, und das war bei Weitem nicht so rosig. Die Polizei würde versuchen, ihre Eltern, gegebenenfalls ihre Geschwister, andere Verwandte ausfindig zu machen, damit sie sich um ihre persönlichen Besitztümer kümmerten. Und ganz oben auf einem Schreibtisch oder dem Küchentresen, nicht zu übersehen, könnten sie auf die Vertraulichkeitsvereinbarung stoßen, in deren Briefkopf sein Name stand. Was würde passieren, wenn Verwandte auftauchten und sich die Zeit nahmen, sich das alles durchzulesen? Warum hatten Carter & Associates ihr zwei Millionen Dollar ausgezahlt?

Fünf Tage zuvor, bei seinem letzten Gespräch mit Stephenson, hatte sie noch sehr entschlossen geklungen. Sein Versuch, sie so weit einzuschüchtern, dass sie sich mit der ursprünglichen Einigung zufriedengab, war einfach an ihr abgeprallt. Wenn überhaupt, hatte er sie damit in ihrer Entschlossenheit nur noch bestärkt. Sie hatte ihn ausgelacht und gesagt: »Mr. Carter, wenn ich mir einen Anwalt nehme, was wollen Sie dann machen? Mich verklagen?« Daraufhin erwähnte sie drei renommierte New Yorker Kanzleien, die gewaltige Zahlungen für ihre Mandantinnen herausgeschlagen hatten. Sie konnte es sich nicht verkneifen, ihm auch gleich noch die jeweiligen Summen unter die Nase zu reiben, die die Frauen erhalten hatten. »Wenn wir nicht schnell zu einer Übereinkunft gelangen, rufe ich eine dieser Kanzleien an.« Ihre letzten Worte, als sie sich auf den Elf-Uhr-Termin geeinigt hatten, waren ironischerweise: »Seien Sie pünktlich.«

Das alles passte nicht zusammen. Statt sich einschüchtern zu lassen, hatte Stephenson es darauf angelegt, ihm die Tour zu vermasseln. Wie konnte sich jemand in fünf Tagen so sehr verändern? Erst solche Aufsässigkeit, um sich dann einen Strick um den Hals zu legen?

Abrupt blieb Carter stehen, als ihm ein schrecklicher Gedanke durch den Kopf schoss. »O mein Gott«, sagte er laut. Angenommen, der Strick war ihr von einem anderen um den Hals gelegt worden? Wie bequem für REL, wenn eine Unruhestifterin, die drohte, mit ihren Anschuldigungen an die Öffentlichkeit zu treten, sich das Leben nahm.

Wenige Minuten zuvor hatte ihn noch beunruhigt, dass Verwandte die Vertraulichkeitsvereinbarung fanden. Aber jetzt erschien alles noch viel schlimmer, vor allem dann, wenn die Polizei auf den Vertrag stieß und die Möglichkeit in Betracht zog, dass sie ermordet worden war. Er hatte ein Motiv gehabt, sie zu töten. Das Flugticket und die Hotelreservierung liefen auf seinen Namen, man konnte also nachweisen, dass er zum Zeitpunkt ihres Todes in Durham gewesen war. Die Rezeptionistin und die Notarin könnten bezeugen, dass er sich währenddessen im angemieteten Büroraum aufgehalten hatte, was aber nicht viel nutzen würde, falls der Todeszeitpunkt in den frühen Morgenstunden lag. Er ärgerte sich, den frühen Flug am Vortag genommen zu haben, damit er noch das Museum of Life and Science besuchen konnte. Wäre er am heutigen Morgen angereist, hätte er ein wasserdichtes Alibi.

Stopp, sagte er sich. Er wusste, dass er nicht der Täter war. Die Frage war doch: Wer war es dann? Es gab nur eine Möglichkeit. Sherman. Ursprünglich hatte der CEO nichts von Carters Arbeit wissen wollen, jetzt hatte er eine Kehrtwende vollzogen und wollte über sämtliche Details informiert werden. Und falls die Polizei zu ermitteln begann, würde Carter ihn als Bauernopfer benutzen. Sherman war viel zu clever, um sich selbst die Hände schmutzig zu machen. Er dürfte sich in Connecticut aufgehalten haben, während jemand, den er angeheuert hatte, Stephenson aus dem Weg geräumt hatte.

Ein grässlicher Gedanke kam ihm. Mörder hatten manchmal die morbide Lust zuzusehen, wie die Polizei am Tatort ermittelte. Oft kehrten sie auch an den Tatort zurück, getrieben vom Gefühl ihrer Macht, da nur sie allein wussten, was dem Opfer zugestoßen war. Sollte sich die Polizei die Uber-Aufzeichnungen ansehen, würden sie feststellen können, dass er genau zu dem Zeitpunkt zum Tatort unterwegs gewesen war, an dem die Leiche abtransportiert wurde. Das Bild des ihm hinterherstarrenden Polizisten fiel ihm wieder ein.

Beruhige dich, befal er sich. Es hatte keinen Sinn, sich unnötige Gedanken zu machen. Es gab eine Vielzahl von Gründen, warum sich Stephenson so überraschend das Leben genommen hatte. Das Wichtigste für ihn war jetzt, an die eigene Sicherheit zu denken.

50

Dick Sherman war allein in seinem Büro im zweiten Stock seines Herrenhauses in Greenwich. Heute hatte er das Haus ganz für sich.

Auf seinem Laptop, den er in einem abgesperrten Aktenschrank aufbewahrte, hatte er soeben die E-Mail von Carter gelesen, in der er seine Reise nach Durham zusammenfasste. *Paula Stephenson ist tot, anscheinend Selbstmord.* Perfekt, dachte er. Stephenson hätte ihm und REL große Kopfschmerzen bereiten können. Jetzt lag sie in einem Schubfach im Leichenschauhaus und hatte den Mund so, wie es sich gehörte. Geschlossen. Er hatte keinerlei Verständnis für die, die sich nicht an Vereinbarungen hielten. Die wäre er jetzt also los.

Allerdings hatte Stephensons Trip ins Jenseits nicht alle seine Probleme gelöst. Bei Weitem nicht.

Matthews' Arroganz brachte ihn auf die Palme. Statt sich dankbar und kooperativ zu zeigen, hatte »Amerikas erster Nachrichtensprecher« es Sherman überlassen, das von ihm angerichtete Chaos aufzuräumen. Er hätte diesen Bauerntölpel bei seinem Kabelsender im Süden von Virginia versauern lassen sollen, wo er ihn zwanzig Jahre zuvor aufgegabelt hatte.

Außerdem traute er diesem Carter immer noch nicht über den Weg. Allerdings hatte er sich mit diesem Winkeladvokaten in eine Sackgasse manövriert. Würde er ihn feuern, müsste er sich jemand anders suchen, der den Job erledigte. Außerdem wäre Carter damit auch jemand, der zu viel wusste und auf den man sich nicht verlassen konnte, dass er den Mund hielt.

Wer, nach Berufen aufgeschlüsselt, beging die meisten Selbstmorde, waren das die Anwälte oder nicht doch die Zahnärzte, überlegte er.

Ein potenziell noch größeres Problem war Myers. Bei ersten Anzeichen von Schwierigkeiten würde dieser Pfadfinder einknicken und die Überweisungen an Carter & Associates ausplaudern. Selbst mit einem Aufsichtsrat, der ihm sehr gewogen war, wäre es mit dessen Rückhalt schnell vorbei, wenn Myers und Carter dieselbe Geschichte erzählten.

Er schob den Laptop zur Seite, mit dem er mit Carter kommunizierte, klappte einen anderen Laptop auf und klickte auf die Mail von Junior, die ihn ziemlich aus der Bahn geworfen hatte. Er las sie zum mindestens fünfundzwanzigsten Mal.

Dick,

ich wurde heute von einer jungen Produktionsassistentin angesprochen. Sie behauptet, eine MeToo-Begegnung mit Brad Matthews in dessen Büro gehabt zu haben, was sie sehr anschaulich beschrieben hat. Ich habe ihr gesagt, ich kümmere mich darum. Wie soll ich Ihrer Meinung nach vorgehen?

Fred.

Sherman stand auf und ging in seinem Büro auf und ab. Für Junior stand ebenso viel auf dem Spiel wie für ihn. Es war ein offenes Geheimnis, dass Junior gehofft hatte, seinem Vater als Vorstandsvorsitzender nachzufolgen. Selbst nach dem Börsengang würden genug Aktien im Familienbesitz verbleiben, sodass sich die Carlyles keine Sorgen mehr zu machen brauchten. Es sei denn …

»Es sei denn, ihm wird klar, dass diese Sache seinen Sturz herbeiführen könnte«, murmelte Sherman vor sich hin. Pomerantz hatte mit Junior gesprochen, und er hatte ihm diese Mail geschickt. Als sie Junior ein zweites Mal darauf ansprach, hatte er ihr nur gesagt, sie solle sich wieder an die Arbeit machen. Wenn mehr nicht geschehen war, könnte Junior den Kopf vielleicht noch aus der Schlinge ziehen. Aber wenn sie ihm ebenfalls die Audioaufzeichnung vorgespielt und er den Vorfall unter den Teppich gekehrt hatte, steckte er in großen Schwierigkeiten. Die Frauen, die 57,3 Prozent der Zuschauer von REL ausmachten, würden auf die Barrikaden gehen.

Sherman nahm wieder Platz und verfasste eine Mail an Frederick Carlyle Jr. Ob er morgen Zeit habe, um eine persönliche Angelegenheit zu besprechen?

51

Frederick Vincent Carlyle Jr. ließ sich auf seinem weichen Lederschreibtischsessel hinter dem Mahagonitisch nieder und sah sich um. Das Eckbüro sah genauso aus wie zu den Zeiten, als sein Vater noch hier gesessen hatte. An den Wänden hingen Fotos von seinem Vater mit den letzten sechs US-Präsidenten, mit ausländischen Staatsoberhäuptern und Hollywoodstars. Auf einer hinter Glas befestigten Weltkarte waren die internationalen REL-Niederlassungen und die dazugehörigen Sender angezeigt. Vierzehn Ehrendoktorwürden zierten die Wände. Dazwischen, in der Mitte, hing ein »Person of the Year«-Titelbild des *Time Magazine*.

»Junior«, wie ihn die meisten Angestellten hinter seinem Rücken nannten, was sie in seiner Gegenwart aber nie offen aussprachen, war Realist. Sein Vater würde immer eine Figur wie aus einem Horatio-Alger-Roman sein, jemand, der es aus ärmlichen Verhältnissen bis ganz nach oben geschafft hatte, ein Unternehmer, dessen Errungenschaften die Menschen daran erinnerten, dass Amerika das Land der unbegrenzten Möglichkeiten war. Er selbst dagegen würde immer anders gesehen werden – Junior hatte sich längst damit abgefunden. Aus Großem etwas noch Größeres zu machen war bei Weitem nicht so anziehend wie aus dem Nichts Großes zu erschaffen. Ein Analyst hatte geschrieben, Juniors einzige Errungenschaft habe darin bestanden, es auf die Liste der angesagtesten Junggesellen von New York City geschafft zu haben.

Aber der Ruhm würde noch kommen, schwor er sich. Sieben

Jahre zuvor hatte er zum ersten Mal seinem Vater vorgeschwärmt, welche Vorteile es mit sich brächte, wenn aus ihrem privat geführten Unternehmen eine Gesellschaft würde, deren Anteile an den Börsen handelbar waren. »Warum?«, war die erste Frage seines Vaters gewesen. »Was ist so schlecht daran, wie wir es jetzt machen?«

»Weil uns nicht mehr der Luxus vergönnt ist, unsere Marke langsam global aufbauen zu können«, hatte Junior ihm geantwortet. Er hatte dabei auf der Weltkarte auf Europa und andere Orte gedeutet. »Hier sind wir vertreten«, hatte er gesagt und anschließend auf die große asiatische Landfläche gezeigt, auf die arabische Welt, auf Afrika. »Schau dir diese Gebiete an, hier sind wir nicht oder kaum vertreten. CNN ist bereits da, Fox und mehrere europäische Sender versuchen hier Fuß zu fassen, aber wir ruhen uns auf unseren Lorbeeren aus und konzentrieren uns auf unser Geschäft in den USA. Wenn wir unsere Internationalisierung vorantreiben wollen, müssen wir eine Menge Geld aufnehmen, vorausgesetzt, unsere Banken geben uns die Kredite – oder wir beschaffen uns das Kapital, indem wir an die Börse gehen.«

Bislang war alles hervorragend gelaufen. Laut der Investmentbank, die die Roadshow vorbereitete, deutete alles auf ein großes Interesse seitens der institutionellen Anleger hin. Mehrere Aufsichtsräte hatten mit ihm über die Möglichkeit gesprochen, dass er Sherman als CEO ablöste oder seinem Vater als Vorstandsvorsitzender nachfolgte. Wenn er sich in den nächsten Wochen keine Fehltritte erlaubte, würde die Idee, die er sieben Jahre zuvor entwickelt hatte, endlich Wirklichkeit werden. Das Summen seines Schreibtischtelefons unterbrach diese Gedanken. »Mr. Carlyle, Mr. Sherman ist hier.«

»Schicken Sie ihn rein.«

Junior kam um den Schreibtisch herum und schüttelte Sherman die Hand. Den angebotenen Kaffee lehnte dieser ab. Er bedeutete seinem Gast, am Konferenztisch Platz zu nehmen, und setzte sich ihm gegenüber. Sherman, der noch nie viel auf Small Talk gegeben hatte, bemühte sich dennoch.

»Wie geht es Ihrem Vater?«

»Es gibt gute Tage und schlechte. Er erkennt mich kaum noch, aber die Pflegekraft kümmert sich rührend um ihn. Er kann sehr klar davon erzählen, wie alles angefangen hat. Erwähnt man aber den Börsengang, geht sein Blick ins Leere.«

»Richten Sie ihm auf jeden Fall meine Grüße aus.«

Sofort wurde beiden Männern klar, wie dumm diese Bitte war. Carlyle Sr. hatte wahrscheinlich nicht die geringste Ahnung, wer Sherman überhaupt war.

»Mach ich, Dick. Danke.«

»Fred, ich weiß nicht, ob ich Ihnen jemals gesagt habe, was für großartige Arbeit Sie im Zuge des geplanten Börsengangs geleistet haben und immer noch leisten.«

»Ich glaube nicht. Freut mich zu hören. Danke.«

»Das Unternehmen, jeder von uns hat viel zu gewinnen, wenn der Börsengang erfolgreich verläuft, und viel zu verlieren, wenn er scheitert.«

»Dem ist nichts hinzuzufügen.«

Sherman suchte nach den richtigen Worten, um das Thema anzusprechen. »Fred, erinnern Sie sich an eine Lauren Pomerantz?«

»Ja.«

»Sie erinnern sich, dass sie zu Ihnen ins Büro gekommen ist und von einem Zwischenfall zwischen ihr und Matthews berichtet hat?«

»Ja.«

»Hat sie sonst noch etwas getan, außer davon zu erzählen?«

»Ich weiß nicht recht, was Sie damit meinen?«

»Hat sie irgendwelche Beweise vorgelegt, die untermauern, was Matthews ihr angeblich angetan hat?«

»Nicht, dass ich wüsste. Warum fragen Sie?«

»Diese Sache könnte sich nämlich zu einem großen Problem auswachsen, für uns beide.«

»Was meinen Sie mit ›für uns beide‹?«

»Sie und ich, wir wurden auf einen Missstand aufmerksam gemacht und haben nichts dagegen unternommen.«

»So sehe ich das nicht, Dick. Sobald ich davon gehört habe, habe ich an den CEO des Unternehmens eine Mail geschrieben. Wenn jemand nichts unternommen hat, dann wohl eher Sie.«

»So einfach ist das nicht ...«

»Doch, so einfach ist das. Nach den REL-Mitarbeiterrichtlinien ist eindeutig festgelegt, wer von Anschuldigungen dieser Art erfährt, sollte sie unverzüglich seinem Vorgesetzten melden. Genau das habe ich getan. Sie sind mein Vorgesetzter. Ich habe Ihnen eine E-Mail geschickt.«

»Sie haben die Sache nie weiterverfolgt.«

»Ich muss mich vor Ihnen nicht rechtfertigen, aber unmittelbar nach dem Versenden dieser Mail habe ich eine vierwöchige Reise nach Asien angetreten, um potenzielle neue Niederlassungen zu besichtigen. Ich habe Ihnen vertraut, dass Sie sich darum kümmern werden. War dieses Vertrauen nicht gerechtfertigt?«

»Doch, durchaus. Ich habe mich um das Problem gekümmert, nur auf etwas unkonventionelle Art und Weise.«

In den folgenden zwanzig Minuten erzählte Sherman von seinem ersten Treffen mit Carter und seiner Einwilligung zu dessen Plan. Als er die Aufzeichnung von Matthews' Begegnung mit Pomerantz erwähnte, musterte er Junior. Juniors Miene gab nichts preis.

Junior stellte wenige Fragen, seine Miene blieb unbewegt. Seit seinem Treffen mit Carter war ihm das alles nicht neu. Als Sherman auf Stephensons Tod zu sprechen kam, reagierte er allerdings mit einiger Schärfe.

»Ist Ihnen schon der Gedanke gekommen, dass das ein extremer Zufall ist? Eine Frau, die droht, mit ihrer Story an die Öffentlichkeit zu treten, begeht praktischerweise Selbstmord? Entschädigungszahlungen an Missbrauchsopfer, damit sie den Mund halten, sind schon schlimm genug, doch da sind wir wenigstens in guter Gesellschaft. Viele andere Unternehmen machen es genauso. Aber wenn diese Stephenson nicht Selbstmord begangen hat ...« Er stockte kurz, bevor er fortfuhr: »Wie gut kennen Sie diesen Carter?«

»Er ist um die vierzig. Anwalt. Hat für uns in der Personalabteilung gearbeitet.«

Junior erhob sich und trat ans Fenster. Zum ersten Mal klang er wirklich aufgewühlt. »Mich interessiert nicht sein Lebenslauf. Ich habe gefragt, ob Sie ihn kennen.«

»Ich weiß, dass er beim Militär war«, antwortete Sherman und versuchte überzeugend zu klingen.

»Das ist wenig beruhigend. Das war Hitler auch. Wollen Sie damit sagen, Sie haben diesem Typen Millionen Dollar anvertraut, ohne das Geringste über ihn zu wissen?«

»Das Unternehmen überprüft jeden Bewerber auf Herz und Nieren, bevor er eingestellt wird«, sagte Sherman schwach. Junior ging im Büro auf und ab, ohne etwas darauf zu erwidern.

»Dick«, sagte er schließlich. »Wenn Matthews' Übergriffe und unsere Maßnahmen oder auch unterlassenen Maßnahmen ans Licht kommen, stecken wir wirklich in Schwierigkeiten. Aber wenn Ihr Typ, wenn dieser Carter durchdreht – ist Ihnen klar, dass Sie dann wegen Beihilfe zum Mord dran sein könnten?«

»Überlassen Sie Carter mir«, sagte Sherman, nun wieder mit mehr Selbstsicherheit. »Ich habe bereits jemanden engagiert, der unseren Unterhändler und seine Vergangenheit durchleuchtet und ein Auge auf ihn hat.« Sherman hatte zwar nichts davon unternommen, aber Junior sollte es sich nicht zuschreiben können, ihn auf diese Idee gebracht zu haben. »Und ...« Um ein

Haar hätte Sherman ihn mit *Junior* angesprochen. »Und, Fred, seien Sie nicht so verdammt überzeugt davon, dass die eine Mail, die Sie mir geschickt haben, Sie von allem freispricht. Ein kleiner kostenloser Ratschlag: Wenn die ... Sie wissen schon ... überkocht, werden Sie ziemlich dumm dastehen, wenn Sie die REL-Mitarbeiterrichtlinien zitieren.«

»Worauf wollen Sie hinaus, Sherman?«

»Ich habe etwas angefangen, um das alles ein für alle Mal zu regeln, und ich werde es durchziehen.« Sherman erhob sich. »Sollte irgendjemand Sie auf die Überweisungen an Carter & Associates ansprechen, dann sagen Sie, dass Sie sie abgesegnet haben. Haben Sie das kapiert, Junior?«

Die beiden Männer starrten sich nur finster an, bevor sich Sherman umdrehte und zur Tür eilte.

52

Michael Carter erhob sich und ging in seinem Büro auf und ab. Das *Wall Street Journal*, das er gerade gelesen hatte, lag aufgeschlagen auf seinem Schreibtisch. Ein weiterer Artikel über REL News heizte die allgemeine Aufregung an, die den Börsengang begleitete, und übte sich in Spekulationen über den Ausgabepreis der Aktien.

Carter war nicht zufrieden, wie die Verhandlungen mit Cathy Ryan liefen. Wichtiger noch, Sherman und Junior waren es auch nicht.

Er nahm wieder Platz und starrte auf den Computerbildschirm. Die Mail war an Sherman adressiert. Eine Blindkopie ging an Junior.

Habe erneut mit Cathy Ryan telefoniert und darauf gedrängt, einen Termin für ein Treffen festzulegen, sie weigert sich aber standhaft. Meint, sie sei noch nicht bereit, über den Vorfall zu reden. Sie will erst einmal Urlaub machen und wäre in sechs Tagen wieder hier.

Mein erster Gedanke war: Sie lügt. Aber einer meiner Informanten hat Zugang zu Kreditkartenabrechnungen. Sie hat eine Reservierung für einen Hin- und Rückflug nach Aruba, Abflug 3. Oktober, Rückkehr 9. Oktober, und eine Buchung im Americana Hotel. Sie ist also ehrlich, das muss man ihr zugutehalten.

Habe über ihre Familie recherchiert. Eltern pensioniert, leben in Palm Beach. Dicke Brieftasche. Ein Bruder in Boston.

Ryan besitzt eine Wohnung in Atlanta und arbeitet für eine

Zeitschrift. Dazu ist sie im Besitz eines Treuhandfonds mit über drei Millionen Dollar Einlagen. Sie braucht unser Geld nicht. Das macht sie noch gefährlicher. Werde Sie auf dem Laufenden halten.

Zufrieden mit dem, was er geschrieben hatte – wenngleich nicht mit den Fortschritten –, drückte er auf SENDEN.

53

Carter hatte gerade ein frühes Abendessen mit seiner Frau und seinem Sohn hinter sich. Es war schön, zu Hause zu sein. Beatrice machte mittlerweile ziemliche Probleme. Ein hübsches Essen und ein Hotelzimmer reichten ihr nicht mehr. Wenn sie sich in letzter Zeit getroffen hatten, wollte sie jedes Mal, dass er raus nach Brooklyn fuhr und mit ihr in einem der vielen von ihr regelmäßig besuchten Tanzklubs bis weit nach Mitternacht ausging. Das Publikum dort bestand nur aus Idioten, die Musik war so laut, dass er sich Sorgen um sein Trommelfell machte. Aber Beatrice hatte Unmögliches geschafft: Sie hatte ihn dazu gebracht, dass er das Zusammensein mit seiner Frau vermisste.

Er hatte sich sogar freiwillig dazu bereit erklärt, das Geschirr abzuräumen. Sein Sohn ging auf sein Zimmer, um Hausaufgaben zu machen, seine Frau ließ sich im Wohnzimmer vor dem Fernseher nieder und sah sich die REL-Abendnachrichten an. Ihr Angebot, sich dazuzusetzen, schlug er aus. Er hatte genug von Brad Matthews gesehen, das reichte ein Leben lang.

Carter ging zum Küchentisch und nahm seinen Laptop aus der Tasche. Die Anspannung, die sich nach Paula Stephensons Tod eingestellt hatte, war allmählich abgeflaut. Die Polizei in Durham hatte keine Ermittlungen eingeleitet, niemand hatte in den frühen Morgenstunden an seine Tür gepocht. Er hatte sich eingeredet, dass seine Fantasie mit ihm durchgegangen war. Stephenson hatte – aus welchem Grund auch immer – Selbstmord begangen. Ende der Geschichte.

The beat goes on ... summte er den Song von Sonny & Cher vor sich hin. Wie würde sie reagieren, wenn er einfach auftauchte? *Sie* bezog sich auf Cathy Ryan. Momentan hielt sie sich auf Aruba auf, er wusste sogar, in welchem Hotel sie abgestiegen war. Bevor sie irgendetwas preisgab, würde sie vermutlich wissen wollen, wie er sie dort unten gefunden hatte. Die Wahrheit – dass er Einblick in ihre Kreditkartenabrechnungen hatte –, würde nicht reichen. Gab es für ihn einen plausiblen Grund, auf Aruba zu sein, von Strand und Sonne mal abgesehen?

Eine Internetsuche nach Tageszeitungen auf Aruba führte ihn zu *Aruba Today*. Er überflog mehrere Artikel über Blumenfeste und gesellschaftliche Ereignisse. Er klickte auf den Button, der ihn zum Lokalteil führte. Eine Überschrift weckte sein Interesse. »Jetski-Touristin bei Unfall ums Leben gekommen.« Neugierig klickte er auf den Link.

Die sechsundzwanzigjährige Catherine Ryan ist im Hafen von Arenas Blancas tödlich verunglückt, als sie mit ihrem Jetski ein dort vor Anker liegendes Boot rammte. Die US-Bürgerin Ryan war Teilnehmerin einer Jetski-Tour und hatte kurz vorher mit einer Gruppe ein Restaurant besucht. Die Polizei wollte nicht bestätigen, ob Alkohol mit im Spiel war.

Carter lehnte sich zurück. In seinem Kopf drehte sich alles. Er ging zur Bar, holte die Wodkaflasche, schenkte sich großzügig ein und kehrte an den Tisch zurück. Erst als der Alkohol in der Kehle brannte, beruhigte er sich etwas.

Es war wieder passiert. Er hatte sie auf ihre Spur geführt. Er hatte Sherman sämtliche Informationen geliefert, damit er jemanden nach Durham schicken konnte, um Paula Stephenson loszuwerden. Exakt das Gleiche war jetzt bei Cathy Ryan geschehen. Er hatte alle Informationen geliefert, bis hin zum Hotel, in dem sie abgestiegen war.

Er wunderte sich, warum er nicht schon früher davon erfahren hatte, warum die Medien nicht darüber berichtet hatten. Dann dämmerte ihm der Grund dafür. Nordkorea führte wieder Raketentests durch, Saudi-Arabien und Iran standen kurz vor einem offenen Krieg, der Handelskonflikt mit China verschärfte sich, eine weitere Boeing war abgestürzt. Darüber war der Tod einer amerikanischen Touristin aus dem Blickfeld geraten.

Vielleicht war es an der Zeit, sich rechtlichen Beistand zu suchen. Die Ironie dessen entging ihm nicht. In den vergangenen zwei Jahren hatte er nichts anderes getan, als Frauen davon zu überzeugen, dass sie *keinen* Anwalt bräuchten. Jetzt, bei den ersten Anzeichen von Schwierigkeiten, hätte er gern einen Anwalt an seiner Seite gehabt.

Habe ich gegen irgendwelche Gesetze verstoßen, fragte er sich. Die Vertraulichkeitsvereinbarungen, durch die die von Matthews missbrauchten Frauen ruhiggestellt wurden, hatten es dem Moderator vielleicht erlaubt, ungehindert mit seiner Tour fortzufahren. Aber war das schon ein Verbrechen? Er glaubte nicht.

Er hatte den Frauen, mit denen er verhandelt hatte, nicht immer die ganze Wahrheit gesagt. War das ein Verbrechen? Nein. Das nannte man Verhandlungstaktik.

Aber die Polizei würde wahrscheinlich erfahren wollen, woher er seine Informationen über Cathy Ryan hatte. Sie würden jedem Dollar nachspüren, der auf das Konto von Carter & Associates geflossen und von dort wieder weggegangen war. Wie oft hatte er seinem Kumpel von der Kreditauskunft bezahlt, damit er ihm Kartenabrechnungen beschaffte? Acht-, vielleicht zehnmal? Dazu die Telefonaufzeichnungen mehrerer Opfer? Das waren strafwürdige Vergehen.

Eingehende Untersuchungen würden offenlegen, dass er eine ganze Menge seiner persönlichen Ausgaben als Spesen bei REL geltend gemacht hatte. Man würde REL nicht viel Mitgefühl entgegenbringen, aber wenn er sich Privatausgaben vom Unternehmen begleichen ließ, machte er sich der Steuerhinterziehung schuldig.

Und was war mit den Taschen voller Bargeld, die er im Auftrag von Junior anonymen Informanten überreicht hatte? *Ich war bloß der Bote* – das ging vielleicht als Verteidigung für einen Fahrradkurier durch. Für ihn als Anwalt würde man zweifellos andere Maßstäbe anlegen.

Und wenn er seine Zulassung verlor, wäre das das Ende seines Nebengeschäfts mit den Mandanten, die er in arbeitsrechtlichen Fragen vertrat. Wie sollte er dann für sich und seine Familie sorgen?

Keine Frage, er musste weitermachen, aber so, dass er Sherman nicht mehr alle Informationen zuspielte.

54

Meg Williamson saß auf der Couch und hatte die Füße auf dem Sitzkissen liegen. Es war neun Uhr abends. Der Fernseher war aus. Vor wenigen Minuten war sie beim Zappen bei den REL-Nachrichten gelandet. Und bei *ihm*. Seinem lässigen Lächeln. Seinem blauen Blazer, der sein Markenzeichen war, dem weißen Hemd, der rotblauen Krawatte.

Ekel überkam sie. Allein der Gedanke, dass dieses Schwein sie angefasst hatte ... Sie ging in die Küche, schenkte sich ein Glas Chardonnay ein und kehrte auf die Couch zurück.

Meg nahm einen großen Schluck und beruhigte sich langsam. Eine Stunde zuvor hatte sie noch mit Jillian auf dem Bett gekuschelt und verkündet: »Du kannst dir jetzt ein Buch aussuchen« – seit Jahren war das der Höhepunkt ihres Tages. Jillian ging dann ans Bücherregal und tat so, als würde sie sich alle Bücher ganz genau ansehen. Schließlich, Abend für Abend, griff sie sich eines ihrer Lieblingsbücher, freute sich darauf und genoss es, dass sie schon wusste, was auf den nächsten Seiten erzählt werden würde. Wie die Mutter, so die Tochter, dachte sich Meg. Beide mochten sie keine Überraschungen.

In den sechs Wochen, in denen Jillian jetzt in die erste Klasse ging, hatte sich ihr abendliches Ritual etwas verändert. Jetzt versuchte Jillian vorzulesen, und Meg half ihr, wenn nötig, und streichelte ihrer Tochter dabei über die honigblonden Haare. Es gab insgesamt drei erste Klassen an der Ponterio Ridge Street School. Zwei der Lehrerinnen waren sehr gut, die achtundfünfzigjährige Mrs. Silverman aber war eine Legende. Seit dreiunddreißig Jahren unterrichtete sie schon an der Schule. Ihre ersten Schüler, die jetzt selbst Eltern waren, bedrängten regelmäßig die Schulleitung und bestanden darauf, dass ihre Kinder von Mrs. Silverman unterrichtet würden. Sie hatte nichts dergleichen unternommen, dachte sich Meg. Wenigstens einmal hatte sie einfach nur Glück gehabt.

Ihr Handy klingelte. Es lag neben ihr auf der Couch. Als Anrufer wurde »anonym« angezeigt. Bitte, lass es einen Werbeanruf sein, flehte sie. Aber es war er.

»Planänderung, Meg. Haben Sie was zu schreiben?«

»Einen Moment«, erwiderte sie, ging zum Tisch und griff sich einen Notizblock. Seine Unhöflichkeit erstaunte sie immer wieder aufs Neue. Aber Gott mochte verhüten, dass er sich nach ihrem Wohlergeben erkundigte. *Na, wie geht es Ihnen?* Oder: *Passt es Ihnen gerade?* »Ich bin so weit.«

»Sie werden mit dieser Journalistin sprechen, dieser Gina Kane ...«

»Aber Sie haben doch gesagt ...«

»Ich weiß, was ich gesagt habe. Seien Sie still und hören Sie zu.«

»Okay«, sagte sie angewidert.

»Sie haben sich entschieden, REL News zu verlassen, weil Sie ein kleines Kind hatten und normale Arbeitszeiten haben wollten. Wenn Sie darauf angesprochen werden, sagen Sie, Sie wüssten nichts von sexueller Belästigung oder von strafrechtlich relevantem Verhalten im Unternehmen. Alle Ihre Kollegen, vor allem die männlichen, waren immer höflich, jeder Kontakt war rein beruflicher Natur gewesen. Haben Sie das?«

»Höflich und von beruflicher Natur. Ja, hab ich.« Wieder verzog sie angeekelt das Gesicht.

»Die Reporterin wird Sie fragen, ob Sie eine Cathy Ryan gekannt haben. Bevor ich Ihnen sage, was Sie darauf antworten, möchte ich Sie darauf hinweisen, dass Cathy bei einem Unfall auf Aruba getötet wurde ...«

»Cathy ist tot!« Meg rang nach Luft. Sie und Cathy hatten zur gleichen Zeit bei REL News angefangen. Beide hatten sie kurz zuvor ihren Collegeabschluss gemacht. Sie sah die junge Frau mit den langen dunklen Haaren und den funkelnden haselnussbraunen Augen deutlich vor sich.

Carter redete weiter. »Sagen Sie der Reporterin, dass Sie sie gekannt haben und es Ihnen leidtut, das zu hören. Und Folgendes sagen Sie ihr über Cathys Arbeit bei REL News ...«

Meg gelang es nur teilweise, die Tränen zu unterdrücken, während sie mitschrieb. Carter, der sie wie ein Kleinkind behandelte, bestand darauf, dass sie ihm seine Anweisungen noch einmal vorlas.

Doch dann nahm Meg ihren ganzen Mut zusammen und protestierte. »Als ich die Vereinbarung unterschrieben habe, musste ich mich nur verpflichten, Stillschweigen zu bewahren. Es steht nichts im Vertrag, dass ich Journalisten anlügen muss.«

»Meg«, erwiderte Carter mit eisiger Stimme, »seien Sie ein braves Mädchen und kooperieren Sie. Und nehmen Sie zur Kenntnis, wie glücklich Sie und Jillian sich schätzen dürfen. Es gibt nur sehr wenige Erstklässler, die eine so tolle Lehrerin wie Rachel Silverman haben.«

DRITTER TEIL

55

Nach dem Abendessen mit Lisa hatte Gina bis halb zehn geschlafen. Gerade machte sich sich in der Küche Kaffee, als das Telefon klingelte. Zu ihrer Überraschung war Meg Williamson in der Leitung.

»Ms. Kane, es tut mir leid, dass ich mich nicht früher gemeldet habe.«

»Nun, es freut mich, dass Sie es jetzt tun. Ich arbeite an einem Artikel ...«

»Ich weiß. Ich habe Ihre Nachrichten abgehört.«

»Gut. Sie haben, soweit ich weiß, einige Zeit bei REL News gearbeitet.«

Ein kurzes Zögern. »Ja, das stimmt.«

»Es würde mich sehr freuen, wenn ich Sie besuchen könnte. Ich wollte mit Ihnen über Ihre Zeit in der Nachrichtenbranche sprechen.«

Wieder zögerte Meg. Er hatte ihr gesagt, sie solle mit ihr *reden*, jetzt wollte die Journalistin sie *besuchen*. Ihre Gedanken rasten. »Das dürfte schwer einzurichten sein.« Fieberhaft suchte sie nach plausiblen Ausflüchten. »Ich arbeite Vollzeit und habe eine kleine Tochter, um die ich mich kümmern muss.«

Erneut geriet das Gespräch ins Stocken. Versetz mich nicht, dachte Gina. Ich muss sie dazu bringen, dass sie zusagt. Es war vielleicht ihre letzte Chance.

»Ich passe mich ganz Ihrem Terminplan an«, versicherte Gina. »Ich sehe, Sie haben die Vorwahl 914. Wohnen Sie irgendwo in Westchester?«

»Ja. In Rye. Aber ich arbeite in White Plaines«, sagte Meg und bedauerte sofort, dass sie diese Informationen unnötigerweise verraten hatte.

»Perfekt. Ich kann in die Stadt kommen, dann könnten wir uns treffen, wann und wo Sie wollen.«

»Ich will das nicht, wenn meine Tochter dabei ist.«

»Verstehe. Vielleicht können wir uns ja bei Ihnen in der Arbeit treffen. Vielleicht in der Mittagspause?«

»In der Arbeit bin ich immer ziemlich eingespannt. Mittags esse ich an meinem Schreibtisch.«

»Wenn es Montag bis Freitag nicht geht, wie sieht es dann am Wochenende aus?«

»Ich weiß nicht. Da ist meine Tochter bei mir.« Er hat mir gesagt, ich soll mit ihr reden, dachte Meg. »Können wir das nicht am Telefon machen?«

Gina musste sich schnell entscheiden. Sie wusste, sie ging damit ein Risiko ein, beschloss aber, dass es das wert war. »Tut mir leid. Es muss persönlich sein.«

Meg geriet in Panik. *Er hat mir befohlen, mit ihr zu reden.* Stockend sagte sie: »Am Samstag bringe ich meine Tochter um ein Uhr auf eine Geburtstagsparty.«

»Dann komme ich gegen halb zwei zu Ihnen«, bestätigte Gina und bemühte sich, nicht zu eifrig zu klingen.

Meg stimmte zu. Gina notierte sich die Adresse.

56

Wie erwartet herrschte auf dem Henry Hudson Parkway in Richtung Norden wenig Verkehr. Gina passierte die George Washington Bridge, eine Viertelstunde später hatte sie die Bronx hinter sich und befand sich im Westchester County. Wegen der guten Verkehrsanbindungen und des öffentlichen Nahverkehrs lebten hier gern jene, die in Manhattan arbeiteten, mit ihren Familien aber lieber in einem Vorort wohnen wollten. Noch wenige Jahre zuvor hatte sich das County mit der zweifelhaften Ehre brüsten können, die höchste Grundsteuer in den gesamten USA zu erheben.

Die elektronische Stimme der Navi-App lotste Gina an ihr Ziel. Als ihr klar wurde, dass sie zu früh eintreffen würde, bog sie ab und fuhr durch das Zentrum von Rye. Exklusive Geschäfte und Restaurants reihten sich zu beiden Seiten der Purchase Street. Rye schien von den desaströsen Folgen verschont geblieben zu sein, die Unternehmen wie Amazon für die kleinen Einzelhändler hatten. Hinter jedem Schaufenster fand sich auch ein Laden. Es waren mehr Mercedes-Benz, BMW und Lexus zu sehen als andere, weniger teure Automarken.

Genug mit dem touristischen Programm, beschloss Gina und folgte den Anweisungen ihrer Navi-App zu einer schmalen, von Bäumen bestandenen Straße, die in Fußnähe zur Innenstadt lag. Pilgrim Street 27 war ein reizendes Gebäude im Kolonialhausstil. Ein neuerer BMW stand in der halbkreisförmigen Einfahrt. Ein Junge und ein Mädchen, beide um die zehn, spielten auf dem Rasen des gegenüberliegenden Grundstücks Fußball.

Der Rat eines Reporters, der sie am Anfang ihrer Laufbahn unter seine Fittiche genommen hatte, kam ihr in den Sinn: Immer auf der Straße parken, wenn du einen potenziell unwilligen Informanten interviewen willst. Denn die Leute fühlen sich bedrängt, wenn man seinen Wagen in ihrer Einfahrt abstellt. Dann haben sie das Gefühl, sie sitzen in der Falle.

Sie würde alles tun, damit sich Meg Williamson nicht bedroht fühlte. Also stellte sie den Mietwagen auf der Straße vor dem Haus ab.

Sie sah auf die Uhr. 13.27 Uhr. Sie hatte überlegt, das Interview aufzuzeichnen, sich dann aber dagegen entschieden. Es wäre zu aufdringlich, zu bedrohlich. Mit dem Notizbuch in der Hand ging sie über die Einfahrt und klingelte. Keine dreißig Sekunden später wurde die Tür geöffnet.

»Sie müssen Gina sein. Kommen Sie bitte rein.«

Meg war auffallend attraktiv, hatte dunkelblonde Haare und große blaue Augen. Wahrscheinlich Anfang dreißig.

Sie folgte Meg ins Wohnzimmer und musste unweigerlich den Raum und die Einrichtung bewundern. Meg verfügte über Geschmack und auch über das dafür nötige Geld, dachte Gina, während sie aufgefordert wurde, Platz zu nehmen.

Auf dem Klavier, dem Beistell- und dem Kaffeetisch standen Bilder eines sehr hübschen Mädchens, meistens war es allein zu sehen, auf einigen wenigen auch mit einer strahlenden Meg. Auffällig war, dass es kein einziges Bild vom Mädchen zusammen mit ihrem Vater oder den Großeltern gab.

Meg ließ sich sehr aufrecht und steif auf der Kante eines Ohrensessels nieder, so als wollte sie deutlich zu verstehen geben, dass sie das Treffen bald wieder beenden wollte.

Aber nachdem Gina jetzt schon mal hier war, wollte sie auch das Beste daraus machen. »Ms. Williamson ...«

»Nennen Sie mich bitte Meg.«

»Danke. Bevor wir anfangen, dürfte ich Sie um ein Glas Wasser bitten?« Ein strategischer Zug, den Gina ebenfalls von dem besagten Reporter gelernt hatte: Vielleicht brauchst du noch etwas Zeit für die richtige Formulierung, wenn du eine heikle Frage stellst oder ein sensibles Thema ansprechen willst. Also nippst du an deinem Wasser, trinkst, stellst das Glas langsam wieder ab, so hast du zehn Sekunden mehr zum Nachdenken, ohne dass es sofort zu einem peinlichen Schweigen kommt.

»Ja, natürlich. Verzeihen Sie, dass ich Ihnen das nicht gleich angeboten habe«, entschuldigte sich Meg und verschwand in der Küche. Eine Minute später kehrte sie zurück, reichte Gina das Glas und setzte sich wieder auf die vorderste Kante ihres Sessels.

»Ich danke Ihnen, dass Sie sich die Zeit nehmen. Sie wohnen hier mit Ihrer Tochter und ...«

»Nur mit meiner Tochter, Jillian.«

»Und Jillians Vater?«

»Wir sind seit drei Jahren geschieden. Er spielt in unserem Leben keine Rolle mehr.«

»Verstehe. Meg, ich bin an Geschichten von Frauen wie Sie interessiert. Frauen, die in den vergangenen zehn Jahren im Fernsehjournalismus gearbeitet, sich dann aber umorientiert und eine andere berufliche Laufbahn eingeschlagen haben. Wie sind Sie zu REL News gekommen?«

»Ich war auf der Iowa State University, die einen eigenen Fernsehsender betreibt. In meinem zweiten Studienjahr habe ich dort als Volontärin angefangen. Ich habe viel gelernt, es hat dann nicht lange gedauert, und ich habe Beiträge geschrieben, sie produziert, Interviews geführt und bei der redaktionellen Bearbeitung mitgeholfen.«

»Sie haben Journalistik studiert?«

»Ursprünglich Psychologie. Aber mir hat das so viel Spaß gemacht, dass ich zum Journalismus gewechselt bin und in beiden Fächern einen Abschluss gemacht habe.«

»Wer hat Ihnen dann den Kontakt zu REL News verschafft?«

»Ein Personalvermittler auf dem Campus im Abschlussjahr. Ich war für eine erkältete Moderatorin eingesprungen. Es hat ihm gefallen, was er gesehen hat, und gemeint, REL News suche in erster Linie Leute, die so flexibel sind, dass sie vor und hinter der Kamera arbeiten können.«

»Das muss für Sie ein ziemlich großer Sprung gewesen sein, von Iowa nach New York City.«

»Das war es. Bis dahin bin ich über St. Louis nie hinausgekommen.«

»Wie lang waren Sie bei REL News?«

»Dreieinhalb Jahre.«

»Hat es Ihnen dort gefallen?«

»Es war ganz okay. Es war ein Job.«

»Haben Sie für REL vor der Kamera gestanden?«

»Ein wenig. Anfangs.«

Gina blieb nicht verborgen, dass Meg über ihre Studienjahre ausführlich erzählt hatte, zu ihrer Zeit bei REL News aber nur kurz angebunden antwortete.

»Gut. Nach dreieinhalb Jahren haben Sie also beschlossen zu gehen. Warum?«

»Die langen Arbeitszeiten. Ich war ganz unten in der Hierarchie und wurde häufig für Nachtschichten eingeteilt. Ich bekam meinen Schlafrhythmus nicht auf die Reihe, außerdem hatte ich ein zweijähriges Kind. Was sollte ich denn machen? Ich konnte mir kein festes Kindermädchen leisten. Und wenn sich die Arbeitszeiten ständig ändern, ist es auch schwierig, eine vernünftige Kinderbetreuung zu bekommen.«

»Hatte Jillians Vater irgendwelche Einwände gegen Ihre langen Arbeitszeiten?«

Ihre Antwort kam entschieden. »Es war ihm egal. Mein Ex war Schlagzeuger, hatte aber nur selten Engagements. Gelegentlich, wenn Theateraufführungen auf Tournee gingen, hatte er feste

Arbeit. Aber wenn er nicht arbeitete, also die meiste Zeit, hing er in Nashville rum und wartete darauf, dass er entdeckt würde.«

»Ihr Schichtdienst und die Schwierigkeiten, eine Kinderbetreuung zu finden – das waren die einzigen Gründe, warum Sie bei REL aufgehört haben?«

»Ja.«

Gina wartete. Sie hoffte, Meg würde ihrer Antwort noch etwas hinzufügen. Aber Meg sah sie nur schweigend an.

»Bei unserem Telefonat haben Sie gesagt, Sie arbeiten in White Plains. Was machen Sie da?«

»Ich bin in einer PR-Agentur, Hannon & Ramsey, als Account Supervisor zuständig für die Kundenbetreuung. Eine kleine Agentur, die meisten Kunden kommen aus der Gesundheitsbranche.«

»Dort haben Sie direkt nach REL angefangen?«

»Ja.«

»Meg, eine der Frauen, die ich ebenfalls gern interviewt hätte, war Cathy Ryan.« Gina war überzeugt, einen bekümmerten Ausdruck in ihrer Miene bemerkt zu haben.

»Sie wissen, dass sie vor Kurzem gestorben ist?«

Meg nickte.

»Cathy hat etwa zur gleichen Zeit wie Sie bei REL News gearbeitet. Haben Sie sie gekannt?«

»Wir haben kurz nacheinander bei REL News angefangen. Wir kamen beide frisch vom College, und wir waren beide neu in New York.«

»Waren Sie Freundinnen?«

»Ich würde sagen, wir gingen freundschaftlich miteinander um. Wir haben uns oft bei der Arbeit gesehen. Privat aber eher selten.«

»Sie haben noch etwas gemeinsam. Sie selbst haben REL News nach dreieinhalb Jahren verlassen, Cathy nach drei Jahren. Ist das Zufall?«

»Ich weiß nicht, was Sie damit meinen.«

»Sie wollten weg, weil Sie eine Tochter hatten und einen Job mit regelmäßigeren Arbeitszeiten brauchten. Hat Cathy Ihnen erzählt, warum sie aufgehört hat?«

Meg sah aus, als würde sie mit den Tränen kämpfen. Trauer um eine verstorbene Freundin – oder wegen etwas anderem? Sie fasste sich wieder. »Ich will nicht schlecht über jemanden sprechen, zu dem ich ein gutes Verhältnis hatte. Aber Cathy war unter den Kollegen nicht besonders beliebt.«

»Wirklich?« Gina war aufrichtig überrascht.

»Es war von Anfang an schwierig, mit ihr zusammenzuarbeiten. Sie war unzuverlässig, hat aber immer anderen die Schuld für ihre Fehler gegeben. Ich sage es nicht gern, aber sie hat nur für Probleme gesorgt.«

»Nach Ihrer Beschreibung wundert man sich, dass sie überhaupt drei Jahre durchgehalten hat.« Gina nahm einen Schluck vom Wasser und formulierte für sich bereits die nächste Frage. »Kurz bevor Cathy starb, habe ich von ihr eine E-Mail erhalten. Sie spricht darin von einem ›schrecklichen Erlebnis‹ bei REL News. Haben Sie irgendeine Vorstellung, was sie damit gemeint haben könnte?«

»Nein, keine Ahnung, wovon sie da redet. Alle bei REL News, vor allem auch die männlichen Kollegen, waren immer sehr höflich, jeder Kontakt war rein beruflicher Natur. Für mich klingt das ganz danach, als wollte sie wieder nur Unfrieden stiften.«

Gina ließ sich Zeit, bevor sie die nächste Frage stellte. »Wissen Sie zufällig, dass Frauen nach ihrem Ausscheiden bei REL News finanzielle Entschädigungen vom Unternehmen erhalten haben?« Gina sah sich betont aufmerksam im Zimmer um und betrachtete die teuren Möbel.

»Nein, absolut nicht«, kam es entschieden von Meg, die nun aufstand. »Ich denke, es ist an der Zeit, dass wir jetzt Schluss machen.«

»Nur eine Frage noch«, sagte Gina und blieb sitzen. »Hatten Sie mit Cathy noch Kontakt, nachdem sie REL verlassen hat?«

»Kurz. Eigentlich nicht.«

»Wie haben Sie von ihrem Tod erfahren?«

»Ähm, ich hab es im Internet gelesen. Wo, weiß ich nicht mehr. Das war es jetzt. Ich bringe Sie zur Tür.«

57

Nachdem Gina den Mietwagen zurückgegeben hatte, ging sie die acht Blocks zu ihrer Wohnung zu Fuß. Ihr schwirrte der Kopf, als sie daran dachte, welche Recherchen noch anstanden und mit welchen Leuten sie noch reden wollte, bevor ihr nächstes Treffen mit Geoff anstand. Sie schickte ihm eine SMS: *Wichtige Fortschritte bei REL-Recherchen. Wann kann ich Sie sehen?* Keine Minute später kam seine Antwort: *Fliege am Dienstagabend zurück. Mittwoch 10.00 Uhr?* Sie antwortete: *Bis dann.*

Nachdenklich nahm sie eine Wasserflasche aus dem Kühlschrank und setzte sich an den Tisch am Fenster. Wie üblich in solchen Fällen notierte sie sich die Fragen, die sie Meg Williamson gestellt hätte, wenn mehr Zeit dazu gewesen wäre.

Wann hatte sie das letzte Mal mit Cathy gesprochen oder Kontakt zu ihr gehabt?

Meg hatte Cathy als jemanden bezeichnet, der für Probleme gesorgt, der bei REL News Unfrieden gestiftet habe. Hatte Cathy aus freien Stücken gekündigt, oder war sie gefeuert worden?

Hatte Meg versucht, Kontakt zu Cathys Familie aufzunehmen, nachdem sie von ihrem Unfalltod erfahren hatte?

Das klingelnde Handy riss sie aus ihren Überlegungen. »Hallo«, meldete sie sich freudig.

»Was bin ich froh, dass ich Fotos von dir auf dem Handy habe. Sonst würde ich noch vergessen, wie du aussiehst.« Beide lachten wehmütig.

»Na, jedenfalls treib ich mich nicht im sonnigen Kalifornien rum«, sagte sie. »Wann beehrst du mich wieder mal mit deiner Gesellschaft?«

»Tut mir furchtbar leid, aber ich werde nicht vor Mittwoch zurückkommen, am späten Nachmittag. Bitte sag mir, dass du Zeit zum Abendessen hast.«

»Hab ich. Ich werde uns einen Tisch reservieren.«

»Aber bitte in einem netten Lokal, wir haben nämlich was zu feiern.«

»Ja? Und was?«

»Ich weiß, dass ich dich mit meinen Investmentbanking-Geschichten immer langweile.«

»Du langweilst mich nicht. Ich mag deine Geschichten.«

»Du weißt, bevor ein Unternehmen an die Börse geht, werden Investmentbanken damit beauftragt, sogenannte Roadshows durchzuführen.«

»Auf diesen Roadshows präsentiert sich das Unternehmen den großen Investmentfonds. Richtig?«

»Genau. Und jetzt ist unsere Bank ausgewählt worden, einen der prestigeträchtigsten Börsengänge dieses Jahres zu begleiten.«

»Darfst du mir das überhaupt erzählen?«

»Es wird am Montag offiziell bekannt gegeben. Ich denke, ich kann dir trauen, dass du bis dahin den Mund hältst.«

»Meine Lippen sind versiegelt.«

»REL News hat unsere Bank ausgewählt, und ich gehöre zu dem Team, das die Präsentationen durchführt.«

Ginas Herz setzte einen Schlag aus. Hatte sie ihm jemals von Cathys Mail über REL News erzählt? Sie glaubte nicht. Rasch trank sie einen Schluck Wasser. »Wow, das ist toll. Ich kann dir gar nicht sagen, wie glücklich und wie überrascht ich bin.«

»Glaub mir, es war für mich auch eine Überraschung. Man

hat mich anderen vorgezogen, die schon sehr viel länger dabei sind. Das ist genau das, wovon ich immer geträumt habe. Alles fügt sich zum Besten, für mich und für uns.«

»Dann haben wir am Mittwoch ja einiges zu feiern«, stimmte sie zu.

»Und hoffentlich haben wir bald noch mehr zu feiern.«

Gina wusste, worauf er anspielte. Vor ihrer Abreise nach Nepal hatte er davon gesprochen, ihr bei Tiffany's einen Ring zu kaufen. Einen Verlobungsring.

»So, genug über mich«, sagte Ted. »Wie steht es bei dir? Ich hab dich noch gar nicht gefragt, an welchen Storys du dran bist.«

Wenn du wüsstest, dachte sich Gina. Sie log Ted nur ungern an, manchmal aber war es kaum zu vermeiden, wenn es einem größeren Ganzen diente. »Der *Empire Review* hat einen neuen Chefredakteur. Einen toughen Typen. Ich hab ein paar Ideen vorgestellt, wir haben uns aber noch für nichts entschieden.«

»Wie schade. Ich hab Charlie gemocht.« Gina, Ted, Charlie und seine Frau hatten zweimal bei einem Dinner der Verlagsbranche zusammengesessen. »Wenn dich der neue Chefredakteur erst mal besser kennt, wird er dich bestimmt genauso mögen wie Charlie.«

»Das hoffe ich doch sehr«, sagte sie.

»Ich muss zu einem Meeting. Meine Bank hält nicht viel von Wochenenden. Ich freue mich riesig auf Mittwoch. Ich liebe dich.«

»Ich dich auch.«

Gina sah aus dem Fenster zum grauen Wasser des Hudson, war aber in Gedanken ganz woanders. Ihr Leben war unheimlich kompliziert geworden. Sie griff zu ihrem Handy und schickte Geoff eine weitere SMS. *Können Sie einen Justiziar zu unserem Treffen am Mittwoch dazubitten?*

Er antwortete sofort. *Mach ich. Ich gehe davon aus, Sie haben einen triftigen Grund dafür.*

Den habe ich, ja, dachte sich Gina.

58

»Warum mussten Sie sich mit ihr zu Hause treffen?«, brüllte Michael Carter ins Handy.

»Sie haben mir doch gesagt, ich soll sie anrufen«, erwiderte Meg.

»Ich hab Ihnen gesagt, Sie sollen mit ihr reden, nicht, sich mit ihr treffen. Wenn Sie sich schon unbedingt mit ihr treffen müssen, warum dann nicht in einem Café, oder so?«

»Ich wollte das Risiko vermeiden, dass uns jemand belauscht und etwas erfährt.«

»Immerhin erfährt sie schon eine ganze Menge, wenn sie Ihr Haus in Rye sieht.«

»Es gibt keinerlei Einschränkungen, wie ich das Geld aus der Vereinbarung ausgeben kann, das wissen Sie. Mr. Carter, bitte beruhigen Sie sich. Vergessen Sie nicht, ich war selbst Journalistin. Jeder Journalist, der nicht ganz auf den Kopf gefallen ist, kann herausfinden, was ich für das Haus bezahlt habe.«

»Da haben Sie recht«, musste er widerstrebend zugeben. »Haben Sie ihr über Cathy Ryan gesagt, was ich Ihnen eingeschärft habe?«

»Wort für Wort.«

»Und wie hat sie darauf reagiert?«

»Sie war überrascht. Offensichtlich widerspricht es dem Eindruck, den sie von Cathy hatte.«

»Na, wenigstens das.«

»Was soll ich als Nächstes tun?«

»Was soll das heißen: als Nächstes?«

»Sie ist Journalistin. Sie wird sich wieder bei mir melden.«
Das war nun wahrscheinlich das erste Mal, dass sie diesem
Michael Carter ein bisschen den Wind aus den Segeln nahm,
dachte sich Meg. Für einen Moment war er sprachlos.

»Ich melde mich wieder«, sagte er schließlich und beendete
das Gespräch.

59

Am Mittwochmorgen klingelte um halb sieben der Wecker, Gina war sofort hellwach. In den vergangenen zwei Tagen war sie immer wieder durchgegangen, was sie Geoff vortragen wollte. Da sie allein in der Wohnung war, sagte sie sich manchmal sogar laut die Fakten vor, die zumindest ihr sehr einleuchtend erschienen.

Vom heutigen Treffen hing sehr viel mehr ab als nur die REL-News-Story. Es war eine Sache, wenn sich Geoff als Fan ihrer Arbeit ausgab. Das waren bloß Worte, ein Kompliment, das man leicht so dahinsagen konnte. Damit Geoff allerdings ihre Recherchen zu REL News mit dem gesamten Gewicht der Zeitschrift unterstützte, musste sie ihn nicht nur davon überzeugen, dass an der Story etwas dran war, sondern dass sie auch über die notwendigen Fähigkeiten verfügte, um die Spuren zu verfolgen – wohin sie auch führen mochten.

Ihre Gedanken kehrten zu einem Ereignis ganz am Anfang ihrer Laufbahn zurück, das sich in ihrer ersten Zeitschriftenredaktion zugetragen hatte. Jedes Mal, wenn sie auch nur daran dachte, loderte der Zorn in ihr auf. Sie hatte eine Collegefreundin zu deren Großmutter begleitet, die in einem Pflegeheim auf Long Island lebte. Die alte Frau litt an Demenz. In ihren Äußerungen ging es wild durcheinander zwischen der Zeit während der Weltwirtschaftskrise, die für ihre Familie nicht leicht gewesen war, und ihren Beschwerden über die nachlässige Heimpflege. Auch deshalb führte Ginas Freundin die Klagen ihrer Großmutter auf ihre chronischen Schmerzen und ihren verwirrten Geisteszustand zurück.

Gina war sich dessen nicht so sicher. Mit der Erlaubnis ihrer Freundin hatte sie daraufhin wiederholt deren Großmutter besucht und auf dem Parkplatz auch mit anderen Familien gesprochen. Auch sie nahmen ähnliche Klagen ihrer Verwandten über das Pflegepersonal nicht sonderlich ernst.

Als Gina ihre ersten Ergebnisse der Redaktion vorlegte, waren alle überzeugt, dass ihre Geschichte Hand und Fuß hatte und für die Zeitung wichtig sein könnte. So wichtig, wurde beschlossen, dass der dienstälteste Reporter mit den Recherchen und dem Verfassen der Enthüllungsstory beauftragt wurde, die später dafür mit einem Preis ausgezeichnet wurde. An keiner Stelle in der Artikelreihe war Ginas Name oder ihr Mitwirken auch nur erwähnt worden.

Als sie unter die Dusche eilte, hatte sie den Rat ihres Vaters in den Ohren. »Lebe im Hier und Jetzt, meine Liebe. Was anderes hast du nicht.«

Nach einem leichten Frühstück stand sie vor dem Schrank und überlegte. Legere Businesskleidung war der Dresscode bei der Zeitschrift. Geoff hatte ein Sportsakko an einem Kleiderbügel in der Ecke seines Büros hängen, sie hatte aber noch nie erlebt, dass er es getragen hätte. Zudem würde auf ihre Bitte hin ein Anwalt beim Treffen mit dabei sein. Würde er wie ein, na ja, Anwalt gekleidet sein? Nicht zum ersten Mal beklagte sie, wie viel Zeit sie für die Auswahl der richtigen Garderobe manchmal aufwendete – oder vergeudete. Letztlich entschied sie sich für ein marineblaues Kostüm mit weißer Bluse.

Da sie, nachdem sie angekleidet war, noch zwanzig Minuten Zeit hatte, bevor sie aufbrechen musste, schickte sie Meg Williamson eine Mail und dankte ihr für das Treffen. Wahrscheinlich, überlegte sie, war sie die Letzte, von der Williamson jetzt hören wollte. Nach einem Blick auf den Posteingang öffnete sie eine Mail von ihrem Vater.

Hallo, Gigi.

Sie lächelte über den Spitznamen, mit dem er sie anredete, seitdem sie ein kleines Mädchen gewesen war.

Will dir nur mitteilen, dass es deinem alten Herrn hier unten ziemlich gut geht. Sind gestern mit dem Boot nach Marco Island gefahren und haben dort ganz toll Hummer gespeist. Morgen geht es zum Lake Okeechobee für eine Bootstour. Hoffentlich lassen sich ein paar Seekühe blicken.

Ich werde noch zu einem richtigen Fitness-Monster. Mittlerweile bin ich vier-, fünfmal pro Woche im Studio.

Freunde haben mir von einem fantastischen Aufenthalt in Costa Rica erzählt. Denke ernsthaft darüber nach, mal hinzufahren.

Wie sieht es aus, wäre es möglich, dass du mal runterkommst? Es gibt da nämlich jemanden, von dem ich möchte, dass du ihn kennenlernst.

Alles Liebe,

Daddy

Das also erklärte den euphorischen Ton und die Kino- und Restaurantbesuche, dachte sich Gina. Dad hatte eine Freundin. Sie lächelte. Er schien glücklich zu sein. Zumindest einer weniger, um den sie sich Sorgen machen musste. Dennoch spürte sie einen Kloß im Hals – ihre Mutter fehlte ihr doch sehr.

Sie sah auf die Uhr. Zeit zum Aufbruch. Heute wollte sie auf gar keinen Fall zu spät kommen.

60

Jane Patwell, die bereits gewartet hatte, als die Aufzugtüren aufgingen, musterte Gina von Kopf bis Fuß. »Du siehst toll aus, meine Liebe«, kam es anerkennend von ihr. »Und wenn ich dir einen Rat geben darf: Trag öfter mal Rock.«

Gina musste schmunzeln. Bei jedem anderen hätte sie diese Bemerkung genervt. Aber bei Jane, wusste sie, war es ein Kompliment.

Auf dem Weg durch den Gang flüsterte Jane ihr zu: »Er ist ein bisschen miesepetrig. Sein Flug hatte Verspätung, er ist erst um zwei Uhr morgens gelandet.«

»Danke für die Warnung«, sagte Gina.

Jane klopfte an und öffnete die Tür zu Geoffs Büro. Der Chefredakteur saß am Konferenztisch, neben ihm ein weißhaariger Mann, etwa Mitte sechzig, in dunklem Dreiteiler mit hellblauer Krawatte. Kaffeetassen und Notizblöcke befanden sich vor ihnen auf dem Tisch. Sie erhoben sich, als Gina eintrat.

Sie lehnte den von Geoff angebotenen Kaffee ab. Jane zog sich zurück und schloss leise hinter sich die Tür. Beide Kaffeetassen waren nicht einmal mehr halb voll, wie Gina bemerkte, das Meeting hatte also offenbar weit vor ihrer Ankunft begonnen.

Geoff gab ihr die Hand. »Gina, ich möchte Ihnen Bruce Brady vorstellen. Bruce ist unser Hauptjustiziar. Ich habe ihn dazugeladen.«

Nachdem man sich gegenseitig vorgestellt und Höflichkeiten ausgetauscht hatte, nahmen alle Platz. »Ich habe Bruce in der letzten Viertelstunde auf den aktuellen Stand gebracht«, fuhr Geoff fort. »Wir sind beide sehr gespannt, von Ihnen zu hören, wie es mit Meg Williamson gelaufen ist.«

Gina zog mehrere Ordner aus ihrer schmalen Aktentasche. »In der ursprünglichen ... ich sollte besser sagen, in der einzigen E-Mail, die ich von Cathy Ryan bekommen habe, hat sie von einem ›schrecklichen Erlebnis‹ bei REL News gesprochen. Anschließend sei man auf sie zugegangen, um sich mit ihr zu einigen – wobei sie angeblich nicht die Einzige gewesen sei.«

Sie hielt kurz inne. »Aufgrund ihres vorzeitigen Todes auf Aruba war es mir nicht mehr möglich, mit Cathy persönlich zu sprechen. Cathys Familie aber konnte mir Kontaktinformationen geben, die vor vier Tagen zu einem Treffen mit Meg Williamson geführt haben.

Ms. Williamson ist neunundzwanzig Jahre alt, geschieden und hat eine sechsjährige Tochter. Sie wurde unmittelbar nach dem Collegeabschluss von REL News angeworben. Damit hat sie die Arbeit bei dem Sender etwa zeitgleich mit Cathy Ryan begonnen. Williamson hat REL ...« Gina sah auf ihre Notizen. »... drei Monate nach Cathys Kündigung verlassen, allerdings aus anderen Gründen. Williamson behauptet, sie habe bei REL News aufgehört und bei einer PR-Agentur angeheuert, weil sie sich um ihre kleine Tochter kümmern musste, sich ein fest angestelltes Kindermädchen nicht leisten konnte und deshalb etwas regelmäßigere Arbeitszeiten wollte. Williamson hat Cathy Ryan als jemanden beschrieben, der für Unfrieden gesorgt habe und mit dem die Zusammenarbeit schwierig gewesen sei. Es ist nicht klar, ob Ryan aus eigenem Antrieb gegangen ist oder gekündigt wurde.«

»Wenn das mit dem Unfrieden stimmt, wirft das natürlich ein anderes Licht auf alles«, sagte Geoff.

»Oder REL News will uns das bloß weismachen«, sagte Brady. »Haben Sie zufällig andere Informationen dazu? Was war sie für eine Angestellte?«

»Ich konnte mit ihrem Boss bei einer Zeitschriftengruppe in Atlanta reden, für die Ryan gearbeitet hat.«

»Normalerweise geben die sich immer sehr zugeknöpft, wenn es um ehemalige Mitarbeiter geht«, sagte Brady.

»Der jedenfalls war wohl eine Ausnahme«, erwiderte Gina und blätterte durch ihre Notizen. »Milton Harsh, Mitherausgeber, hat Ryans Arbeit in den höchsten Tönen gelobt – und erzählt, wie entsetzt sie alle waren, als sie von ihrem Tod erfuhren, und wie sehr sie ihnen fehlen würde.«

»Klingt für mich nicht unbedingt nach einer Mitarbeiterin, die Unfrieden stiftet«, sagte Geoff.

»Genau«, bemerkte Gina. »Kommen wir zu Meg Williamson zurück, und nehmen wir mal an, sie gehört ebenfalls zu den Missbrauchsopfern bei REL News. Cathy Ryan hat sich nicht auf eine Einigung eingelassen und ist schließlich ums Leben gekommen. Was folgt daraus für Meg?«

»Dass sie einer Einigung zugestimmt hat«, spekulierte Brady.

»Oder mit ihnen noch verhandelt«, schlug Geoff vor.

»Beides ist möglich. Aufgrund meiner Recherchen deutet aber einiges darauf hin, dass sie sich bereits auf eine Einigung eingelassen hat.«

Gina zog zwei Blätter aus einem der vor ihr liegenden Ordner. »Ich gehe davon aus, dass Ihnen das Maklerunternehmen Zillow vertraut ist.«

Beide nickten.

»Hier ist der Verkaufsbericht von Zillow über das Haus, in dem Williamson im Moment wohnt.« Sie reichte ihnen die Blätter. »Es wurde vor nicht ganz zwei Jahren für neunhundertneunzigtausend Dollar verkauft.«

»Geht aus dem Bericht hervor, ob dafür ein Darlehen aufgenommen wurde?«, fragte Brady.

»Nein. Aber es zahlt sich aus, wenn man einen Freund in der Immobilienbranche hat. Ein Makler, der dem Mehrfach-Listing-

System angeschlossen ist, kann jede Immobilie online einsehen, er kann den Namen des Eigentümers herausfinden, und ob die Immobilie mit einer Hypothek belastet ist. Laut meinem Freund ist Meg Williamson Alleineigentümerin des Hauses, das Grundstück ist hypothekenfrei.«

»Ich vermute, Sie haben sich auch damit beschäftigt, wie Meg an die eine Million für das Haus gekommen sein könnte«, sagte Geoff.

»Das habe ich. Ich bin auf nichts gestoßen. Vergessen Sie nicht, wir haben es mit jemandem zu tun, der noch keine dreißig ist. Viele junge Leute, die gerade vom College kommen, wollen unbedingt beim Fernsehen arbeiten. Als Folge davon müssen die Sender ihnen nicht viel zahlen. Und Sie erinnern sich, als es um die Kinderbetreuung ging, sagte Meg, sie könne sich ein Kindermädchen nicht leisten.«

»Wäre es möglich, dass sie in ihrer neuen Stelle so viel verdient, dass sie sich das Haus in Rye leisten konnte?«, fragte Brady.

»Nie und nimmer. Hannon & Ramsey sind eine kleine PR-Agentur mit einem nicht allzu umfangreichen Kundenstamm, der sich hauptsächlich aus kleinen Firmen im Gesundheitsbereich zusammensetzt. Eine Frau, mit der ich studiert habe, arbeitet bei Hill and Knowlton, einer der größten PR-Agenturen der Welt. Sie meint, ein Account Supervisor kann sich in einer kleinen Agentur glücklich schätzen, wenn er hunderttausend im Jahr nach Hause bringt. Höchstens.«

»Sie hat ihr Ein-Millionen-Haus also nicht selbst verdient«, sagte Geoff. »Sie sagten, sie sei geschieden. Hat sie dadurch vielleicht groß abkassiert?«

»Ganz im Gegenteil«, antwortete Gina. »Meg hat mir erzählt, dass ihr Ex-Mann Musiker sei, der aber nur selten Engagements hatte.« Sie schlug einen Ordner auf und entnahm ihm ein Dokument. »Ich war auf dem Amtsgericht von Manhattan und habe eine Kopie der Scheidungsurkunde besorgt. Im Austausch gegen sämtliche Besuchs- und Sorgerechte des Vaters hat man sich darauf geeinigt, dass er keinerlei Unterhaltsleistungen zu zahlen hat.«

»Hat ihre Familie Geld?«

»Auch das habe ich überprüft. Ihr Vater ist vor fünf Jahren an einem Herzinfarkt gestorben, er war in einer Kleinstadt in Iowa Englischlehrer an einer Highschool. Ihre Mutter war Schwesternhelferin. Kaum ein Jahr nach dem Tod ihres Mannes hat sie wieder geheiratet.«

Gina blätterte in ihrem Notizblock um. »Etwas, was Meg Williamson gesagt hat, ist mir aufgefallen. Ich habe sie gefragt, woher sie von Cathy Ryans Tod wusste, da war sie plötzlich irgendwie durcheinander und hat gesagt, sie hätte irgendwo im Internet davon gelesen. Es kommt in diesem Alter nicht so oft vor, dass man vom Tod einer gleichaltrigen Bekannten erfährt. Ich bin mir ziemlich sicher, man würde sich in diesem Fall merken, wie und wo man es erfahren hat – vorausgesetzt, man sagt die Wahrheit.«

»Ich stimme Ihnen zu, Gina. Und das führt zu der Frage, die sich mir hier aufdrängt«, sagte Brady. »*Falls* sich Williamson mit REL News geeinigt hat und *falls* sie nicht will, dass irgendjemand davon erfährt, warum um Gottes willen hat sie dann einem Treffen mit einer Investigativjournalistin zugestimmt?«

»Und warum hat sie meine frühen Mails und Nachrichten ignoriert und nach zehn Tagen doch beschlossen, mich zurückzurufen? Darauf habe ich keine rechten Antworten.«

Geoff schien in Gedanken versunken und musste ein Gähnen unterdrücken. Der Schlafmangel der letzten Nacht machte sich bemerkbar. »Gina, gibt es noch irgendwelche Umstände, die wir nicht berücksichtigt haben? Beschreiben Sie mir Meg Williamson.«

»Knapp eins siebzig groß, blond, blaue Augen, schlank, ein sportlicher Typ.«

»Attraktiv?«

»Sehr.«

»Könnte es sein, dass sie einen reichen Liebhaber hat, von dem sie sich aushalten lässt?«

Gina holte tief Luft. »Ehrlich gesagt, daran hab ich noch gar nicht gedacht. Spontan würde ich sagen: nein. Sie kommt mir nicht wie der Typ dafür vor. Außerdem hat sie eine Vollzeitstelle und eine kleine Tochter, um die sie sich jeden Abend kümmern muss. Ich glaube nicht, dass sie überhaupt Zeit für ein Verhältnis hätte.«

Geoff streckte sich auf seinem Stuhl. »Ausgezeichnete Arbeit, Gina. Ich bin überzeugt, dass Cathy Ryans Tod kein Unfall war. Ebenso bin ich überzeugt, dass Meg Williamson eine beträchtliche Summe von REL News erhalten hat, damit sie über einige unschöne Dinge im Unternehmen den Mund hält. Mich verwirrt nur, warum REL News plötzlich jetzt diese Dringlichkeit an den Tag legt. Cathy Ryans schlimmes Erlebnis hat sich vor einigen Jahren ereignet. Warum ist es erst jetzt, seit wenigen Wochen, eine so ernste Bedrohung, dass man einen Unfall vortäuschen muss, um sie zum Schweigen zu bringen?«

»Ich glaube, das kann ich beantworten«, warf Brady ein. »REL News hat gerade erst den geplanten Börsengang verkündet. Würde publik werden, dass relevante Fakten oder gar potenziell strafrechtliche Vergehen unter den Tisch gekehrt wurden, würde das hohe Strafzahlungen und möglicherweise Gerichtsverfahren zur Folge haben. Eine Cathy Ryan, die noch am Leben ist, wäre für sie zu einem großen Problem geworden.«

»Mr. Brady«, sagte Gina, »Sie haben gerade selbst zu dem Grund übergeleitet, warum ich Geoff gebeten habe, Sie zu dieser Sitzung dazuzubitten. Es tut mir leid, dass ich Sie von Ihrer eigentlichen Arbeit abhalte.«

Brady winkte nur ab. »Nennen Sie mich Bruce. Und ich darf Ihnen versichern, worüber wir uns in den letzten zwanzig

Minuten unterhalten haben, ist wesentlich spannender als die todlangweiligen Sachen, an denen ich seit zwei Tagen arbeite.«

Gina lächelte. »Okay, Bruce, Folgendes: Wie Sie schon sagten, REL News ist gerade dabei, den Börsengang vorzubereiten. Begleitet wird das Unternehmen dabei von zwei Investmentbanken. Der Mann, mit dem ich seit eineinhalb Jahren liiert bin, arbeitet für eine dieser Banken und wird dem Team angehören, das Großinvestoren für die Aktien zu interessieren versucht.«

»Oje.« Brady schüttelte den Kopf. »Haben Sie ihm irgendetwas von Ihren Recherchen zu REL News erzählt? Weiß Ihr Freund davon?«

»Kein Wort.«

»Das ist gut. Damit bleiben Ihnen mehrere Möglichkeiten. Tut mir leid, wenn ich jetzt indiskret werde. Sie und Ihr Freund, ähm ...«

»Ted.«

»Leben Sie und Ted zusammen?«

Gina versuchte ihr Unbehagen zu verbergen. »Nein.«

Brady faltete die Hände vor dem Gesicht. »Das ist gut, trotzdem befinden Sie beide sich damit jetzt in einer schwierigen Situation.«

»Ted wird sicherlich verstehen, wenn ich ihm sage, dass ich ihm von meiner Arbeit nichts erzählen kann. Für das, was er nicht weiß, kann er doch nicht verantwortlich gemacht werden.«

Brady schüttelte den Kopf. »So einfach ist es nicht. Falls Ihre REL-Story gravierende Verfehlungen im Unternehmen aufdeckt, hat das Auswirkungen auf den Unternehmenswert. Wenn Investoren erfahren, dass Ted nicht nur zu der Bank gehört, die ihnen eine Investition in REL News schmackhaft machen möchte, sondern gleichzeitig mit der Journalistin zusammen ist, die diese Geschichte aufgedeckt hat, werden sie keine Minute lang glauben, dass Ted davon nichts gewusst haben soll.«

»Aber es wäre doch die Wahrheit«, sagte Gina nachdrücklich.

»In einem Rechtsstreit hat die Wahrheit nicht immer den besten Stand.«

Sie war bestürzt. »Aber das hat doch keine Folgen für Ted, oder?«

»Ganz im Gegenteil«, erwiderte Brady. »Aller Wahrscheinlichkeit nach wird die Bank ihn sofort feuern. Sonst dürfte er sich in den nächsten Jahren mit den eidesstattlichen Aussagen verärgerter Investoren auseinandersetzen, die die Bank verklagen. Natürlich könnte Ted die Bank wegen der unrechtmäßigen Kündigung verklagen, aber das dürfte ein sehr langes und sehr hässliches Verfahren werden.«

»Ich weiß nicht, was ich machen soll«, seufzte Gina.

Brady beugte sich vor. »Wann haben Sie sich zum letzten Mal mit Ted getroffen?«

»Nach meiner Rückkehr aus Nepal, bevor er nach Kalifornien abgereist ist. Die letzten drei Wochen nicht. Ich bin heute Abend mit ihm zum Essen verabredet.«

»Gina, denken Sie gut nach. Haben Sie mit ihm jemals über REL News gesprochen, sei es unter vier Augen, in einer Mail oder per SMS?«

»Das einzige Mal, dass das Thema zur Sprache kam, war letztes Wochenende. Da hat er mir erzählt, dass seine Bank für den Börsengang ausgewählt wurde und er zu dem Team gehört, das die Roadshow vorbereitet.«

Brady sah sie traurig an. »Gina, es gibt eine Möglichkeit, um wieder rauszukommen, ohne Teds Karriere zu ruinieren.«

»Die wäre?«

»Ted hätte Ihnen Informationen, die nicht für die Öffentlichkeit bestimmt sind, nicht mitteilen sollen. Aber er sei entschuldigt, ich bin mir sicher, die meisten Banker würden ihren Lebenspartnern oder anderen ihnen Nahestehenden davon erzählt haben. Folgendes können Sie tun: Beenden Sie sofort und ohne jede Erklärung Ihre Beziehung. Weigern Sie sich, sich mit ihm zu treffen. Schicken Sie ihm eine Mail oder eine SMS: ›Ich habe mich dazu durchgerungen, meinem Leben eine andere Richtung zu geben. Lebwohl.‹«

Tränen traten Gina in die Augen. Geoff ging zu seinem Schreibtisch, nahm sich eine Schachtel Taschentücher und stellte sie ihr hin. Dann sagte er: »Bruce, ich denke jetzt einfach mal laut vor mich hin. Ich weiß nicht, ob der Gedanke, der mir gerade gekommen ist, überhaupt praktikabel ist. Aber angenommen, ich übertrage die Story – mit Ginas Einverständnis – einem anderen Journalisten. Könnte sich Gina dann im Hintergrund halten und offiziell nicht mehr in Erscheinung treten?«

Ihr Magen zog sich zusammen. Es war die gleiche Situation wie damals bei ihrem Artikel über das Pflegeheim. Sie spürte die Geschichte auf, aber ein anderer heimste die Lorbeeren dafür ein.

»Das wird leider nicht gehen«, antwortete Brady. »Gina ist in die Recherchen viel zu sehr involviert. Sie kann nicht einfach nicht mehr wissen, was sie bereits weiß, nur weil ein Kollege die Story übernimmt.«

Gina fühlte sich mit dem Rücken zur Wand. In den vergangenen Wochen hatte sie sich gefragt, warum sie zögerte, sich vorbehaltlos zu Ted zu bekennen. Sie liebte ihn von ganzem Herzen, das wusste sie, aber sich dazu zu entschließen, ihr ganzes Leben mit ihm zu verbringen, war eine Entscheidung, die sie ängstigte. Jetzt wurde sie gezwungen, ein Leben ohne Ted in Betracht zu ziehen. Ein unmöglicher Gedanke!

Aber sie wollte, sie musste weiter an dieser Story arbeiten. Junge Frauen in ihrem Alter waren missbraucht worden, vielleicht geschah das immer noch. Sie war so gut wie überzeugt, dass eine von ihnen ermordet wurde. Wenn sie sich zurückzog, wie lange dauerte es dann, bis jemand anderes an die Geschichte gesetzt würde? Würde derjenige die Geschichte genauso intensiv verfolgen wie sie? Würde es zu noch mehr Missbrauchsfällen kommen, die man vielleicht hätte verhindern können? Diese Story gehörte ihr, genau wie Ted. Sie würde sich etwas einfallen lassen, damit sie beides haben konnte.

»Gut, ich habe mich entschieden«, sagte sie und war selbst überrascht, wie entschlossen sie klang. »Ich mache mit Ted Schluss.« Sie sah zu Geoff. »Es ist meine Story. Ich will bis zum Ende mit dabei sein.«

Beide Männer schwiegen, bis Geoff schließlich das Wort ergriff. »Gut, Gina. Was haben Sie als Nächstes vor, nachdem Cathy Ryan tot ist und Meg Williamson mit Ihnen nicht mehr reden will?«

»Ich habe noch einen Trumpf, den ich bei Williamson ausspielen kann«, sagte sie. »Meg weiß nicht, dass ihre Freundin Cathy Ryan ermordet wurde.«

61

Zutiefst erschüttert verließ Gina die Büroräume des *Empire* und ging zur U-Bahn. Wie auf Autopilot schob sie ihre Monatskarte durch den Schlitz, das Drehkreuz sprang auf. Ohne irgendetwas wahrzunehmen, starrte sie aus dem Waggonfenster, stapfte die Stufen an ihrer Haltestelle hoch und ging zu ihrer Wohnung. In Nepal, in Aruba, während der Flüge hatte sie sich den Kopf darüber zerbrochen, was sie Ted sagen, wie sie auf seine Frage reagieren sollte. Nie im Traum wäre ihr der Gedanke gekommen, dass Ted seine Antwort mittels einer E-Mail oder einer SMS bekommen und ein Anwalt ihr den Text diktieren würde.

Die Begrüßung des Portiers nahm sie kaum wahr, aber dann blieb sie stehen. Genauso gut konnte sie gleich hier damit anfangen.

»Miguel, ich hab mit meinem Freund, ich hab mit Ted Schluss gemacht. Wenn er kommt, schicken Sie ihn bitte nicht nach oben. Wenn er anruft, sagen Sie ihm bitte nicht, ob ich zu Hause oder unterwegs bin.« Die Worte, obwohl sie aus ihrem Mund kamen, klangen fremd in ihren Ohren.

»Ach, Miss Gina, das bedaure ich aber sehr. Sie und Mr. Ted, sie waren doch immer sehr *simpatico*. Natürlich werde ich ihm nichts sagen.«

In ihrer Wohnung ließ sie wie betäubt ihre Tasche auf die Küchentheke fallen. Es ging auf Mittag zu, aber sie hatte keinen Hunger. Beim Gedanken an Essen musste sie an das Dinner denken, das nicht stattfinden würde. Sie rief im Restaurant an und sagte die Reservierung ab. »Danke, dass Sie uns Bescheid geben«, antwortete ihr Gegenüber mit schwerem Akzent. Wenn nur Ted die Neuigkeiten ebenso gelassen aufnehmen würde wie das Restaurant, dachte sie und legte auf.

»Es muss eine andere Möglichkeit geben«, sagte sie sich und klappte ihren Laptop auf. Sie begann die Worte des Anwalts zu tippen, so wie sie sie in Erinnerung hatte. »Lieber Ted, ich habe mich dazu durchgerungen, meinem Leben eine völlig andere Richtung zu geben. Lebwohl.«

Gina betrachtete den getippten Text. Es waren, von der Anrede abgesehen, die Worte des Anwalts. Aber sie war doch diejenige, die professionell Texte verfasste. Sie konnte das besser.

Es war ihr ein kleiner Trost, dass der Schmerz, den sie Ted zufügte, zu seinem Wohl war. Schmerz war Schmerz, egal in welcher Absicht er zugefügt wurde. Wenn es anders herum wäre, was wäre dann weniger schmerzhaft? Wenn Ted ihr sagte, dass es vorbei sei, ohne ihr einen Grund dafür zu nennen? Oder wenn er ihr sagte, dass es vorbei sei, weil er eine andere Frau kennengelernt hatte?

Erneut begann sie zu tippen. »Lieber Ted, es tut mir leid, dir das in einer E-Mail zu sagen, aber ich habe jemanden kennengelernt und will ...« Sie löschte »will« und ersetzte es durch »muss« – »und muss meinem Leben eine völlig neue Richtung geben. Lebwohl.«

Sie las den Satz, las ihn noch einmal und schüttelte den Kopf. Diese Version weckte so viele Fragen, wie sie beantwortete. Wann hätte sie denn jemanden kennenlernen sollen? Wirft man sein gesamtes Leben über den Haufen, nur weil man im Flugzeug neben jemandem gesessen oder sich einmal mit jemandem in einer Bar unterhalten hatte? Nein, man würde doch das, was man hatte, nicht gefährden, es sei denn, man war sich sehr sicher, dass die neue Situation einem mehr Glück verhieß. Das wusste man aber erst, wenn man die neue Person mehrmals getroffen und nach jedem Treffen festgestellt hatte, dass man noch nicht genug von ihr hatte.

Wenn mir das durch den Kopf geht, wird Ted auf ähnliche Gedanken kommen. Egal, was ich ihm schreibe – ich werde ihm gar nichts in der Mail schreiben –, wird er sich denken, dass ich ihn betrüge, dass ich ihn die ganze Zeit betrogen habe, während ich ihn um Geduld mit mir bat.

Gina atmete tief aus und kam zu dem Schluss, dass es nicht möglich war, das Ganze auf schonende Art zu beenden. Sie setzte eine neue Mail auf. »Ted, ich habe mich dazu durchgerungen, meinem Leben eine völlig neue Richtung zu geben. Lebwohl, Gina.«

Tränen liefen ihr über die Wangen, als sie auf SENDEN drückte.

62

Irgendwie hatte Michael Carter eine böse Vorahnung. Er musste aber auch zugeben, dass sein Dilemma einer gewissen Ironie nicht entbehrte. Seine Bemühungen, einen der herausragendsten Nachrichtensender der USA zu schützen, wurden von einer Journalistin – oder wie immer sie sich nennen mochte – unterminiert. Wie hatte Gina Kane von Meg Williamson erfahren? Er hatte Lauren Pomerantz kontaktiert, die ihm von Meg erzählt hatte. Er glaubte Lauren und ihrer Zusicherung, dass sie sich an die Vertraulichkeitsvereinbarung gehalten hatte, so wie er auch Meg und deren Beteuerung glaubte. Hatten Paula Stephenson oder Cathy Ryan sich an Kane gewandt? Er wusste es nicht. Hatte eines der anderen Missbrauchsopfer, mit denen er verhandelt hatte, mit ihr Kontakt aufgenommen? Vielleicht ein Opfer, von dem er noch gar nicht wusste?

Nachdem Gina Meg Williamsons Haus in Rye gesehen hatte, musste ihr klar sein, dass sie Geld bekommen hatte. Aber war das alles, was sie wusste? Hatte sie sich nicht nur nach Cathy Ryans Beschäftigungsverhältnis bei REL erkundigt, sondern auch herauszufinden versucht, was sich auf Aruba abgespielt hatte?

Er überlegte, ob er die Informationen über Gina Kanes Recherchen für sich behalten sollte, entschied sich dann aber dagegen. Warum sollte er der Einzige sein, der sich Sorgen machte, fragte er sich.

Er öffnete seinen Laptop und verfasste eine Mail an Sherman, die wie immer als Blindkopie auch an Junior ging: »Houston, wir haben noch ein Problem ...«

63

Am Nachmittag ging Gina erneut ihre Aufzeichnungen über das Treffen mit Meg Williamson durch, dazu die Notizen, die sie sich bei ihrem Trip nach Aruba eineinhalb Wochen zuvor gemacht hatte, bei ihrem Urlaub, wie Geoff die Reise bezeichnet hatte. Sie war dankbar für jede Minute, in der sie sich auf etwas anderes konzentrieren konnte als auf Ted. Du hast einen Job zu erledigen, ermahnte sie sich. Das darfst du dir nicht durch dein Privatleben kaputtmachen lassen.

Was den weiteren Umgang mit Williamson betraf, hatte sie zwei Entscheidungen zu treffen. Sollte sie ihr erzählen, sie sei sich absolut sicher, dass Cathy Ryan umgebracht worden war? Jemand hatte ihren Jetski manipuliert, davon war sie mehr oder weniger überzeugt – also war es *so gut wie* wahr, überlegte sie. Gina musste lächeln, als sie im gleichen Moment die Reporterin in sich hörte: »Kannst du mir bitte erklären, was genau du mit ›so gut wie wahr‹ meinst?«

Die andere Herausforderung bestand darin, sich erneut mit ihr zu treffen. Gina war überzeugt, dass Meg eingeflüstert worden war, was sie über Cathy Ryan zu erzählen hatte – dass diese bei REL nur für Unfrieden gesorgt habe und man mit ihr nur schwer zusammenarbeiten könne. Wenn sie Meg anrief oder ihr mailte und einen Termin für ein weiteres Treffen vorschlug, bestand natürlich erneut die Möglichkeit, dass sie im Voraus dafür präpariert wurde. Vorausgesetzt natürlich, dass Meg einem zweiten Treffen überhaupt zustimmte. Sofort musste Gina daran denken, wie abrupt und entschieden Meg das erste Treffen abgebrochen hatte.

Eine andere Möglichkeit wäre, sie zu überraschen und unangekündigt aufzutauchen. Wo auftauchen? Bei ihr zu Hause, wenn ihre Tochter da war? Das wäre ein Fehler. Sie war eine fürsorgliche Mutter. Meg würde in Gedanken ständig bei ihrer Tochter sein und sich nicht auf Gina konzentrieren können.

Gina nahm an, dass Meg geregelte Arbeitszeiten hatte und gegen fünf oder halb sechs das Büro verließ. Außerdem musste sie für ihre Tochter jemanden haben, der nach der Schule auf sie aufpasste. Damit blieb also ein wenig Zeit, um sich zu unterhalten. Und sollte Meg darauf bestehen, sofort ihre Tochter abzuholen, hatte sich Gina schon eine Erwiderung zurechtgelegt.

Ihre Handy meldete den Eingang einer Textnachricht. Der Absender war Ted! Es war halb fünf. Seine Maschine musste gerade auf dem JFK-Flughafen gelandet sein. Ihr stockte der Atem, als sie sie las.

Ha ha. Sehr witzig. Soll das ein Aprilscherz sein? Wenn ja, bist du ein halbes Jahr zu früh dran. Sag mir, wo und wann heute Abend.

O mein Gott, dachte Gina. Konnte Ted wirklich glauben, sie hätte sich bloß einen Scherz erlaubt? Sie betrachtete erneut die Nachricht. Sonst schrieb er immer: »Alles Liebe«, oder setzte eine Reihe von X oder O ans Ende. Davon war nichts zu sehen. Er musste also doch irgendwie argwöhnen, dass sie es ernst meinen könnte.

Sie stellte sich vor, wie er die Maschine verließ und durch einen der langen Korridore am Flughafen ging, die Krawatte gelockert hatte und mit einer Hand seinen Rollkoffer hinter sich her zog. In der anderen hielt er das Handy, starrte darauf und wartete auf die Nachricht von ihr, in der sie ihm mitteilte, dass alles in Ordnung sei, dass die Frau, die er heiraten wollte, nur über einen etwas skurrilen Humor verfügte.

Und da er nicht lange warten wollte, würde er anrufen. Wie aufs Stichwort begann ihr Handy auf dem Tisch zu vibrieren. Sie hatte vergessen, nach der morgendlichen Sitzung in der

Redaktion den Klingelton wieder einzuschalten. Keine Minute später klingelte ihr Festnetzapparat. Sie legte den Kopf zwischen die Hände und lauschte. Sechsmal lang und laut, jedes Mal mit einer Pause dazwischen. Dann ihre fröhliche Ansage, dann der Piepton.

»Ruf mich an«, war alles, was er sagte, bevor er auflegte.

Ich kann heute Abend nicht allein sein, beschloss sie und rief Lisa auf ihrem Handy an.

»Hallo. Was gibt's?«, meldete sich Lisa.

»Wenn du heute Abend nichts vorhast, könnte ich deine Gesellschaft gebrauchen.«

»Klar, ich bin frei. Aber ich dachte, heute Abend wäre das tolle Essen mit ...«

»Ich erklär dir alles, wenn wir uns treffen. Im Pedro's um acht?«

»Gebongt.«

»Ach, noch was. Ich hab dir doch erzählt, dass ich an einer Story über REL News arbeite.«

»Ja. Irgendwas über die MeToo-Problematik im Unternehmen.«

»Hast du irgendjemandem davon erzählt?«

»Nein.«

»Gut. Mach es bitte auch weiterhin nicht. Bis heute Abend.«

64

Diesmal herrschte auf der Fahrt nach White Plains wesentlich mehr Verkehr als beim ersten Mal. Froh, sich genügend Zeit genommen zu haben, fuhr sie am Büro von Hannon & Ramsey vorbei, einem kleinen Gebäude aus Glas und verblendeten Mauern, in dem mehrere Anwaltskanzleien, Buchhaltungsbüros, Vermögensverwaltungen und die PR-Agentur untergebracht waren. Mit Erleichterung sah sie, dass das Gebäude keine eigene Parkgarage hatte. Das hätte es ihr erschwert, Williamson abzufangen, wenn sie den Heimweg antrat.

Nachdem sie für ihren Mietwagen eine Parkuhr gefunden hatte, wartete sie auf dem Bürgersteig, etwa zehn Meter vom Eingang zum Gebäude entfernt. Sie wollte es nicht riskieren, dass Meg sie vorab entdeckte und einen anderen Ausgang nahm. Das trotz der Jahreszeit sehr milde Wetter machte die Wartezeit erträglich.

Um zwanzig nach fünf kam Meg durch die Tür und wandte sich in Ginas Richtung. Dann blieb sie abrupt stehen und starrte die Journalistin finster an.

»Ich hab Ihnen nichts mehr zu sagen. Sie haben kein Recht, mir so aufzulauern ...«

»Meg, es wird Sie sicherlich interessieren, was ich Ihnen zu sagen habe. Ich brauche bloß eine Viertelstunde.«

»Ich habe keine Zeit. Ich muss pünktlich zur Kinderbetreuung ...« Sie ging schnellen Schrittes davon.

»Das kann ich verstehen, Meg«, antwortete Gina und beeilte sich, zu ihr aufzuschließen. »Ich schlage Ihnen Folgendes vor:

Ich fahre bei Ihnen mit, und wir unterhalten uns in Ihrem Wagen. Und bevor Sie in Ihre Straße einbiegen, lassen Sie mich raus. Ich besorge mir dann einen Uber-Wagen, der mich zu meinem Auto zurückbringt.«

»Ich wiederhole, ich hab Ihnen nichts mehr zu sagen, und es interessiert mich auch nicht, was Sie mir zu sagen haben. Verschwinden Sie und lassen Sie mich ...«

»Cathy Ryan ist auf Aruba ermordet worden. Interessiert Sie das nicht?«

Meg blieb wie angewurzelt stehen, in ihrer Miene Entsetzen und Angst. »Mein Gott.«

»Kommen Sie«, sagte Gina. »Steigen wir in Ihren Wagen.«

Schweigend gingen sie zwei Blocks zu einem Parkhaus. Gina fiel auf, dass sich Meg unentwegt umsah, gelegentlich warf sie sogar einen Blick über die Schulter.

Meg drückte auf den Schlüssel, ein BMW neuerer Bauart ließ die Lichter aufblinken. Erst nachdem Meg den Parkwärter bezahlt hatte und sie auf der Straße waren, richtete Gina das Wort an sie.

»Auf dem Weg zum Parkhaus waren Sie sehr nervös. Befürchten Sie, dass Ihnen jemand folgt?«

»Ich weiß nicht«, antwortete Meg. Sie umklammerte das Lenkrad. »Manchmal wissen sie Dinge aus meinem Privatleben, die sie gar nicht wissen sollten.«

»Wer sind ›sie‹? Wer ist Ihre Kontaktperson bei REL?«

Meg ging nicht auf die Frage ein. »Sagen Sie mir, was mit Cathy passiert ist.«

Gina teilte ihr in aller Kürze mit, was sie auf Aruba in Erfahrung gebracht hatte. »Jemand hat große Mühen auf sich genommen und ist Cathy nach Aruba gefolgt, hat herausgefunden, dass sie eine Jetski-Tour gebucht hat, und hat ihren Jetski manipuliert, während sie beim Essen saß.«

Aus dem Entsetzen in Megs Miene wurde blanke Angst.

»Meg«, fuhr Gina fort, »in ihrer Mail hat Cathy von einem ›schrecklichen Erlebnis‹ bei REL News geschrieben. Ich weiß, dass Sie Ähnliches erlebt haben. Können Sie mir sagen, was dort vorgefallen ist?«

Meg schüttelte den Kopf, nahm eine Hand vom Steuer und wischte sich die Tränen aus den Augen. Gina wartete in der Hoffnung, dass Meg doch noch weitersprechen würde. Sie tat es nicht.

Gina probierte es anders. »Wer immer Ihnen und Cathy das angetan hat – würde ich seinen Namen kennen?«

»Ja«, antwortete sie schnell und schwieg wieder.

Seinen Namen kennen, dachte sich Gina. Es muss einer der Moderatoren sein oder jemand aus der obersten Unternehmensführung.

»Meg, ich weiß, Sie haben sich auf eine Vereinbarung eingelassen und sich verpflichtet, Stillschweigen zu wahren. Es war Ihr gutes Recht, für sich und Ihre Tochter vorzusorgen.«

»Sie ist alles, was ich habe.« Ihre Stimme war kaum mehr als ein Flüstern. »Ich will nicht in diese Sache mit hineingezogen werden.«

»Sie sind in dieser Sache schon drin, Meg. Sie wurden benutzt, um mir falsche Informationen über Cathy zuzuspielen – dass sie Unfrieden im Unternehmen gestiftet haben soll.«

»Können Sie nicht einfach zur Polizei gehen, ihr sagen, was Sie wissen, damit sie die Sache in den Hand nimmt?«

»Ich wünschte, es wäre so einfach. Die Polizei auf Aruba hat den Fall abgeschlossen. Ich habe nicht genügend Beweise, um das FBI dazu zu bewegen, die Ermittlungen wieder aufzunehmen.«

»Ich würde Ihnen gern helfen, aber ich kann nicht«, sagte sie tonlos. »Ich bin nur in Sicherheit, wenn ich tue, was man mir sagt, und mich ansonsten raushalte. Ich sollte mit Ihnen gar nicht reden.«

Gina sah, dass sie sich Megs Viertel näherten. Es war an der Zeit, eine härtere Gangart anzuschlagen. »Meg, Sie sind nirgends in Sicherheit, und Ihre Tochter auch nicht. Solange der Börsengang vorbereitet wird, sitzt REL News auf einer Zeitbombe. Karrieren und Hunderte Millionen Dollar stehen auf dem Spiel, sollte sie hochgehen. Vielleicht wurde Cathy Ryan beseitigt, weil sie sich geweigert hat, eine Vereinbarung zu unterzeichnen. Vielleicht aber auch, weil Cathy und jeder, der um die schmutzigen Geheimnisse weiß, ein zu großes Risiko für das Unternehmen darstellt.«

Meg bog in die Straße ein, die nach einem weiteren Block zu ihrem Haus führte. Sie fuhr an den Randstein, hielt an, ließ den Motor aber laufen. Mit fester, entschlossener Stimme sagte sie: »Wenn ich Ihnen helfe, dann unter einer Bedingung: Versprechen Sie mir, mich nie wieder zu kontaktieren.«

»Aber wie ...«

»Versprechen Sie es?«

»Ja«, sagte Gina und überlegte bereits, wie sie Meg dazu bringen könnte, die Bedingung zurückzunehmen.

»Es gibt jemanden bei REL News, der sehr viel mehr über die Opfer weiß als ich. Ich kann diese Person dazu überreden, mit Ihnen Kontakt aufzunehmen.«

»Meg, ich halte mich an Ihre Bedingung. Ich werde herausfinden, was bei REL News vor sich geht. Aber wenn ich an Informationen komme, die darauf hinweisen, dass Sie oder Ihre Tochter in Gefahr sein könnten, soll ich Ihnen dann wirklich nicht Bescheid geben?«

Meg starrte vor sich hin. »Gut. Aber Sie tauchen nicht mehr bei mir im Büro oder zu Hause auf. Wenn wir in Kontakt treten, dann nur per Mail.« Sie sah zur Uhr auf dem Armaturenbrett. »Die Zeit ist um. Bitte steigen Sie aus.«

65

Ted las die Mail und konnte es einfach nicht glauben. Gestern hatte Gina ihm noch geschrieben, wie sehr sie sich auf ihr Wiedersehen freue. Und jetzt das.

Gina war einer der besonnensten Menschen, die er kannte. Sicherlich keine Frau, die einfach aus einer Laune heraus handelte.

Was hatte sie so verändert?

Wer hatte sie so verändert?

In einer Viertelstunde war ein weiteres Meeting über den Börsenprospekt von REL News angesetzt. Ted schob das Handy in die Hosentasche und durchquerte mit großen Schritten die Lobby.

Als er auf den Knopf für den fünften Stock drückte, überlegte er, was er gesagt oder getan hatte, damit Gina ihn so hatte fallen lassen.

66

Ginas Atem normalisierte sich allmählich, als sie gemächlich die wenigen Blocks westlich des Central Parks zu ihrer Wohnung zurückjoggte. Es ging auf sieben Uhr abends zu. Normalerweise vermied sie es, nach Einbruch der Dunkelheit im Park noch zu laufen. Heute aber hatte sie Glück gehabt. Acht Mitglieder des Laufklubs hatten gerade ihre Zehn-Kilometer-Schleife begonnen. Sicherheit in der Gruppe. Sie hatte sich an sie drangehängt. Und da die anderen das Tempo vorgaben, konnte sie ihre Gedanken schweifen lassen.

Bevor sie ihre Wohnung verlassen hatte, war sie von einem Anruf ihres Vaters überrascht worden. Beim Laufen hatte sie das Gespräch noch mal Revue passieren lassen.

»Gina, ich muss dir was erzählen. Du weißt, wie hart das halbe Jahr nach dem Tod deiner Mutter für mich gewesen ist. Ich möchte dir danken, dass du mich auf dieser Reise begleitet hast. Es war schön, zwischen den anderen Paaren nicht allein sein zu müssen.«

Er verstummte.

Gina wartete und war gespannt, was als Nächstes kommen würde.

»Kurz vor der Abreise nach Nepal war ich unten im Hafen und hab das Boot ein wenig aufgeräumt.«

Sie hatte, wie sie sich erinnerte, dabei gegrinst. Das war immer ein Insiderwitz zwischen ihr und ihrer Mutter gewesen. Einige Jahre zuvor hatten seine arthritischen Knie ihn gezwungen, mit dem Tennis aufzuhören. Der Rat seiner Mutter, mit dem Golfen anzufangen, war auf taube Ohren gestoßen. »Das dauert zu lange«, hatte er protestiert.

»Dad, du bist in Rente. Wenn du eines hast, dann Zeit. Zeit im Überfluss!«, hatten sie ihn bestürmt.

Er hatte an der Wall Street mit Anleihen und festverzinslichen Wertpapieren zu tun gehabt und war schließlich bei der Chubb Insurance gelandet.

Die Arbeit hatte ihm gefallen, aber als die Versicherung verkauft wurde und in neue Hände überging, hatte er sich zur Ruhe gesetzt.

Im folgenden Winter hatte ein Freund vorgeschlagen, sie sollten doch versuchen, etwas in der Pelican Bay in Naples zu mieten. Während der ersten Wochen waren sie bei einem Spaziergang auf Mike und Jennifer Manley gestoßen, ein britisches Ehepaar um die siebzig, das ebenfalls im Ruhestand war.

»Waren Sie schon am Strand, um sich den Sonnenuntergang anzusehen?«, hatte Jennifer gefragt.

Als ihre Eltern verneinten, sagte Dr. Manley: »Wir holen Sie um Viertel vor sechs ab und fahren mit der Tram zusammen hin.«

Die sogenannte Tram war nichts weiter als ein übergroßer Golfwagen, der eher nach Disney World gepasst hätte und der die Anwohner der Pelican Bay von diversen Haltestellen durch die bezaubernden Mangrovenwälder zum fünf Kilometer langen, unberührten Strand kutschierte.

Einige Wochen darauf kamen die Manleys zum Kaffee vorbei. »Eine Villa in unserem Abschnitt steht zum Verkauf«, sagte Mike. Sechs Wochen später waren Ginas Eltern die neuen Eigentümer.

Ursprünglich war es ein Ort, um dem hässlichen New Yorker Winter zu entkommen, im zweiten Jahr aber erzählten ihr ihre Eltern, wie schön es in Naples im Herbst sei, dann, wenn nicht viel los war. Statt Anfang April zurückzukehren, blieben sie bis Ende Mai. Sie folgten dem Rat ihres Steuerberaters und verlegten schließlich ihren Wohnsitz ganz nach Florida. Und sie boten Gina an, in ihre Wohnung in der Upper West Side zu ziehen und sie als die ihre zu betrachten.

Das Leben hatte es gut mit ihren Eltern gemeint. Sie genossen ihr Leben in Naples. New Yorker Freunde hatten sich im nahe gelegenen Bonita Springs und auf Marco Island niedergelassen. Ihr Vater fand so großen Gefallen an Booten, dass er einen gebrauchten Kabinenkreuzer kaufte, auf dem zwei Personen übernachten konnten. Immer gab es auf dem Boot etwas zu tun, was ihn mit Begeisterung erfüllte. Mit Mom als Erstem Offizier schloss er sich anderen an, die mehrtägige Fahrten entlang der Golfküste unternahmen.

Dann kam die Diagnose ihrer Mutter. Aus den vorgesehenen weiteren zwanzig Jahren Freude und Vergnügen wurden Chemotherapien und Bestrahlungen, dann der Aufenthalt im Sterbehospiz, dann das Ende.

Und jetzt hatte ihr Vater beim Herumfrickeln auf seinem Boot anscheinend jemanden kennengelernt. Sie wollte, dass er glücklich war, dachte sich Gina. Aber es war doch erst ein halbes Jahr her, dass Mom gestorben war.

Gina wurde langsamer, den noch verbliebenen halben Block zu ihrer Wohnung ging sie im normalen Schritttempo. Sie wollte gerade die Straße überqueren, als ihr Blick auf die beleuchtete Lobby fiel. Miguel schüttelte vehement den Kopf und unterhielt sich mit jemandem, der sichtlich erregt war. Ted! Er wandte sich zur Tür und war im Begriff, das Gebäude zu verlassen.

Wenn er über die Straße sah, würde er sie entdecken. Gina drehte sich nach links, kauerte sich hinter einen geparkten Cadillac Escalade und spähte durch die Fensterscheiben. Ted wandte sich ab und ging nach Osten in Richtung Broadway davon.

Am liebsten wäre sie über die Straße gelaufen, hätte ihm auf die Schulter geklopft und sich dann bei dem völlig verdutzten

Ted einfach untergehakt. Aber das ging nicht. Was hätte sie ihm denn als Erklärung liefern können? Es gab keine. Wenn sie wirklich beschließen sollte, ihn anzusprechen, würde sie sich unmöglich von ihm wieder trennen können.

Sie fröstelte. Durch das Joggen war sie erhitzt, jetzt machte sich aber doch die abendliche Kühle bemerkbar. Nachdem Ted außer Sichtweite war, überquerte sie die Straße.

Miguel kam ihr in der Lobby schon entgegen und sprach leise auf sie ein. Obwohl sie alles selbst miterlebt hatte, ließ sie ihn von Teds Überraschungsbesuch erzählen, wobei er mehrmals betonte, dass er keinerlei Informationen über sie weitergegeben hatte.

Auf dem Weg zum Aufzug glaubte Gina keine Luft mehr zu bekommen. Die Wohnung ihrer Eltern, die jetzt ihr Zuhause war, hatte sie immer als eine Zufluchtsstätte gesehen, einen Ort, an dem sie alles unter Kontrolle hatte. Niemand drang ohne ihre Zustimmung ein. Hier könnte sie sich sicher fühlen und allein sein.

Darauf konnte sie sich jetzt nicht mehr verlassen. Wäre sie nur eine Minute früher vom Joggen zurückgekommen, dann hätte sie sich auf der anderen Straßenseite aufgehalten, sie hätte Ted von Angesicht zu Angesicht gegenübergestanden und keine Antworten auf seine mehr als berechtigten Fragen gehabt. Würde er es wieder versuchen? Wahrscheinlich. Bestimmt. Unter der Woche arbeitete er bis spätabends. Aber an den Wochenenden? Würde sie sich jedes Mal, wenn sie das Gebäude verließ, erst umsehen müssen, ob die Luft rein war?

Wenn sie ihm in die Arme lief, würde sie dann ungewollt damit herausplatzen, dass sie ihn nicht mehr sehen könne, weil er sonst seinen Job verlor?

In ihrer Wohnung nahm sie sich eine Flasche Wasser und stellte einige Überlegungen an. Die Person, die sie auf Meg Williamsons Veranlassung vielleicht kontaktieren würde, würde das per Handy oder Mail tun. Es spielte also keine Rolle, wo sie sich aufhielt. Am Freitagmorgen sollte sie Geoff auf den aktuellen Stand bringen, aber für den Nachmittag war noch nichts geplant. Nachdem sie ihre Entscheidung getroffen hatte, griff sie zum Telefon und wählte. Er meldete sich beim ersten Klingeln.

»Hallo, Dad. Ich will nicht, dass du deinen Geburtstag allein verbringen musst. Ich möchte mit dir feiern. Ich komme am Wochenende zu dir runter.«

»Das ist sehr nett von dir, aber das musst du nicht. Wir hatten doch gerade eine tolle Reise.«

»Ich weiß, dass ich nicht muss. Aber ich will es.«

»Und du hast auch wirklich die Zeit dafür?«

»Komm schon, Dad. Das ist doch einer der Vorteile einer freiberuflichen Journalistin. Solange ich meinen Laptop dabeihabe, kann ich überall arbeiten. Wie wäre es, wenn ich am Freitagnachmittag runterfliege und bis Montag bleibe? Ich würde gern mit dir am Samstag zum Essen gehen.«

»Dem sollte nichts entgegenstehen.«

»Dad, höre ich da ein Zögern? Wenn du nicht willst, dass ich komme …«

»Natürlich will ich, dass du kommst. Ich war nur kurz abgelenkt.«

»Gut dann. Abgemacht.«

»Schick mir deine Flugdaten, ich hol dich in Fort Myers ab. Ich weiß, dass du wirklich viel zu tun hast. Und ich kümmere mich um eine Reservierung für Samstagabend.«

»Perfekt. Ich freu mich schon.«

»Ich auch. Alles Liebe.«

67

Drei Uhr morgens. Carter konnte nicht schlafen. Er ging in die Küche und öffnete den zweiten Laptop, den er ausschließlich für die Kommunikation mit Sherman und Junior benutzte. Er hatte keine Ahnung, wie sie auf die Nachricht reagieren würden, dass eine Journalistin herumschnüffelte. Helle Panik? Einfach weitermachen wie bisher? Alles war möglich.

Junior antwortete als Erster.

Behalten Sie die Journalistin im Auge. Wenn es neue Entwicklungen gibt, lassen Sie es mich SOFORT wissen.

Shermans Antwort lautete ähnlich, enthielt aber einen Vorschlag.

Irgendeine Chance, jemanden zu bestechen, damit die Story fallen gelassen wird?

Carter dachte darüber nach. Würde die richtige Summe in den richtigen Händen dafür sorgen, dass Gina Kane ihre Recherchen einstellte? Sherman hatte die Idee aufgebracht, also würde er sich sicherlich auch darum kümmern, dass die nötigen Mittel lockergemacht würden.

Carter gähnte. Es wäre einen Versuch wert.

68

Gina verließ die Maschine und zog ihren kleinen Koffer hinter sich her. Wenn möglich, reiste sie immer mit leichtem Gepäck, damit sie nicht am Förderband warten musste. Sie hatte kein Problem, alles für einen Wochenendtrip ins Handgepäck zu bekommen.

Sie schickte ihrem Vater eine SMS. *Bin aus der Maschine und auf dem Weg nach draußen.* Sie musste lächeln, als sie sich Joseph »Jay« Kane vorstellte, der nicht nur pünktlich, sondern vorzeitig gekommen war und das *Wall Street Journal* lesen würde, während er auf ihre SMS wartete.

Sie verließ das Terminal genau in dem Augenblick, als ihr Vater vorfuhr. Er stieg aus dem Wagen, umarmte sie kurz und warf ihr Gepäck in den Kofferraum. Er sah gut aus – das war das Erste, was ihr durch den Kopf ging. Dann wurde ihr klar, dass es nicht nur an seiner Sonnenbräune lag, die wunderbar zu seinen vollen grau melierten Haaren passte. Da war noch etwas, ein unleugbares Strahlen, das sich in seinen Augen zeigte.

Nachdem sie kurz über den Flug geplaudert hatte, stellte er die Frage, auf die sie schon gewartet hatte.

»Also, Gina, wie geht es meinem zukünftigen Schwiegersohn? Er war so nett und hat mir eine Geburtstagsmail geschickt.«

Ihr Vater und Ted hatten sich vom ersten Augenblick an gemocht. Beide waren Fans der New York Giants und der Yankees. Beide waren politisch in der Mitte angesiedelt, beide beklagten sich, dass viele ihrer Freunde eher rechts standen.

Sie log ihren Vater nicht gern an, aber den wahren Grund für ihre Trennung konnte sie ihm nicht nennen. So hatte sie sich eine Erklärung zurechtgelegt, die ihr akzeptabel erschien – zumindest vorerst.

»Ted und ich haben beschlossen, uns eine kleine Auszeit zu gönnen. Bevor wir eine große Entscheidung treffen, wollen wir beide noch mal alles überdenken.«

»Noch mal? Ich dachte, das hast du schon in Nepal getan, Gina. Ich möchte dir einen Rat geben, und dann halte ich den Mund zu diesem Thema. Meine Liebe, sei nicht zu mäkelig. Wenn du unbedingt was Negatives an jemandem finden willst, wird dir das immer gelingen. Aber dann verpasst du auch die vielen positiven Dinge.«

Gina schwieg einen Moment.

»So, damit genug von mir«, sagte sie schließlich. »Was gibt's Neues bei dir?«

Sie musste nicht lange warten, um eine Erklärung für seine von Grund auf veränderte Stimmung zu erhalten. Die Fahrt von Fort Myers nach Naples dauerte eine Dreiviertelstunde, die letzte halbe Stunde davon erzählte er von Marian Callow. Sie war in Los Angeles aufgewachsen. Ihr Vater war stellvertretender Leiter eines der großen Filmstudios gewesen. Mit zwanzig hatte sie sich auf und davon gemacht und geheiratet. Zehn Jahre später, als sie feststellte, dass sie keine Kinder bekommen konnte, zerbrach die Ehe.

Nach dem Umzug nach New York arbeitete sie als Inneneinrichterin. Mit fünfunddreißig heiratete sie einen pensionierten Investmentbanker, der seit mittlerweile acht Jahren tot war. Sie hatte zwei Stiefsöhne. Hoffentlich, schloss Ginas Vater seine Ausführungen, habe sie nichts dagegen, aber er habe Marian ebenfalls zu seinem Geburtstagsessen eingeladen.

Das also erklärte sein Zögern, als sie vorgeschlagen hatte, nach Florida zu kommen.

»Gina, ich muss dir was sagen. Du weißt, wie schlecht es mir nach dem Tod deiner Mutter ging. Kurz vor unserer Abreise nach Nepal habe ich Marian kennengelernt, und auf der Reise ist mir bewusst geworden, wie viel ich an sie denken musste. Als ich nach Naples zurückgekommen bin, lag ein Zettel von ihr in meinem Briefkasten. Sie hat mich gefragt, ob ich etwas gegen ein Willkommensessen bei ihr hätte. Seitdem sehen wir uns jeden Tag.«

Jeden Tag, seit drei Wochen, dachte Gina. Wohin führte das? Während sie immer noch entscheiden musste, ob sie Ted heiraten wollte, den sie mittlerweile seit über drei Jahren kannte, dachte er an eine Frau, die er kaum kannte.

»Marian ist ein wenig jünger als ich«, sagte ihr Vater.

»Wie viel jünger?«

»Siebzehn Jahre«, kam es verhalten von ihm.

»Siebzehn Jahre!«, rief Gina aus. Wenn das seine Definition von ›ein wenig‹ war, was war dann viel jünger? Sie rechnete kurz nach. Sie selbst war zweiunddreißig, ihr Vater war sechsundsechzig. Marian war also neunundvierzig und damit näher an ihrem Alter als an seinem.

»Also gut, sie ist jünger als ich«, sagte er leise, »aber das macht doch keinen Unterschied, oder?«

»Unterschied für was, Dad?« Noch während sie die Frage stellte, fürchtete sie schon, die Antwort zu wissen.

»So wie es zwischen uns steht, kann ich mir vorstellen, dass es in naher Zukunft was Ernstes zwischen uns wird.«

Ihre Mutter war erst seit einem halben Jahr tot, dachte Gina. Nach fünfunddreißig Jahren glücklicher Ehe hätte sich ihr Vater bestimmt nicht so schnell in eine andere verliebt, oder? Ein alter Spruch ihrer Großmutter fiel ihr ein, an den sie seit Jahren nicht mehr gedacht hatte. *Trauernde Witwen sind schnell umgepflanzt.* Traf das auch auf trauernde Witwer zu, fragte sie sich bitter, wählte dann aber sorgfältig ihre Worte. »Wow, Dad, das freut mich sehr für dich. Trotzdem, das ging ja verdammt schnell. Wohin gehen wir zu deinem Geburtstagsessen?«

»Zum Naples Bay and Yacht Club.«

Er fuhr fort: »Ich weiß, dass du das Essen dort mögen wirst, deshalb habe ich für den morgigen Abend für uns drei reserviert.«

Für uns drei, dachte Gina. Das hatte sich einmal auf Dad und sie und Mom bezogen. Jetzt gehörte jemand anderes zu diesen drei.

»Ich weiß, es war Liebe auf den ersten Blick, als du in der Highschool Mom kennengelernt hast«, sagte Gina. »Ihr beide habt von Anfang an gewusst, dass ihr den Richtigen gefunden habt. Und von dem Tag an wart ihr fast fünfzig Jahre miteinander glücklich. Aber vergiss nicht, ihr habt euch mit siebzehn kennengelernt, geheiratet habt ihr aber erst mit fünfundzwanzig. Ihr hattet also acht Jahre Zeit, euch kennenzulernen.«

»Gina, wenn du in meinem Alter bist, dann weißt du, nach wem du Ausschau hältst. Die Jungen haben noch Zeit, sie können ruhig acht Jahre um jemanden werben. Aber in meinem Alter habe ich diese Zeit nicht mehr.«

Sie berührte ihn an der Schulter. »Dad, Mom ist noch kein halbes Jahr tot. Ihr habt die ganze Zeit eine glückliche Ehe geführt. Natürlich fehlt dir jetzt die Gefährtin, und du willst sie durch eine neue ersetzen. Aber sich für die falsche Frau zu entscheiden ist doch sehr viel schlimmer, als allein zu sein.«

»Du bist also schon zu dem Schluss gekommen, dass sie die falsche Frau ist. Warum lernst du sie nicht erst mal kennen und gibst ihr eine Chance?«

»Dad, ich bin noch zu gar keinem Schluss gelangt. Ich weiß nur Folgendes: Du siehst nicht nur ganz nett aus, sondern bist richtig attraktiv. Du bist ein kluger, warmherziger Mensch. Du hast dein Leben lang hart gearbeitet und bist finanziell abgesichert. Mit anderen Worten, du bist eine hervorragende Partie.«

»O bitte«, lachte er.

»Doch, Dad. Ich kann verstehen, warum sie interessiert ist. Warum bist du so hingerissen von ihr?«

Mit seiner Baritonstimme, mit der er Dean Martin imitieren konnte, fing er an zu singen: »*When the moon hits your eye like a big pizza pie, that's amore.*«

Sie hatten fast die Einfahrt erreicht.

»Komm schon, Dad, ich meine es ernst. Wann lerne ich sie kennen?«

»Jetzt«, sagte er.

Er hielt den Wagen an, die Eingangstür der Villa ging auf, und Gina hatte die Frau vor sich, die ihrem Vater so sehr den Kopf verdreht hatte.

Sie ist sehr hübsch, war ihr erster Gedanke, als die schlanke Frau auf sie zuging. Silberblonde Haare umrahmten ein Gesicht mit ebenmäßigen Zügen, ihre großen braunen Augen hatte sie unverwandt auf Gina gerichtet.

»Hallo, Gina. Es freut mich sehr, dich kennenzulernen. Jay hat mir so viel über dich erzählt.«

»Nur Gutes, hoffe ich.« Gina zwang sich zu einem Lächeln.

»Nichts anderes«, antwortete Marian herzlich, bevor sie zu lachen begann. Gina stimmte nicht mit ein.

Es folgte ein Augenblick peinlichen Schweigens, bevor Gina ausstieg und zur Villa ging.

Als Erstes fiel ihr auf, dass das Bild von ihrer Mutter und ihrem Vater vor dem Palast in Monaco nicht mehr an seinem Platz war. Das war die letzte gemeinsame Reise gewesen, bevor Mom krank wurde. Ihr Vater hatte das Bild immer auf dem Kaminsims stehen gehabt, jetzt entdeckte sie es in der Ecke oben auf einem Bücherregal. Wer war auf die Idee gekommen, es umzustellen?

Auch die Möbel im Wohnzimmer waren nicht mehr an ihrem alten Platz. Die beiden zueinanderpassenden Sofas standen sich nun gegenüber, die Zierkissen, die ihre Mutter gehäkelt hatte, waren nirgends zu sehen. Mehrere neue Aquarelle, Ansichten der Pelican Bay, hingen an den Wänden. Mal sehen, was sie in meinem Zimmer gemacht hat, dachte Gina und eilte schon durch den Flur.

Das Zimmer sah genauso aus wie bei ihrem letzten Besuch drei Monate zuvor. Wie lange würde es dauern, bis die fabelhafte Inneneinrichterin sich auch dieses Zimmer vornahm, fragte sich Gina und hielt inne. Dad hatte ihr alles über sie erzählt, dachte sie. Jetzt war sie an der Reihe. Sie würde alles herausfinden, was es über sie herauszufinden gab.

69

Das Wochenende verging schnell. Am Freitagabend stimmte Gina dem Vorschlag ihres Vaters zu, den Sonnenuntergang bei einem Drink am Strand zu genießen. In Begleitung von Marian fuhren sie den knappen Kilometer zur Haltestelle der Tram, mit der sie den Mangrovenwald durchquerten. Marian musste man zugutehalten, dass sie alles tat, um jede peinliche Situation gleich im Keim zu ersticken. Im Auto saß sie auf der Rückbank. Die Tram bot in jeder Reihe Platz für zwei Fahrgäste. Ohne auf Ginas Angebot einzugehen, setzte sich Marian neben eine Frau, und ließ die Reihe davor für Gina und ihren Dad frei.

Gina begann sich zu entspannen. Nach wie vor beäugte sie Marian skeptisch, musste aber anerkennen, dass ihr Vater sehr glücklich wirkte. Es war ein wunderbarer Abend, weshalb sie spontan beschlossen, in einem Restaurant am Meer zu essen.

Marian gab sich äußerst freundlich. Sie hatte sich die Zeit genommen, Ginas *Empire-Review-Artikel* über die Studentenvereinigung und die Brandzeichen zu lesen, und lobte sie dafür. Sie wusste auch von Ted und erkundigte sich nach ihm. Als Gina die Auszeit erwähnte, ließ sie das Thema fallen.

Gina sprach Marian auf ihre Arbeit als Inneneinrichterin an. »Ich habe als Ausstatterin oder Szenenbildnerin gearbeitet«, erklärte sie. »Werbeagenturen und Broadwayproduzenten haben sich von uns ihre Bühnenbilder oder Hintergründe gestalten lassen.« Nach ihrem Abschluss am Fashion Institute of Technology hatte sie eine Ausbildung begonnen und war später in der Welt des Designs gelandet. Dort hatte sie gearbeitet, bis sie ihren mittlerweile verstorbenen Mann kennengelernt hatte. Jack, Investmentbanker bei Goldman Sachs, hatte sich mit fünfundfünfzig zur Ruhe setzen wollen. Sowohl sein Vater als auch sein Großvater waren früh gestorben. Er hatte nicht die Absicht, am Schreibtisch abzutreten, wie er sagte, außerdem hatte er genügend Geld verdient, um machen zu können, worauf er Lust hatte. Sie zogen nach Florida und begannen zu reisen. »Es war herrlich«, sagte sie. »Eine Safari in Afrika. Viele Kreuzfahrten.« Da sie nicht gleichzeitig arbeiten und das Leben führen konnte, das er sich vorstellte, gab sie ihren Job als Designerin auf. Leider entkam Jack nicht der Herzkrankheit, an der die Männer in seiner Familie scheinbar seit Generationen litten. Den ersten Infarkt überlebte er noch, drei Monate später starb er.

Von ihrem Vater wusste Gina, dass Marians Mann zwei Söhne gehabt hatte. Sie erkundigte sich nach ihnen.

»Du hast zwei Stiefsöhne?«

»Ja.«

»Siehst du sie oft?«

Marian zögerte. »Sie haben ihr Leben, ich habe meins.«

Mehr wollte sie zu dem Thema offensichtlich nicht sagen, dachte Gina.

Aber dann zeigte Marian aufs Meer. »Das liebe ich am meisten. Wenn die Sonne am Horizont versinkt und die Wolken zu glühen beginnen.«

Gina sah zu ihrem Vater. Das Glühen war nicht nur auf die Wolken beschränkt.

Das Dinnerbüfett am nächsten Abend im Naples Bay and Yacht Club war so köstlich, wie sie es in Erinnerung hatte. Nach einem Sushi als Vorspeise entschied sich Gina für eine wunderbare Kalbfleischplatte. Da sie wusste, dass ihr Vater zur Feier seines Geburtstags auf ein Dessert bestehen würde, war sie froh, ihre Joggingschuhe mit eingepackt zu haben. Am nächsten

Morgen, nahm sie sich vor, würde sie sich alles wieder runter-trainieren.

Einige Klubmitglieder blieben kurz an ihrem Tisch stehen. Sie war überrascht, wie viele ihren Vater und Marian begrüßten und mit Vornamen ansprachen.

Mike und Jennifer Manley, die engsten Freunde ihrer Eltern in Naples, hatte sie seit dem Tod ihrer Mutter nicht mehr gesehen. Es war schön, sie wieder zu treffen, enttäuscht musste sie aber zur Kenntnis nehmen, dass die beiden auch Marian ganz herzlich begrüßten.

Gina gelang es, sie zur Seite zu nehmen und sich mit ihnen zu unterhalten. »Dad scheint es mit Marian sehr ernst zu sein«, begann sie, wurde von Jennifer aber gleich unterbrochen.

»Gina, dein Dad war ohne deine Mutter schrecklich verloren. Marian tut ihm so gut.«

Das war nicht die Antwort, die Gina hatte hören wollen. War sie die Einzige, die Zweifel an der ganzen Sache hier hatte?

Am Montagmorgen, auf dem Weg zum Flughafen, übten sie und ihr Vater sich zunächst im Small Talk, bevor sie beide in unbehagliches Schweigen verfielen. Bislang hatte Gina mit ihrem Vater immer ganz offen reden können, über Ted, über ihre Arbeit, über Politik, über wichtige Dinge ebenso wie über Belangloses. Sie hatte diese Unterhaltungen immer sehr genossen. Jetzt aber wusste sie nicht recht, wie sie das Thema ansprechen sollte, das ihr und ihnen beiden auf der Seele lag.

Ihr Vater, der ihre Zögerlichkeit spürte, brach schließlich das Eis. »Nun sag es mir schon: Hat die Jury ein Urteil über Marian gefällt?«

»Dad, ich fälle kein Urteil, weder über Marian noch über dich oder irgendeinen anderen. Ich mache mir bloß Gedanken. Und ich sorge mich, dass du zu schnell eine Lücke füllst.«

»Gina ...«

»Bitte, Dad, lass mich ausreden. Ich mag Marian. Sie ist sehr nett. Sie ist eine attraktive Frau. Es freut mich, dass es euch beiden zusammen gut geht. Aber nur ein paar Dinge über jemanden zu wissen ist nicht das Gleiche wie jemanden zu *kennen*. Das braucht seine Zeit.«

»Gina, ich glaube, du traust deinem alten Herrn nicht viel zu. Zu den grauen Haaren gesellen sich gewöhnlich auch ein wenig Menschenkenntnis und Verstand.«

Sie hielten vor dem Terminal.

»Dad, weißt du noch, wie sehr du Ronald Reagan als Präsident gemocht hast? Was hat er während der Verhandlungen mit den Russen gesagt?«

»Vertrauen ist gut, Kontrolle ist besser«, erwiderte er mit einem Lächeln.

»Ein ausgezeichneter Rat. Ich liebe dich.«

70

Gina machte es sich auf ihrem Platz am Gang für den zweiein-
halbstündigen Flug nach LaGuardia bequem. Das Pärchen auf
den Plätzen neben ihr, das sich händchenhaltend unterhielt,
war ungefähr in ihrem Alter. Unwillkürlich hörte sie deren Gespräch mit, in dem es ums Heiraten ging. Er schlug vor, dass
alles doch viel einfacher wäre, wenn sie nach Las Vegas fliegen
und sich von einem Elvis-Darsteller trauen lassen würden. Sie
lachte, gab ihm einen Klaps auf den Arm und legte dann den
Kopf an seine Schulter.

Es war lange her, dass sich Gina so allein gefühlt hatte wie
jetzt. Die meisten ihrer Freunde beneideten sie um ihr Leben
als Journalistin und die Ungebundenheit, die das mit sich
brachte. Sicherlich hatte das seine Vorteile. Aber auch die Ver-
trautheit eines Büros hatte etwas. Man sah jeden Tag dieselben
Gesichter, man kannte die anderen so gut, wie sie einen kannten. Dazu das Gefühl, als Team etwas zu erreichen. Seinen Spaß
in der Cafeteria zu haben. Der spontane Kneipenbesuch nach
der Arbeit. Seit drei Jahren arbeitete sie freiberuflich. Die meiste
Zeit verbrachte sie dabei in ihrer Wohnung oder im Starbucks,
mit ihrem Laptop als ständigem Begleiter.

Sie brauchte keine Therapeutin, um zu verstehen, warum
sie so niedergeschlagen war. *Ted.* Wäre alles anders gewesen,
hätte er ihr geholfen, sich über ihre Gefühle klar zu werden. Sie
sehnte sich danach, ihn zu sehen, und hätte gern mit ihm
über Marian Callow geredet. Er hatte für so etwas immer das
richtige Gespür. Oft witzelte er: »Es gibt kaum ein Problem,

das man nicht bei einer Flasche Wein zum Abendessen lösen kann.«

Er hatte angerufen, als sie in Naples war, aber sie hatte das Handy einfach klingeln lassen. Sie konnte sich nicht dazu durchringen, sich die Nachricht anzuhören, die er ihr auf die Mailbox gesprochen hatte. Über seine Textnachricht vom Samstagabend war sie in Tränen ausgebrochen.

Gina, ich akzeptiere, dass es zwischen uns aus ist. Es bleibt mir ja kaum was anderes übrig. Aber du hast es doch immer sehr zu schätzen gewusst, wie gut wir uns verstanden, wie gut wir uns unterhalten haben. Das macht es noch schwerer zu verstehen, warum wir noch nicht einmal darüber reden können, wenn wirklich irgendetwas schrecklich schiefgelaufen ist. Bitte sag mir, dass mit dir alles in Ordnung ist. Ich hoffe, du hast jemanden gefunden, der dich ebenso liebt, wie ich es getan habe. Ted.

Der Gebrauch der Vergangenheitsform, als er von seiner Liebe zu ihr schrieb, war ihr nicht entgangen.

Kurz bevor die Ankündigung kam, alle elektronischen Geräte auszustellen, schrieb Gina noch eine SMS an Lisa. *Werte Anwältin, bitte sag, dass du heute Abend auf einen Drink Zeit hast. Ich brauch mal wieder deine Gesellschaft.*

Keine Minute später vibrierte ihr Handy und verkündete den Eingang einer SMS. *Ist doch schön, wenn man gebraucht wird. DeAngelo's, 19.30.*

71

Lisa saß bereits an der Bar, als Gina eintraf. Sie hatte ihren Mantel über die Lehne des Hockers neben sich geworfen, um ihn für Gina zu reservieren, ihr Blick aber schien unzweideutig *Hilfe!* zu signalisieren – sie musste sich nämlich in aller Höflichkeit eines älteren Mannes erwehren, der die schlimmsten gefärbten Haare hatte, die Gina jemals gesehen hatte. Nachdem Gina Platz genommen hatte, verzog er sich.

»Wer ist dein neuer Freund?«, fragte Gina amüsiert.

»O bitte! Wer gerade seine Firma für zwanzig Millionen Dollar verscherbelt hat, sollte doch in der Lage sein, sich einen besseren Friseur zu suchen. Es sieht aus, als hätte er sich Schuhcreme in die Haare geschmiert.«

Beide lachten.

»Also, meine Liebe«, begann Lisa. »Was gibt's Neues an der Ted-Front?«

Lisa war die Einzige außerhalb des *Empire Review*, die von Gina in die Ermittlungen gegen REL News eingeweiht worden war. Als Gina ihr bei ihrem letzten Treffen vom Anwalt der Zeitschrift und von dessen Vorschlag erzählt hatte, die Beziehung zu Ted abzubrechen, hatte Lisa geantwortet: »Ich sag's dir nur ungern, Gina, aber er hat recht.«

»Er ruft mich immer noch an und schreibt SMS«, sagte Gina. »Mir geht es richtig übel, aber was soll ich denn machen?«

»Das alles tut mir wirklich leid für dich.«

»Ich weiß. Danke. Aber darüber wollte ich gar nicht mit dir reden. Ich hab dir doch erzählt, dass mein Vater eine Frau kennengelernt hat.« Gina berichtete von ihrem Wochenende in Naples, von Marian Callow und ihren Sorgen um ihren Vater.

»In unserem Alter fällt es schwer, die Eltern als sexuell aktive Wesen zu sehen. Mein Onkel Ken war schon Witwer, aber er hatte mit Anfang siebzig immer noch ein Date nach dem anderen. Er hat mir mal gesagt: ›Der Ruf der Wildnis ist in meinem Alter schon noch zu vernehmen. Vielleicht nicht mehr so laut wie früher, vielleicht hat auch mein Gehör nachgelassen, aber er ist da, definitiv.‹«

Sie lachten beide. Gina konnte mal wieder von Glück reden, Lisa zur Freundin zu haben.

»Hör zu, Lisa, ich will doch, dass er glücklich ist. Ich habe mein Leben hier. Es gefällt mir, was ich mache. Ich liebe New York, ich liebe meine Wohnung. Wenn er sein Leben und alles, was er in Naples hat, mit ihr teilen möchte, wer bin ich, dass ich widerspreche?«

Mit einem Mal wirkte Lisa besorgt. »Gina, wenn ich kurz mal in den Anwältinnen-Modus schalten darf. Du hast die Wohnung an der Upper West Side als deine Wohnung bezeichnet. Haben deine Eltern oder dein Vater sie auch wirklich ganz offiziell auf deinen Namen übertragen?«

Gina sah sie erstaunt an. »Bei ihrem Umzug nach Florida haben sie mir die Wohnung überlassen. Seitdem wohne ich da. Ich zahle den Unterhalt und sämtliche Ausgaben. Sie gehört mir, oder?«

»Rechtlich gesprochen, Gina, interessiert es niemanden, wer die laufenden Kosten begleicht oder für Reparaturen aufkommt. Wenn die Wohnung nicht rechtmäßig auf dich übertragen wurde, inklusive Zahlung der fälligen Schenkungssteuern – falls die Immobilie dir nicht in Form eines Treuhandfonds vermacht wurde – gehört sie nach wie vor deinem Vater. Und dann kann er sie jedem hinterlassen, wie es ihm gefällt.«

Schweigen hing in der Luft. Lisa ergriff schließlich wieder das

Wort. »Es ist natürlich möglich, dass deine Eltern oder dein Vater dir die Wohnung überschrieben haben, ohne es dir ausdrücklich mitzuteilen. Ich kann jeden Immobilienbesitzer in der Stadt herausfinden. Ich kümmere mich darum und melde mich bei dir.«

»Ich weiß nicht, wie lange du damit beschäftigt bist, Lisa, aber ich möchte dich für deinen Aufwand bezahlen.«

Lisa winkte nur ab. »Zahl unsere Drinks hier, dann sind wir quitt.«

72

Nach dem Wochenende in Naples hätte Gina Schlaf bitter nötig gehabt. Die Sorge, ihr Vater könnte sich an eine Frau binden, die er kaum kannte, hatte ihr in den drei Nächten in Florida schwer zugesetzt. Der gesunde Schlaf im eigenen Bett wäre das beste Gegenmittel dazu gewesen. Leider sollte das nicht sein. Lisas Bedenken wegen der Wohnung hatten ihre Sorgen nur vergrößert.

Es war 6.20 Uhr, Dienstagmorgen. Sie fühlte sich alles andere als ausgeruht, war aber überzeugt, dass sie nicht mehr einschlafen würde. Im Morgenmantel ging sie in die Küche.

Während sie sich einen Kaffee machte, kreisten ihre Gedanken wieder um ihren Vater und Marian. Sie kannte viele Geschichten von Freunden, die sich bei ihrem Erbe von den Eltern hintergangen fühlten. In einer Familie gab es vier Geschwister, zwei davon waren beruflich sehr erfolgreich, zwei hatten finanziell immer zu kämpfen. Die Eltern vermachten den Großteil des Erbes den beiden, denen es nicht so gut ging, weil sie glaubten, dass sie es nötiger hätten. Die erfolgreichen Kinder meinten allerdings, der Unterschied beruhe doch darauf, dass sie immer hart gearbeitet hatten. Sie fühlten sich für die Opfer, die sie gebracht hatten, daher bestraft.

Als Einzelkind hatte sich Gina über solche Dinge niemals Gedanken machen müssen. »Was uns gehört, wird irgendwann mal dir gehören«, hatten ihre Eltern immer gesagt. Ihr Erbe war nur die logische Fortführung, die Weitergabe der Vermögenswerte von einer Generation auf die nächste. Völlig unkompliziert.

Sie sog den Duft des frischen Kaffees ein. Schon bevor sie einen Schluck getrunken hatte, fühlte sie sich wacher.

Wie sollte sie das Gespräch mit ihrem Vater überhaupt beginnen, ohne als egoistisch zu erscheinen? *Dad, ich mach mir Sorgen, dass du und Marian bald vor den Traualtar treten werdet. Könntest du so nett sein und davor die New Yorker Wohnung auf meinen Namen überschreiben, damit Marian nicht auf irgendwelche Ideen kommt?*

Vielleicht klang es egoistisch, weil sie schlicht und einfach egoistisch war, sagte sie sich. Sie sah sich in der Wohnung um. Sie hatte sie nicht verdient, dachte sie. Sondern ihre Eltern. Die Wohnung hatte erst den beiden gehört und jetzt ihm. Auf das alles hier hatte sie kein Anrecht, musste sie sich eingestehen.

Nach mehreren Schluck Kaffee fühlte sie sich um einiges fitter. Sie setzte sich an den Küchentisch, öffnete ihr Mailprogramm und ging die neuen Nachrichten durch. Eine war um 6.33 Uhr eingetroffen, vor sieben Minuten. Sie enthielt einen Anhang. Den Absender kannte sie nicht. In der Betreffzeile stand lediglich »REL«. Sie war jetzt hellwach, nach einem Klick hatte sie die Mail auf dem Bildschirm.

Miss Kane,
gute Freundin mir gesagt, ich Sie soll kontaktieren.
Ich sehr schockiert, als ich hören, dass Cathy Ryan tot. Kein Unfall, das ich glauben wie Sie. Paula Stephenson war auch junges Mädchen und Opfer. Genau wie Cathy. Aber bestimmt kein Selbstmord, bestimmt nicht.
Ich muss sein sehr vorsichtig. Sie mich nicht dürfen finden.

Gina klickte auf den Anhang und überflog einen kurzen Zeitungsartikel. Die einunddreißigjährige Paula Stephenson war erhängt im Badezimmer ihrer Wohnung in Durham, North Carolina, aufgefunden worden. Obwohl keine Todesursache bestimmt wurde, behandelte die Polizei den Fall als möglichen Suizid. Wie intensiv war hier ermittelt worden?

Kurz wurde erwähnt, dass sie bei einem Fernsehsender in Dayton als Wettermoderatorin gearbeitet hatte. Nichts über einen aktuellen Arbeitgeber oder nächste Verwandte.

Der Artikel war am 28. Juni, vier Monate zuvor, erschienen.

Gina sah zum Namen des Absenders. Nur eine Reihe von Buchstaben und Ziffern, gefolgt von »@gmail.com«. Die Zeichenfolge erinnerte sie an den Buchstabensalat, den man bekam, wenn man sich ein Passwort generieren ließ.

Sie las die Mail erneut. Stammte sie von einem vierten Opfer? Der Absender gab keinen Hinweis auf sein oder ihr Geschlecht. Ebenfalls unklar war, ob er oder sie bei REL arbeitete oder gearbeitet hatte. Oder nie dort gearbeitet hatte – auch das war möglich.

Der verquere Satzbau, die Grammatikfehler ließen darauf schließen, dass die betreffende Person eine andere Muttersprache hatte. Vielleicht war es aber auch Absicht, dachte Gina.

Wer ihr die Mail geschickt hatte, wusste, was Cathy Ryan und Paula Stephenson widerfahren war und kannte Meg Williamson. Es war noch zu früh, um Williamson um Hilfe zu bitten. Meg hatte ihr Versprechen gehalten. Gina hatte damit eine neue Spur, der sie folgen konnte. Sie hoffte nur, dass sich die Polizei in Durham als hilfreicher erwies als deren Kollegen auf Aruba.

73

Dieser Rollkoffer ist wirklich sein Geld wert, dachte Gina und warf ihre letzten Sachen hinein, bevor sie den Reißverschluss zuzog. Sie sah auf ihr Handy. Ihr Flug würde um vier Uhr Nachmittag in Raleigh-Durham landen.

Sie hatte in den etwas mehr als vierundzwanzig Stunden, seitdem sie die mysteriöse Mail über Paula Stephenson erhalten hatte, eine ganze Menge in die Wege geleitet. Sie hatte Geoff gemailt und ihm von der neuen Spur berichtet, der sie folgen wollte. Eine Stunde später war seine SMS eingetroffen. *Klingt vielversprechend. Bleiben Sie dran. Seien Sie vorsichtig.*

In der Hoffnung, dass die Bestimmungen geändert worden waren, hatte sie die Internetpräsenz des Standesamts von Durham, North Carolina, aufgerufen und versucht, dort Stephensons Totenschein herunterzuladen. Ohne Erfolg. Gegen eine Gebühr würde man ihr ihn mailen. Sie würde ihn also persönlich abholen, sagte sie sich und notierte sich schon mal die Adresse.

Am vorherigen Nachmittag hatte sie sich im Internet über in der Gegend ansässige Privatdetektive kundig gemacht. Nachdem sie mit Wesley Rigler gesprochen hatte, war sie überzeugt, den Richtigen gefunden zu haben. Wes war Anfang sechzig. Vor seinem zwei Jahre zurückliegenden Ausscheiden aus dem Dienst war er Lieutenant im Durham Police Department gewesen.

Am Morgen dieses Tages hatte sie eine Textnachricht von Andrew, Cathy Ryans Bruder, erhalten.

*Hallo, Gina, ich weiß, Sie sind sehr beschäftigt, ich will Sie auch
gar nicht lange stören. Meine Mutter möchte nur wissen, ob es
was Neues zu Cathy gibt. Können Sie uns irgendwas mitteilen?
Danke. Andrew.*

So oft sie auch für einen Artikel recherchierte, in dieser Hinsicht war sie immer hin- und hergerissen. Ob bei der Pflege-
heimgeschichte, den Studenten mit den Brandmalen oder bei
anderen Storys, die Opfer oder deren Familien hatten ihr in jedem Fall sehr intime, sehr vertrauliche Informationen mitgeteilt. Sie hatten sich ihr gegenüber geöffnet und sich damit
neuem Schmerz ausgesetzt, um ihr Informationen zu geben,
die sie benötigte, um weitermachen zu können. Die meisten von
ihnen wollten, erwarteten oder forderten von ihr dafür, auf
dem Laufenden gehalten zu werden.

Aus Erfahrung aber wusste sie, dass sie lediglich falsche Hoffnungen weckte, wenn sie ihnen ihre Erkenntnisse mitteilte, in
manchen Fällen würde sie damit sogar ihre eigenen Recherchen gefährden. Es war ein Balanceakt. Andrew hatte sie daher
geantwortet:

*Andrew, ich muss Ihnen leider mitteilen, dass ich nichts Neues
zu Cathy habe. Ich habe mit einer weiteren Frau gesprochen, die
ebenfalls Schlimmes bei REL erlebt hat, und folge im Moment
einer Spur zu einem potenziellen dritten Opfer. Ich danke Ihnen
und Ihren Eltern für Ihr Vertrauen. Gina.*

Sie schlüpfte in ihren Mantel, packte die Handtasche auf den
Rollkoffer und ging zum Aufzug.

74

Mit der elektronischen Schlüsselkarte öffnete Gina die Tür zu ihrem Zimmer im Durham Hotel in der East Chapel Hill Street. Lisa hatte es ihr empfohlen. Ihre Familie war dort anlässlich der Abschlussfeier ihres jüngeren Bruders an der Duke University abgestiegen.

Normalerweise hätte sie in den zwei Flugstunden ihre Gedanken geordnet und sich einen Plan zurechtgelegt, damit sie die Zeit in Durham so gut wie möglich nutzte. Denn es gab nichts Schlimmeres – sie hatte es schon erlebt –, dass sie sich auf dem Rückflug befand und ihr aufging, dass sie einer potenziellen Spur nicht gefolgt war.

Es gab genügend Gründe, abgelenkt zu sein. Sosehr sie sich fürchtete, dass Ted ihr eine Mail oder SMS schrieb, sosehr schmerzte es sie auch, seit mittlerweile mehreren Tagen nichts von ihm bekommen zu haben. Mehr als je zuvor wurde ihr bewusst, wie sehr sie ihn liebte. Sie stellte sich vor, wie er sie in die Arme nahm, während sie ihm erklärte, dass sie ihn nur durch den abrupten Abbruch ihrer Beziehung hatte schützen können. Sie stellte sich vor, wie er darauf etwas Witziges und Nettes erwiderte. Gina, tu mir einen Gefallen, komm in Zukunft nicht mehr auf die Idee, mich zu beschützen.

Aber jetzt – nur Schweigen. Sie hoffte, dass seine Arbeit für den Börsengang von REL News ihn so in Anspruch nahm, dass er keine Zeit fand, zur Tagesordnung zurückzukehren und sich einfach eine andere Frau suchte. Ich werde eine Möglichkeit finden, damit sich alles wieder einrenkt, sagte sie sich.

Sie versuchte die Gedanken an Ted zu verdrängen, was ihr aber nur mäßig gelang. Als die Maschine gelandet war und sie ihr Handy wieder einschaltete, lag eine SMS von Lisa vor. *Gina, tut mir leid, ich hab schlechte Neuigkeiten. Die Wohnung ist nach wie vor auf den Namen deiner Eltern eingetragen. Sag mir, wenn ich dir helfen kann, Lisa.*

Gina war nicht überrascht. Sie hatte sich auch nicht vorstellen können, dass ihre Eltern oder ihr Vater das geändert hätten, ohne es ihr mitzuteilen.

Bevor die Mail über Paula Stephenson eingetroffen war, hatte Gina gehofft, sich noch etwas mit Marian Callow beschäftigen zu können. Sie hatte die Stiefsöhne ausfindig machen wollen – die, die ihr eigenes Leben hatten –, um zu erfahren, was sie über die Frau dachten, die in ihre Familie eingeheiratet hatte.

Insgeheim hatte sie gehofft, dass sich die Dinge in Florida nicht so schnell entwickelten. Eine Verlobung würde einiges in Gang setzen. Eine Freundin hatte ihr einmal von ihrer kurzen Ehe erzählt: »Ringe werden gekauft, Kirche und Empfangssaal müssen gebucht werden, man sucht sich das Hochzeitskleid aus, geht die Gästeliste durch, dazu gibt es endlose Fotosessions. Und das alles, die Pläne, die Termine, das ist wie eine Lawine, die den Berg herunterdonnert. An meinem Hochzeitstag war mir ziemlich klar, dass ich den falschen Typen heirate. Aber ich konnte es einfach nicht mehr stoppen.«

Das Klingeln ihres Handys riss Gina in die Gegenwart zurück. Es war Wes Rigler, der Privatdetektiv.

»Gina, es tut mir furchtbar leid, aber bei meiner Tochter haben zwei Wochen zu früh die Wehen eingesetzt. Ich kann mich heute Abend nicht mit Ihnen treffen. Wenn alles gut läuft, hätte ich vielleicht morgen Nachmittag Zeit. Kann ich noch irgendwas für Sie tun, bevor ich mich auf den Weg ins Krankenhaus mache?«

»Ich würde gern mit dem Bestattungsinstitut sprechen, das sich um Stephensons Leichnam gekümmert hat. Könnten Sie noch herausfinden, welches das war?«

»Nein, aber ich kann Ihnen die Suche erleichtern. Ist der Rechtsmediziner mit der Untersuchung der Leiche fertig, wird sie zum örtlich ansässigen Beerdigungsinstitut gebracht. Kommt die Tote nicht aus der Stadt, trifft man Vorbereitungen für die Überführung in die von den Angehörigen gewünschte Gemeinde. Die Stadt Durham hat Verträge mit drei Bestattungsinstituten, die diese Dienstleistung anbieten. Haben Sie einen Stift zur Hand?«

Gina notierte sich die Namen. »Danke, Wes. Dann möchte ich Sie jetzt nicht mehr länger von Ihrer Familie fernhalten.«

»Keine Sorge. Wenn im Krankenhaus alles gut gegangen ist, können wir uns treffen. Lassen Sie Ihr Handy an.«

»Mach ich. Alles Gute. Das erste Enkelkind?«

»*Numero uno*. Ich kann es kaum erwarten.«

Gina legte das Handy weg. Bei dem Gedanken, dass ein neues Kind auf die Welt kam, musste sie an ... Ted denken. Wen sonst? Und die Zusammenkunft der Familie im Krankenhaus rief, na, wen auf den Plan? Marian. Schlag es dir aus dem Kopf, redete sie sich ein. Du wirst hier gar nichts erreichen, wenn du die ganze Zeit nur missmutig vor dich hin grübelst.

75

Am nächsten Morgen rief Gina beim ersten und zweiten Beerdigungsinstitut an. Keines hatte eine Paula Stephenson in seinen Unterlagen. Mit einiger Nervosität wählte sie die dritte Nummer. Ja, man habe sie hier gehabt. Es gebe nur einen Bestatter, und der sei auch der Inhaber des Unternehmens, Vaughn Smith. Mr. Smith sei im Moment geschäftlich unterwegs, könne sie aber um dreizehn Uhr empfangen.

Planänderung, dachte sie. Sie zog einen Ordner aus ihrer Tasche und schlug Paulas Todesanzeige auf. Die Adresse ihrer Wohnung lautete 415 Walnut Street. Sie öffnete auf ihrem Laptop Google Maps. Die Bilder zeigten ein relativ kleines viergeschossiges Gebäude. Wahrscheinlich nicht mehr als sechzehn Wohneinheiten.

Der Uber-Wagen setzte Gina vor dem von der Straße etwas zurückgesetzten Gebäude ab. Davor lag ein kleiner Parkplatz. Ein bemaltes Schild hieß die Gäste in Willow Farms willkommen. Eine doppelte Glastür befand sich in der Mitte der Fassade. Als sie durch die Scheiben sah, erkannte sie einen Eingangsbereich, der zu zwei Aufzügen führte.

Niemand war zu sehen. Gina versuchte eine der Türen zu öffnen. Wie vermutet, war sie abgesperrt. In Manhattan wäre so etwas viel leichter, dachte sie sich. Die meisten Gebäude dort hatten einen Portier. Gegen ein Lächeln und ein kleines Trinkgeld gaben sie gern Auskunft über die Bewohner. Hier blieb ihr nichts anderes übrig als zu warten.

Zehn Minuten später ging die Aufzugtür auf, ein Schwarzer

mit einem Aktenkoffer kam auf den Eingang zu. Er war in den Vierzigern.

»Entschuldigen Sie, Sir«, sprach Gina ihn an. »Haben Sie zufällig eine Paula Stephenson gekannt, die Frau, die bis vor ein paar Monaten hier gewohnt hat?«

»Ich bin im ersten Stock, sie war auf dem dritten. Wenn Sie wegen ihrer Wohnung hier sind, ich glaube, die ist letzten Monat schon verkauft worden.«

»Nein, danke, deswegen bin ich nicht hier. Ich hoffe jemanden zu treffen, der Ms. Stephenson gekannt hat. Können Sie mir zufällig jemanden nennen?«

»Leider nein. Ihren Namen hab ich zum ersten Mal gehört, als die Polizei hier war.« Er stockte. »Als sie schon tot war. Tut mir leid, ich kann Ihnen nicht helfen.«

Jetzt wusste sie zumindest, dass Paula im dritten Stock gewohnt hatte. Ein kleiner Fortschritt.

Eine Viertelstunde später hielt ein Taxi vor dem Gebäude. Eine Frau Ende siebzig stieg aus und kam auf den Eingang zu. Sie beäugte Gina misstrauisch.

»Entschuldigen Sie, Ma'am«, sprach Gina sie an.

»Junge Dame, Sie wissen hoffentlich, dass Betteln und Hausieren hier verboten sind«, herrschte die Frau sie an.

»Ich versichere Ihnen, ich will Ihnen nichts verkaufen. Haben Sie zufällig die junge Frau gekannt, Paula Stephenson, die im dritten Stock gewohnt hat?«

»Die!«, sagte sie voller Geringschätzung. »Also, ich habe mein Leben lang keinen Tropfen Alkohol angerührt. Aber ich glaube, es ist kein Tag vergangen, an dem sie nicht betrunken war.«

»Sie haben sie also gekannt?«

»Ich habe nicht gesagt, dass ich sie gekannt hätte. Wir sind uns nur im Aufzug begegnet, aber ihr Atem hat schon gereicht, um einen betrunken zu machen. Gehen Sie in die Kirche?«

»Ja, das tue ich«, antwortete Gina, überrascht von der Frage.

»Würden die jungen Leute heutzutage noch in die Kirche gehen, müssten sie sich nicht betrinken oder Drogen nehmen, und sie würden sich mit ihren eigenen Problemen auseinandersetzen und sich nicht gegenseitig umbringen.«

»Da haben Sie sicherlich recht«, sagte Gina und überlegte, wie sie sich elegant aus dem Gespräch verabschieden konnte. Sie entdeckte hinter den Türen eine Frau mit einem Kinderwagen und wollte auf keinen Fall die Gelegenheit verpassen, mit ihr zu reden.

»Danke, Ma'am, Sie waren mir eine große Hilfe«, sagte Gina und griff zur Tür.

»Gehen Sie weiterhin in die Kirche und passen Sie gut auf sich auf«, ermahnte die alte Dame sie und eilte zu den Aufzügen davon.

Gina hielt der Frau mit dem Kinderwagen die Tür auf. Die Frau hatte dunkle, schulterlange Haare und schien in ihrem Alter zu sein.

»Ihre Tochter ist ja reizend«, sagte Gina und beugte sich zu dem kleinen Mädchen hinunter, das ihr Lächeln erwiderte. Zwei kleine Zähne zeigten sich gerade am oberen Gaumen.

»Danke«, erwiderte die Mutter mit starkem Südstaatenakzent.

»Ich möchte Sie nicht aufhalten, aber haben Sie zufällig eine ehemalige Bewohnerin hier gekannt, Paula Stephenson?«

»O ja. Wie traurig.«

»Paulas Freunde haben von ihr nichts mehr gehört, seitdem sie aus New York weggezogen ist. Haben Sie was dagegen, wenn ich Ihnen ein paar Fragen stelle?«

»Natürlich nicht. Ich gehe bloß mit Scarlett spazieren. Kommen Sie doch einfach mit.«

Sie stellten einander vor, und dann begleitete Gina Abbey zur Rückseite des Gebäudes. Hinter dem Pool schloss sich ein Feld an, ein befestigter Weg lief neben einem Bach her. »Scarlett und ich sind hier jeden Morgen unterwegs, außer natürlich wenn es regnet.«

»Wie gut haben Sie Paula gekannt?«

»Sie hat mir gegenüber auf dem gleichen Stockwerk gewohnt, in 4A. Ich bin in 4B. Paula war ganz hin und weg von Scarlett. Sie hat ihr immer Geschenke mitgebracht. Mein Mann ist geschäftlich viel unterwegs. Wenn Paula zum Einkaufen wollte, hat sie vorher immer bei mir angeklopft und gefragt, ob ich was brauche.«

»Sie haben sie also richtig gekannt?«

»Ja. Oft waren wir die Einzigen, die hier waren. Sie ist häufiger auf einen Kaffee zu mir gekommen. Das heißt, ich hab Kaffee getrunken. Paula hat sich ihre eigenen Sachen mitgebracht. Ich bin nicht blind, ich weiß, dass sie ein Alkoholproblem hatte. Aber davon abgesehen war sie wirklich ein netter Mensch.«

»Da stimme ich Ihnen zu. Deshalb hat es mich auch überrascht, dass die Polizei ihren Tod als Selbstmord eingestuft hat.«

»Das hab ich ebenfalls gehört oder davon gelesen. Ich war richtig geschockt.«

»Warum?«

»Wie gesagt, wir haben viel miteinander geredet. Sie war am Boden zerstört, als das mit ihrem Freund auseinandergegangen ist, noch dazu, weil sie so viel Geld verloren hat. Aber als wir uns das letzte Mal unterhalten haben, hat sie viel positiver geklungen. Ich habe noch ihre Worte im Ohr: ›Es gibt eine Möglichkeit, wie ich finanziell wieder auf die Beine komme‹.«

»Hat sie Ihnen gesagt, was das war?«

»Nein. Sie hat bloß erzählt, dass sie beim ersten Mal übers Ohr gehauen wurde, aber jetzt würden sie dafür blechen.«

»Hat sie erwähnt, wer diese ›sie‹ sind?«

»Nein. Paula hat meistens bloß jemanden gebraucht, der ihr zuhört, aber nicht viele Fragen stellt.«

»Wie haben Sie von ihrem Tod erfahren?«

»Ich hab gewusst, dass was nicht stimmt. Wir haben uns fast jeden Tag gesehen, aber auf einmal: nichts mehr. Sie hätte mir bestimmt gesagt, wenn sie verreist wäre. Ihr Wagen stand auf seinem Parkplatz. Es wäre mir komisch vorgekommen, die Polizei anzurufen, also hab ich die Hausverwaltung verständigt. Die sind wirklich nett. Die sind gekommen und haben sie gefunden.«

»Hatte Paula neben Ihnen noch zu anderen im Haus Kontakt? Hatte sie Freunde?«

»Nicht, dass ich wüsste. Ich bin mir ziemlich sicher, dass ich die Einzige war, mit der sie sich hier unterhalten hat.«

Der hufeisenförmige Weg führte sie zurück zur Gebäuderückseite.

»Also«, fuhr Gina fort, »es hat Sie sehr überrascht, als Sie hörten, dass sich Paula das Leben genommen hat.«

»Ja. Vor allem, als ich gehört habe, wie sie es getan hat.«

»Wieso?«

»Mein Mann ist aus New Jersey. Seine Mutter besorgt ihm immer Bagels, die sie in einem Laden dort kauft, und schickt sie uns. Einmal hab ich Paula einen angeboten, aber sie hat abgelehnt. Sie wäre, als sie noch in New York gewohnt hat, an so einem Bagel mal fast erstickt, hat sie mir erzählt. Jemand im Restaurant hat ihr helfen müssen, damit sie den Bissen wieder hochhustet. Und danach hat sie immer Angst vor Lebensmittel gehabt, an denen sie ersticken könnte.«

»Jemand, der Angst vor dem Ersticken hat ...«

Abbey beendete den Satz für sie. »... der hängt sich doch nicht auf.«

»Hat die Polizei, nachdem Paula gefunden wurde, die Bewohner des Hauses befragt?«

»Worüber denn?«

»Ob vielleicht jemand im Haus gesehen wurde, der nicht hierher gehört.«

»Nein. Warum sollten sie?«

»Nur so ein Gedanke. Sie haben mir sehr geholfen. Meine Kontaktdaten finden Sie auf meiner Karte.« Gina reichte sie ihr. »Wenn Ihnen noch was zu Paula einfallen sollte, dann rufen Sie mich bitte an.«

»Sie glauben nicht, dass sich Paula umgebracht hat, stimmt's?«

»Ich weiß im Moment nicht, was ich glauben soll. Ich sammle nur Informationen.«

Gina dankte ihr erneut und beugte sich zu Scarlett hinunter, um sich auch von ihr zu verabschieden.

76

Ihre Recherchen zu Paula Stephensons Tod erfüllten Gina mit einem ebenso mulmigen Gefühl wie ihre Bemühungen, herauszufinden, was Cathy Ryan auf Aruba zugestoßen war. Sie war auf Seltsamkeiten gestoßen – jemand, der Erfahrung im Umgang mit Jetskis hatte, gerät in Panik und verursacht einen tödlichen Unfall; eine Frau, die im Grunde voller Optimismus ist und glaubt, ihr Leben wieder in den Griff zu bekommen, begeht Selbstmord, und das auf eine Art und Weise, die ihre tiefsten Ängste wachruft. Beide hatten schlimme Erfahrungen bei ihrem früheren Arbeitgeber gemacht, der versucht hatte, sich mit ihnen finanziell zu einigen ...

»Wie dumm kann man sein!«, rief Gina laut, während sie aus dem Fenster des Uber-Wagens starrte, der sie zum Bestattungsinstitut brachte.

»Entschuldigen Sie, Ma'am«, sagte der Fahrer verärgert.

»Sorry«, entschuldigte sich Gina. »Ich hab nur mit mir selbst gesprochen.«

Unwillkürlich hatte sie Paula mit Cathy Ryan gleichgesetzt und beide für ehemalige REL-News-Angestellte gehalten, die überlegten, ob sie sich auf eine Vertraulichkeitsvereinbarung einlassen sollten. Gina ging in Gedanken noch einmal durch, was Abbey ihr erzählt hatte. Paula war deprimiert gewesen, weil ihre Beziehung in die Brüche gegangen war und sie sehr viel Geld verloren hatte. Aber dann hatte sie eine Möglichkeit gesehen, um finanziell wieder auf die Beine zu kommen. Sie war übers Ohr gehauen worden, aber jetzt würden *sie* blechen müssen.

Was, wenn sich Paula – ähnlich wie Meg – bereits mit REL geeinigt hatte? Das würde doch Sinn ergeben. Gina rief auf ihrem Handy Zillow auf, die Immobiliendatenbank, und gab die Adresse von Paulas Wohnung ein. Paula hatte sie vor gut einem Jahr für 525 000 Dollar gekauft. Viel Geld für jemanden Anfang dreißig, vor allem für jemanden, der nicht arbeitete.

Wie schon bei Meg müsste Gina auch hier herausfinden, ob Paula auf ein Familienvermögen hatte zurückgreifen können. Vielleicht aber hatten Cathy Ryan und Paula Stephenson zumindest zwei Dinge gemeinsam. Beide hatten sich den Bemühungen seitens REL News verweigert, eine endgültige Vereinbarung zu schließen; beide waren gestorben, während die Verhandlungen noch nicht abgeschlossen waren.

Ein verhaltenes Klingeln kündigte den Eingang einer SMS an. Sie kam von Wes Rigler. *Ann Marie, gesund, 3,6 kg, heute Morgen um 9 geboren. Mutter und Kind wohlauf. Mit Info-Sammeln beschäftigt. Wann können wir uns treffen?*

Gina richtete Glückwünsche aus und teilte mit, dass sie zum Smith Gardens Funeral Home unterwegs sei, wo sie um 13 Uhr einen Termin habe. Er antwortete prompt. *Perfekt. Bin nur zehn Minuten entfernt. Wir treffen uns dort.*

Das Bestattungsinstitut war ein eingeschossiges weißes Backsteingebäude mit schwarzen Fensterläden. Eine einspurige Zufahrt, umgeben von akkurat gepflegten Rasenflächen, führte zum Eingang. Links vom Gebäude lag ein großer, nahezu leerer Parkplatz. Wegen eines Pick-up-Unfalls waren aus der eigentlich zehnminütigen Fahrt zwanzig Minuten geworden. Da sie zu ihrem Treffen nicht zu spät kommen wollte, eilte Gina zur Tür, blieb aber stehen, als ein weißer Ford Explorer auf den Parkplatz einbog.

Ein Mann mit angehender Glatze, einem freundlichen Lächeln und einem Ordner in der Hand kam auf sie zu. Sein Sportjackett spannte etwas um die breiten Schultern.

»Sie müssen Gina sein«, sagte er und streckte ihr seine große Hand entgegen.

»Bin ich. Schön, Sie kennenzulernen, Wes.«

»Wir können nachher reden, aber es wird Ihnen gefallen, was ich dabeihabe«, berichtete er, während er ihr die Tür aufhielt. Sie gingen durch einen Flur, ohne jemanden zu sehen. Zu beiden Seiten lagen Aufbahrungsräume. Ein Mann in einem dunklen Anzug trat aus einem links und kam ihnen entgegen. »Guten Tag. Kann ich Ihnen helfen?«

»Ja. Ich bin Gina Kane. Mr. Rigler und ich würden gern mit Mr. Smith sprechen.«

»Hier entlang. Er erwartet Sie.«

Vaughn Smith sah von seinem Schreibtisch auf, als er Schritte vor seiner Tür hörte. Er sprang auf, stellte sich vor und gab Gina die Hand. Mit Blick auf Wes sagte er: »Sie kommen mir irgendwie bekannt vor, aber ich kann Sie nicht einordnen.«

Wes lächelte. »Ich war mal bei der Polizei in Durham. Mittlerweile arbeite ich als Privatermittler. Ich hoffe, wir können Ms. Kane helfen.«

»Das hoffe ich ebenfalls.« Er deutete auf zwei Stühle. »Nehmen Sie bitte Platz. Fangen wir an.«

Gina ging genauso vor wie bei ihren Recherchen zu Cathy Ryan. Ohne REL News zu erwähnen, erklärte sie, dass mehrere junge Frauen ähnliche schlechte Erfahrungen bei ein- und demselben Arbeitgeber gemacht hatten. Ihrer Meinung nach habe die Polizei auf Aruba den Tod einer der Frauen voreilig als Unfall abgehakt. Jetzt war eine zweite Frau tot, und trotz potenziell gegenteiliger Indizien sei der Tod als Suizid gewertet worden.

»Können Sie sich erinnern ...« Gina wusste nicht genau, wie sie die Frage formulieren sollte. »Dass Sie Paula Stephenson bei sich im Institut hatten?«

»Natürlich«, antwortete Smith und tippte auf dem Laptop

auf seinem Schreibtisch herum. »Nachdem die Polizei die Familie ausfindig gemacht hat, wurde ich vom Swartz Funeral Home in Xavier, Nebraska, kontaktiert. Man hat mir die Vollmacht geschickt, dass ich im Auftrag der Familie handle. Die habe ich dem Rechtsmediziner vorgelegt, worauf mir der Leichnam ausgehändigt wurde.«

»Ist Ihnen an den Verletzungen am Körper irgendetwas Ungewöhnliches aufgefallen? Soweit ich weiß, behandelt die Polizei den Fall als Selbstmord.«

»Ja. Wenn man, um sich zu erhängen, ein Band nimmt, in diesem Fall den Gürtel eines Morgenmantels, verursacht das gewöhnlich Kontusionen, Quetschungen, die Blutgefäße unter der Haut werden verletzt. Aber die Anzeichen hier waren in der Tat ungewöhnlich. Ich bin über dreißig Jahre in der Branche tätig und hatte oft genug mit Selbstmorden zu tun, unter anderem durch Erhängen. Die Quetschungen an ihrem Hals stimmten nicht mit denen überein, die man erwarten würde.«

»Haben Sie das der Polizei gemeldet?«

»Ja, aber zu meinem Bedauern muss ich sagen, dass sie es nicht weiter verfolgt hat. Die Opioid-Epidemie hält uns hier ziemlich auf Trab.«

»Hat die Polizei überhaupt etwas unternommen?«

»Soweit ich weiß, nein, aber wenn ich mir das Datum ansehe, kann ich es auch verstehen. Die Polizei hatte damals alle Hände voll zu tun. Weiße Rassisten waren in der Stadt und haben gegen den Abbau eines Denkmals für die Konföderierten protestiert. Die Befürworter der Entscheidung hatten sich versammelt. Die Polizei fürchtete gewalttätige Auseinandersetzungen, die zum Glück ausblieben. Zu einem Zeitpunkt wie diesem gerät so ein Fall leicht in Vergessenheit. Und da es keine Familienangehörigen gab, die in den Medien Ermittlungen gefordert hätten, wollte eben keiner Staub aufwirbeln. Der Fall ist einfach hinten runtergerutscht.«

»Haben Sie zufällig Aufnahmen von Stephensons Leichnam gemacht?«, fragte Gina.

»Nein.«

Rigler mischte sich nun zum ersten Mal ein. »Einer meiner ehemaligen Kollegen hat mir die gegeben«, sagte er und zog einen Stapel Fotos aus einem Umschlag.

»Sind die veröffentlicht worden?«, fragte Gina.

»Nein. Ich habe meinem Freund versprochen, ihm die Tatortfotos zurückzubringen. Ich habe sie nicht gleich erwähnt, Vaughn, weil ich erst hören wollte, woran Sie sich erinnern.«

Smith winkte nur ab. »Schon gut. Schauen wir sie uns an.«

Rigler breitete die Fotos von der nackten Toten aus. Er und Gina kamen zu Smiths Seite herum, damit sie sie alle gemeinsam betrachten konnten. Smith hatte ein Vergrößerungsglas aus seiner obersten Schublade genommen und inspizierte eingehend den Halsbereich auf einer Aufnahme von Paulas Oberkörper.

Rigler nahm ein Blatt aus seinem Ordner und fasste dessen Inhalt zusammen. »Das Opfer hat an der Außenseite der Badezimmertür gehangen. Sie hatte den Gürtel des seidenen Morgenmantels, den sie trug, um den Hals gewickelt, wie Sie hier sehen können.« Er deutete auf das Bild. »Das andere Ende des Gürtels war am Türgriff innen im Bad befestigt.«

Mit einem Stift fuhr Smith die Verfärbungen an Paulas Hals nahe am Kiefer entlang. »Kontusionen in diesem Bereich stimmen mit dem überein, was man beim Erhängen erwarten würde.«

»Ich habe zwar in solchen Dingen keinerlei Erfahrung«, unterbrach Gina, »aber ist der Überlebenswille nicht sehr stark, selbst bei jemandem, der sich umbringen möchte? Wenn sie merkt, dass sie erdrosselt wird, würde sie dann nicht versuchen, den Knoten um ihren Hals noch zu lösen?«

»Der gesamte Vorgang, der Verlust des Bewusstseins, der

Eintritt des Todes, verläuft wesentlich schneller, als den meisten bewusst ist«, antwortete Rigler. »Die zugrunde liegenden Fakten sind auf ihre Art faszinierend. Als Daumenregel kann man sagen, dass schon ein Druck von fünfzehn Kilo auf die Luftröhre oder ein Druck von fünf Kilo auf die Halsschlagader genügen, damit das Opfer das Bewusstsein verliert, weil dadurch nicht mehr genug Sauerstoff ins Gehirn gelangt. In Filmen und im Fernsehen wird meistens gezeigt, wie jemand von einem Tisch springt oder einen Stuhl mit dem Fuß zur Seite tritt. Das ist gar nicht nötig. Man kann sich bereits erhängen, indem man mit dem Rücken an einer Tür sitzt, den Strick um den Türknauf wickelt und sich mit dem Oberkörper nach vorn fallen lässt.«

»Hat sich nicht auch Anthony Bourdain so umgebracht, der Starkoch von CNN?«, fragte Gina.

»Ja. Ich hatte so einen Fall vor nur wenigen Wochen«, sagte Smith. »Sehen Sie sich diese Striemen an.« Er deutete mit dem Stift auf die Verfärbungen am unteren Halsbereich. »Diese horizontalen Einschnitte wurden durch den Gürtel des Morgenmantels verursacht. Sie sind allerdings ausgeprägter, als man erwarten würde.«

»Aber wenn es Selbstmord war, kann dann nicht der Gürtel den Hals aufscheuern, wenn sie sich nach vorn fallen lässt?«, fragte Gina.

»Klar, natürlich, aber dabei entstehen nicht solche Male«, sagte Rigler und deutete auf die dunkelblauen Bereiche.

»Wenn Sie sich diese Fotos zum ersten Mal ansehen«, sagte Gina, »was würden Sie dann sagen, was mit ihr geschehen ist?«

»Wes, diese Frage überlasse ich Ihnen«, antwortete der Bestatter.

Rigler studierte das Bild. »Ich würde sagen, es handelt sich hierbei um einen Mord, der wie ein Selbstmord aussehen soll. Und ich glaube auch zu wissen, warum diese Male an einem

Selbstmordopfer keinen Sinn ergeben. An einem Tatort sieht man in der Regel immer das Endresultat. Davon ausgehend versuchen wir die Abfolge der Ereignisse zu rekonstruieren, die zu diesem Resultat geführt haben. Auf den ersten Blick ist hier alles vorhanden, was auf einen Selbstmord hinweist. Bei näherer Betrachtung der Tatortfotos passt aber eben nicht alles zusammen. Welches Szenarium hat diese Male am Hals hervorrufen können? Nehmen wir an, es war Mord. Der Täter überrascht sie von hinten. Stellen Sie sich vor, er drückt sie mit dem Gesicht nach unten aufs Bett. Die Matratze dämpft ihre Schreie. Er reißt ihr den Gürtel aus dem Morgenmantel und wickelt ihn ihr um den Hals. Dann stemmt er ihr das Knie in den Rücken und reißt ihren Kopf hoch, damit sie aufhört, sich zu wehren. Das würde die tief eingeschnittenen, horizontalen Striemen im unteren Halsbereich erklären. Dann nimmt er den Gürtel, bindet ihn innen an den Knauf der Badezimmertür, wirft ihn über die Tür, bindet ihn um ihren Hals und lässt sie in dieser Position, damit sie so gefunden wird.«

»Würde das nicht auch noch etwas anderes erklären?«, fragte Smith. »Die Abschürfungen am unteren Halsbereich gleich neben den Strangulationsmalen sind nämlich nicht so stark ausgeprägt, wie man es bei jemandem erwarten würde, der durch Erhängen erstickt. Vielleicht war weniger Blut im betroffenen Bereich ...«

»Weil sie schon tot war?«, warf Gina ein.

»Genau«, antwortete Rigler.

In das folgende Schweigen hinein fragte Gina: »Hat sie einen Abschiedsbrief hinterlassen?«

»Kein Abschiedsbrief«, sagte Rigler.

»Ist das von Bedeutung für Sie, um zu bestimmen, ob es sich um Mord oder Selbstmord handelt?«, fragte sie.

»Überhaupt nicht«, erwiderte er. »Im Gegensatz zur weitverbreiteten Meinung hinterlassen die meisten Selbstmörder keinen Abschiedsbrief.«

Gina ging die Bilder durch. Das Bett war ungemacht. Zeitungen und Zeitschriften lagen unordentlich auf einem Tisch im Wohnzimmer. Toilettenartikel standen auf dem Schminktisch im Badezimmer. Im Ausguss stapelte sich Geschirr. Eine Kentucky-Fried-Chicken-Tüte stand auf dem Küchentisch neben einer halb leeren Wodkaflasche. Vier leere Wodka-, eine Wasserflasche aus Plastik und drei Diet-Pepsi-Dosen waren an eine Ecke des Küchentresens gestellt. Es sah so aus, als wäre sie mit dem Müllwegtragen nicht mehr hinterhergekommen.

»Sehen Sie noch irgendwas anderes, was Ihre Meinung in die eine oder andere Richtung beeinflusst?«, fragte sie.

Rigler dachte kurz nach. »Gina, besitzen Sie einen Frotteebademantel?«

»Ja. Warum?«, fragte sie erstaunt.

»Weil die meisten Frauen einen besitzen und weil die meisten Frauen sich in der Art und Weise, wie sie sich umbringen, gleichen. Sie suchen sich einen Ort, an dem sie sich wohlfühlen, meistens zu Hause. Und es ist ihnen nicht unwichtig, wie sie aussehen, wenn sie gefunden werden. Deshalb kommt es sehr selten vor, dass Frauen eine Waffe nehmen, die sie verunstalten würde. Dazu gehören auch Abschürfungen am Hals. Frauen, die ein Seil oder ein Kabel nehmen, legen sich erst ein Tuch um den Hals, damit keine unschönen Stellen entstehen.

Wäre ich als Ermittler am Tatort gewesen, hätte ich als Erstes ihren Schrank durchgesehen. Der Gürtel eines Frotteebademantels wäre dann die erste Wahl gewesen. Der hinterlässt weniger Spuren als ein Seidengürtel.«

»Aber dafür ist es jetzt zu spät, oder?«

»Ja. Mit Ausnahme des Morgenmantels, des Gürtels und der Unterwäsche, die sie vielleicht getragen hat, wird die Polizei ihre Besitztümer an die Familie freigegeben haben.«

»Können wir irgendetwas tun, damit die Polizei den Fall wieder aufnimmt?«

»Ich kenne immer noch ein paar Jungs in der Mordkommission, aber das dürfte nicht leicht sein.«

»Warum?«

»Weil das, was wir uns gerade zusammengereimt haben, nichts weiter ist als eine Theorie«, erklärte Rigler. »Jemand anderes könnte sich diese Bilder ansehen und zu dem Schluss kommen, dass alles eindeutig auf einen Selbstmord verweist.«

»Tut mir leid, jetzt bin ich etwas verwirrt«, sagte Gina.

»Dann will ich mal den Advocatus Diaboli geben und die Gegenargumente aufzählen. Niemand hat sich gewaltsam Zutritt zur Wohnung verschafft, es gab keinerlei Anzeichen, dass etwas manipuliert wurde, keine Spuren eines Kampfes. War das Opfer alkohol- oder drogenabhängig?«

»Eine Nachbarin, die sie gut kannte, hat mir erzählt, sie sei Alkoholikerin gewesen«, sagte Gina leise.

»Das lässt die Waage noch mehr in Richtung Selbstmord ausschlagen.«

»Aber nicht sehr. Ich habe schon ähnliche Verletzungen gesehen, allerdings nicht bei Mordopfern«, sagte Smith. »Es gibt Menschen, die eine perverse Lust daran finden, sich beim Sexualakt fast erdrosseln zu lassen.«

»*De omnibus dubitandum*«, verkündete Rigler.

»Alles ist in Zweifel zu ziehen«, erwiderte Gina.

»Ich bin beeindruckt«, sagte Rigler.

»Ich war auf einer katholischen Mädchenhighschool, wo ich zwei Jahre Latein als Pflichtfach hatte.«

»Den Ausspruch habe ich von einem alten Polizisten, der mich ausgebildet hat. Ein Ermittler sollte sich einem Tatort immer unvoreingenommen nähern. Wenn nicht, findet man lediglich das, was die vorgefasste Meinung stützt. Genau danach sieht es hier aus. Die Polizei ist angerückt und hat geglaubt, vor einem

Selbstmord zu stehen, man hat genügend Beweise gefunden, die diese Meinung stützen, und alles, was nicht gepasst hat, wurde unter den Teppich gekehrt.«

»Trotzdem, es muss doch was geben. Der Morgenmantel, die Unterwäsche, vielleicht finden sich daran DNA-Spuren, die weitere Ermittlungen nötig machen könnten«, sagte Gina.

»Möglich«, antwortete Rigler. »Aber das ist teuer und zeitaufwendig. Die Leute bei der Polizei in Durham leisten gute Arbeit. Vergessen Sie aber nicht: Es hat einfach nicht nach einem Tatort ausgesehen. Alles hat auf einen Selbstmord hingedeutet. Und der Fall liegt jetzt vier Monate zurück.«

»Ich möchte mit der Familie reden«, sagte Gina.

»Dabei kann ich Ihnen helfen«, sagte Smith und tippte auf seinem Laptop. Ein paar Sekunden später warf der Drucker ein Blatt aus, das er Gina reichte. »Das ist der Vertrag mit dem Bestattungsinstitut in Nebraska. Darauf finden Sie auch die Kontaktdaten der Familie.«

Rigler bestand darauf, Gina ins Hotel zurückzufahren.

»Es tut mir leid, dass ich Ihnen am ersten Tag als Großvater die Arbeit so schwer mache.«

»Ach, das hätte ich fast vergessen.« Er griff in seine Tasche. Er zog eine Zigarre heraus, an deren einem Ende ein rosa Schleifchen gebunden war. »Mögen Sie Zigarren?«

»Nein«, lachte Gina. »Aber ich nehme eine für meinen Dad mit, wenn das in Ordnung ist.«

»Absolut.« Er reichte sie ihr.

»Wenn Sie die ganze Nacht im Krankenhaus waren, müssen Sie doch müde sein.«

Rigler lächelte. »Ist nicht schlimm. Ich hole den Schlaf die nächste Nacht nach. Ich mag meine Arbeit. Das ist wie bei einem Puzzle. Es ist immer wieder spannend herauszufinden, wie die einzelnen Teile eines Falls zusammenpassen.«

Ohne REL News zu erwähnen, lieferte Gina ihm einen ausführlicheren Bericht über ihre Recherchen zu Cathy Ryans Tod und erzählte von der E-Mail, in der ihr vorgeschlagen wurde, sich Paulas Tod näher anzusehen. Er hörte ihr aufmerksam zu, bevor er antwortete.

»Wie ich schon sagte, Gina, ich werde versuchen, die Polizei dazu zu bringen, sich noch mal den Fall Stephenson vorzunehmen. Ich halte Sie auf dem Laufenden. Ich möchte Ihnen nur folgenden Rat geben: Seien Sie vorsichtig. Wenn Sie bei diesen beiden Opfern richtigliegen – und davon gehe ich aus –, dann haben Sie es hier mit einem gewieften Mörder zu tun, der über einige Mittel verfügt. Stephenson zu finden und umzubringen dürfte nicht so schwer gewesen sein. Aber was diese Ryan angeht, da hat er herausgefunden, wo sie ihren Urlaub verbringt, in welchem Hotel sie absteigt, welche Freizeitaktivitäten sie verfolgt, bevor er schließlich zugeschlagen hat. Sie sehen mir nicht wie jemand aus, der Selbstmord verübt, und ich will auch nicht hören müssen, dass Sie Opfer eines tragischen Verkehrsunfalls geworden sind.«

77

Michael Carter verbrachte den restlichen Nachmittag an seinem Computer und versuchte so viel wie möglich über Gina Kane herauszufinden. Auf Wikipedia fand er einen Verweis auf die Brandeisen-Geschichte einer Studentenvereinigung und auf mehrere andere Artikel, die sie für den *Empire Review* verfasst hatte. Ursprünglich hatte er vorgehabt, den Artikel über die Studentenvereinigung nur zu überfliegen, dann aber las er gebannt sämtliche neunundzwanzig Seiten. Sie war nicht nur eine ausgezeichnete Autorin, sondern auch eine hervorragende Rechercheurin.

Im Abschnitt über ihre Ausbildung fiel ihm auf, dass sie am Boston College gewesen war. Wie die verstorbene Cathy Ryan, die insgesamt zwei Jahre zur selben Zeit wie Kane dort gewesen sein musste. Zufall? Vielleicht nicht.

Er ging auf die CBS-Website und rief das *60-Minutes-Interview* auf, das mit ihr geführt worden war. Von Nervosität war bei Kane nichts zu merken. Sie strahlte Selbstvertrauen aus, als sie sich Scott Pelleys Fragen stellte.

Ursprünglich hatte er gezögert, seinen Freund bei der Kreditauskunft anzurufen, hatte es dann aber doch getan. Abrechnungen von normalen Bürgern auszuspähen war keine so große Sache, dachte er sich. Aber bei einer Journalistin war es schon schwerwiegender. Wenn etwas davon durchsickerte, gäbe es einen Riesenaufschrei, und es würden Köpfe rollen. Es durfte also nichts davon bekannt werden.

Die Mail, auf die er gewartet hatte, traf mit mehreren Anhängen ein. Er druckte sich die Abrechnungen der letzten Monate für Ginas Kanes Kreditkarten aus. Mit einem gelben Marker ging er die einzelnen Posten durch.

Sie ist ja schwer unterwegs, dachte er sich, als er über mehrere Rechnungen während einer Reise nach Nepal stieß. Mit wem hatte sie sich dort herumgetrieben?

»O Gott«, entfuhr es ihm laut, als er den Flug vom JFK-Flughafen nach Aruba markierte. Dass es sich um einen Zufall handelte, zerschlug sich schnell, als er sah, dass Kane im selben Hotel abgestiegen war wie Ryan.

Der Flug nach Naples könnte relevant sein, vielleicht auch nicht. Er nahm sich vor herauszufinden, woher Cathy Ryans Familie stammte oder, besser, wo ihre Eltern derzeit wohnten.

Carter ging ans Ende des Auszugs. Entweder hatte Kane in den vergangenen zwei Wochen ihre Kreditkarte nicht mehr benutzt, was ungewöhnlich war, weil sie damit fast jeden Tag im Starbucks gezahlt hatte, oder sein Freund hatte ihm nur die Abrechnungen des vergangenen Monats geschickt und die aktuellen Posten nicht mehr aufgeführt. In einer Mail bat er um die zusätzlichen Infos. Wie Carter seinen Freund kannte, wusste er, dass er für den erneuten Zugriff aufs System eine Extragebühr berechnen würde.

Er dachte an den Vorschlag von Sherman, es mit Bestechung zu versuchen. Was würde passieren, wenn Geld, viel Geld geboten würde, damit Kane die Story fallen ließ? Sie war erst zweiunddreißig. Zwei Millionen Dollar machten in diesem Alter einen gewaltigen Unterschied. Es gab die kleine Chance, dass sie sich darauf einließ, das Geld einsackte und die Geschichte ad acta legte. Aber das war nur eine Vermutung, und eine riskante noch dazu. Die sogenannten Millenials waren berüchtigt für ihre Zielstrebigkeit, er musste nur an die jungen Soldaten denken, mit denen er beim Militär gedient hatte. Gleichzeitig waren sie aber auch seltsam idealistisch. Es fehlte ihnen die Lebenserfahrung, die einen lehrt, dass es sich nicht immer lohnt, auf Gedeih und Verderb an seinen Idealen festzuhalten.

Gab es noch andere Möglichkeiten, die Story abzuwürgen oder zumindest eine Weile hinauszuzögern? Carter, angetan von diesem Gedanken, rief die Website des *Empire Review* auf und suchte nach dem Chefredakteur. Nachdem er den Namen gefunden hatte, beschäftigte er sich mit dessen Werdegang. »Vielleicht könnte man ja mit Geoffrey Whitehurst ins Geschäft kommen«, überlegte er laut und versuchte sich schon mal an einem britischen Akzent.

78

Gina saß mit ihrem Laptop am Tisch und streckte sich. Sie hatte die Gelegenheit genutzt und allein in einem irischen Bar and Grill gegessen, der in Fußnähe zu ihrem Hotel lag. Aus der Handvoll Anmerkungen, die sie sich dort in ihr Notizbuch gekritzelt hatte, waren auf dem Computer drei getippte Seiten geworden.

Sie hatte Geoff eine SMS geschickt. Er hatte sich bereit erklärt, sich mit ihr am nächsten Morgen zu treffen. Ein weiteres Mal würde sie also vom Flughafen direkt zur *Empire*-Redaktion fahren.

Neben Geoff gab es noch jemanden, dem sie ihre neuen Erkenntnisse aus Durham mitteilen musste. Meg Williamsons Kontaktperson, die sie darauf hingewiesen hatte, sich mit Paula Stephensons Tod zu beschäftigen. Gina nannte ihre mysteriöse Informantin für sich »Deep Throat«, nach dem Decknamen des FBI-Agenten, der den beiden jungen *Washington Post*-Reportern im Anfangsstadium der Watergate-Affäre geholfen hatte. Sie öffnete Deep Throats Mail und klickte auf ANTWORTEN.

Ich habe überzeugende Indizien dafür gefunden, dass Paula Stephensons Tod ein Mord war. Werde mich weiterhin bemühen, damit die Polizei in Durham sich wieder mit dem Fall beschäftigt. Sorgen bereitet mir nur, dass ich immer noch nicht genügend Material habe, um meinen Chefredakteur davon zu überzeugen, REL direkt anzugehen. Ich bräuchte dazu die Namen von weiteren Missbrauchsopfern.

Gina suchte nach der richtigen Formulierung, um Deep Throat dazu zu bewegen, sich aus der Deckung zu wagen.

Die Opfer befinden sich wahrscheinlich in großer Gefahr. Wir könnten die ganze Sache wesentlich beschleunigen, wenn wir uns treffen könnten. Ich garantiere Ihnen, ich werde Ihre Identität geheim halten.

Da Gina nicht recht wusste, was sie sonst noch anführen sollte, klickte sie auf SENDEN.

79

Gina trat mit ihrem Rollkoffer aus dem Aufzug des *Empire Review*. Wie immer wurde sie von Jane Patwell in Empfang genommen. »Den nehme ich dir gleich mal ab«, sagte sie und griff sich bereits Ginas Koffer. »Wenn du gehst, kannst du ihn bei mir wieder abholen.«

Während der Taxifahrt vom Flughafen hatte Gina gelesen, dass einer der größten Anzeigenkunden der Zeitschrift, die Kaufhauskette Friedman's, gerade Insolvenz angemeldet hatte.

Jane klopfte an die Tür des Chefredakteurs und drückte sie leicht auf. Geoff lächelte kurz, als er Gina erblickte, und wies sie wie gewohnt zum Konferenztisch. Jane schloss hinter sich die Tür und entfernte sich mit dem Rollkoffer.

Geoff nahm ihr gegenüber Platz und öffnete einen Briefumschlag, den er mit zum Tisch gebracht hatte. Sein Blick verweilte darauf, dann sagte er: »Also, Gina, war es eine gute Entscheidung, dass ich Ihnen den Ausflug nach Durham spendiert habe?«

Die Frage erstaunte Gina. Ein Hin- und Rückflug nach Durham und eine Hotelübernachtung sollten kaum das Budget sprengen. Hatte der Verlust von Friedman's so schnell für dieses frostige Klima gesorgt? So viel also dazu, dass die wirtschaftliche Seite der Zeitschrift strikt von der redaktionellen getrennt würde. Sie war froh, dass sie jetzt nicht ihre Reise nach Aruba beantragen musste, dachte sie, fragte sich aber, ob sie noch zur Sprache kommen könnte.

»Was die REL-News-Recherchen anbelangt, definitiv ja, es war eine großartige Entscheidung.« Gina erzählte von den von ihr befragten Nachbarn in Paula Stephensons Wohnanlage. Er hörte zu, dann begann er sie regelrecht zu verhören.

»Paula hat ihrer Nachbarin also erzählt, dass sie finanziell wieder auf die Beine kommen könnte. Woher wollen Sie wissen, dass sie nicht einfach einen neuen Freund mit einer ebenso idiotischen Geschäftsidee gefunden hat?«

»Das bezweifle ich sehr. Jemand, der gerade den Großteil seines Vermögens durch eine Fehlinvestition verloren hat, dürfte kaum in der Lage sein, sich kurz danach in ein zweites Investment zu stürzen.«

»Klingt plausibel«, musste Geoff zugeben. »Stephenson sagte, sie würden dafür blechen. Woher wollen Sie wissen, dass das auf REL News bezogen war? Könnte sie nicht einfach vorgehabt haben, ihren Ex-Freund und die anderen Firmeninhaber zu verklagen? Könnte sich dieses ›sie‹ nicht auch darauf beziehen?«

»Möglich, aber unwahrscheinlich.« Gina wurde zunehmend frustriert.

»Ach ja, ich hab mich auch schon mal an einer Gurke verschluckt. Ihrer Meinung nach komme ich also deshalb für einen Selbstmord durch Erhängen nicht mehr infrage.«

Er musste herzhaft über seinen eigenen Witz lachen. Lachen ist oft ansteckend, diesmal allerdings nicht. Als er sich wieder eingekriegt hatte, fragte Gina ganz ruhig: »Soll ich fortfahren?«

Mit einer Handbewegung forderte er sie dazu auf.

Unter gelegentlichen Blicken auf ihre Notizen erzählte ihm Gina von ihrem Gespräch mit dem Privatdetektiv und dem Bestatter im Beerdigungsinstitut. Noch während sie ihre Argumente vortrug, machte sie sich schon darauf gefasst, dass er, wenn sie fertig war, querschießen würde. Als sie noch eine Teenagerin war, hatte ihre Mutter oft gesagt: »Gina, wenn du irgendwo feststeckst und dir keiner helfen will, findest du immer eine Möglichkeit, um dich am eigenen Schopf wieder aus dem Sumpf zu ziehen.«

Jetzt hingegen fühlte sie sich verwundbar. Es war beschwerlich, allein zu arbeiten; noch beschwerlicher, wenn die Früchte ihrer Arbeit von jemandem verhöhnt wurden, der eigentlich auf ihrer Seite stehen sollte. Sie überlegte schon, ob sie Wes Riglers Einwand, ein Polizist könnte anhand der vorliegenden Indizien durchaus zu dem Schluss kommen, dass Paula Selbstmord begangen habe, beschönigen oder ganz unter den Tisch fallen lassen sollte. Aber Tatsachen sind hartnäckig. Ignoriert man sie, weil sie einem nicht in den Kram passen, kommt man vielleicht schneller voran, gelangt aber letztlich zu der falschen Schlussfolgerung.

Gina schloss ihre Zusammenfassung des Treffens im Beerdigungsinstitut, indem sie wörtlich Riglers Einwand wiederholte, dass Paulas Tod auch als Selbstmord aufgefasst werden könne. Der Chefredakteur lehnte sich zurück und verschränkte die Arme vor der Brust. Gina hatte den Eindruck, er wartete geduldig, bis sie zum Ende kam, während er längst schon eine Entscheidung getroffen hatte. Seine ersten Worte bestätigten ihre Vermutung.

»Gina, ich weiß, wie hart Sie an dieser REL-News-Story gearbeitet haben. Aber wir Journalisten müssen uns manchmal eingestehen, dass wir Dinge sehen, die es gar nicht gibt. Sie haben aus der jungen Frau auf Aruba einen interessanten Fall konstruiert und behauptet, sie könnte ermordet worden sein. Aber ebenso plausibel ist doch, dass sie einfach zu viel getrunken hat, in Panik geraten und bei einem Unfall ums Leben gekommen ist. Das Gleiche gilt für den Fall Paula Stephenson. Möglicherweise ein Mord, möglicherweise aber auch ein Selbstmord. Würden Sie einen Roman daraus machen, gäbe es eine wirklich gute Story ab. Ich bin überzeugt, viele Verlage wären daran interessiert. Aber wir veröffentlichen keine Romane.«

»Was ist mit Meg Williamson?«, widersprach Gina. »Wir wissen, dass sie eine Einigung erzielt hat.«

»Auch das ist vielleicht wahr, aber ebenso wahr ist, dass Meg Williamson mit Ihnen nicht mehr reden will.«

»Ich habe die Informantin kontaktiert, die mich auf Paula Stephenson gebracht hat. Wenn sie mir weitere Spuren und Anhaltspunkte liefert, was dann?«

»Ich werde Ihnen sagen, was dann ist. Als Chefredakteur ist es meine Aufgabe, unsere kostbaren Ressourcen auf die Storys zu konzentrieren, die eines Tages auch in unserer Zeitschrift erscheinen werden. Sie genießen nach wie vor mein Vertrauen, aber wir werden keine Zeit oder Mittel mehr auf diese REL-News-Sache verwenden.«

Gina fragte sich, ob sie so verdutzt aussah, wie sie sich fühlte. Wie war es möglich, dass sich das Blatt so schnell gewendet hatte? Eine Geschichte, von der sie so überzeugt gewesen war, wurde abgesägt, nur weil ein großer Anzeigenkunde weggebrochen war? Sie hatte deren Sachen sowieso nie gemocht, sagte sie sich.

»Was soll ich sagen?« Gina seufzte. »Okay.«

Geoff erhob sich und gab ihr damit zu verstehen, dass die Unterredung vorbei war. »Tut mir leid, dass es so endet, Gina. Ich habe jetzt keine Zeit, um es näher auszuführen, aber wir haben da ein anderes Projekt, das ich mir gut für Sie vorstellen könnte. Wir bleiben in Verbindung.«

Gina nickte. Wortlos stand sie auf und ging zur Tür. Zum zweiten Mal innerhalb weniger Wochen verließ sie zutiefst erschüttert dieses Büro. Beim ersten Mal im frühen Stadium ihrer Recherchen, als sie von der Story so elektrisiert war, dass sie dafür sogar die Liebe ihres Lebens geopfert hatte. Und jetzt war Ted fort und mit ihm auch die REL-News-Story.

80

Dick Sherman hatte einen Knoten im Magen. Einer der Sprüche, mit denen er gern seine Untergebenen belehrte, lautete: *Manche, die in der Grube sitzen, steigen einfach wieder raus; andere bitten um eine größere Schaufel.* Es war klar, dass er seinen eigenen Ausspruch nicht beherzigt hatte. Wäre es möglich, würde er die Uhr auf jenen Samstagvormittag zurückdrehen, an dem Carter bei ihm zu Hause angerufen hatte. Wer weiß? Vielleicht wäre er mit einer Entschuldigung davongekommen, weil er untätig geblieben war, nachdem er durch jene Mail von Matthews und seinem Verhalten gegenüber dieser Pomerantz erfahren hatte. Aber er hatte sich auf Carters Plan eingelassen, und jetzt, zwei Jahre später, gab es kein Zurück mehr.

Am vorigen Abend war er lange aufgeblieben, bis Matthews seine Abendnachrichten hinter sich gebracht hatte. Der Moderator pflegte feste Gewohnheiten. Nach der Sendung kehrte er in sein Büro zurück, schenkte sich einen Scotch ein und sah sich die halbstündige Sendung noch mal von Anfang bis Ende an. Fernsehreporter und Produzenten, die außergewöhnlich gute Arbeit geleistet hatten, bekamen von ihm im Anschluss daran lobende Mails. Er hatte aber auch wenig Skrupel, Korrespondenten, die ihn enttäuscht hatten, ein schnelles Feedback zu geben. Seine penible Aufmerksamkeit galt auch der Arbeit der beiden Kameraleute, die für die Großaufnahmen von ihm zuständig waren. Er betrachtete es als seine Pflicht, für sein abendliches Millionenpublikum so gut wie möglich auszusehen.

Sherman hatte gewartet, bis Matthews' langjährige Sekretärin gegangen war. Er klopfte beim Moderator an die geschlossene Tür und öffnete sie auch gleich. Ein grotesker Gedanke kam ihm. Was würde er tun, falls Matthews in diesem Augenblick eine weitere Frau belästigte? Zum Glück war das nicht der Fall. Der Moderator saß an seinem Schreibtisch, hatte die Krawatte gelockert, das Scotchglas in der Hand und sah am Flachbildschirm an der Wand seine Sendung.

Matthews wirkte mehr als nur unangenehm überrascht. Mit der Fernbedienung schaltete er den Fernseher aus. »Sie wollen sich zu mir auf einen Scotch niederlassen?«

Das nun war das Letzte, was Sherman wollte. Aber eine kleines Überleitung zum bevorstehenden schwierigen Gespräch war vielleicht keine schlechte Idee.

»Warum nicht?«, antwortete er also und ließ sich auf einem Sessel gegenüber dem Moderator nieder. Er nahm das Glas entgegen.

Sherman war mehrmals durchgegangen, was er sagen wollte. Jetzt musste er allerdings an einen Spruch vom Militär denken. *Die besten Pläne zerschlagen sich, sobald der erste Schuss fällt.*

»Brad«, begann er, »wir können es uns beide auf die Fahnen schreiben, REL News dahin gebracht zu haben, wo es heute ist. Vor zwanzig Jahren war es eine marode Firma, ein wüstes Sammelsurium kaum profitabler Kabelsender. Jetzt ist es ein weltweit agierender Konzern, um den uns die Konkurrenz beneidet.«

»Es war ein weiter Weg«, stimmte Matthews zu und nahm einen Schluck von seinem Scotch.

»Ja, das war es, und Sie und ich sind dafür gut belohnt worden. Aber, Brad, so gut das alles war, es wird noch viel besser werden. Wenn der Börsengang wie geplant vonstattengeht, steht uns beiden eine Menge Geld ins Haus.«

Sherman wartete auf eine Reaktion. Als keine kam, fuhr er

fort. »Milliarden Dollar stehen auf dem Spiel. Es ist von entscheidender Bedeutung, dass wir alles vermeiden, was den Enthusiasmus der Anleger dämpfen könnte.«

»Dem stimme ich voll und ganz zu«, erwiderte Matthews freundlich.

»Brad, ich will ganz offen reden. Das Abzweigen der Summen, die benötigt wurden, um eine Einigung mit den Frauen zu erzielen, mit denen Sie«, er stockte, »ein Missverständnis hatten, war schwieriger als von uns erwartet. Jeder Dollar, den wir ausgeben, wird von den Investmentbankern unter die Lupe genommen. Immerhin wollen sie herausfinden, wie profitabel wir sind. Sie können sich sicherlich noch an Michael Carter erinnern, der sich mit uns im Klub getroffen hat. Er hat mir gerade mitgeteilt, dass er für seine Bemühungen weitere sechs Millionen benötigt. Die Frage ist, woher nehmen wir das Geld?«

Matthews schenkte sich das Glas neu ein. Sherman hatte seinen Drink noch kaum angerührt und lehnte ab, als Matthews ihm ebenfalls nachschenken wollte. »Gut, Dick, geben Sie mir die Antwort auf diese Frage.«

»Die sechs Millionen sind aufzuwenden, um Probleme zu lösen, die Sie geschaffen haben. Sie kommen zu den zwölf Millionen, die REL bereits gezahlt hat, noch dazu. Ich halte es daher für durchaus gerechtfertigt, wenn die sechs Millionen diesmal aus *Ihrer* Tasche bezahlt werden.«

Matthews lächelte sein gefeiertes Moderatorenlächeln. Er nahm einen großen Schluck und wischte sich mit dem Finger über die Lippen. »Nein, Dick, ich bin da anderer Meinung. Wenn, oder sollte ich sagen, *falls* der Börsengang über die Bühne geht, werden *Sie* über sechzig Millionen Dollar einstreichen. *Das* ist viel Geld. Es ist tatsächlich doppelt so viel, wie ich bekomme. Sie haben recht. Wir haben beide viel zu verlieren, aber für Sie steht mehr auf dem Spiel. Viel mehr. Wenn also Ihnen oder den Erbsenzählern in der Finanzabteilung nichts einfällt, wie sie das Geld auftreiben sollen, dann sollten *Sie* den Scheck ausstellen.«

Sherman erhob sich und wollte gehen. Er kochte vor Wut, dann hörte er eine Stimme hinter sich.

»Dick, nicht so schnell.« Matthews nahm einen Stift, kritzelte etwas auf ein Blatt Papier und gab es Sherman. »Ich hatte etwas Zeit zum Nachdenken, seitdem Sie mich im Golfklub so hinterhältig überfallen haben. Sagen Sie Ihrem Laufburschen, diesem Carter, dass er auch mit diesen beiden Frauen einen Deal aushandeln soll. Und jetzt raus mit Ihnen.«

Sherman drehte sich um, aber Matthews rief ihn erneut zurück.

»Dick, zwei Dinge noch. Machen Sie, wenn Sie gehen, die Tür hinter sich zu. Und wenn Sie mich das nächste Mal in meinem Büro sprechen wollen, vereinbaren Sie einen Termin.«

Als Antwort knallte Sherman die Tür so heftig zu, dass die Fensterjalousien in Matthews' Büro klapperten.

Sherman konzentrierte sich auf das, was anstand. Er griff zum Telefonhörer und wählte die Durchwahl zu Ed Myers' Sekretärin. Es war noch nie seine Sache gewesen, Zeit mit Freundlichkeiten zu verschwenden. »Ist er in seinem Büro?«

»Ja, Mr. Sherman, soll ich Sie …«

»Ist jemand bei ihm?«

»Nein. Soll ich Sie …«

»Tun Sie nichts. Ich bin gleich bei ihm.«

Zwei Minuten später stand er vor Myers' Büro, trat ohne anzuklopfen ein und schloss hinter sich die Tür. Myers, der gerade telefonierte, schien überrascht. »Einen Moment, mir ist hier etwas dazwischengekommen, was keinen Aufschub duldet. Ich rufe Sie zurück«, sagte er und legte auf.

»Ed, Sie müssen noch mal sechs Millionen an Carter & Associates überweisen. Wann ist das möglich?« Sherman blieb stehen und sah auf seinen CFO hinab.

Myers lehnte sich zurück, nahm die Brille ab und kaute auf einem Bügel herum. »Ich weiß, ich soll keine Fragen stellen. Die Zahlen für dieses Quartal sind wirklich gut. Es wäre also besser, wenn wir die Auszahlung gleich vornehmen. Ich werde sie morgen veranlassen.«

»Ich wusste, ich kann auf Sie vertrauen, Ed. Danke.«

Eine seltene Dankesbezeugung, über die sich Myers noch mehr gefreut hätte, wären die Umstände andere gewesen. Während Sherman schon zur Tür eilte, sagte Myers: »Dick, haben Sie irgendeine Ahnung, wie viel diese Carter-Gruppe noch braucht?«

Sherman blieb stehen, drehte sich um, sah ihn an und antwortete in einem Ton, der seine übliche Zuversicht vermissen ließ: »Ich hoffe, das war es dann.«

Myers wartete eine ganze Minute, bis er zum Hörer griff und Frederick Carlyle Jr. anrief.

81

Gina schleppte sich aus dem Fahrstuhl, kramte nach ihrem Schlüssel und sperrte die Tür zu ihrer Wohnung auf. Es wäre untertrieben, zu sagen, sie fühlte sich betäubt. Nach ihrem Treffen mit Geoff, auf dem Weg zur U-Bahn, hatte sie eine rote Fußgängerampel übersehen und war vor ein Taxi gelaufen, das gerade noch ausweichen konnte. Der Fahrer hatte sie angehupt und lauthals in einer fremden Sprache gezetert. Wahrscheinlich hatte er sie nicht mit freundlichen Ausdrücken bedacht.

Sie nahm eine Flasche Wasser aus dem Kühlschrank und ließ sich auf einen Stuhl am Küchentisch fallen. Ihre überwältigende Müdigkeit hatte wenig damit zu tun, dass sie in aller Herrgottsfrühe aufgestanden war, um ihren Flug zu erreichen. Sie fühlte sich wie eine Marathonläuferin, die nach grausamen 42 Kilometern zusammenbrach, obwohl nur noch 192 Meter vor ihr lagen und das Ziel bereits in Sichtweite war.

Sie sah auf ihr Handy. Fünf neue Mails waren eingetroffen. Eine stammte von Andrew Ryan, Cathys Bruder.

Hallo, Gina, entschuldigen Sie, dass ich mich noch mal an Sie wende. Meine Mutter ruft mich zweimal in der Woche an und fragt nach, ob es was Neues bei den Recherchen zu Cathys Tod gibt. Ich weiß, ich wiederhole mich, aber ich kann Ihnen gar nicht oft genug sagen, wie dankbar meine Eltern und ich Ihnen sind. Egal, was Sie herausfinden, es wird uns ein großer Trost sein zu wissen, was mit meiner geliebten Schwester wirklich passiert ist. Unsere ewige Dankbarkeit ist Ihnen sicher. Andrew.

Geoff hatte der REL-News-Story den Stecker gezogen und ihr damit den Nervenkitzel der Jagd genommen, die Aufregung, als Erste etwas zu erkennen, was bislang niemand gesehen hatte – das Privileg, Licht auf etwas zu werfen, was sonst in einem dunklen, anonymen Grab vermodert wäre. Sie hatte sich bereits den Beifall und die Anerkennung ausgemalt, wenn die REL-News-Geschichte veröffentlicht worden wäre. Mehr als einmal hatte sie vom Pulitzerpreis geträumt. Andrews Mail brachte sie wieder auf den Boden der Tatsachen zurück und erinnerte sie an die jungen Frauen, deren Leben man unwiderruflich zerstört hatte oder die sogar getötet worden waren – und das wegen eines Monsters, das von einem Großkonzern gedeckt und geschützt wurde. Jetzt würde ihnen nie mehr Gerechtigkeit widerfahren.

Gina sah sich in ihrer kleinen Küche um. Die neuen Küchengeräte, die Quarzarbeitsplatte und die Rückwand aus Glaskacheln verliehen der Küche ein helleres, moderneres Aussehen. Das neue Badezimmer mit der bodengleichen Dusche und den neuen Fliesen war eine absolute Wonne. Aber das alles war nicht billig gewesen. Sie hatten den Wert der Wohnung merklich gesteigert, aber eine große Lücke in ihre Ersparnisse gerissen.

Geoff hatte gesagt, er habe ein neues Projekt für sie. Wann würde es damit losgehen? Nächste Woche? Nächsten Monat? In drei Monaten? Es war das erste Mal, dass sie mitten in ihren Recherchen abrupt ausgebremst wurde. Außerdem war noch nicht abzusehen, wie viel man ihr für die bislang geleistete Arbeit zahlen würde. Da sich wegen der Friedman-Insolvenz anscheinend alle Sorgen machten, war jetzt wohl nicht unbedingt der beste Zeitpunkt, um danach zu fragen. Einen Teil der ihr überwiesenen Vorschüsse hatte sie noch nicht ausgegeben, aber das Geld war im Grunde für die Arbeit an der REL-Story vorgesehen. Jeder Überschuss musste zurückgezahlt werden.

Der *Empire Review* war nicht das einzige Blatt in der Stadt. Mehrere andere Zeitschriften veröffentlichten investigative Storys.

Einige von ihnen hatten bereits in der Vergangenheit bei ihr angefragt. Aber wenn sie jetzt auf sie zuging, war das im besten Fall heikel und auf jeden Fall mit Schwierigkeiten verbunden. Sie würde offenlegen müssen, dass sie die Geschichte für den *Empire Review* entwickelt hatte. Warum hatte der *ER* die Finger von der Story gelassen? Würde der Chefredakteur einer anderen Zeitung die Dinge ebenso wie Geoff sehen: ein tödlicher Unfall, ein Selbstmord, Punkt.

Eine weitere Frage machte alles noch verworrener. Der *ER* hatte ihr einen Vorschuss gezahlt. Würde sie weiterhin die Rechte an der Geschichte behalten, auch wenn die Zeitschrift beschloss, sie nicht weiter zu verfolgen? Sie war versucht, den Anwalt Bruce Brady anzurufen und ihn danach zu fragen, entschied sich aber dagegen. Brady war ein netter Kerl, letztlich aber arbeitete er für den *ER*. Seine Aufgabe war es, das Beste für seinen Arbeitgeber herauszuholen.

Angenommen, die Rechte an der REL-News-Story lägen bei ihr, wäre es dann möglich, dass sie auf eigene Faust und auf eigene Rechnung weiterrecherchierte? Bei näherer Betrachtung fiel ihr nur eine Spur ein, die mit finanziellem Aufwand verbunden wäre, wenn sie ihr nachging. Wussten Paula Stephensons Eltern etwas, was ihr weiterhelfen könnte? Nach den Unterlagen des Bestattungsinstituts in Durham war Paulas Leichnam nach Xavier, Nebraska, überführt worden. Eine kurze Suche auf ihrem Handy ergab, dass Xavier eine ländliche Gemeinde war, etwa hundert Kilometer von Omaha entfernt, der nächsten Großstadt. Flug, Mietwagen, vielleicht eine Hotelübernachtung, überlegte sie. Warum fiel es einem so leicht, das Geld anderer auszugeben, und warum war es so schwer, sich von seinem eigenen Geld zu trennen?

Gina wusste, dass ihr Vater nicht zögern würde, ihr etwas zu leihen, aber das wollte sie nicht. Und wenn sie jetzt mehr Zeit hatte, dann wollte sie sich auch mit Marian Callow befassen. Bei dem Gedanken, sich von ihrem Vater Geld zu leihen, um seiner neuen Freundin auf den Zahn zu fühlen, war ihr alles andere als wohl.

»O Gott, wie gern würde ich mit ihm reden«, sagte sie laut und starrte auf den kleinen, runden Kühlschrankmagneten. Teds Mutter hatte ihn ihr geschenkt, als sie und Ted dessen Eltern in ihrem Ferienhaus auf Cape Cod besucht hatten. Jetzt hatte sie damit einen Schnappschuss befestigt, den seine Mutter von ihnen beiden aufgenommen hatte. Sie hatten auf der Terrasse mit Blick über die Bucht gestanden und den Sonnenuntergang beobachtet. Ted war zwar nicht mehr da, dennoch gab ihr dieses Bild ein wenig Hoffnung. Trotz allem, was geschehen war, würden sie eines Tages wieder händchenhaltend zusehen, wie die Sonne langsam am Horizont versank.

82

Es gab keine Direktflüge nach Omaha. Sie buchte einen Delta-Flug von Newark, bei dem sie mit 83 Minuten Wartezeit auf dem O'Hare-Flughafen in Chicago umsteigen musste. Wenn sie am Morgen um 8.30 Uhr abflog, würde sie um 15.30 Uhr in Omaha sein. Dann musste sie ihren Mietwagen abholen und die 110 Kilometer nach Xavier fahren, sodass sie gegen 17 Uhr dort eintreffen würde. Damit hatte sie eine halbe Stunde Puffer, bevor sie sich um 17.30 Uhr mit Paula Stephensons Mutter traf. Für einen Rückflug noch am selben Tag wäre es damit zu spät. Sie beschloss, kein Hotelzimmer in Omaha im Voraus zu buchen. Da sie nicht wusste, was sie erwartete, wollte sie flexibel genug sein, um in Xavier bleiben zu können.

»O Gott, hoffentlich ist das nicht Geld- und Zeitverschwendung«, murmelte sie, als sie ihre Kreditkarteninformationen in das entsprechende Feld eintrug. Dann starrte sie auf den blauen Button mit der Aufschrift »Diesen Flug buchen«. Wer A sagt, muss auch B sagen, dachte sie sich, klickte darauf, und Expedia belastete ihr Konto mit 831 Dollar für die Reservierung. Bevor ich sterbe, möchte ich unbedingt Nebraska sehen, sagte sie sich.

Zwanzig Minuten später sprach sie mit Lucinda Stephenson. Paulas Mutter war anfangs misstrauisch, taute aber etwas auf, als Gina sich als Reporterin vorstellte. »Ja«, antwortete Lucinda auf Ginas Frage, ob Paulas persönliche Gegenstände, unter anderem Kleidung und Unterlagen, nach Xavier transportiert worden seien – sie selbst war nicht nach Durham gereist. Ein Neffe im Marine Corps, der im nahen Camp Lejeune stationiert war, hatte sich darum gekümmert, dass die Wohnung ausgeräumt und für den Verkauf hergerichtet wurde. Nein, sie habe noch keine Gelegenheit gehabt, die Kartons durchzugehen. Und nein, sie habe auch kein Problem damit, wenn Gina einen Blick darauf werfen wolle. Es wurde vereinbart, dass Gina sie abholte und mit ihr zum Essen fuhr.

Sie sah auf die Uhrzeit ihres Handys: 19.30 Uhr. Nachdem sie am Morgen noch an ihrem Küchentisch Trübsal geblasen hatte, war es ihr doch tatsächlich gelungen, den Tag produktiv zu nutzen. Die Quittungen für die Reisen nach Aruba und Durham und die Mietwagen hatte sie an die Redaktion weitergeleitet. Dann hatte sie einen Scheck in die Post gegeben über den Rest des Vorschusses, den sie noch nicht ausgegeben hatte.

Alle Vorsicht in den Wind schießend, hatte sie Deep Throat eine weitere Mail geschrieben. Manche Informanten wollten gehätschelt und gepflegt werden. Die Zeit dafür war jetzt vorbei.

Der Empire Review unterstützt meine Recherchen gegen REL News nicht mehr. Die Indizien, dass Cathy Ryan und Paula Stephenson ermordet wurden, werden als nicht überzeugend genug angesehen. Aber ich habe noch nicht aufgegeben und werde vorerst auf eigene Faust weitermachen. Wenn Sie Informationen haben, die mir helfen, brauche ich sie JETZT. Ich vertraue Ihnen und erwarte das im umgekehrten Fall von Ihnen auch. Es ist von äußerster Wichtigkeit, dass wir uns treffen.

Falls Deep Throat nicht antwortete, konnte sie immer noch auf Meg Williamson zurückkommen.

Daneben hatte sie erste diskrete Erkundigungen über Marian Callow eingeholt. Jack Callows Nachruf war in der *New York Times* erschienen. Zu den trauernden Angehörigen gehörten seine geliebte Frau Marian und die beiden Söhne Philip und Thomas. Noch lebende Eltern oder Geschwister waren nicht genannt worden. Jack und Marian hatten zum Zeitpunkt seines Ablebens in Short Hills, New Jersey, gelebt.

Jack war dreiundsechzig gewesen. Seine Söhne dürften demnach Ende zwanzig, Anfang dreißig sein. Sie konnten überall wohnen. Das Telefonbuch half ihr nicht weiter. Die meisten in ihrer Altersgruppe gaben sich mit einem Festnetzanschluss gar nicht mehr ab. Ginas Informant bei der Kfz-Zulassungsstelle in New Jersey hatte sich vor Kurzem in den Ruhestand verabschiedet. Wenn die Söhne einen Führerschein von New Jersey hatten, hätte er sie vermutlich finden können.

Dann rief sie einen Freund von Ted an, der Investmentbanker bei Goldman Sachs war – das Schlimmste, was ihr passieren konnte, war, dass er einfach auflegte, sagte sie sich. Nachdem sie etwas verlegen Freundlichkeiten ausgetauscht hatte, ohne Ted zu erwähnen, bat sie ihn um einen Gefallen. Zwanzig Minuten später rief er zurück. In der Personalakte des ehemaligen Angestellten Jack Callow waren zwei Personen aufgeführt, die in einem Notfall zu verständigen waren, eine Marian und ein Philip Callow. Er gab ihr beide Telefonnummern.

Bei einer spätnachmittäglichen Joggingrunde im Central Park hatte sie versucht, den Kopf freizubekommen. Gina überlegte, ob sie Lisa zu einem Abendessen abschleppen sollte, entschied sich aber dagegen. Sie spürte schon jetzt, dass sie sehr früh aufgestanden war. Morgen würde ein langer Tag werden, der um 5.30 Uhr anfangen würde – auf diese Zeit war ihr Wecker gestellt. Sie ging in ihr Schlafzimmer und tauschte die Sachen, die sie in Durham dabeigehabt hatte, gegen neue aus. Nach einem Teller Pasta und einem Chardonnay ging sie ins Bett.

83

Mais, Rinder, Mais, Milchkühe, Mais und weitere Maisfelder, diesen Anblick bekam Gina zu sehen, als sie auf der topfebenen Interstate 80 nach Westen fuhr. Ihre Flüge waren jeweils pünktlich gewesen, auf dem Weg zum O'Hare-Flughafen hatte sie sogar ein wenig dösen können. Am Mietwagenschalter hatte es keine Warteschlange gegeben. Jetzt genoss sie die zugelassene Höchstgeschwindigkeit von 110 Stundenkilometern, ein Tempo, das im Nordosten nur selten erlaubt war. Alle paar Minuten sah sie auf ihr Handy und vergewisserte sich, dass die Navi-App auch funktionierte. Sie funktionierte. Die stumme Botschaft lautete: *Einfach immer weiter geradeaus fahren.*

Dass Paula Stephensons Mutter die Kartons, die aus Durham geschickt wurden, noch nicht durchgesehen hatte, war gut und schlecht zugleich. Schlecht, weil es für Gina mehr Arbeit bedeutete, sie alle zu durchsuchen, gut, weil damit ausgeschlossen war, dass sie wichtige Beweise bereits weggeworfen hatte. Was hoffte sie zu finden? Sie wusste es nicht genau. Falls Paula mit jemandem über einen erhöhten finanziellen Ausgleich für eine Vereinbarung mit REL News kommuniziert hatte, fanden sich vielleicht noch Hinweise dazu.

Sie verließ den Highway, ein Schild am Straßenrand hieß sie in Xavier, 1499 Einwohner, willkommen. Gut einen Kilometer später war sie im Ortszentrum. Es bestand aus einem Diner, mehreren Getreidespeichern, zwei Tankstellen und einem kleinen Lebensmittelladen. Als sie an einer einsamen Ampel hielt, fiel ihr Blick auf ein zweigeschossiges Bürogebäude links davon.

Zwei Ärzte, zwei Anwälte, ein Zahnarzt, ein Buchhalter und ein Versicherungsmakler waren alle unter einem Dach versammelt.

Gina sah auf ihr Handy. Kurz vor fünf Uhr. Sie beschloss, den restlichen Kilometer zum Haus zu fahren, damit sie wusste, wo es lag, bevor sie zum Diner umkehrte und sich eine Tasse Kaffee gönnte. Sie wollte wach sein, wenn sie mit Paulas Mutter sprach.

Das Ortszentrum hörte so abrupt auf, wie es begonnen hatte. Kleine Häuser, von denen die meisten einen neuen Anstrich nötig gehabt hätten, säumten in weiten Abständen die Straße. Pick-ups in unterschiedlichen Größen standen in den unbefestigten Einfahrten.

Die Navi-Stimme verkündete: »Sie haben Ihr Ziel erreicht.« Gina hielt an. Rechts, etwa fünfundzwanzig Meter von der Straße zurückgesetzt, war ein kleines Haus zu erkennen, das eher aussah wie ein Pappkarton in Übergröße. Drei schiefe Stufen führten zu einer überdachten Veranda, die die gesamte Breite des Gebäudes einnahm. Der Vorgarten, falls man diesen Begriff überhaupt verwenden konnte, hatte seit Monaten keinen Rasenmäher mehr gesehen. Rechts der Eingangstür war die Ziffer »8« angebracht, daneben baumelte, nur noch von einem Nagel gehalten, eine schiefe »2«. Ein uralter Pick-up mit durchgerosteter hinterer Stoßstange stand in der Schottereinfahrt.

Die Tür ging auf, eine untersetzte Frau mit glatten grauen Haaren kam auf die Veranda.

»Sind Sie Gina?«, brüllte sie, als Gina das Beifahrerfenster nach unten ließ.

»Ja«, antwortete Gina und stellte den Motor ab.

»Sie sind früh dran«, schrie sie. Bevor sich Gina entschuldigen konnte, rief die Frau: »Geben Sie mir zehn Minuten.« Damit verschwand sie wieder im Haus.

Mit dem Kaffee hatte es sich somit, dachte sich Gina und ließ die Seitenscheibe wieder nach oben.

Eine Viertelstunde später kam Lucinda Stephenson über die Einfahrt auf sie zu, riss die Beifahrertür auf und ließ sich auf den Beifahrersitz fallen. Sie knallte die Tür zu und konnte nur unter Mühen den Sicherheitsgurt über ihren nicht unerheblichen Oberkörper spannen. Trotz des kühlen Wetters trug sie keinen Mantel. Nur ein ausgebleichtes Cornhuskers-Sweatshirt mit dem Logo der Universität von Nebraska. Was immer sie in der Viertelstunde getrieben hatte, das Auftragen von Make-up hatte nicht dazugehört.

Ihre ersten Worte lauteten: »Es stört Sie hoffentlich nicht, dass Sie fahren müssen.«

»Nein, gar nicht«, antwortete Gina und versuchte den Alkoholgeruch ihrer Beifahrerin zu ignorieren, der mit jedem Atemzug stärker zu werden schien.

»Kennen Sie Barney's Steakhouse?«

»Leider nein. Ich bin zum ersten Mal in der Gegend.«

»Schon gut. Ist ungefähr zehn Minuten von hier. Ich zeig's Ihnen. Drehen Sie um.«

Das Barney's war eine umgebaute Scheune. Etwa zehn Tische standen in dem so gut wie fensterlosen Raum. Links davon gab es eine Theke mit sechs Barhockern. Aus einer alten Jukebox schepperte ein Hank-Williams-Song.

Nachdem sie sich selbst einen Tisch ausgesucht hatten, kam eine Bedienung, grüßte Lucinda mit Namen und reichte ihnen die Speisekarten. »Kann ich euch was von der Bar bringen?«

Lucinda sah zu Gina. »Sie zahlen, richtig?«

»Ja.« Erneut wünschte sich Gina, die Zeitschrift würde für die Unkosten aufkommen. Lucinda orderte einen Scotch, während sich Gina mit einem Pinot Grigio zufriedengab, dem einzigen Weißwein, den das Etablissement zu bieten hatte.

»Ich weiß, was ich will«, sagte Lucinda. »Werfen Sie doch schon mal einen Blick auf die Speisekarte, dann können wir gleich bestellen, wenn sie mit den Drinks anrückt.«

Gina betrachtete die Speisekarte und legte sie dann zur Seite. »Ich möchte Ihnen noch mal danken, Mrs. Stephenson, dass Sie so kurzfristig Zeit gefunden haben, sich mit mir zu treffen ...«

»Sagen Sie Lucinda zu mir. Macht hier jeder. Mein Daddy hat mich so genannt, weil er immer so gern den ›Lucinda Waltz‹ auf dem Akkordeon gespielt hat. Andere Lieder hat er nicht gekonnt.« Sie brach in schallendes Gelächter aus.

»Okay, dann Lucinda. Wir haben uns gestern Abend kurz am Telefon unterhalten. Sie kennen die MeToo-Bewegung?«

»Im Fernsehen wird viel davon geredet.«

»Richtig. Darüber wird viel geredet. Lange Zeit ist den Frauen, die am Arbeitsplatz belästigt oder missbraucht wurden, nichts anderes übrig geblieben, als alles stillschweigend zu ertragen oder zu kündigen, aber sie haben nie darüber gesprochen. Sie haben ganz richtig annehmen müssen, dass ihnen keiner glauben würde und sie nie eine Chance hätten.«

»Ist das meiner Paula auch passiert?«, fragte Lucinda, und in ihrer Stimme schwang jetzt Traurigkeit mit.

Die Bedienung brachte ihnen die Getränke. Gina bestellte das 250-Gramm-Filet, Lucinda das 750-Gramm-Prime-Rib. Erst als die Bedienung wieder gegangen war, setzten sie ihr Gespräch fort.

»Ich gehe stark davon aus«, sagte Gina. »Aber durch MeToo können sich Frauen, die sich dazu melden, jetzt auch Gehör verschaffen. In den meisten Fällen werden ihre Anschuldigungen ernst genommen. Kein Unternehmen mag schlechte Publicity. Viele verlegen sich daher darauf, sich mit den Opfern finanziell zu einigen, damit nichts an die Öffentlichkeit dringt.«

»Springt bei so einer Einigung ein hübsches Sümmchen heraus? Mehr als hunderttausend Dollar?«

»Ja.«

»Das erklärt alles.«

»Was meinen Sie?«

Lucinda nahm Blickkontakt mit der Bedienung auf, ließ ihr leeres Glas klirren und wandte sich wieder an Gina.

»Jordan, mein Sohn, Paulas kleiner Bruder – er ist drei Jahre jünger –, hat's mit dem Opioid-Mist erwischt.«

»Das tut mir leid. Es geht ihm«, sie stockte, »gut?«

»Viel besser, seitdem er in Behandlung ist. Aber die muss man erst mal finden. Und die ist teuer. Die kostet viel mehr, als ich mir je leisten könnte.«

»Wann ist das geschehen?«

»Letztes Jahr.«

»Sie haben sich an Paula gewandt, damit sie hilft?«

»Ja, aber nicht gleich. Paula und ich haben uns auf unsere ganz eigene Art geliebt, aber das heißt nicht unbedingt, dass wir immer miteinander ausgekommen sind. Sie war von Anfang an eine Ordnungsfanatikerin, ich eher das Gegenteil. Sie war noch keine zwölf oder dreizehn, da ist sie auf mich los, weil ich angeblich zu viel trinke. Wir haben uns oft gestritten. Vielleicht hätte ich mehr auf sie hören sollen.«

»Paulas Vater? Spielt er irgendeine Rolle?«

Lucinda nahm einen großen Schluck und stellte das Glas langsam wieder auf den Tisch. »Er ist tot, Gott sei Dank. Hat vor zwei Jahren seinen Pick-up in eine Schlucht gesetzt. Natürlich war er nicht angeschnallt, und natürlich war er besoffen, wie immer. Wegen ihm haben Paula und ich nicht mehr miteinander geredet.«

»Was ist passiert?«

»Paula war immer schon ziemlich aufgeweckt. Sie hat ein Vollstipendium der Universität Nebraska in Lincoln bekommen. Sie war ein hübsches Mädchen und hat beim Collegefernsehsender gearbeitet. In ihrem letzten Jahr ist sie an Weihnachten nach Hause gekommen. Ihr Vater und ich«, sie suchte nach den richtigen Worten, »haben schon länger nicht mehr als Mann und Frau zusammengelebt. Lloyd ist spät heimgekommen, bestimmt war er hackedicht, er ist in Paulas Zimmer und wollte zu ihr ins Bett. Es hat einiges Geschrei und Gezerre gegeben. Gott sei Dank ist nichts Schlimmes passiert.«

»Was haben Sie getan?«

»Lloyd hat gesagt, er hätte sich bloß im Zimmer geirrt.«

»Das haben Sie ihm geglaubt?«

»Es ist nicht leicht, wenn zwei aus der Familie, die sich gegenseitig hassen, von einem wollen, dass man sich auf ihre Seite schlägt.«

»Was hat Paula getan?«

»Sie ist am nächsten Morgen gefahren, zurück nach Lincoln und hat ihr Studium abgeschlossen. Sie hat mir einen Zettel dagelassen und geschrieben, dass sie nie mehr nach Hause kommt. Ich soll mir nicht die Mühe machen, sie zu suchen.«

»Haben Sie sie danach noch mal gesehen?«

»Nein. Aber als ihr Bruder in Schwierigkeiten geraten ist, da hab ich sie gesucht, ich hab gehofft, dass er vielleicht auf sie hört. Eine Freundin, die Verwandte in Dayton besucht hat, hat sie im Fernsehen gesehen. Wenn ich sie angerufen habe, ist sie nicht drangegangen, also hab ich ihr einen Brief geschrieben wegen Jordans Problemen.«

»Hatten Sie dann noch mal Kontakt mit ihr?«

»Ja und nein. Bald darauf hat ein Anwalt aus dem Ort an meine Tür geklopft und sich mit mir und Jordan zusammengesetzt. Paula hat dem Anwalt einen Scheck über hunderttausend Dollar geschickt. Das Geld war für Jordan, damit er einen Entzug machen kann.«

»Hat Jordan das getan?«

Sie lächelte. »Ja. Ich hab Ihnen doch gesagt, Paula war clever. Sie hat es so eingerichtet, dass Jordan den Rest des Geldes behalten darf, wenn er es schafft, nach dem Entzug ein Jahr clean zu bleiben. Und Jordy hat es geschafft. Jetzt hat er eine Arbeit und ist gerade dabei, mit Abendkursen das College abzuschließen.«

Die Bedienung kam mit ihrer Bestellung. Lucinda deutete auf ihr leeres Glas. »Ich kann noch eins vertragen. Wie steht's mit Ihnen?«

Gina lehnte ab, schließlich stand für sie noch eine Menge Arbeit an, und nahm nur ein Mineralwasser.

»In New York verlangen sie für so ein Steak vierzig bis fünfzig Dollar«, sagte Gina und ließ sich den ersten Bissen auf der Zunge zergehen.

»Jetzt nehmen Sie mich auf den Arm!«, entgegnete Lucinda.

»Kein Witz. Sagen Sie, Lucinda, sind Sie in der Gegend hier aufgewachsen?«

In den folgenden zwanzig Minuten erzählte Lucinda von der Farm, auf der sie groß geworden war, von ihrer Heirat, als sie achtzehn war, und dem ersten Kind, das ein Jahr später kam. In den ersten Jahren als Mutter war sie sehr glücklich. Sie erinnerte sich gern an die Landjugendabende, an die Schulaufführungen und Tanzveranstaltungen in den Scheunen. Die ganze Gemeinde kam bei Highschool-Footballspielen zusammen. Ihr Sohn Jordy war der Quarterback und Starspieler.

Die Rückfahrt zum Haus verlief zunächst wortlos. Lucinda brach schließlich das Schweigen. »Ich weiß, ich hab Sie das gestern Abend schon gefragt, aber was wollen Sie mit den Kartons da?«

»Ich würde gern herausfinden, mit wem Paula zu tun hatte, als sie ihre Vertraulichkeitsvereinbarung ausgehandelt hat. Wichtiger noch, ich suche nach der Bestätigung für meine Vermutung, dass sie die Vereinbarung nachverhandeln wollte, und würde gern wissen, wer ihr Ansprechpartner war.«

»Paula war ein gutes Mädchen«, sagte Lucinda mehr zu sich als zu Gina. »Sie hat ihrem Bruder das Leben gerettet. Nach ihrem Tod stand derselbe Anwalt wieder bei mir auf der Matte. Nach dem Verkauf ihrer Eigentumswohnung sind fast zweihunderttausend Dollar übrig geblieben. In ihrem Testament hat sie die Hälfte davon als Treuhandvermögen Jordan hinterlassen, die andere Hälfte mir. Der gleiche Deal. Wenn ich in Therapie gehe und ein Jahr nüchtern bleibe, kann ich das übrige Geld behalten.«

»Was werden Sie tun?«

»Sie werden es vielleicht nicht glauben nach dem, was Sie heute Abend gesehen haben. Aber ich bin es meiner Tochter schuldig, dass ich es zumindest versuche«, sagte sie und wischte sich eine Träne aus den Augen.

Als sie sich der Einfahrt näherten, sagte Lucinda: »Ich hab die Kartons einfach in Paulas Zimmer geschoben. Nach Ihrem Anruf gestern Abend hab ich sie mal aufgeschlitzt. In den meisten sind nur Kleidung, Bücher, Geschirr und so. Die mit Ordnern und Papieren hab ich aussortiert und neben die Tür gestellt. Sie dürfen gern reinkommen, aber es ist mir etwas peinlich. Mit dem Haushalt hab ich es nicht so.«

»Schon gut. Ich würde sie gern mit ins Hotelzimmer nehmen, wo ich die Unterlagen ausbreiten und durchsehen kann. Ich bringe sie Ihnen morgen früh wieder vorbei.«

»Wenn ich nicht da sein sollte, stellen Sie alles einfach auf die Veranda.«

Fünf Minuten später waren vier Kartons im Kofferraum und auf dem Rücksitz des Mietwagens verstaut. Nachdem sich Gina von Lucinda verabschiedet hatte, reservierte sie online ein Zimmer in einem Hotel zwanzig Kilometer weiter westlich an der Interstate 80.

84

Rosalee Blanco las erneut den Brief von ihrer Mutter. Meine arme Familie, dachte sie. Meine arme Familie.

Fünfzehn Jahre zuvor, mit knapp dreißig, war sie aus Venezuela emigriert. Das war noch zu der Zeit, bevor es richtig schlimm geworden war, bevor die Diktatoren Chávez und Maduro das Land zugrunde richteten, das zuvor über den höchsten Lebensstandard in ganz Südamerika verfügt hatte. Ihr Vater und ihre Mutter hatten einen Lebensmittelladen in Coro betrieben, der früheren Hauptstadt des Landes, bevor Caracas dazu ernannt wurde.

Wie die meisten Geschäfte in Coro musste auch der Lebensmittelladen schließen. Auf Anordnung der Regierung hatten ihre Eltern Waren unterhalb des Einkaufspreises verkaufen müssen, weshalb bald kein Geld mehr vorhanden war, um den Warenbestand aufzufüllen. Statt Mitgefühl oder Verständnis dafür aufzubringen, ließen die Behörden Rosalees Vater verhaften. Die Schließung des Ladens war ihrer Meinung nach Beweis genug, dass er mit ausländischen Mächten gegen die Regierung konspiriert habe.

Mithilfe der wertvollen US-Dollars, die Rosalee ihnen schickte, hatte ihre Mutter ihn freibekommen. Jetzt mussten ihre Eltern um Essen betteln. Aber da alle anderen Einwohner dasselbe taten, war es schwer, überhaupt an Lebensmittel zu kommen. Sie hätten sich mehr leisten können, hätten sie nicht den Großteil ihres Geldes für Asthmamedikamente aufwenden müssen, auf die Rosalees Bruder angewiesen war.

Rosalee, in Venezuela noch als Friseurin ausgebildet, hatte in New York City schnell Arbeit gefunden. Sie arbeitete sechs Tage in der Woche, an den Abenden nahm sie entweder Englischunterricht oder ließ sich zur Maskenbildnerin weiterbilden. Sie träumte davon, eines Tages in Hollywood mit Kinostars zu arbeiten.

Der Salon, in dem sie beschäftigt war, lag in der Upper East Side. Durch Mundpropaganda gehörte zu ihren Kunden auch ein halbes Dutzend Frauen von REL News. Eines Tages kam eine Frau in den Vierzigern zum ersten Mal zu ihr. Als Rosalee fertig war, reichte ihr die Frau eine Visitenkarte, auf der auf der Rückseite eine Nummer notiert war. »Das ist meine Handynummer. Rufen Sie mich an, wenn Sie frei haben.«

Eine Woche später hatte sie ein Vorstellungsgespräch bei dieser Frau, der stellvertretenden Personalchefin bei REL News, wie sich herausstellte. Zwei Wochen später arbeitete sie als Friseurin und Visagistin für das Unternehmen. »Die Leute, mit denen ich zu tun habe, sind zwar nicht im Kino zu sehen, aber im Fernsehen«, hatte sie stolz ihrer Mutter geschrieben.

Zu ihr kamen aber nicht nur diejenigen, die vor die Kamera traten. Natürlich hatten diese Vorrang. Aber wenn nicht viel los war, ließen sich auch die jungen Frauen am Ende ihrer Schicht noch von ihr stylen, wenn sie am Abend ausgehen wollten. Sie freute sich immer auf sie. Sie waren die Töchter, die sie niemals haben würde.

Es war schon so lange her, sie wusste gar nicht mehr, wann es mit dem *mal*, mit dem Bösen angefangen hatte. Sie sah die jungen Frauen auf dem Weg zu den Büros der leitenden Angestellten lächelnd an ihrem Arbeitsplatz vorbeigehen. Aber wenn sie zurückkamen, lächelten sie nicht mehr, dann hatten sie Tränen in den Augen, ihr Make-up war verschmiert, die Blusen zerzaust. Da sie zu dieser Stunde oft allein da war, rief sie sie zu sich. Sie richtete ihnen wieder das Make-up und die

Haare und half ihnen, zumindest ein bisschen ihre Würde wiederzuerlangen.

Die meisten von ihnen kündigten später, zutiefst verletzt und desillusioniert.

Sie war versucht gewesen, sich mit dieser Reporterin zu treffen, hatte ihr sogar auch eine Mail geschickt, aber in letzter Zeit hatte das *mal* aufgehört. Sie dankte Gott dafür, dass er sich des Problems angenommen und sie nicht gezwungen hatte, das Wohl ihrer Familie in Gefahr zu bringen.

85

Nachdem Gina eingecheckt hatte, fuhr sie um das Hotel herum und fand glücklich einen Parkplatz, gleich vor ihrem Zimmer im Erdgeschoss. Den Rollkoffer im Schlepp, öffnete sie mit der elektronischen Schlüsselkarte die Tür und machte das Licht an. Der erste Blick bestätigte, dass sie das richtige Zimmer bekommen hatte. Zwei Doppelbetten. Sie brauchte so viel Platz wie möglich, damit sie die Papiere ausbreiten konnte. Nach wenigen Minuten hatte sie ihren Koffer und die Toilettenartikel ausgepackt, bevor sie insgesamt viermal nach draußen ging und die Kartons ins Zimmer schaffte.

Ihr herzhaftes Gähnen erinnerte sie daran, wie früh sie an diesem Morgen aufgestanden war. Sie war froh, für den nächsten Tag einen späten Rückflug nach New York gebucht zu haben. Sollte sie heute Abend nicht fertig werden, blieben ihr am nächsten Vormittag noch ein paar Stunden.

Sie setzte sich aufs Bett und rieb sich die Augen. Sie war Paula Stephenson nie begegnet, aber ihr Schicksal berührte sie sehr. Mit schierer Willenskraft und Entschlossenheit hatte sie sich aus einem Zuhause mit zwei alkoholkranken Eltern herausgekämpft. Zum endgültigen Bruch war es wohl erst gekommen, als ihr Vater anscheinend versucht hatte, sich an ihr sexuell zu vergehen. Sie war durch das halbe Land geflohen, hatte sich in New York ein neues Leben aufgebaut, und welches Schicksal hatte sie dort erwartet? Jemand hatte sich an ihr sexuell vergangen. Kein Wunder, dass auch Paula dem Alkohol erlegen war, der schon ihre Familie zerstört hatte.

Wieder lastete die Frage – wie viele Informationen sollte sie den Familienangehörigen mitteilen – schwer auf ihr. Im Gespräch mit Lucinda war Paulas Tod erwähnt worden, aber weder sie noch Paulas Mutter hatten das Wort Selbstmord in den Mund genommen oder auch nur eine Andeutung in diese Richtung gemacht. Gina war einige Male kurz davor gewesen, hatte aber davon abgesehen. Lucinda kam auf ihre Art mit dem Verlust ihrer Tochter zurecht. Was würde es bringen, die Wunden wieder aufzureißen und für neue Unsicherheiten zu sorgen, indem sie anklingen ließ, dass Paula eventuell ermordet wurde? Sie hatte nicht das Recht dazu, dachte sich Gina, nicht, solange sie für Lucinda keine Antworten hatte. Oder noch nicht einmal wusste, wie lange sie überhaupt noch in der Sache recherchieren konnte.

Gina betrachtete das trostlose Zimmer mit den billigen Jalousien, dem ausgetretenen Teppich aus einem vorigen Jahrhundert und den in Zellophan eingewickelten Einwegbechern. Das glamouröse Leben einer Journalistin, sagte sie sich, während sie den Stuhl an eines der Betten zog, mit dem Autoschlüssel den ersten Karton aufschlitzte und den Inhalt auf das schmuddelige Laken kippte.

Um halb acht am nächsten Morgen machte sich Gina wieder an die Arbeit. Sie hatte am Abend zuvor zwei Kartons geschafft, bevor sie zu müde geworden war. Erfrischt nach acht Stunden Schlaf, war sie im Fitnessraum des Hotels auf dem Laufband gewesen, hatte geduscht und im Speisesaal gefrühstückt.

Paula mochte in jungen Jahren eine Ordnungsfanatikerin gewesen sein, in ihren Unterlagen war davon aber nichts zu bemerken. Die von Gina durchgesehenen Kartons enthielten drei Ringbuchordner und von Anwaltskanzleien erstellte, gebundene Dokumente, die sich auf ihre finanzielle Beteiligung an Capriana Solutions bezogen. Vermutlich die Firma ihres

Freundes. Dazwischen fanden sich, wahllos verstreut, alte Telefon- und andere Rechnungen. Paula hatte die Gewohnheit, die Ränder und Rückseiten der Capriana-Dokumente mit Bemerkungen zu füllen, die in keinem Zusammenhang mit deren Inhalt standen. Da Gina gründlich sein wollte, besah sie sich die Vorder- und Rückseiten aller Blätter. Paulas krakelige, schwer zu entziffernde Handschrift machte die Sache nicht leichter.

Um Viertel vor neun erhob sich Gina und streckte sich. Drei geschafft, einer lag noch vor ihr. Sie sah zu den Kartons.

Ihr Handy klingelte. Das Display wies den Anrufer als *Empire Review* aus. Überrascht ging sie ran.

»Hallo, Gina, ich rufe hoffentlich nicht zu früh an. Bist du zu Hause?« Es war Jane Patwell.

»Nein, ich bin in Xavier, Nebraska, und sehe mir an, wie der Mais wächst. Was gibt's?«

»Klingt ja wahnsinnig aufregend. Zwei Dinge. Ich hab deine Spesenabrechnung erhalten, sie abgezeichnet und an die Buchhaltung weitergeleitet. Deswegen ruf ich aber nicht an. Hast du schon gehört?«

»Nein, was?«

»Geoffrey Whitehurst ist gestern von seinem Posten zurückgetreten.«

»O mein Gott. Davon hab ich nichts gewusst«, erwiderte Gina und fragte sich, ob das ebenfalls eine der Folgen des Friedman-Schocks war.

»Hier hat auch niemand was gewusst. Wir sind alle vollkommen perplex. Er hat bereits sein Büro geräumt und ist fort.«

»Irgendeine Ahnung, wer jetzt die Redaktion leitet, bis jemand Neues gefunden ist?«

»Nein. Marianne Hartig wäre infrage gekommen, aber die hat sich gerade in den Mutterschaftsurlaub verabschiedet.«

Gina kannte die stellvertretende Chefredakteurin aus ihrer Zusammenarbeit während der Brandeisen-Geschichte.

»Danke für den Anruf, Jane. Ich bin genauso überrascht wie du. Nur so aus Neugier: Du weißt nicht zufällig, was Geoff als Nächstes vorhat?«

»Das hat er zwar niemandem gesagt, ich habe es aber trotzdem herausgefunden. Ich wollte ihm eine Nachricht auf den Schreibtisch legen, dabei bin ich ganz zufällig an seine Tastatur gekommen und hab seinen Computer aufgeweckt.«

Gina musste lächeln, als sie sich vorstellte, wie Jane ganz zufällig etwas zu sehen bekam, was nur für ihren Chef bestimmt war.

»Vermutlich gehört er auch zu denen, die der Zeitschriftenbranche keine große Zukunft bescheiden. Er tritt eine Stelle beim REL-Nachrichtensender in London an. So, jetzt muss ich aber los. Grüße Nebraska von mir.«

Gina ließ sich langsam auf dem Bett nieder, in ihren Gedanken ging es wild hin und her. Immer mit der Ruhe, sagte sie sich. Konnte Geoffs Weggang zu REL Zufall sein? Nie und nimmer. Jemand von REL hatte sich bei ihm gemeldet. Und für das Jobangebot hatte Geoff im Gegenzug die REL-Recherchen abgeblasen. Aber wäre es nicht besser gewesen, wenn sie Geoff an Ort und Stelle belassen hätten? Wenn sie erfuhr, dass er bei REL anheuerte, musste ihnen doch klar sein, dass sie annehmen würde ... mitten im Gedanken hielt sie inne. Sie hätte doch gar nichts davon erfahren sollen. Es war ein großer Glücksfall gewesen, dass Jane es auf seinem Computer überhaupt entdeckt und es ihr gegenüber erwähnt hatte.

Sofort schloss sich die nächste Frage an: Woher wussten sie von ihren Recherchen? Wurde sie beschattet? Dann dämmerte es ihr. Ja, das war plausibel. Die Opfer, die mit REL eine Vereinbarung getroffen hatten, dürften sich bereit erklärt haben, REL zu informieren, falls Journalisten herumschnüffelten. Sie erinnerte sich, wie überrascht der *ER*-Anwalt Brady darüber gewesen war, dass Meg Williamson einem Treffen zugestimmt hatte.

Aber Meg hatte es nicht freiwillig getan. Man hatte es ihr angeordnet.

Plötzlich hatte Gina das überwältigende Gefühl, ganz allein zu sein. *Was soll ich tun?* Sie öffnete die Kontakte auf ihrem Handy, wählte Ted aus der Liste und tippte schnell eine aus drei Wörtern bestehende SMS. Sie drückte auf SENDEN, bevor Zweifel sie packten, dass sie das Falsche tat.

Sie atmete ein paarmal tief durch, um sich etwas zu beruhigen. Was würde Ted sagen, wenn er jetzt neben ihr sitzen würde? Ihr Blick fiel auf den einen Karton, den sie noch nicht durchgesehen hatte. *Mach dich an die Arbeit* – das würde er sagen.

86

Gina sah auf ihre Uhr: 9.45 Uhr. Check-out war um elf Uhr, aber die meisten Hotels ließen einem, wenn man sie darum bat, etwas mehr Zeit. Allerdings sollte es nicht zu spät werden. Sie musste Lucinda noch die Kartons zurückbringen, zum Flughafen fahren und den Mietwagen abgeben. Wenn sie ihren Flug verpasste, würde sie eine nicht unbeträchtliche Umbuchungsgebühr berappen und eine weitere Nacht im Hotel verbringen müssen.

Eine halbe Stunde zuvor war sie auf erste Indizien gestoßen. In mehreren Umschlägen fand sie Artikel über missbrauchte Frauen, die von Großkonzernen finanziell entschädigt wurden. Paula hatte die Geschichte einer Reporterin von Fox News ausgedruckt, die zehn Millionen Dollar erhalten hatte. *5x so viel wie ich. Das nächste Mal nur mit Anwalt,* war an den Rand gekritzelt. Der Name des Anwalts der besagten Frau war umkringelt. Hatte Paula ihn womöglich kontaktiert? Gina gab den Namen auf ihrem Laptop ein.

Da sie ihren Augen eine Pause gönnen wollte, machte sie sich mit der Maschine im Zimmer eine Tasse Kaffee. Er war lauwarm, schwach und schmeckte, wie vorhersehbar, ziemlich schal.

Paula hatte ohne Anwalt zwei Millionen Dollar herausgeschlagen, dachte Gina. Und den Großteil dieser Summe durch die Firma ihres Freundes wieder verloren. Wenn Meg Williamson eine ähnliche Summe erhalten hatte, würde das ihr hypothekenfreies Haus in Rye erklären, das sie sich trotz ihres bescheidenen

Gehalts leisten konnte. Cathy Ryan stammte aus einer wohlhabenden Familie. Vielleicht war es schwer bis unmöglich gewesen, sie mit Geld zu ködern.

Gina setzte sich wieder an Paulas Aufzeichnungen. Sie ging die Dokumente durch, die mit dem Kauf ihrer Wohnung zu tun hatten. Im nächsten Ordner fand sich eine vielfältige Ansammlung von Mahnungen, von Kreditkartenunternehmen, dem Stromanbieter, der Autoleasingfirma und der Telefongesellschaft. Es gab eine Korrespondenz mit einer Kanzlei im Auftrag der Hausgemeinschaft, die mit der Zwangsversteigerung der Wohnung drohte. Paulas letzte Tage waren alles andere als friedlich verlaufen, dachte sich Gina. Sie hatte viele Gründe gehabt, von REL mehr einzufordern.

Ein großer weißer Umschlag war der letzte Gegenstand im Karton. Nur ein Wort stand darauf. *Judas.* Gina löste die Metallklammer und zog ein dreiseitiges Dokument heraus. Der Briefkopf verwies auf Carter & Associates. Seltsamerweise gab es keine Postadresse, lediglich eine Telefonnummer. Gina, bemüht, ihre Aufregung in Zaum zu halten, las die Vertraulichkeitsvereinbarung, die Paula eineinhalb Jahre zuvor unterzeichnet hatte. Es wurde kein anwaltlicher Vertreter auf ihrer Seite erwähnt. Die einzigen Namen auf der Unterschriftenseite waren ihrer, der eines Michael Carter und einer Notarin.

Gina ging das Dokument durch und erkannte die vertraute krakelige Handschrift: *24.6. Nachricht hinterlassen. 27.6. 11.00 Uhr Treffen Meridian Parkway 123.* Die Daten kamen ihr bekannt vor. Sie rief auf ihrem Laptop den Polizeibericht auf, den sie eingescannt hatte. Paulas Leichnam war am Montag, dem 27. Juni, gefunden worden. Die Polizei hatte alles herangezogen, was sich in der Wohnung finden ließ, um den Todeszeitpunkt genauer einzugrenzen. Laut dem Polizeibericht hatte man »auf der Küchentheke ein Mitteilungsblatt gefunden, datiert auf Freitag, den 24. Juni. Es handelt sich um die Einladung zu einem Treffen der Eigentümergemeinschaft für Mittwoch, den 29. Juni. Laut dem Vorsitzenden der Eigentümergemeinschaft waren diese Mitteilungsblätter am Sonntagnachmittag, 26. Juni, an sämtliche Bewohner verteilt worden.«

Wenn Paula das Mitteilungsblatt also aus dem Briefkasten geholt hatte, war sie zumindest am Sonntagnachmittag noch am Leben gewesen. Wer immer sich am späten Montagvormittag mit Paula im Meridian Parkway hatte treffen wollen, hätte sie am Sonntagabend oder Montagvormittag umbringen können. Herauszufinden, wo sie wohnte, wäre nicht schwer gewesen. Sie hatte die Wohnung auf ihren Namen gekauft. Die Informationen dazu waren in öffentlichen Datenbanken verfügbar.

Gina gab die Adresse im Meridian Parkway in ihren Computer ein. Das Gebäude vermietete Büroräume auf Zeit. Sie musste jemanden finden, der bereit war, ihr zu sagen, wer für den 27. Juni dort einen Raum gemietet hatte.

In der Annahme, dass es sich bei Michael Carter um einen Anwalt handelte, rief sie die Website der New Yorker Anwaltschaft auf und wollte dort nach dem Namen suchen. Die Suchfunktion stand aber nur Mitgliedern offen. Sie mailte Lisa an und bat sie, das für sie zu übernehmen.

Gina hatte die dreiseitige Vereinbarung in der Hand und überlegte, was sie tun sollte. Wenn sie recht hatte, war das ein zentrales Beweisstück in einer Mordsache. Mit dem Handy fotografierte sie die drei Seiten sowie die Rückseite, auf der Paula sich Notizen gemacht hatte. Sie mailte sich die Fotos an die eigene Adresse, damit sie jederzeit auf sie zurückgreifen konnte, falls mit ihrem Handy etwas war.

Dann eilte sie in die Lobby, wo man ihr sagte, dass das Hotel über keinen Businessbereich verfügte. Der Portier erklärte sich aber bereit, ihr alles zu kopieren. Er reagierte zwar ziemlich erstaunt, gestattete Gina aber dennoch, ihn zum Kopiergerät im hinten gelegenen Büro zu begleiten. Sie wollte eine lückenlose

Beweismittelkette. Die zehn Dollar, die sie ihm für eine Rolle Klebeband anbot, lehnte er ab.

Wieder in ihrem Zimmer, schob sie die Originaldokumente in den Umschlag und gab diesen wieder in den Karton, dann verschloss sie alle Kartons mit dem Klebeband und trug sie zu ihrem Wagen. Nachdem sie die Kartons auf Lucindas Veranda abgeladen hatte, fuhr sie auf die Interstate 80 in Richtung Osten nach Omaha.

Während ihr Blick über die endlosen Maisfelder schweifte, sagte sie sich, dass sie einer großartigen Story auf der Spur war. Allerdings hatte sie keine Ahnung, wer sie veröffentlichen würde.

87

Theodore »Ted« Wilson hatte sich gerade im Bad seines Zimmers im Beverly Wilshire Hotel rasiert. Er trocknete sich das Gesicht, kehrte ins Schlafzimmer zurück, zog ein gestärktes weißes Hemd an und wählte eine passende Krawatte. Die Teilnahme an der Roadshow für den Börsengang von REL News war eine großartige Erfahrung. Die PowerPoint-Präsentation für die Private-Equity-Gesellschaften und die Pensionsfonds in Chicago war gut gelaufen, die anschließende Fragerunde hatte allerdings erheblich länger gedauert, als er erwartet hatte. Viele hatten wissen wollen, in welchem Maß die Profitabilität von REL News von der Person Brad Matthews' abhängig war. Was, wenn er einen Herzinfarkt erlitt? Oder beschloss, in Rente zu gehen? Gab es andere Moderatoren oder Moderatorinnen, die über Matthews' Charisma verfügten und seinen Platz einnehmen konnten, falls dieser aus welchem Grund auch immer frei werden sollte?

Teds Team hatte dadurch seinen gebuchten Flug nach Los Angeles verpasst und war gezwungen gewesen, eine andere Maschine zu nehmen. Statt auf einem Platz in der ersten Klasse hatte er daher eingequetscht zwischen einem jungen Mann, der allen Ernstes eine Karriere als Sumoringer hätte anstreben können, und einer Frau gesessen, die eine quengelnde Zweijährige auf dem Schoß hatte. Bis er in seinem Hotel angekommen war, war es ein Uhr morgens gewesen.

Die meisten Teammitglieder freuten sich auf das Ende der Reisen und der langen Arbeitsstunden, sie freuten sich, ihre

Geliebten, Ehepartner und Kinder wiederzusehen. Auch Ted freute sich darauf, den entgangenen Schlaf nachzuholen, insgeheim fürchtete er aber auch die Rückkehr zur Normalität. In den letzten Wochen hatte er die durch Gina geschaffene Leere in seinem Kopf, die Leere in seinem Leben durch Arbeit ausgefüllt. Außerdem war der Gedanke, jemanden zu finden, der ihre Stelle einnehmen könnte, beängstigender als die Aussicht, schlicht und einfach allein zu bleiben.

Die verspätete Ankunft im Hotel hatte den vorgesehenen Tagesablauf in keiner Weise geändert. Frühstück um 7 Uhr. Um 10 Uhr Vortrag bei CalPERS, dem California Public Employees' Retirement System. CalPERS verwaltete die Vermögen von über 1,6 Millionen Beamten, Pensionären und deren Familien und war damit der größte Pensionsfonds der USA. Schaffte man es, dass CalPERS in bedeutendem Umfang in REL investierte, würden mit ziemlicher Sicherheit viele andere Pensionsfonds nachziehen.

Im Fernsehen lief CNBC. Die staatlichen Ermittlungen zur angeblichen Monopolstellung von Google, Amazon, Apple und Facebook kamen allmählich ins Rollen. Alle vier Konzerne waren wichtige Kunden von Teds Bank.

Er hatte gerade seine Krawatte gebunden, als er das Handy vibrieren hörte. Eine SMS war eingetroffen. Er ging hinüber, sah aufs Display und spürte, wie sein Herz einen Schlag aussetzte. Eine Nachricht von Gina:

Bitte vertrau mir.

Ted tippte aufs Display, um sich den gesamten Text anzeigen zu lassen, der, wie er dachte, viel länger sein musste. Aber nein, das war alles. *Bitte vertrau mir.*

Langsam ließ er sich auf dem Bett nieder. Der Wecker zeigte 6.53 Uhr. In wenigen Minuten musste er nach unten.

Was hatte das zu bedeuten? Einen Augenblick lang war er wütend. Sie hatte kein Recht, ihm das anzutun. Sie verschwand einfach so, ohne jede Erklärung, und schickte ihm dann kryptische Botschaften, als wollte sie mit seinen Gefühlen spielen. Sein Ärger aber verging so schnell, wie er gekommen war. Jeder Kontakt mit Gina, selbst diese drei Wörter, waren besser als die schreckliche Funkstille. In den ersten Tagen nach ihrer Trennung war er bei jeder Ankunft einer Nachricht zusammengezuckt, weil er glaubte, sie käme von ihr, weil er glaubte, sie würde ihm eine Erklärung liefern für das, was geschehen war, und möglicherweise einen Weg zurück aufzeigen. Aber es gab nur eine begrenzte Anzahl von Enttäuschungen, die man ertragen konnte. Die Hoffnung konnte einen aufrecht halten, sie konnte einem aber auch das Gefühl geben, sich völlig zum Trottel zu machen.

Warum bat sie ihn, ihr zu *vertrauen*? War es möglich, dass sie die Beziehung aus einem triftigen Grund abgebrochen hatte, ihm das aber nicht erzählen konnte?

Fieberhaft dachte er an ihre letzten Begegnungen und suchte nach Begebenheiten, die darauf hinweisen könnten, was Gina ihm mitzuteilen versuchte. Er erinnerte sich an ein Geschäftsessen, zu dem er sie in der Anfangszeit ihrer Beziehung mitgenommen hatte. Sie hatte ihn ins Vertrauen gezogen und ihm erzählt, dass sie an einer Story über eine große Wohltätigkeitsorganisation im Großraum New York arbeite, die bei Auslandseinsätzen verwundete Veteranen unterstützte. Der charismatische Gründer, der in Afghanistan ein Bein verloren hatte, wurde für sein Geschick bejubelt, Spenden und Geldmittel aufzutreiben. Aber es gab eine dunklere Seite an ihm. Zwei ehemalige Angestellte hatten gegenüber Gina bestätigt, dass er kinderpornografische Aufnahmen auf seinem Computer habe. Diskrete, dem Vorstand vorgetragene Beschwerden waren nicht weiter verfolgt worden. Erst Ginas Artikel hatte ihn bloßgestellt und schließlich zum Rücktritt gezwungen.

»Kein Wort zu irgendjemandem, woran ich arbeite«, hatte sie

Ted damals beim Essen eingeschärft. Einer der Geschäftsführer von Teds Bank war auch im Vorstand der Wohltätigkeitsorganisation vertreten gewesen.

Schlagartig ging ihm ein Licht auf. »Natürlich«, sagte er laut, »das muss es sein.« Es gab nur eine Story, durch die es ihr unmöglich wäre, ihn ins Vertrauen zu ziehen. Es gab nur eine Story, die ihn in eine kompromittierende Situation bringen würde, wenn sie ihm mitteilte, woran sie arbeitete. Es konnte gar nicht anders sein. Gina war über Unregelmäßigkeiten gestolpert und recherchierte jetzt gegen *seine* Bank!

88

Gina schlüpfte in den Morgenmantel und ihre Pantoffeln und tappte schlaftrunken in die Küche. Der Flug nach Newark hatte vier Stunden Verspätung gehabt. Auf das schlechte Wetter an der Ostküste waren technische Probleme am Boden gefolgt, sodass sie erst um zwei Uhr morgens gelandet waren. Bis sie endlich Schlaf gefunden hatte, war es nach halb vier gewesen.

Mehr aus Gewohnheit als Notwendigkeit hatte sie sich auf der Fahrt zum Flughafen von Omaha auf ihre Navi-App verlassen. Danach war ihr Akku leer gewesen. Am Flughafen hatte sie der Versuchung widerstanden, eine der dort zur Verfügung gestellten Ladestationen zu nutzen. Vor Kurzem hatte sie den Vortrag eines Experten für Cybersicherheit gehört, in dem genau vor solchen Ladestationen auf Flughäfen gewarnt worden war. Manchmal seien sie von Hackern so manipuliert, dass damit die auf dem Handy gespeicherten Daten heruntergeladen würden. So sollte man auch nie, hatte der Experte betont, das Angebot eines Uber-Fahrers annehmen, sein Handy bei ihm aufzuladen.

Unter normalen Umständen hätte Gina es gar nicht erwarten können, sich mit dem Chefredakteur des *Empire Review* zu treffen. Ihrer Meinung nach konnte sie nachweisen, dass Paula Stephenson ihre Vereinbarung mit REL neu hatte verhandeln wollen. Paula war dann exakt zu dem Zeitpunkt ums Leben gekommen, als sie einen Termin mit jemandem von Carter & Associates hatte.

Es wäre an der Zeit gewesen, sich mit dem Chefredakteur

über das weitere Vorgehen zu besprechen. An welchem Punkt sollten sie das, was sie wussten, der Polizei mitteilen? Sie hatte eine Telefonnummer von Michael Carter. Man könnte gemeinsam über Lautsprecher mithören, wenn sie die Nummer anrief, etwas von ihrem Wissen preisgab und die Reaktion der Person am anderen Ende der Leitung einzuschätzen versuchte. Das andere Szenario wäre, zu überlegen, wie sie reagieren wollte, falls Michael Carter sie kontaktierte. Sie hatte über ihr Handy mit Meg Williamson kommuniziert. Ihre Nummer war zweifellos an Carter weitergereicht worden.

Aber jetzt, da sie Unterstützung am meisten nötig gehabt hätte, war der Posten des Chefredakteurs beim *Empire Review* verwaist. Ihr kam eine Idee. Sie könnte Charlie Maynard anrufen, den alten Chefredakteur, und ihn um Rat fragen. Sie sah zur Uhr am Kühlschrank: 8.45 Uhr. 5.45 Uhr an der Westküste, noch viel zu früh für einen Anruf, vor allem dann, wenn der Gesprächspartner im Ruhestand war.

Sie zog ihr Handy aus der Tasche des Morgenmantels und schloss es am Ladekabel auf dem Küchentisch an. Eine schmale rote Linie zeigte an, dass der Akku langsam wieder zum Leben erwachte. Ein Vibrieren kündete vom Eintreffen einer SMS. Von Ted! Wie würde er auf ihre rätselhafte Nachricht reagieren? Mit großer Erleichterung sah sie seine Antwort. »Gott sei Dank«, murmelte sie und nahm glücklich zur Kenntnis, dass fünf Buchstaben reichten, um den Schatten zu vertreiben, der seit Wochen über ihr geschwebt hatte. Seine Antwort lautete: *Immer*.

89

Michael Carter war froh, einen Regenschirm mitgenommen zu haben. Aus dem leichten Nieseln war mittlerweile strömender Regen geworden. Seine Frau und sein Sohn waren früh ins Bett gegangen und schliefen schon tief und fest. So musste er niemandem erklären, warum er um 23.25 Uhr noch mal die Wohnung verließ.

Junior hatte keine zehn Minuten gebraucht, um auf seine SMS zu antworten. *23.30 Uhr, heute Abend, Ort wie immer.* Carter wollte schon wieder unter das Vordach der Eingangstür treten, als er den schwarzen Lincoln Navigator in die Straße einbiegen sah, kurz danach hielt er vor ihm an. Oscar stieg aus und spähte unter den Schirm, bis er Carters Gesicht erkennen konnte. Erst dann öffnete er die Fondtür an der Beifahrerseite. Carter klappte den Schirm zu und glitt auf den Rücksitz. Oscar schloss hinter ihm die Tür und verschwand.

»Tut mir leid, dass ich Sie bei diesem Wetter vor die Tür hole, Mr. Carlyle.«

»Ich sollte mich entschuldigen. Sie mussten doch im Regen warten. Übrigens, nennen Sie mich Fred.«

»Okay, Fred. Ich komme gleich zur Sache. Vor drei Monaten wollte Paula Stephenson ihre Vereinbarung neu verhandeln, hat dann aber völlig überraschend Selbstmord begangen.«

»Ich weiß. Ich habe Ihre Mail gelesen.«

»Und dann ist Cathy Ryan, die sich geweigert hat, mit uns zu verhandeln, bei einem Unfall ums Leben gekommen.«

»Zwei schreckliche Tragödien«, sagte Junior nüchtern.

»Tragödien, die aber eins gemeinsam haben. Die beiden Frauen, die sich gegen eine Kooperation mit uns gesperrt haben, kommen vorzeitig ums Leben. Den Frauen, die unterschreiben und den Mund halten, passiert nichts. Aber diejenigen, die sich querstellen oder sich nicht an die Vereinbarung halten wollen, scheinen sehr gefährlich zu leben.«

Junior atmete laut aus und verbarg das Gesicht in den Händen. »Was für ein Chaos!«, seufzte er. »Michael, ich muss Ihnen was gestehen. Bis heute Abend habe ich befürchtet, dass Sie etwas mit Paula Stephensons Tod zu tun haben könnten ...«

Carter widersprach entschieden. »Ich schwöre Ihnen, ich habe absolut nichts damit zu tun. Ich kann beweisen, dass ich ...«

Junior brachte ihn mit einer Handbewegung zum Verstummen. »Michael, ich weiß. Sie müssen mich nicht überzeugen. Ich hätte nicht auf Sherman hören dürfen, ich hätte es besser wissen müssen.«

»Dann sollten Sie vielleicht Sherman mal darauf ansprechen. Sie und ich, wir beide wissen, dass diese Todesfälle kein Zufall sind. Was geschieht, wenn jemand dahinterkommt?«

»Das weiß ich nicht«, antwortete Junior. »Ich muss darüber nachdenken. Michael, passen Sie auf sich auf. Ich weiß, Sherman hat jemanden beauftragt, der Informationen über Sie zusammenträgt. Es würde mich nicht wundern, wenn er Sie beschatten lässt.«

»Fred, ich würde mich gern eine Weile bedeckt halten. Nachdem Ryan ...« Er zögerte und suchte nach dem richtigen Wort. »... nicht mehr ist, sind einige Probleme behoben. Es gibt noch eine Frau in Südafrika, aber ich glaube nicht, dass sie uns Schwierigkeiten bereitet. Ich kann den Informanten weiterhin ihre Honorare auszahlen ...«

»Wir sind mit den Opfern noch nicht fertig«, sagte Junior leise.

Carter drehte sich zu ihm hin. »Nein?«

»Brad Matthews hat mich vor ein paar Tagen angerufen. Er wollte meinen Vater besuchen und hat mich gebeten, ebenfalls mit dabei zu sein. Anscheinend hat sogar er ein Gewissen. Als wir allein waren, hat er sich für das, was er getan hat, entschuldigt. Er wollte es nicht mit Sherman oder mit Ihnen aushandeln, deshalb hat er mir die Namen von zwei weiteren Frauen genannt, die ebenfalls eine Zahlung bekommen sollten.

Noch überraschender war, dass er nach eigener Aussage sogar selbst Kontakt zu diesen Frauen aufgenommen hat. Sie haben seine Entschuldigung angeblich akzeptiert und sich zu einer Vereinbarung bereit erklärt. Sie müssen sich nur mit ihnen treffen und sie den Vertrag unterschreiben lassen. Es gibt nichts mehr zu verhandeln.« Er reichte ihm einen Zettel. »Hier sind die entsprechenden Kontaktdaten.«

»Gut. Ich übernehme das. Aber danach ist Schluss.«

»Einverstanden. Noch ein Wort der Vorsicht. Es ist nicht nötig, dass Sie Sherman etwas davon mitteilen. Zwischen Matthews und Sherman ist schon genug böses Blut.«

»Aber zwei weitere Opfer. Das sind weitere vier Millionen. Wie bekomme ich ...«

»Ich überweise Ihnen die Summe. Lassen Sie das meine Sorge sein.«

»Gut.«

»Michael, es tut mir leid, dass Sie in die ganze Sache mit hineingezogen wurden. Ich weiß, Sie haben Familie. Seien Sie vorsichtig.«

Carter öffnete die Tür und stieg aus. Es regnete heftig, aber er machte sich nicht mehr die Mühe, den Schirm aufzuspannen, als er zu seiner Wohnung zurücklief.

90

Sie hing in der Luft – so fühlte sich Gina, als sie über ihren nächsten Schritt nachdachte. Sie zweifelte nicht mehr daran, dass sowohl Paula Stephenson als auch Cathy Ryan einem Verbrechen zum Opfer gefallen waren. Was bei REL News gelaufen war, ging über jeden Missbrauchsskandal hinaus. Hier wurden Frauen ermordet.

Sie zog in Betracht, Carter & Associates zu kontaktieren, verwarf die Idee aber rasch wieder. Als Journalistin, die auf eigene Faust recherchierte, war sie wesentlich angreifbarer, als wenn sie eine renommierte Zeitschrift hinter sich hatte. Sie hatte mit Jane Patwell gesprochen, die ihr berichtete, dass es bislang keinerlei Fortschritte bei der Berufung eines Nachfolgers für Geoff gab. Eine kurzfristig zusammengestellte Redaktionsleitung breitete das Erscheinen der nächsten Monatsausgabe vor. Jane hatte versprochen, sie anzurufen, falls es Neuigkeiten gab.

Eine Mail an ihren mysteriösen Informanten Deep Throat war unbeantwortet geblieben. Sie selbst war auf den Fall aufmerksam geworden, als Cathy Ryan ihr eine Mail geschickt hatte – sie hatte darauf geantwortet, aber nie wieder etwas von Cathy gehört. Ihr schauderte bei dem Gedanken, dass Deep Throat ein ähnliches Schicksal wie Cathy widerfahren war.

Einen kleinen Vorteil hatte es, dass die Recherchen zu REL News im Moment auf Eis gelegt waren. Auf ihrem Laptop suchte sie nach der Nummer. Es musste sein, sagte sie sich. Was sie aber nicht vor einem schlechten Gewissen bewahrte, als sie die Nummer wählte. Beim dritten Klingeln wurde abgenommen.

»Hier ist Gina Kane. Ich spreche mit Philip Callow?«

»Am Apparat.«

Sie hatte lange darüber nachgedacht. Am liebsten hätte sie ihn unumwunden darauf angesprochen. *Ihre Stiefmutter, die doch nur aufs Geld aus ist, hat meinen Vater ins Visier genommen. Er ist sehr viel älter als sie und schon im Ruhestand. Ich habe doch recht, wenn ich mir Sorgen mache, oder?* Aber die Situation erforderte ein wenig mehr Feingefühl.

»Mein Dad ist Witwer und verbringt in Florida seinen Ruhestand. Er und Ihre Stiefmutter sind sich dort näher gekommen. Marian hat von Ihnen und Ihrem Bruder Thomas erzählt. Deshalb würde ich Sie beide gern mal kennenlernen.«

»Warum?«

Die Frage hatte sie erwartet, und sie hatte sich auch eine Antwort zurechtgelegt. »Weil sie, so wie es im Moment steht, heiraten werden. Und deshalb würde ich die neuen Familienmitglieder gern etwas früher kennenlernen, nicht erst am Hochzeitstag.«

Eine Pause. »Ich denke, das sollte sich einrichten lassen.«

»Ausgezeichnet. Ich komme auch gern zu Ihnen. Wo wohnen Sie?«

»In Buffalo.«

»Gut. Ihr Bruder ist auch in Buffalo?«

»Wir wohnen zusammen. Wann sollen wir uns treffen?«

»Jederzeit, wenn es Ihnen und Ihrem Bruder passt.«

»Morgen Nachmittag? Halb zwei?«

»Würde für mich passen.«

Er nannte ihr den Namen eines Restaurants.

Zwei Gedanken gingen ihr durch den Kopf, nachdem sie das Gespräch beendet hatte. Wenn sich Philip und sein Bruder um halb zwei zum Mittagessen verabreden konnten, mussten sie sehr flexible Arbeitszeiten haben. Wahrscheinlich würden sie das von ihr allerdings auch annehmen. Der zweite Gedanke: Wie lange dauerte ein Flug nach Buffalo und wie viel kostete das Ticket für einen Hin- und Rückflug?

Etwa eineinhalb Stunden und 351 Dollar lauteten die Antworten.

Am nächsten Tag ließ sie sich von einem Uber-Wagen zum Restaurant bringen. Die Möglichkeit, einen frühen Flug zu nehmen und noch zu den fünfundzwanzig Kilometer entfernten Niagarafällen zu fahren, hatte sie verworfen. Sie und Ted hatten einmal davon gesprochen, sich die Wasserfälle anzusehen. Das musste also warten, bis sie sie beide gemeinsam besuchen konnten.

Maria's, das von Philip ausgewählte Restaurant, war eher ein Diner, ein schmuddeliges noch dazu. Am Tresen, der sich fast über die gesamte Länge des Raums zog, standen alte runde Hocker mit ausgebleichten roten Sitzbezügen. Zu beiden Seiten des Eingangs gab es Tische, Abteile fanden sich im hinteren Bereich.

Eine Bedienung mit einer Handvoll Speisekarten kam auf sie zu.

»Allein?«, fragte sie.

»Nein, ich treffe mich mit zwei Männern.«

»Wenn es Phil und Tom sind, die sind da drüben«, sagte sie und deutete zum Abteil in der linken Ecke.

Gina ging zu den beiden, die nebeneinander auf einer Bank saßen. »Philip und Thomas?«, fragte sie.

»Das sind wir«, antwortete der eine. »Setzen Sie sich«, sagte der andere. Keiner der beiden erhob sich zur Begrüßung. Jeder hatte eine halb volle Kaffeetasse vor sich stehen – sie waren also schon seit einiger Zeit hier.

Die Brüder schienen etwa Mitte dreißig zu sein, ein wenig älter als Gina. Beide hatten einiges zu viel auf den Rippen. Keiner hatte sich die Mühe gemacht, sich am Morgen – oder am Morgen davor – zu rasieren. Obwohl es draußen kühl war, trugen beide lediglich ein ausgewaschenes kurzärmeliges Hemd. Einer hatte ein Pflaster am Handgelenk. Und beide hatten sie ausgeprägte, dunkle Augenringe.

Gina glitt auf die Bank ihnen gegenüber. Wie sollte sie das Gespräch beginnen? Bevor sie etwas sagen konnte, erschien die Bedienung und brachte den Brüdern jeweils einen Teller mit ihrem Essen.

»Wir haben schon mal bestellt, wir hatten Hunger. Das stört Sie hoffentlich nicht«, sagte Philip.

»Natürlich nicht«, antwortete Gina, war aber über ihre Unhöflichkeit doch ein wenig überrascht.

»Wie steht's mit Ihnen, wissen Sie schon, was Sie wollen?«, fragte die Bedienung und sah zu Gina.

»Ich fang mit einem Eistee an. Ich hab mir die Speisekarte noch nicht angesehen.« Sie sah zu den Tellern der Brüder. Jeder hatte darauf einen Stapel Pfannkuchen, Eier mit Speck, dazu eine großzügige Ladung Pommes. Nicht unbedingt ihr typisches Mittagessen. »Ein Hamburger klingt doch gut«, sagte sie. Auf Drängen der Bedienung orderte sie die De-luxe-Version.

»Es freut mich, dass Sie sich Zeit genommen haben für dieses Treffen«, begann Gina.

»Schon gut«, murmelte Philip.

»Ich halte Sie hoffentlich nicht von der Arbeit ab.«

»Nein, nein«, antwortete Thomas.

»Was machen Sie so?«

»Wir sind Unternehmer«, sagte Philip.

»Auf dem Sportsektor«, fügte Thomas an.

»Sport?«, fragte Gina. »Ich verstehe nicht ganz.«

»E-Sport. Videogames, eine riesige neue Industrie mit weltweit Wahnsinnswachstumsraten«, sagte Philip. »Tom und ich, wir haben eine erfolgreiche Firma gehabt, bis unsere liebe Frau Mama unseren Vater dazu überredet hat, uns die Finanzierung zu entziehen.«

»Mit liebe Frau Mama meinen Sie Marian, nehme ich an.«

»Die einzige wahre Marian«, kam es von Thomas finster, während er sich mit dem Handrücken einen Pfannkuchenkrümel vom Kinn wischte.

»Das tut mir leid. Und was machen Sie jetzt ohne Finanzierung?«

»Wir versuchen andere Investoren zu finden«, sagte Thomas. »Das ist eine zähe Angelegenheit.«

»Sehen Sie Marian denn?«

»Hin und wieder«, antwortete Philip.

»Reden Sie mit ihr?«

»Gelegentlich«, erwiderte Thomas.

Man musste ihnen alles der Nase ziehen, dachte sich Gina. Mit Feinsinnigkeit kam sie bei den beiden nicht weit. Sie beschloss, die Frage zu stellen, die sie hoffentlich aus der Reserve locken würde. »Ich habe Marian kennengelernt. Sie macht eigentlich einen sehr netten Eindruck. Aber Sie kennen sie vermutlich besser als ich. Mir scheint, dass Sie auf sie nicht gut zu sprechen sind. Wie war das denn, als Sie sie kennengelernt haben? Und wie hat sich das dann weiterentwickelt?«

Damit hatte sie den Startschuss gegeben. In der nächsten halben Stunde kriegten sich die beiden Brüder gar nicht mehr ein. Sie beschrieben eine Frau, die sich anfangs bei ihnen eingeschmeichelt, im Lauf der Zeit das Leben ihres Vaters aber völlig dominiert hatte. Sein Vermögen, das nicht unbeträchtlich war, wie sie versicherten, hätte an sie fallen sollen. Aber vor seinem Tod hatte Marian ihn dazu gebracht, alles ihr zu vererben. »Wir sind leer ausgegangen«, sagte Philip. Thomas nickte bestätigend.

Als die Rechnung kam, machte keiner der Brüder Anstalten,

sie zu übernehmen. Auch ein Dank kam nicht, als Gina alles bezahlte. Erst auf dem Weg zum Flughafen fiel ihr ein, dass keiner der beiden auch nur eine Frage an *sie* gerichtet hatte.

91

Michael Carter war nach zwei kurz aufeinanderfolgenden Reisen wieder in seinem Büro. Am Anfang der Woche hatte er sich einen Tag lang in Portland aufgehalten. Er war nach New York zurückgekehrt, nur um am folgenden Tag gleich wieder nach Phoenix aufzubrechen, wo er eine Nacht verbrachte. Jetzt lehnte er sich zurück und las noch einmal die Mail, die er an Junior verfasst hatte. Zufrieden versendete er sie. Es war das erste Mal, dass er Junior eine E-Mail schickte, die nicht gleichzeitig an Sherman ging.

Die Namen der Frauen in Portland und Phoenix hatte Junior ihm gegeben – es waren die Frauen, die Matthews Junior gegenüber gebeichtet hatte. Carter konnte sich nach wie vor nur schlecht vorstellen, dass sich Matthews wirklich dazu bekannte. Beim Treffen im Golfklub hatte der Moderator nicht unbedingt den Eindruck erweckt, als würde er sein Tun bereuen. Er hatte gelogen und verschwiegen, dass Meg Williamson ebenfalls eines seiner Opfer war. Nach Carters Einschätzung machte Matthews eher weiter wie bisher. Die Liste dürfte daher immer länger werden.

Laut Junior habe Matthews persönlich Kontakt zu den letzten beiden Missbrauchsopfern aufgenommen und sie davon überzeugt, sich auf eine Einigung einzulassen. Was immer er ihnen gesagt hatte, er schien den richtigen Ton getroffen zu haben. Beide Frauen erschienen in dem von ihm angemieteten Büro, stellten keine Fragen, lasen kaum die Vertraulichkeitsvereinbarungen, unterschrieben und verschwanden so schnell wie möglich wieder.

Beim zweiten Treffen im Wagen hatte er Junior um eine Pause gebeten. Junior hatte sich einverstanden erklärt, sofern er die Vereinbarungen mit den beiden Frauen abschloss. Leider war es damit aber nicht getan. Noch lange nicht.

92

Gina kam von einer frühen Joggingrunde zurück, als ihr Handy auf dem Küchentisch klingelte. Ein Blick aufs Display zeigte, dass es ihr Vater war.

»Hallo, Gina. Wollte mich nur mal wieder melden und hören, wie es dir geht.«

Wenn du wüsstest, dachte sich Gina. »Alles wie immer, Dad. Ich bin immer noch dabei, die Geschichte an den *Empire* zu verkaufen. Aber dort wird der Chefredakteursposten gerade neu besetzt, deswegen drehen sich die Mühlen im Moment etwas langsam.«

»Es wird bestimmt klappen.«

»Wie steht's in Naples?«, fragte Gina eher widerwillig.

»Ein paar von uns fahren für ein paar Tage auf die Bahamas zum Fliegenfischen. Morgen geht's los. Nur Jungs, du musst dir also keine Sorgen machen, meine Liebe. Ich brenne nicht durch, um irgendwo heimlich zu heiraten.«

»Okay, Dad. Schon verstanden. Wie geht's Marian?«

»Gut. Sie treibt sich übrigens gerade bei dir rum. Sie muss sich nämlich in New York um ein paar Sachen kümmern. Ich hab sie heute Morgen zum Flughafen gebracht.«

Wahrscheinlich kümmert sie sich darum, dass meine Wohnung auf ihren Namen überschrieben wird, dachte sich Gina und rügte sich gleich dafür. »Dad, wenn Marian Zeit haben sollte, würde es mich freuen, wenn wir uns auf einen Drink oder zum Essen treffen, solange sie hier ist.«

»Das wäre wirklich schön. Soweit ich weiß, wird sie einige Tage bleiben«, sagte er und gab ihr anschließend Marians Handynummer. Gina erwähnte nicht, dass sie die Nummer bereits über Teds Freund bei Goldman Sachs hatte. »Ich hoffe aufrichtig, dass du Marian besser kennenlernst.«

»Das werde ich, versprochen, Dad. Mach dir darüber mal keine Sorgen. Und Petri Heil!«

93

Das Leben ist schon komisch, dachte sich Gina. Im Lauf ihrer Karriere hatte sie viele mächtige und einflussreiche Leute interviewt, von denen es vielen nicht gefallen hatte, dass sie sich ihren Fragen stellen mussten. Es war verständlich, dass sie vor solchen Treffen immer etwas nervös war. »Lampenfieber ist wie Schmetterlinge im Kopf«, hatte ihr ein erfahrener Kollege einmal gesagt. »Solange du es schaffst, dass sie in Formation fliegen, ist alles gut.«

An diesem Abend war es anders. Die Sache könnte nach hinten losgehen. Wenn es ihr gelang, Marian Callow als Opportunistin bloßzustellen, die sich ältere Männer als Opfer suchte, wäre einiges gewonnen. Aber wäre das dann nicht auch ein Pyrrhussieg? Wenn sie, um ihren Vater und sich selbst zu schützen, ihrem Vater damit letztlich das Herz brach ...

Ihre Gedanken wurden durch Marian unterbrochen, die ihr zuwinkte und an ihren Tisch kam. Gina hatte ein kleines italienisches Restaurant in der Upper West Side ausgesucht. Die Tische lagen, wie es für New York ganz und gar unüblich war, weit auseinander. Gina wollte nicht schreien, um sich verständlich zu machen, schon gar nicht wollte sie, dass ihr Gespräch an den Nachbartischen mitangehört werden konnte.

»Was für ein nettes Lokal«, sagte Marian, als der Oberkellner ihr den Stuhl zurechtrückte. »Wie bist du drauf gestoßen?«

Marian trug ein offensichtlich teures marineblaues Kostüm mit einem rot-weißen Schal um den Hals. Unweigerlich fiel Gina auf, wie attraktiv sie war.

»Ein Bekannter war ganz begeistert davon«, erwiderte sie. Dieser Bekannte war Ted gewesen, aber sie wollte das Gespräch nicht auf *ihr* Liebesleben bringen. Deshalb waren sie nicht hier.

Gina bestellte eine Flasche Pinot Noir, und Marian schlug vor, dass Gina für beide die Vorspeisen aussuchte. Die beiden Frauen plauderten bei ihrem ersten Glas Wein. Mehrere Gründe hatten Marian nach New York geführt. Sie übernachtete bei einer alten Freundin, die mit ihr im Designstudio gearbeitet hatte. Sie hatten sich am Vorabend *Wer die Nachtigall stört* angesehen, einen ganz fantastischen Film. Morgen würde sie sich mit zwei Brokern zum Lunch treffen, die sich um ihr Geld kümmerten. Es handelte sich dabei um Freunde ihres verstorbenen Mannes, die bei Goldman Sachs angestellt gewesen waren, bevor sie ihr eigenes Unternehmen gegründet hatten. »Klar, das meiste könnte man natürlich auch telefonisch regeln, aber hin und wieder ist es ganz nett, diejenigen, denen man immerhin sein Geld anvertraut, persönlich zu treffen.«

Dem musste Gina zustimmen. Ohne zu viel von sich verraten zu wollen, sah sie Marian unumwunden in die Augen.

Ganz anders als ihre Stiefsöhne war Marian aufrichtig an Gina interessiert. Sie fragte, woran sie im Moment arbeite, und zeigte Verständnis, als Gina entschuldigend antwortete, dass sie darüber nichts verlauten lassen könne. Sie erkundigte sich nach Ted, und als sie meinte, dass sie es schön fände, wenn Gina öfter nach Naples kommen würde, klang es so, als würde sie es tatsächlich ernst meinen.

Das Essen wurde serviert, das köstlich war wie immer. Marian strahlte eine Freundlichkeit aus, ein Gefühl von Wärme, das Gina in Naples gar nicht aufgefallen war. Sie konnte nachvollziehen, warum sich ihr Vater so zu ihr hingezogen fühlte, warum Männer sie überhaupt attraktiv fanden.

Nach dem Essen kam Gina vorsichtig auf den Grund ihres Treffens zu sprechen. »Nach Moms Tod war Dad am Boden zerstört. Er und meine Mutter waren ja schon zusammen, als sie noch halbe Kinder waren. Ich hab mir große Sorgen um ihn gemacht. Deshalb habe ich es – ich will ganz ehrlich sein – mit gemischten Gefühlen aufgenommen, als ich gehört habe, dass er so schnell wieder jemanden gefunden hat.«

»Ich kann das gut verstehen, Gina. Ich an deiner Stelle würde die gleichen Fragen stellen.«

»Marian, du bist sehr nett. Ich komme mir albern vor, das Thema überhaupt anzuschneiden. Aber nach dem Tod meiner Mutter habe ich nur noch Dad, er ist meine ganze Familie. Ich fühle mich verpflichtet ...« Sie suchte nach dem richtigen Wort.

»Auf ihn aufzupassen?«, schlug Marian vor.

»Aus Mangel eines besseren Ausdrucks, ja.«

Marian lächelte. »Du kannst dich glücklich schätzen, und dein Vater auch. Er ist ein wundervoller Mensch. Ihr könnt beide von Glück reden, dass ihr aufeinander aufpasst.« Sie nahm einen Schluck Wein. »Ich bin wie du ebenfalls Einzelkind. Meine beiden Eltern sind tot. Mir waren acht tolle Jahre mit Jack vergönnt. Er war ein wunderbarer Mann.« Sie überlegte. »Jack war älter. Von Anfang an habe ich gewusst, dass ich ihn wahrscheinlich überleben werde. Trotzdem hätte ich mir mehr Zeit mit ihm gewünscht.«

»Dein Verlust tut mir sehr leid«, sagte Gina.

»Danke. Du weißt bestimmt, wie es ist, wenn man jemanden verliert, der einem sehr nahe steht.«

Gina wusste nicht recht, ob Marian damit auf ihre Mutter oder auf Ted oder auf beide anspielte.

»Ich mag dich sehr, Gina. Egal, wie es zwischen mir und deinem Dad weitergeht, ich fände es schön, wenn wir weiterhin Kontakt halten könnten. Ich weiß, dass du Fragen an mich hast. Also schieß los.«

»Marian, ich bin wirklich froh, dass du es mir so einfach machst. Ich werde die Karten offen auf den Tisch legen. Als ich in Naples war, hab ich dich gefragt, wie oft du deine Stiefsöhne siehst. Du hast geantwortet, du hättest dein Leben und sie hätten ihres. Ich will ehrlich sein. Für mich war das ein großes Warnsignal.«

»Willst du mit ihnen reden?«

»Das hab ich bereits.«

»Wie? Du hast sie ausfindig gemacht? Ach, vergiss es – es sollte mich nicht überraschen, dass du sie gefunden hast. Schließlich verdienst du dir damit den Lebensunterhalt.«

»Ich habe mit ihnen nicht nur geredet. Ich bin sogar nach Buffalo geflogen und habe mich mit ihnen zum Essen getroffen.«

»Dann ist dir mehr gelungen als mir.«

»Was soll das heißen?«

»Sie weigern sich, mich überhaupt zu sehen. Sie haben dir bestimmt gesagt, dass ich die böse Hexe bin. Dass ich ihren Vater gegen sie aufgebracht habe. Dass ich das ganze Geld gestohlen habe, das eigentlich an sie gehen sollte. Hab ich irgendwas ausgelassen?«

»Sie haben gesagt, du hättest ihren Vater dazu gebracht, dass er nicht mehr ihr Unternehmen finanziert.«

Marian lächelte und seufzte gleichzeitig. »Wo soll ich anfangen? Die Jungen haben Jack das Herz gebrochen. Jack war von klein auf sehr erfolgsorientiert, ein Macher. Er hatte in der Schule alle möglichen Sportarten getrieben und nebenbei immer gejobbt. Seine Eltern hatten kein Geld, also hat er selbst sein Studium an der State University of New York in Buffalo finanziert. Irgendwie hat er bei Goldman Sachs ein Vorstellungsgespräch ergattert, obwohl die dort eigentlich nur an Absolventen der Eliteunis interessiert waren. Aber nachdem er den Fuß in der Tür hatte, überflügelte er alle anderen. Er ist immer früh ins Büro gekommen, ist spät nach Hause gegangen und war mehr als die Hälfte seiner Zeit im Ausland.«

»Dann hat er von seinen Söhnen wohl nicht viel mitgekriegt, als sie aufgewachsen sind, oder?«

»Nein. Und das hat er bis an sein Lebensende bedauert. Seine Frau war ein guter Mensch, aber sie war schüchtern und eher ängstlich. Sie gab vor, Jack bei seinem Vorhaben zu unterstützen, die Jungs härter anzufassen, sie dazu zu bringen, dass sie ihr eigenes Geld verdienen. Aber sobald er aus dem Haus war, ließ sie es zu, dass sie tun und lassen konnten, was sie wollten. Sie hatte immer Angst, dass sie zu viel Druck auf sie ausübte, und vertrat die Einstellung, dass es besser wäre, wenn sie den ganzen Tag zu Hause rumhängen und Videospiele spielen, statt auf der Straße Drogen zu nehmen. Sie hat darin keinen Schaden gesehen.«

»Das muss hart gewesen sein.«

»War es auch. Jack und sie ließen sich scheiden. Er hatte gut verdient, ein großer Teil seines Gehalts ging daher als Alimente an sie und die Kinder. Jack bezahlte den beiden das Studium an der SUNY Buffalo, aber keiner hielt es für nötig, auch den Abschluss zu machen. Im Grunde ließen sie sich nur selten an der Uni blicken. Meistens saßen sie auf ihren Zimmern und waren mit Videospielen beschäftigt.«

»Das klingt wie eine Krankheit, fast wie eine Sucht.«

»Es klingt nicht nur so, es ist eine Krankheit und Sucht.«

»Kümmert sich ihre Mutter noch um sie?«

»Nein. Sie war anfällig für Depressionen, die immer schlimmer wurden. Schließlich musste sie ins betreute Wohnen. Da ist sie immer noch.«

»Und was ist danach mit den Jungen geschehen?«

»Zu der Zeit waren sie ja schon Mitte zwanzig. Ihre Mutter hatte ihnen Geld überlassen, das war das Schlimmste, was sie tun konnte. Sie bildeten sich ein, sie wären hervorragende Profispieler. In weniger als drei Jahren hatten sie fünf Millionen Dollar durchgebracht.«

»Was für eine Verschwendung«, sagte Gina.

»Von Geld und Lebenszeit«, stimmte Marian zu. »Erst als sie

pleite waren, konnte Jack wieder etwas die Kontrolle über sie gewinnen. Er hat sie angefleht, sich einer Therapie zu unterziehen. Eine wachsende Zahl von Experten hält Videospielsucht für ebenso zerstörerisch wie jede andere Glücksspielsucht. Natürlich wollten sie davon nichts wissen. Warum auch? Sie beharrten darauf, dass sie kein Problem hätten.«

»Was hat Jack gemacht?«

»Sie wollten mit Jack noch nicht mal mehr reden. Als sie das Haus in New Jersey verloren, besorgte er ihnen etwas in Buffalo. Dort sollten sie in der Nähe ihrer Großeltern wohnen. Das Haus ist Teil eines von ihm eingerichteten Treuhandfonds. Der Fonds bezahlt alles, inklusive Breitbandinternetleitung für ihre Spiele. Er finanziert jedem ein Auto, eine monatliche Summe für den Lebensunterhalt und die Krankenversicherung. Wenn sie sich dazu entschließen würden, sich einer Therapie zu unterziehen, würde er die Kosten vollständig übernehmen.«

»Wie traurig das alles ist.«

»Ja. Der Fonds war der einzige Punkt, über den Jack und ich uns je gestritten haben.«

»Du warst gegen diesen Fonds?«

»Im Gegenteil. Ich war mit ihm der Meinung, dass das das Einzige wäre, was er unter den gegebenen Umständen tun konnte. Keiner von uns wollte, dass sie auf der Straße landeten.«

»Worum ging es dann bei dem Streit?«

»Die Großeltern waren nicht mehr die Jüngsten. Jack bestand darauf, dass ich als Treuhänderin fungierte. Das wollte ich nicht.«

»Aber letzten Endes hast du es doch gemacht?«

»Nicht sofort. Als Jack noch gesund war, gab es keinen Grund zur Eile. Aber als er krank wurde ...« Sie stockte, ihre Augen wurden feucht. »Er hätte nie Frieden gefunden, solange er nicht wusste, dass sich jemand, dem er vertrauen konnte, um seine Söhne kümmerte. Ich wollte nicht, dass er sich neben allem anderen auch noch um den Treuhandfond Sorgen machen musste. Also habe ich schließlich eingewilligt.«

»Wie haben Philip und Thomas darauf reagiert?«

»Wie vorherzusehen. Da sie jetzt Jack nicht mehr die Schuld an ihren Problemen geben konnten, wurde ich zum neuen Sündenbock.«

»Das klingt, als hättest du eine undankbare Aufgabe übernommen.«

»Undankbar ist gar kein Ausdruck.«

»Sie haben mir erzählt, du hättest Jack dazu überredet, ihr Unternehmen nicht mehr zu finanzieren.«

Marian lachte bitter. »Sie hatten die Idee, ein Team von Spielern zusammenzustellen, die weltweit an Videospielturnieren teilnehmen. Ich habe die Finanzierung nicht gestoppt. Es gab nie eine Finanzierung. Jack hätte keinen Cent in so was gesteckt.«

»Marian, darf ich dir sagen, wie schlecht ich mich fühle, dass ich dich so falsch eingeschätzt habe?«

»Gina, du schützt nur jemanden, den du liebst. Es gibt nichts, wofür du dich entschuldigen musst.«

»Ich bin froh, dass wir miteinander geredet haben.«

»Wir müssen uns noch über etwas anderes unterhalten.«

»Worüber?«, fragte Gina besorgt.

»Ich hätte jetzt gern einen Amaretto, trinke aber nur ungern allein.«

»Dann müssen wir also zwei bestellen.«

94

Gina betrat ihre Wohnung, warf die Handtasche und die Schlüssel auf den Küchentisch und holte eine Wasserflasche aus dem Kühlschrank. Ihr war eine schwere Last von den Schultern gefallen. Sie hatte sich mit Marian zum Essen verabredet, weil sie herausfinden wollte, was für ein Mensch sie war. Jetzt hatte sie eine Antwort. Und jetzt hoffte sie sogar, dass sich die Beziehung zwischen Marian und ihrem Vater weiter entwickeln würde.

Zum mindestens zehnten Mal öffnete sie auf ihrem Handy Teds SMS, die aus nur einem Wort bestand. *Immer.* Und wieder spendete sie ihr Trost und gab ihr das Gefühl, ihm nah zu sein. Sie widerstand der Versuchung, ihn anzurufen, nur um endlich wieder seine Stimme zu hören. Das geht noch nicht, weil ...

Sie wusste es nicht zu sagen. Weil meine Recherchen wichtiger sind?

Sie setzte sich, stützte die Ellbogen auf den Tisch und legte das Gesicht in die Hände. Ich will, dass es endlich vorbei ist, sagte sie sich. Ich will mein Leben zurück. Ich will Ted wiederhaben.

Gedankenverloren tippte sie auf die Laptoptastatur und holte damit das Gerät aus dem Ruhemodus. Sie öffnete ihre E-Mails und ließ sich die neuen Nachrichten anzeigen. Deep Throat hatte geantwortet.

Miss Kane
Entschuldigung, dass ich nicht früher mich gemeldet. Große Angst.
Darf nicht meine Arbeit verlieren. Meine Familie, sie braucht Geld, das ich schicke.

*Mit den jungen Frauen schreckliche Dinge sind gemacht
worden. Sie können das stoppen.*

*Wir können uns treffen. Aber Sie müssen versprechen, nicht
meinen Namen zu nennen.*

Gina sah auf die Uhr. Die Mail war vor gut einer halben Stunde
verschickt worden. Sie wollte sofort antworten, damit Deep
Throat – sie war überzeugt, dass es sich um eine Frau handelte –
es sich nicht anders überlegen konnte. Sie antwortete:

*Ich verspreche Ihnen, ich werde Ihren Namen geheim halten.
Wir können uns überall treffen, an jedem Ort, an dem Sie sich
sicher fühlen. Aber wir müssen SOFORT reden.*

*Sie hatten recht wegen Paula Stephenson. Sie hat sich nicht
selbst umgebracht. Sie müssen mir die Namen der anderen
Frauen nennen, die bei REL missbraucht wurden.*

*Ich danke Ihnen für Ihren Mut. Mit Ihrer Hilfe werde ich sie
stoppen.*

Gina

Handynummer: 212-555-1212

Sie würde noch etwas warten müssen, bis sie ihr Leben und Ted
zurückbekam, dachte sich Gina und ging ins Schlafzimmer. Sie
würde die Sache zu Ende bringen.

95

Michael Carter überlegte allen Ernstes, sich ein neues Büro zu suchen. Die Affäre mit Beatrice hatte er beendet. Ohne jedes Drama, ohne Streit, ohne Aussprache. Er hatte sie einfach nicht mehr gefragt, ob sie mit ihm ausgehen möchte. Wenn sie etwas vorschlug, hatte er immer abgewiegelt und gesagt, dass er zu viel zu tun habe. Etwa zwei Wochen lang hatte sie geschmollt. Ihre neue Taktik bestand jetzt darin, ihn komplett zu ignorieren. Heute Morgen hatte er sie an ihrem Schreibtisch angesprochen und sie darauf hingewiesen, dass die Deckenleuchten in seinem Büro nicht funktionierten. Sie hatte noch nicht einmal aufgesehen, sondern so getan, als hätte sie ihn gar nicht gehört. Darauf, dachte er sich, konnte er gut und gern verzichten.

Er griff zu seinem Handy. Er hatte sich einen Google-Alert zu allen neuen Artikeln über REL News eingerichtet. Sofort sprang ihm eine Schlagzeile ins Auge. *Finanzvorstand von REL News tot aufgefunden.* Er klickte auf die Zeile, und mit angehaltenem Atem begann er zu lesen.

Heute in den frühen Morgenstunden hat die Polizei die Leiche von Edward Myers aus dem Harlem River geborgen. Myers, 53, war Finanzvorstand des Nachrichtenkonzerns REL News und hat sein gesamtes Berufsleben dort verbracht.

Ein Jogger hatte die Leiche eines Mannes im Wasser treiben sehen und daraufhin die Polizei verständigt. Laut Aussage der Polizei konnte eine erste Identifizierung anhand der Brieftasche vorgenommen werden, die sich in der Kleidung des Toten befand.

Ein Familienmitglied, vermutlich die Ehefrau des Toten, habe später bestätigt, dass es sich tatsächlich um Myers handelte.

Laut unbestätigten Aussagen von REL-Mitarbeitern gab Myers in letzter Zeit dem Unternehmensvorstand wiederholt Anlass zur Sorge, da er oft niedergeschlagen und deprimiert gewirkt hatte. Als Grund dafür wurde die hohe Arbeitsbelastung aufgrund des bevorstehenden Börsengangs vermutet, der in Myers' Ressort fiel.

Zum letzten Mal wurde Myers gesehen, als er am Vorabend die Konzernzentrale in Midtown verlassen hatte. Die Polizei wertet im Moment die Aufzeichnungen der Überwachungskameras von sämtlichen Gebäuden in der näheren Umgebung aus. Ein Sprecher des Unternehmens gab bekannt, dass erst weitere polizeiliche Ermittlungen Aufschluss über die Ursache und Art und Weise des Todes geben können.

In Analystenkreisen genoss Myers hohes Ansehen, da in seiner Zuständigkeit der Grundstein für den kometenhaften Aufstieg von REL News gelegt wurde. REL News befindet sich momentan in der letzten Phase vor dem Börsengang. Noch ist unklar, wie sich Myers' Tod darauf auswirken wird und ob sich institutionelle Investoren deshalb zu einer Neubewertung des Unternehmens veranlasst sehen.

Neben seiner Ehefrau hinterlässt Myers eine Tochter im Collegealter.

Ein Pressesprecher von REL gab bekannt, dass das Unternehmen im Laufe des Tages eine Stellungnahme herausgeben wird.

Carter ging zum Fenster und sah hinab auf die Autos und die Fußgänger fünfzehn Stockwerke unter ihm. Wenn er an die Reihe kam, würde es dann ein Unfall oder ein Selbstmord sein? Er sah sich selbst schon zerschmettert auf dem Bürgersteig liegen. Er wandte sich vom Fenster ab und hatte mit Schwindel und einem plötzlichen Anfall von Übelkeit zu kämpfen.

Warum Myers, fragte er sich, aber dann erschien ihm alles fürchterlich plausibel. Ein CEO, selbst wenn er so mächtig war wie Sherman, konnte nicht einfach so über zwölf Millionen Dollar aus dem REL-Kapital lockermachen und an einen Laden wie Carter & Associates überweisen. Es gab ein System gegenseitiger Kontrollen, damit so etwas verhindert wurde. Sherman brauchte Myers, damit die Auszahlungen freigegeben wurden. Wer wusste schon, was Sherman ihm erzählt hatte – vielleicht hatte er ihm auch gar nichts erzählt und ihn einfach dazu genötigt.

Wie bequem für Sherman, dachte Carter. Dem CEO musste daran gelegen sein, jede nachweisbare Verbindung zwischen ihm und den ausgezahlten Summen zu tilgen. Ein im Wasser treibender Myers konnte kein Licht mehr auf die Sache werfen. Soweit Carter bekannt war, wusste Sherman nichts davon, dass Junior in die Vorgänge eingeweiht war. Wenn alles aufflog, würden die Ermittler die Geldflüsse nachverfolgen, die von Carter & Associates ausgingen. Sherman würde nirgendwo auftauchen. Wer blieb dann also noch, der über Shermans Beteiligung plaudern konnte? »Ich«, sagte er laut und tippte sich, ohne dass es ihm überhaupt bewusst wurde, auf die Brust.

Zum zweiten Mal zog er ernsthaft in Betracht, die Dienste eines Anwalts in Anspruch zu nehmen. Er war überzeugt, er könnte erklären – und eine Jury würde ihm auch glauben –, dass er Sherman lediglich E-Mails über Cathy Ryan und Paula Stephenson geschickt hatte, um ihn über seine Verhandlungsfortschritte auf dem Laufenden zu halten, aber nicht, um ihm deren jeweiligen Aufenthaltsort zu liefern, sodass er die beiden Frauen in der Folge beseitigen konnte. Das war die Wahrheit – falls sie jemanden interessierte.

Könnte er Sherman irgendwie versichern, dass er immer den Mund gehalten hatte, dass er nie gegen ihn vorgehen würde? Wie dumm diese Idee war, wurde ihm bewusst, als er sich das

Gespräch dazu vorstellte. *Hey, Dick, kriegen Sie das jetzt nicht in den falschen Hals, aber falls Sie überlegen sollten, wie Sie meine Ermordung arrangieren, dann ist das wirklich nicht nötig. Sie können mir voll und ganz vertrauen, ich gehe nicht von der Fahne.*

Er musste an den arabischen Spruch denken: *Der Feind meines Feindes ist mein Freund.* Er blätterte durch seine Notizen, bis er die Telefonnummer fand, die Meg ihm von dieser neugierigen Reporterin geschickt hatte. Gina Kane.

96

Brad Matthews saß in seinem Büro, war beim dritten Scotch angelangt und sah sich seine abendliche Nachrichtensendung an. Es war fast Mitternacht. Er war nicht zufrieden. Ganz und gar nicht. Der Beleuchter hatte seine hohe Stirn glänzen lassen wie eine polierte Bowlingkugel. Er sah ja aus wie Joe Biden. Die *New York Post* hatte sich bereits über ihn lustig gemacht und ihn als »Botox-Brad« bezeichnet. Das würde denen jetzt noch mehr Munition liefern, befürchtete er.

Auch die Frisur, zu der sie ihn überredet hatten, gefiel ihm nicht. Seit Urzeiten trug er einen Seitenscheitel und kämmte sich die langen Strähnen über den zunehmend kahler werdenden Schädel. Bei dem neuen Look wurden die Haare gerade nach hinten gekämmt, das sei distinguierter, hatte man ihm gesagt. Seiner Meinung nach sah er damit einfach nur älter aus.

Und dann überkam ihn wieder dieses Gefühl. In den letzten Monaten hatte er es unterdrücken können, war entweder früh nach Hause gefahren, ins Fitnessstudio gegangen oder hatte sich mit einer Freundin in einem Restaurant getroffen. Aus irgendwelchen Gründen war der Drang heute Abend besonders stark. Gewöhnlich konnte er sich auf den Scotch verlassen, der alles dämpfte, der das Feuer löschte; diesmal loderte es nur noch stärker auf.

Er öffnete die Bürotür und sah sich um. Seine Sekretärin war längst fort. Die anderen Büros im Gang waren leer. Am anderen Ende des Gangs konnte er die Maske sehen. Die Visagistin, die gerade Schicht hatte, Rosalee, las eine Zeitschrift. Niemand von denen, die auf Sendung waren, benötigten im Moment ihre Dienste. Matthews schloss die Tür und kehrte an seinen Schreibtisch zurück.

Vor wenigen Wochen war sie ihm zum ersten Mal aufgefallen. Sie war von einer Redaktionsassistentin zur Produktionsleiterin seiner Abendnachrichten befördert worden. Er öffnete die oberste Schublade und zog ihre Mappe heraus: aus Athens, Georgia, Abschluss in Journalismus an der Vanderbilt. Sally Naylor war klein und zierlich, hatte lange kastanienbraune Haare, volle Lippen und strahlend weiße Zähne, die von ihrem dunklen Teint noch mehr betont wurden.

Er griff zum Telefon und wartete kurz, während ihm eine leise Stimme im Hinterkopf unzählige Gründe zuflüsterte, warum das jetzt keine gute Idee war. »Der Geist ist willig, doch das Fleisch ist schwach«, sagte er sich und wählte ihre Durchwahl.

»Hallo, Sally, hier ist Brad Matthews. Was bin ich froh, dass Sie noch da sind. Bei einer unserer Storys von heute Abend müssten noch ein paar Fakten geprüft werden. Könnten Sie für ein paar Minuten zu mir ins Büro kommen?«

»Klar, bin gleich da.«

Matthews lächelte und kippte den letzten Schluck Scotch. Ein gut aussehendes Mädchen mit Südstaatenakzent, das hatte schon was, da kam man so richtig in Fahrt.

Eine Minute später klopfte es an seiner Tür.

97

Rosalee hörte schnelle Schritte auf dem gekachelten Gang, gleich darauf den vergeblichen Versuch, ein Schluchzen zu unterdrücken.

»Sally, *aquí*, hierher«, sagte sie und vermengte ihr Spanisch und Englisch, wie so oft, wenn sie aufgewühlt war.

Sie umarmte die junge Frau, die weinte und unkontrolliert vor sich hin zitterte. »*Bastardos*«, flüsterte Rosalee, während sie der jungen Frau über die Haare streichelte und auf der Schulter deren Tränen spürte. »*Hermosa niña pequeña. Lo siento. No he podido protegerte*«, sagte sie leise. »Du schönes Kindchen. Es tut mir leid. Ich habe dich nicht schützen können.«

Rosalee hielt Sally fest, wiegte sie in den Armen und strich ihr über den Rücken. »*Querido Jesús, dime qué hacer.* Lieber Jesus, sag mir, was ich tun soll.«

Das *mal* war wieder da, aber diesmal würde sie etwas dagegen unternehmen.

98

Michael Carter war zunehmend abgelenkt und fahrig, was er nicht mehr verborgen halten konnte. Heute Morgen hatte er seinen Mandanten Sam Cortland vor Gericht vertreten. Cortland war von seinem früheren Arbeitgeber beschuldigt worden, gegen eine Wettbewerbsklausel verstoßen zu haben. Zweimal während der Anhörung hatte er in seinen Aufzeichnungen nachschlagen müssen, um sich an den Namen von Sams Vorgesetzten in dessen früherer Firma zu erinnern. Noch peinlicher war es, dass er sogar über den Nachnamen seines Mandanten gestolpert war und ihn einmal als Sam Kirkland bezeichnet hatte.

»Geht es Ihnen nicht gut?«, hatte ein besorgter Sam ihn während einer Verhandlungspause gefragt.

»Alles in Ordnung«, hatte er erwidert. In Wahrheit war gar nichts in Ordnung.

Die Situation bei REL News forderte ihren Tribut. Am Vorabend hatte er eine Summe Bargeld an eine Person überreicht, die eine leitende Stelle im Büro des New Yorker Generalbundesanwalts einnahm. Dafür hatte sie ihm auf einer externen Festplatte die Abschriften geheimer Zeugenaussagen vor dem Großen Geschworenengericht übergeben – nachdem sie ihn in einem Starbucks geschlagene drei Stunden hatte warten lassen.

Wie tritt man von einem Posten zurück, den man offiziell gar nicht hatte, fragte er sich. Ein Brief an Junior, in dem er ihm mitteilte, er wolle nicht mehr als Geldkurier für RELs Informanten fungieren? Ein Brief an Sherman, in dem er ihm sagte, er wolle nicht mehr als geheimer Vermittler und Unterhändler auftreten?

Auf seinem Anderkonto lagen nach wie vor eineinhalb Millionen Dollar von REL. Würden peinliche Fragen gestellt, wenn er die Summe rücküberweisen würde? Wenn er sie für sich einbehielt, würde er dann mit einer Anzeige wegen Diebstahls rechnen müssen? Vielleicht war es das Beste, das Geld vorerst einfach auf dem Anwaltskonto liegen zu lassen bis ... Ja, bis was?

Die Vorstellung, dass er eng mit einem Mörder zusammengearbeitet hatte, machte ihm zusehends zu schaffen. Sherman hatte Zugang zu seiner REL-Personalakte. Er kannte seine Familie und wusste, wo er wohnte. Wenn er wollte, könnte er ihn jederzeit ... Diesen Gedanken beendete Carter lieber nicht.

Erneut hatte er seinen Freund bei der Kreditauskunft angehauen. Das Honorar war diesmal doppelt so hoch ausgefallen wie sonst. Seine E-Mail erklärte den Grund dafür. *Dein Sherman hat vier Karten auf seinen Namen und zwei gemeinsame Karten mit seiner Frau. Die zusätzlichen Infos über Gina Kane gibt's kostenlos dazu.*

Mit einem Marker in der Hand überflog Carter ein Konto nach dem anderen. Unwillkürlich musste er lachen, als er bei der Durchsicht von Shermans Ausgaben in den letzten achtzehn Monaten auf zahlreiche Abbuchungen im Madelyn's stieß. Unter diesem unverfänglichen Namen firmierte ein exklusiver Stripklub in Midtown.

Als er durch war, stand er auf, streckte sich und schloss die Augen. Sie brannten nach der schlaflosen Nacht. Er hatte nichts gefunden, was nahelegen könnte, dass sich Sherman zum Zeitpunkt von Ryans und Stephensons Tod in deren Nähe aufgehalten hatte. Aber diese Erkenntnis beruhigte ihn nur mäßig. Wenn Sherman sie tot sehen wollte, verfügte er über genügend Mittel und wahrscheinlich auch über so viel Verstand, jemand anderen für die schmutzige Arbeit anzuheuern.

Er ließ sich wieder nieder und klickte auf den Anhang, der die letzten drei Wochen von Gina Kanes Kreditkartenabrechnungen enthielt.

Die American-Airlines-Buchung stach heraus. Gina war von LaGuardia zum RDU geflogen, dem Flughafen von Raleigh-Durham, wie er sich erinnerte. Dort hatte sie eine Nacht in einem Hotel verbracht, dazu hatte sie zwei Uber-Buchungen begleichen müssen.

Zweieinhalb Wochen später war sie von Newark zum ORD, dem Flughafen O'Hare in Chicago, geflogen und von dort weiter nach OMA. Das muss Omaha sein, dachte er sich. Sie hatte einen Wagen gemietet und in einem Restaurant gegessen. Am nächsten Tag hatte sie für ein Hotel und Benzin gezahlt.

Er öffnete Paula Stephensons Personalakte, um sich bestätigen zu lassen, was er bereits wusste. Sie hatte an der University von Nebraska ihren Abschluss gemacht.

Nachdem Gina Kane nach Aruba gereist war, um sich über Cathy Ryan kundig zu machen, hatte sie jetzt also wegen Paula Stephenson Durham besucht. Und dann Omaha, wahrscheinlich, um Stephensons Familie einen Besuch abzustatten.

Es ist Juniors Unternehmen, dachte sich Carter wütend. Soll er sich doch überlegen, was wir tun sollen. Er griff in seine Tasche und holte den Laptop heraus, den er ausschließlich zur Kommunikation mit Junior und Sherman benutzte. Eine Mail mit einem Satz musste genügen:

Wir müssen uns treffen.

99

»Gut. Würden Sie ihm bitte ausrichten, dass Gina Kane angerufen hat?« Gina buchstabierte ihren Nachnamen. »Ich recherchiere zu einer Story. Ich denke mir, *American Nation* wird sehr daran interessiert sein, mehr darüber zu erfahren.«

»Bei uns ist es üblich, dass Sie uns erst eine Mail schicken. Legen Sie eine Zusammenfassung ...«

»Ich will Sie ja nicht unterbrechen und schon gar nicht unhöflich sein, aber so ein Vorgehen ist bei mir alles andere als üblich. Bitten Sie Mr. Randolph, dass er sich bei mir meldet, sobald er aus seinem Urlaub zurück ist.«

Gina legte auf. Ausschließlich für den *Empire Review* zu arbeiten war vielleicht ein Fehler gewesen, dachte sie sich. Allerdings hatte sie nicht gedacht, dass es so schwierig sein würde, andere Zeitschriften für ihre Artikel zu interessieren.

Lass den Kopf nicht hängen, ermunterte sie sich. Es war ja erst gut vierundzwanzig Stunden her, dass sie diese Entscheidung getroffen hatte.

Nach einer morgendlichen Joggingrunde im Park hatte sie wieder einen freien Kopf. Sie wollte schon eine weitere Zeitschriftenredaktion auf ihrer Liste anrufen, als ihr Handy vibrierte. Laut Display war es Charlie Maynard, der frühere *ER*-Chefredakteur.

»Charlie, was für eine Überraschung!« Sie sah auf die Uhr. »In New York ist es noch nicht mal zehn, dann muss es in L. A. noch vor sieben sein. Ich dachte, zum Ruhestand gehört auch langes Ausschlafen?«

»Ich bin schon seit einer ganzen Weile auf den Beinen«, antwortete er. »Gina, ich muss mich kurz fassen. Mein Flug ist gerade aufgerufen worden. *Empire* hat mich gebeten, den Chefredakteursposten zu übernehmen, bis jemand Neues gefunden ist. Ich hab mich dazu breitschlagen lassen. Ich bin gerade die Artikel durchgegangen, die derzeit in der Mache sind, und habe etwas überrascht festgestellt, dass Sie Ihre Story über REL News zurückgezogen haben.«

»Ich habe nichts dergleichen getan.«

»Das hab ich mir schon gedacht. Mögen Sie immer noch Hühnchen mit Knoblauchsoße?«

»Ja, klar, und Eierflockensuppe«, sagte Gina und musste lachen bei dem Gedanken an das letzte Spontanessen mit Charlie.

»Ich lande um 15.30 Uhr. Um fünf sind einige Meetings angesetzt. Kommen Sie gegen halb acht in mein Büro. Dann können wir was essen, und Sie erzählen mir, was bei REL los ist.«

»Ich werde da sein, Charlie. Es ist ganz wunderbar, Sie wieder hier zu haben.«

»Sagen Sie Shirley nichts davon« – Shirley war seine Frau –, »aber es ist toll, wieder an Bord zu sein. Ich muss jetzt los. Bis heute Abend.«

100

Charlie Maynard schloss Gina in die Arme, als sie das Büro des Interim-Chefredakteurs betrat. Fünf Minuten plauderten sie über das Neueste aus ihrem Privatleben, bevor Jane Patwell das chinesische Essen brachte. In den folgenden zwanzig Minuten, während Gina sich das Hühnchen schmecken ließ, erzählte sie von den Fortschritten der REL-Story. Charlie hörte aufmerksam zu, stellte nur hin und wieder eine Frage.

»Der CFO von REL, der gerade aus dem Fluss gefischt wurde, wie passt er in das Ganze?«

»Keine Ahnung. Szenarium Nummer eins: Er war es, der die Frauen missbraucht hat. Aus Angst, dass gegen ihn ermittelt wird, verübt er Selbstmord, um der öffentlichen Bloßstellung zu entgehen. Nummer zwei: Er war nicht der Täter, sondern lediglich an der Vertuschungsaktion beteiligt. Er bringt sich um, weil er seine Schuldgefühle nicht erträgt.«

»Nummer drei«, warf Charlie ein, »diejenigen, die schon Ryan und Stephenson aus dem Weg geräumt haben, haben auch seinen Selbstmord inszeniert, weil er zu viel wusste.«

»Daran habe ich auch schon gedacht. Aber ich möchte der Versuchung widerstehen, hinter allem immer gleich eine Verschwörung zu wittern.«

»Haben Sie mal wieder was von Ihrem mysteriösen Mailkontakt gehört, Ihrem Deep Throat?«

»In meiner letzten Nachricht habe ich unmissverständlich deutlich gemacht, dass es an der Zeit ist, sich zu melden. Bislang ist nichts gekommen.«

»Und das einzige Missbrauchsopfer, das mit Ihnen gesprochen hat, ist Meg Williamson?«

»Sie ist das einzige noch lebende Opfer, von dem wir wissen. Und es wäre übertrieben zu behaupten, sie hätte mit mir gesprochen.«

»Wie gehen wir also weiter vor?«

»Ich frage mich, ob das, was wir haben, nicht reicht, um die Polizei einzuschalten.«

»Der Gedanke ging mir auch schon durch den Kopf«, sagte Charlie. »Aber die Frage lautet doch eigentlich: Womit fangen wir an?«

»Paula Stephensons Fall könnten wir am besten begründen. Kurz nach ihrer Forderung, die Vertraulichkeitsvereinbarung mit REL News neu zu verhandeln, stirbt sie durch einen fragwürdigen Selbstmord.«

»Wenn Ihr pensionierter Polizist Wes Rigler mit an Bord ist und der Polizei in Durham mit Ihnen zusammen die Fakten vorlegt, sollte der Fall ins Rollen kommen. Wenn Sie allein dort auftauchen, reden Sie höchstens mit einem gelangweilten Sergeant, aber mehr kommt dabei nicht heraus.«

»Da stimme ich Ihnen zu. Und wie schaffen wir es, dass sich die Polizei auch für Cathy Ryan interessiert?«

»Wenn die Polizei in Durham zu dem Schluss kommt, dass im Todesfall Stephenson neu ermittelt werden muss, wäre der Fall Cathy Ryan ein weiteres Indiz dafür, dass mit Frauen, die bei REL gearbeitet haben, sehr seltsame Dinge geschehen. Ein Fall stützt den anderen. Das FBI würde zumindest zuhören, wenn die Polizei von Durham mit ihm Kontakt aufnimmt. Klar, niemand außer dem FBI ist überhaupt in der Lage, auf Aruba die Ermittlungen einzuleiten.«

»Ich weiß nicht«, warf Gina ein. »Wir bräuchten etwas Hieb- und Stichfestes.«

»Ja«, stimmte Charlie zu. »Auch aus anderen Gründen. Ich

habe großen Respekt vor dem FBI und seiner Arbeit. Aber wenn es Ermittlungen gegen einen großen Nachrichtensender anstößt – aus welchen Gründen auch immer –, lehnt es sich damit ziemlich weit aus dem Fenster. Das wird weitreichende Kritik nach sich ziehen.«

»Daran hab ich noch gar nicht gedacht.« Gina seufzte. »Wir brauchen also auf jeden Fall unanfechtbare Beweise.«

Charlie versuchte ein Gähnen zu unterdrücken.

»Sie müssen müde sein«, sagte Gina.

»Es war ein langer Tag. Reichen Sie Ihre Ausgaben für den Flug nach Nebraska ein, wir übernehmen das. Und bleiben Sie dran, Gina. Aber seien Sie vorsichtig.«

101

Gina verließ die U-Bahnstation und ging die vier Blocks zu ihrer Wohnung. Noch während des Treffens mit Charlie hatte Lisa ihr eine SMS geschickt. Sie und einige Freundinnen wollten sich nachher auf einen Drink in der Sugar Factory treffen. Ob Gina dazustoßen wolle?

Diesmal, lobte sie sich, hatte sie sich zurückgehalten. Sie hatte sich nämlich vorgenommen, sich auf ein Glas Wein zu beschränken.

Sie bog vom Broadway ab und war keine hundert Meter von ihrer Wohnung entfernt, als ihr Handy klingelte. Ein unbekannter Anrufer. Sie wollte ihn schon ignorieren. Wahrscheinlich nur wieder eine Roboterstimme, die ihr irgendwas andrehen wollte. Dann ging sie aber trotzdem ran.

»Miss Kane?«, hörte sie eine Stimme mit schwerem Akzent.

»Ja, hier ist Gina Kane.« Sie zwang sich, höflich zu bleiben.

»Ich bin Freundin von Meg Williamson. Ich habe geschrieben Mail über Paula Stephenson.«

Gina blieb wie angewurzelt stehen. Sie aktivierte den Lautsprecher, damit sie sie besser hören konnte, und hielt sich das Handy vor den Mund.

»Ich danke Ihnen, dass Sie mich anrufen. Ich werde Sie nicht nach Ihrem Namen fragen. Sind Sie bereit, sich mit mir zu treffen?«

»*Me temo que* ... tut mir leid, ich habe Angst. Wenn sie herausfinden ...«

»Schon gut«, versuchte Gina sie zu beruhigen. »Wir müssen

400

uns auch nicht treffen. Reden wir einfach nur. Ich weiß, dass Cathy Ryan, Paula Stephenson und Meg Williamson Missbrauchsopfer sind. Aber ich brauche weitere Namen. Wenn sich mehr Frauen melden würden, können wir den oder die Täter stoppen.«

»Sie diesen Frauen aber nicht sagen, dass ich mit Ihnen gesprochen.«

»Nein, ich werde nichts sagen. Bitte geben Sie mir nur deren Namen.«

Gina wollte sie nicht warten lassen, während sie nach einem Stift kramte. Sie drückte auf das AUFNAHME-Icon ihres Handys und wartete, dass das rote Licht anging. Die Anruferin nannte daraufhin langsam sieben Vor- und Nachnamen.

»*Ayer*, wieder eine junge Frau misshandelt«, sagte die Anruferin und war, wie deutlich zu hören, den Tränen nahe.

Ayer war das spanische Wort für gestern, wie Gina wusste. »Ich hätte gern einen Namen, mit dem ich Sie ansprechen könnte.«

»Martina, Name von *mi madre*.«

»Okay, Martina. Ich werde dafür sorgen, dass das aufhört. Dazu muss ich aber wissen, wer das den jungen Frauen antut.«

»*Que un cerdo* ... was für ein Schwein. Brad Matthews.«

Gina geriet fast ins Stolpern vor Überraschung, ungläubig starrte sie auf ihr Handy. Amerikas vertrauenswürdigster Nachrichtenmoderator ein chronischer Missbrauchstäter? Sie war noch ganz in Gedanken versunken, als sie mit einem Mal hinter sich Schritte hörte. Gleich darauf wurde ihr das Handy entrissen, noch in der gleichen Bewegung rempelte der Angreifer sie mit der Schulter um und stieß sie auf den Bürgersteig. Gina rang nach Atem und rappelte sich auf. »Halt!«, rief sie. »Hilfe!« Alles, was sie sah, war ein großer Typ in Jeans und Kapuzenjacke, der davonsprintete.

401

Rosalee hörte den Aufschrei. »Gina, Gina, alles in Ordnung?«
Etwa zehn Sekunden später wurde das Gespräch beendet. Langsam setzte sich Rosalee auf die Couch in ihrer Wohnung in der South Bronx. Sie vergrub das Gesicht in den Händen und schluchzte. »Das *mal* hat sich ein weiteres Opfer geholt«, sagte sie nur. »Und es war meine Schuld.«

102

Ein Streifenpolizist bot an, Gina nach Hause zu fahren. Jemand hatte ihren Hilferuf gehört und die Polizei verständigt. Wenige Minuten später war ein Streifenwagen eingetroffen. Man wollte sie in die Notaufnahme bringen, doch das hatte sie abgelehnt. So wurde sie zum 20. Revier in der West 82nd Street gefahren, wo sie eine Anzeige aufgab. Es war fast ein Uhr morgens, als sie wieder zu Hause war.

Während der Wartezeit auf dem Revier hatte sie sich drei der sieben Opfernamen notiert, die Martina ihr genannt hatte. Sie hatte sich das Gehirn zermartert, aber an die anderen konnte sie sich beim besten Willen nicht mehr erinnern.

Die Polizei hatte ihr mitgeteilt, dass die Wahrscheinlichkeit, das Handy wiederzubekommen, äußerst gering sei. Im schlimmsten Fall könnte der Dieb die darauf gespeicherten Informationen runterladen und an Hacker verkaufen. Das wahrscheinlichste Szenarium war allerdings, dass alles auf dem Handy einfach gelöscht würde. Ihres gehörte zur neuesten iPhone-Generation, das man auf dem Schwarzmarkt für 350 Dollar verkaufen konnte.

Es war zwar aufwendig, aber sie wusste, dass sie die Kontakte wiederherstellen konnte. Sie waren in der Cloud gespeichert und konnten auf ein neues Gerät übertragen werden. Allerdings wusste sie nicht, ob die Aufnahme ihres letzten Gesprächs mit Martina irgendwie gerettet werden konnte. Sie war sich ziemlich sicher, die Nummer der Frau, die angerufen hatte, rekonstruieren zu können. Aber es war nicht gesagt, ob sie auch rangehen würde. Gina tippte auf ihrem Laptop herum. Der Laden ihres Telefonanbieters, der nur fünf Blocks entfernt war, öffnete um neun Uhr. Sie würde die erste Kundin sein.

103

Beim Aufwachen am nächsten Morgen hatte Gina einen steifen Rücken, eine Folge des Überfalls am Vorabend. Die Handgelenke, mit denen sie den Sturz abgefangen hatte, waren wund, die Abschürfungen an den Händen und am rechten Knie waren zum Glück aber nicht besonders schlimm.

Der Besuch im Handyladen erbrachte nicht ganz, was sie sich erhofft hatte. Nach Vorlage ihrer Telefonnummer erwarb sie ein neues Gerät. Da ihre Kontakte und Nachrichten in der Cloud gespeichert waren, konnte der Verkäufer in wenigen Minuten die Informationen herunterladen, worauf ihre E-Mails und Textnachrichten auf wundersame Weise auf dem neuen Handy auftauchten.

Allerdings war sich der Verkäufer nicht sicher, ob auch das aufgezeichnete Gespräch mit Martina zu retten war. »Keine Ahnung, ob so was in Echtzeit gespeichert wird. Ich frag mal die Geschäftsführerin.«

Die Geschäftsführerin war eine hübsche Schwarze, die Gina auf etwa vierzig Jahre schätzte. Nachdem sie sich vorgestellt hatten, sagte sie: »Ich bin jetzt zwölf Jahre hier, aber so eine Frage hatte ich noch nie. Mal sehen. Von Ihrem aufgezeichneten Gespräch müsste in der Cloud ein Back-up abgelegt werden. So ist das normalerweise, wenn das Telefon aufgeladen wird und mit WLAN verbunden ist. Wenn Ihr Dieb so unklug ist und das Telefon in einem öffentlichen WLAN-Bereich auflädt, haben Sie vielleicht Glück. Fahren Sie nach Hause und überprüfen Sie Ihr Cloud-Konto. Taucht das Gespräch in ein oder zwei Tagen nicht auf, ist es leider verloren.«

405

Nach der Rückkehr in ihre Wohnung sah sie als Erstes in ihrer Cloud nach. Keine Aufzeichnung. Dann rief sie in der Redaktion an. Als Charlie nicht ranging, hinterließ sie eine Nachricht und erzählte ihm von dem Telefonat mit Martina und dem Vorfall auf der Straße. Als Nächstes wählte sie die Nummer, unter der Martina sie angerufen hatte. Eine elektronische Stimme meldete sich. »Sie haben die Nummer ...« Sie wartete auf das Ende der Ansage und hinterließ eine ausführliche Nachricht, erzählte, was sich am Abend zuvor ereignet hatte, und bat Martina dringend, sie noch einmal anzurufen. Die gleiche Botschaft schickte sie per SMS, dann per Mail. *Jetzt liegt es an ihr*, dachte sich Gina und fragte sich, ob sie von der verängstigten Martina jemals wieder hören würde.

Sie musste davon ausgehen, dass die Gesprächsaufzeichnung verloren war. Es blieb ihr also nichts anderes übrig, als mit den Namen zu arbeiten, die sie hatte.

Sie betrachtete die Liste, die sie sich auf der Polizeidienststelle erstellt hatte. *Laura Pomerantz, Christina Newman, Mel Carroll.* Aber bei keinem der Namen war sie sich hundertprozentig sicher, was ihre Suche noch schwieriger machte. So wusste sie nicht, ob Pomerantz' Vorname Laura oder Lauren lautete. Newman konnte auf mehrere Arten buchstabiert werden. Carroll konnte mit C oder mit K beginnen, und Mel klang nicht unbedingt nach einem Namen, der auf einer Geburtsurkunde auftauchte. Eine Abkürzung für Melissa? Melanie? Carmela? Sie wusste es nicht.

Eine zusätzliche Schwierigkeit war der schwere spanische Akzent der Frau, die sich Martina genannt hatte. Hatte sie Christina Newman oder Christine Anaman gesagt? – Das ging Gina durch den Kopf, als sie Facebook aufrief und mit ihrer Suche begann.

Nach einem Tag Arbeit hatte sie eine Liste mit allen möglichen Hinweisen, die vier Seiten ihres Notizbuchs füllten. Wie sie sich von Anfang an gedacht hatte, hatten die Missbrauchsopfer jeden Verweis auf REL von ihrer Facebook-Seite getilgt. Kein einziger Name auf ihrer Liste hatte einen Link auf ihren früheren Arbeitgeber.

Am späten Nachmittag ging sie im Central Park joggen, was ihrem Rücken guttat, der sich danach nicht mehr ganz so verkrampft anfühlte. Sie duschte, kochte sich Pasta und setzte sich wieder an ihre Recherchen. Kurz darauf rief Charlie Maynard sie auf ihrem Handy an. Er erkundigte sich nach ihrem Befinden und entschuldigte sich, dass er sich nicht früher gemeldet hatte. Einer Marathonsitzung am Nachmittag hatte sich ein Termin mit dem Verleger angeschlossen.

Er habe, sagte er ihr, einige Erkundigungen eingezogen. Geoffrey Whitehurst habe, nachdem er ihre Story abgeschossen hatte, einen Moderatorenposten bei einem zu REL gehörenden Sender in London übernommen. »Ich verabscheue Journalisten, die sich kaufen lassen«, sagte Charlie. »Sobald Ihr Artikel erschienen ist, Gina, werde ich dafür sorgen, dass er als Journalist kein Bein mehr auf den Boden bekommt. Dann kriegt er höchstens noch einen Job als Zeitungsausträger.«

Außerdem war er besorgt wegen des Handy-Überfalls. »Sie sind sich sicher, dass das nichts mit Ihren Recherchen zu tun hat?«

»Ich habe den Typen kurz gesehen. Das war nur irgendein Jugendlicher, mehr nicht«, versicherte Gina ihm. »Seit Wochen warte ich darauf, dass mich die mysteriöse Informantin, dass mich Deep Throat anruft. Es hat unmöglich jemand wissen können, dass es ausgerechnet an diesem Abend geschieht.«

»Gut, seien Sie vorsichtig. Und halten Sie mich über alle Entwicklungen auf dem Laufenden.«

104

Michael Carter stand auf der Straße vor seiner Wohnung. Anders als bei den bisherigen Treffen mit Junior gab es am Straßenrand keinen freien Parkplatz. Exakt um neun Uhr hielt der schwarze Lincoln Navigator vor ihm. Oscar öffnete die Fondtür, und Carter stieg ein.

»Oscar, suchen Sie sich einen Platz, wo Sie halten können«, sagte Junior. Er wandte sich an Carter. »Dann können wir reden.«

Schweigend fuhren sie weiter. Junior starrte schweigend vor sich hin. Er war jetzt zum dritten Mal in diesem Wagen, dachte sich Carter, aber nie war er darin auch gefahren.

Nach zwei Blocks hielt Oscar schließlich im Halteverbot vor einer Kirche. Er ließ den Motor laufen, stieg aus, schloss wortlos die Tür und entfernte sich.

In Japan, ging Carter durch den Kopf, erwiesen Untergebene höhergestellten Personen ihre Ehrerbietung, indem sie warteten, bis diese das Wort ergriffen. Nun, Japan war weit weg, dennoch war es vielleicht keine schlechte Idee ...

»Wie konnten wir es nur so weit kommen lassen?«, begann Junior schließlich. Er klang verärgert, seine Augen waren gerötet, und er schien den Tränen nahe. »Carter, Sie haben ein Ungeheuer erschaffen«, brüllte er mit einem Mal, »und ich war so dumm, mich von Ihnen mit hineinziehen zu lassen.«

Carter wusste nicht, was er sagen sollte. Selten erlebte er Menschen, die derart in Zorn geraten konnten. Im Moment hielt er es für das Beste, Junior einfach wüten zu lassen.

»REL News ist das Lebenswerk meines Vaters. Ich muss froh

sein um seine Krankheit, so muss er wenigstens nicht mehr mitansehen, wie weit es mit seinem Unternehmen gekommen ist. Ihm zu Ehren wollte ich aus Amerikas bestem Nachrichtensender den besten Nachrichtensender der Welt machen. Aber jetzt, wegen Ihnen und Ihrer raffinierten Pläne«, er verzog das Gesicht, »ist das Unternehmen in einen Skandal verstrickt. Und alles nur, weil ich einem dahergelaufenen Winkeladvokaten vertraut habe.«

Carter reichte es jetzt. In der Army war er gezwungen gewesen, seinen vorgesetzten First Sergeants und Sergeant Majors zu gehorchen, er hatte ihre üble Laune ertragen müssen, wenn sie Untergebene für ihre eigenen Unzulänglichkeiten verantwortlich machten. Aber jetzt war er nicht in der Army, er musste sich nichts von einem Mistkerl gefallen lassen, dessen einzige Lebensleistung darin bestand, in die richtige Familie hineingeboren worden zu sein.

»Wissen Sie was, Junior, Sie haben recht. Ihr Vater hat ein unvergleichliches Unternehmen aufgebaut. Aushängeschild dieses Unternehmens ist ein außer Kontrolle geratener Triebtäter, der seine Hände nicht von jungen Mitarbeiterinnen lassen kann. Ihr CEO, wenn er nicht gerade damit beschäftigt ist, die Geschäfte zu leiten, ist ein Mörder, zu dessen Opfern auch der CFO des Unternehmens zählt. Ich war nur für kurze Zeit bei REL. Ich entschuldige mich aufrichtig, dass ich nicht die vielen wunderbaren Leute kennengelernt habe, die dort arbeiten.

Wir wollen doch eines klarstellen, Junior. Ich bin nicht verantwortlich für den ganzen Ärger, den Ihr ach so sauberes Familienunternehmen am Hals hat. Ich habe einen Plan ausgearbeitet, um aufzuräumen; einen Plan, den Sherman unterstützt hat und den Sie unterstützt haben, sobald Sie Wind davon bekommen haben.«

»Sie sind überzeugt, dass Sherman etwas mit Myers' Tod zu tun hat?«, fragte Junior.

»Und wie ich davon überzeugt bin. Aufgrund der Informationen, die ich ihm geliefert habe, hat er sich der Frauen entledigt, die für Schwierigkeiten gesorgt haben. Jetzt beseitigt er jeden, der ihm eine Beteiligung an den Vertraulichkeitsvereinbarungen nachweisen könnte. Wenn ich überraschend mit dem Gesicht nach unten im Fluss treiben sollte, ist Matthews der Einzige, der von der Sache noch weiß. Aber der wird weiß Gott den Mund halten.«

Junior wartete, bevor er darauf antwortete. »Ich fürchte, was Sherman betrifft, haben Sie recht. Ich habe mir beim Sicherheitsdienst die Aufzeichnungen der Überwachungskameras angesehen. Sherman hat fünf Minuten vor Myers das Gebäude verlassen.«

»Er hätte also draußen auf Myers warten können?«

»Genau. Und wenn Sherman ihn gebeten hätte, ihn ein paar Schritte zu begleiten oder zu ihm in den Wagen zu steigen, hätte Myers keinen Verdacht geschöpft.«

»Bis es zu spät war.«

»So sehe ich das.«

»Sie halten sich Ihre Führungsqualitäten zugute, Fred. Hier ist Ihre Chance. Übernehmen Sie die Führung! Sagen Sie mir, wie wir jetzt weiter vorgehen.«

Junior schwieg eine Weile, bevor er mit ruhiger Stimme sagte: »Sie haben recht. Es wird später noch Zeit sein herauszufinden, wer für alles verantwortlich ist, momentan aber ...« Er hielt inne, suchte nach den richtigen Worten und fragte: »Gibt es eine Möglichkeit, dass wir das alles unter Verschluss halten können?«

»Kaum«, erwiderte Carter. »Ich bezweifle sehr, dass diese Reporterin, Gina Kane, nur nach Nebraska geflogen ist, um ein gutes Steak zu verputzen. Wenn sie Einblick in Paula Stephensons private Unterlagen hatte, weiß sie von der Vertraulichkeitsvereinbarung und von Carter & Associates. Sie hat sich mit Meg

Williamson getroffen. Wenn sie genügend Druck ausübt, knickt Williamson vielleicht ein. Wenn Cathy Ryan und Stephenson Kontakt zu anderen Missbrauchsopfern hatten, stellt sich die Frage, ob Kane sie aufgespürt und mit ihnen geredet hat. Ein weiterer Unsicherheitsfaktor ist der verstorbene Ed Myers. Hat er mit seiner Frau oder mit anderen im Unternehmen über die Mittelabflüsse gesprochen? Es könnte doch sein, dass bereits interne Ermittlungen laufen.«

»Ich gehöre dem Vorstand an. Wenn es interne Ermittlungen gäbe, würde ich davon wissen. Aber Sie haben recht. Wir können das alles nicht mehr unter den Teppich kehren. Das Beste, was uns bleibt, wäre, in die Offensive zu gehen.«

»Dafür ist es ein wenig zu spät. Wie wollen Sie das denn hinkriegen?«

»Wir müssen uns mit dieser Reporterin treffen, Gina Kane, und ihr klarmachen, dass alles, was Sie und ich getan haben, nur dazu diente, uns mit den Opfern zu arrangieren. Wir waren in keiner Weise an dem beteiligt, was ...« Er stockte. »... was Sherman mit Ryan, Stephenson und Myers gemacht hat.«

Was Sherman gemacht hat, dachte sich Carter. Das Wort Mord brachte Junior nach wie vor nicht über die Lippen. »Das ist unsere beste und einzige Option«, sagte Carter. Erneut dachte er daran, sich einen Anwalt zu suchen. »Ich bereite ein Treffen vor.«

»Vielleicht gibt es was Besseres«, erwiderte Junior. »Der Name meiner Familie hat nach wie vor einiges Gewicht. Vereinbaren Sie ein Treffen mit ihr. Aber dann werde ich an Ihrer Stelle auftauchen und ihr versichern, dass das Topmanagement von REL geschlossen dafür eintritt, die Wahrheit aufzudecken und das Problem zu lösen. Sie können danach dazustoßen und erläutern, welche Anstrengungen unternommen wurden, um eine für alle Seiten zufriedenstellende Einigung zu erzielen.«

»Fred, wenn das alles vorbei ist, werden sich die Anwaltskosten auf einen siebenstelligen Betrag belaufen. Für Sie mag das kein Problem sein, aber für mich ...«

»Sie haben recht, Michael. Helfen Sie mir, das Unternehmen aus dieser Krise zu führen, und ich übernehme Ihre Anwaltskosten.«

Carter war erleichtert. Er wusste zwar nicht, wie er aus dieser Sache wieder rauskommen sollte, aber wenigstens würde er danach nicht pleite sein.

»Finden Sie raus, wo sie wohnt. Sagen Sie ihr, Sie holen sie in einer Stunde ab. Oscar und ich werden auf sie warten und im Anschluss daran Sie abholen. Dann fahren wir drei zu REL, machen es uns in einem Konferenzraum gemütlich und«, er stockte, »tun, was getan werden muss.«

Zum ersten Mal überhaupt verspürte Carter so etwas wie Bewunderung für Junior. »Wenn es Ihnen ein Trost ist, Fred, dann lassen Sie es sich gesagt sein: Sie tun das Richtige.«

Carter stellte sein Handy auf Lautsprecher und wählte Ginas Handynummer, die Meg Williamson ihm hatte zukommen lassen. Sie erkannte seinen Namen sofort. Nachdem er erklärt hatte, dass er und ein Vorstandsmitglied von REL sich mit ihr treffen wollten, sagte sie sofort zu und nannte ihm ihre Adresse.

105

Kurz nach dem Gespräch mit Charlie klingelte ihr Handy erneut. Gina versuchte nicht allzu aufgeregt zu klingen, als sie Michael Carter von Carter & Associates dran hatte, dennoch war sie im ersten Moment ziemlich perplex, als er vorschlug, sich in einer Stunde mit ihm zu treffen. Sie nannte ihm ihre Adresse und wollte danach Charlie auf seinem Handy anrufen. Wahrscheinlich hatte er es während der Sitzung mit dem Verleger ausgeschaltet oder stummgestellt und nicht mehr angemacht. Sie hinterließ ihm eine Nachricht über ihr Treffen mit Carter.

Als sie sich daran machte, eine Liste mit Fragen zu entwerfen, klingelte ihr Festnetzapparat. Das Display zeigte »NYPD«. Die New Yorker Polizei.

»Ich spreche mit Gina Kane?«

»Ja.«

»Hier ist Sergeant Kevin Shea vom 20. Revier. Miss Kane, Sie werden es nicht glauben, aber wir haben Ihr Handy gefunden.«

»Sie haben es vor sich?«

»Ja, es liegt auf meinem Schreibtisch.«

Gina sah zur Uhr am Kühlschrank. Die Zeit würde knapp werden, wenn sie noch zur Dienststelle wollte. Sowie sie das Handy bekam, würde sie wissen, ob sie noch Zugriff auf die Aufzeichnung des Telefongesprächs hatte. Mit den sieben Namen hätte sie wesentlich bessere Karten beim Treffen mit Carter.

»Sergeant Shea, ich bin schon zu Ihnen unterwegs.«

»Gut, aber ...« Er hörte nur noch ein Klicken, sie hatte bereits aufgelegt. Die Menschen waren manchmal schon komisch, dachte er sich und sah zum Handy, das mittlerweile getrocknet war. Ein Fußgänger hatte es in einer Wasserlache gefunden und es einem Polizisten in einem Streifenwagen gegeben. Auf der an der Rückseite klebenden Visitenkarte war Kanes Nummer aufgeführt. Aber warum die Eile? Nur um ein völlig nutzloses Handy abzuholen?

Er stand auf, brachte das Handy zum Empfang und teilte den diensthabenden Kollegen mit, dass die Eigentümerin unterwegs sei, um es abzuholen.

Gina keuchte schwer. Sie war die sieben Blocks von der Polizeidienststelle zu ihrem Apartmentgebäude gelaufen. Es war zwei Minuten vor zehn. Sie wollte sehen, ob das Gespräch aufgezeichnet worden war, wollte aber auch draußen warten, wenn Carter eintraf. Der Versuch, das Handy einzuschalten, verlief erfolglos. Wenn die Aufzeichnungsfunktion nicht beendet worden war, musste der Akku mittlerweile leer sein.

Sie entdeckte den Portier hinter seinem Tresen und eilte zu ihm. »Miguel, Sie haben doch auch ein iPhone, oder?«

»Ja.«

»Haben Sie zufällig ein Ladegerät bei sich?«

»Ja, hier«, antwortete er und zog es schon aus einer Schublade, schloss es an und reichte es ihr. Sie verband ihr Gerät damit und wartete. Nichts. Sie stöpselte es aus, schloss es wieder an und versuchte es erneut. Mit demselben Ergebnis. Sie betrachtete die Visitenkarte an der Rückseite. Die Tinte war teilweise verwaschen. Das Gerät musste im Wasser gelegen haben. Es war hinüber.

Sie bemühte sich, ihre Enttäuschung zu verbergen, stopfte es sich in die Jackentasche, ging nach draußen und wartete.

106

Gina sah auf ihr neues Handy. 22 Uhr. Hätte sie mehr Zeit für die Planung, mehr Zeit zum Nachdenken gehabt, hätte sie vermutlich einige Bedingungen gestellt, bevor sie sich auf ein Treffen eingelassen hätte. Vielleicht hätte sie auf einen ruhigen Tisch in einem Café bestanden, vielleicht hätte sie auch jemanden mitgebracht. Aber sie hatte alles daran gesetzt, die Recherchen zum Abschluss zu bringen. Sie wollte Brad Matthews stoppen, bevor er über eine weitere junge Frau herfiel. Ein weiterer Grund, musste sie sich eingestehen, war privater Natur. Sobald die Story rauskam, konnte sie Ted wieder in ihr Leben holen.

Ein schwarzer Lincoln Navigator kam langsam den Block entlanggefahren und hielt vor ihrem Gebäude an. Ein Afroamerikaner, der wie ein Footballspieler gebaut war, stieg an der Fahrerseite aus und kam zu ihr herüber.

»Gina Kane?«

Sie nickte.

Er öffnete ihr die Fondtür, ließ sie einsteigen und schloss sie hinter ihr wieder.

Eine Konsole trennte sie vom anderen Passagier auf der Rückbank. Der Mann schien etwa Mitte vierzig, trug ein weißes Hemd, die Krawatte hatte er gelockert. In den Händen hielt er einen Notizblock, darunter einen braunen Umschlag. Ihr Blick fiel auf den Manschettenknopf an seinem linken Handgelenk. Selbst im fahlen Licht erkannte sie die Initialen, ein kleines f, ein großes C, dazu ein kleines v. Das C konnte für Carter stehen, die anderen Initialen passten nicht dazu.

Der Wagen setzte sich in Bewegung. Das Gefühl, dass etwas nicht stimmte, wurde stärker, aber sie zwang sich, ruhig zu bleiben. Wahrscheinlich würden sie zum REL-Gebäude fahren, um sich dort zu unterhalten.

Anscheinend lag es an ihr, das Schweigen zu beenden. »Mr. Carter, es freut mich, dass Sie sich bei mir gemeldet haben. Ich möchte, dass der Artikel, an dem ich arbeite, so faktengetreu wie möglich ist. Unser Gespräch kann einiges dazu beitragen.«

Er drehte sich zu ihr hin und sah sie jetzt zum ersten Mal an. Sie wusste nicht, warum, aber irgendwie kam er ihr bekannt vor. »Bevor wir uns unterhalten, sollten wir die Regeln festlegen. Keinerlei Aufzeichnungen«, sagte er mit klarer Stimme. »Geben Sie mir Ihr Handy.« Er streckte die Hand aus.

Die Alarmglocken wurden lauter. Der Michael Carter, mit dem sie am Telefon gesprochen hatte, besaß eine dünne, nasale Stimme mit eindeutigem New Yorker Akzent. Ihr Gegenüber hatte eine kultivierte Ausdrucksweise und eine eher tiefe Stimme.

»Gut«, sagte Gina. Sie änderte ihre Position, wollte schon in die Gesäßtasche greifen, hielt kurz inne und fasste stattdessen in die Jackentasche. Sie zog das Handy heraus, das sie von der Polizei abgeholt hatte, und reichte es ihm. Erleichtert sah sie, wie er es in die Tasche zu seinen Füßen gleiten ließ.

»Gut, also keine Aufzeichnungen«, sagte Gina, bemüht, so ruhig wie möglich zu klingen. »Dann möchte ich Sie als Erstes fragen ...«

»Was Sie meinem Unternehmen antun wollen, ist zutiefst verabscheuungswürdig!«, blaffte er plötzlich. Er schien seine Wut nur mit Mühe zügeln zu können.

Mein Unternehmen, dachte Gina. Seine nächsten Worte bestätigten ihren Verdacht.

»REL ist das Lebenswerk meines Vaters. Es ist meine Aufgabe, es an seinen Platz unter den größten Nachrichtenkonzernen der Welt zu führen. Will denn niemand verstehen, warum das so wichtig ist?«

Neben ihr saß tatsächlich Frederick Carlyle Jr. Er sah, wenn er redete, kein einziges Mal zu ihr, sondern wirkte wie ein Shakespeare-Schauspieler, der monologisierend einen schrecklichen inneren Konflikt zu lösen versuchte.

Gina sah aus dem Fenster. Sie fuhren nach Osten, in Richtung Central Park. Klar, sie nahmen die direkte Route zur REL-Zentrale.

»Mr. Carlyle«, begann Gina. Er zeigte keinerlei Reaktion, als sie ihn mit seinem Namen ansprach. »Es steht außer Frage, dass das Unternehmen, das Ihr Vater«, sie wartete kurz, bevor sie fortfuhr: »und Sie aufgebaut haben, eine außergewöhnliche Leistung darstellt. Ihr Wunsch nach Anerkennung ist nur verständlich. Dennoch müssen die schrecklichen Dinge, die sich in Ihrem Unternehmen ereignet haben, ans Licht gebracht werden. Unschuldige junge Frauen ...«

»Die Frauen wurden fair behandelt. Sie wurden großzügig entschädigt, selbst die, die kein Geld gefordert haben. Und wer sich an die Vertraulichkeitsvereinbarung gehalten hat, dem ist kein Schaden entstanden.«

Gina war erstaunt, dass Carlyle das Verhalten rechtfertigte, das zu diesen Vereinbarungen geführt hatte. Und das von jemandem, der, wenn man den Gerüchten Glauben schenken wollte, in einigen Jahren Vorstandsvorsitzender von REL sein würde? Es war an der Zeit, ihn direkt anzugehen.

»Mr. Carlyle, sagen Sie mir: Was ist mit Cathy Ryan geschehen, die sich nicht auf eine Vertraulichkeitsvereinbarung einlassen wollte? Oder mit Paula Stephenson, die ihre Vereinbarung neu verhandeln wollte? Erklären Sie mir, wie fair sie behandelt wurden.«

»Paula Stephenson war eine kaputte Säuferin«, knurrte er und ballte die Fäuste. »Hat ständig herumgenörgelt, aber vom Geld anderer Leute gelebt. Und dann will sie noch mehr Geld, weil *sie* dumme Entscheidungen trifft. Was soll denn mit solchen Frauen schon sein, die die Finger nicht vom Wodka lassen können?« Er wandte sich von Gina ab und sah aus dem Fenster.

Gina erstarrte. Sie sah die Fotos von Paulas Wohnung vor sich, die halb leere Wodkaflasche auf dem Küchentisch, die leeren Flaschen auf der Theke, sie hatte Wes Rigler im Ohr, der sagte, die Polizei habe die Aufnahmen vom Tatort nie veröffentlicht.

»Kannten Sie Stephenson, als sie noch bei REL war?«, fragte Gina und versuchte ganz beiläufig zu klingen.

»Nein. Ich bin froh, sagen zu können, dass ich nie das Vergnügen hatte.«

Dankbar, dass die Mittelkonsole ein wenig Sichtschutz bot, beugte sie sich leicht nach vorn und fummelte mit der rechten Hand ihr Handy aus der rechten Gesäßtasche. Als sich Carlyle wieder zu ihr drehte, schob sie es unter den linken Oberschenkel und verschränkte die Hände vor sich.

»Also, Gina, was meinen Sie – was springt für Sie bei dieser Sache heraus?«

Sie musste ihn unbedingt am Reden halten. »Ich weiß nicht, was Sie mit der Frage meinen.«

»Na, dann will ich es mal einfacher formulieren, damit eine Frau es auch verstehen kann.«

Sie drehte sich weg, als empörte sie sich über seinen chauvinistischen Kommentar, sah dabei hinunter auf ihr Handy, tippte dagegen und erhaschte einen kurzen Blick auf das Display, wo die letzten Gespräche angezeigt wurden. Wer hatte sie zuletzt angerufen? Die Nummer würde ganz oben auf der Liste stehen. War es Charlie Maynard oder Michael

Carter gewesen? Ohne hinzusehen, nur dem Gefühl nach, tippte sie mit dem linken Zeigefinger aufs Display und hoffte, Charlies Nummer zu treffen.

107

Michael Carter saß allein im Wohnzimmer und war froh darum. Seine Frau war mit ihrem Sohn und einem seiner Freunde im neuesten Disney-Film. Wahrscheinlich hatten die Jungs danach so lange gebettelt, bis sie mit ihnen noch ein Eis essen gegangen war.

Er wartete, dass Junior ihn abholte, und beneidete die ganz gewöhnlichen Menschen um ihr ganz gewöhnliches Leben. Sie machten sich Sorgen wegen ihrer griesgrämigen Vorgesetzten, keifenden Ehefrauen, herrischen Schwiegereltern und der schlechten Noten ihrer Kinder. Seine Sorgen waren von ganz anderer Natur. Ganz egal, wie es ausging, er hatte mit hoher Wahrscheinlichkeit eine Gefängnisstrafe zu erwarten. Er sah sich im Zimmer um und versuchte sich vorzustellen, wie groß so eine Zelle wäre und wie es sich anfühlte, sie mit einem Fremden teilen zu müssen. Und dazu eine Toilette ohne jede Privatsphäre. Er wollte nicht daran denken.

Sein Handy klingelte. Er hatte Gina Kane bereits zu seinen Kontakten hinzugefügt, auf dem Display war daher ihre Nummer zu sehen. »Hallo«, meldete er sich, aber es kam keine Antwort. »Hallo«, wiederholte er. Jetzt konnte er im Hintergrund deutlich Junior und Kane hören. Die beiden unterhielten sich. Man sollte doch meinen, eine Journalistin wäre etwas aufmerksamer und käme nicht unabsichtlich an den Anruf-Button. Aber dann wollte er doch lauschen. Vielleicht würde er ja irgendwelche Dinge mitbekommen, die ihm gegenüber der Journalistin und ihren Fragen einen gewissen Vorteil verschafften.

108

»Was, meinen Sie, Gina, wird passieren? Sie veröffentlichen Ihren Artikel in Ihrer Zeitschrift, geben mein Unternehmen der Lächerlichkeit preis, zerstören mich und nehmen mir jede Chance, die Nachfolge meines Vaters anzutreten? Und während REL zerstört wird, tanzen Sie von einer Talkshow zur nächsten und geben fröhlich Ihre Interviews?«

»Mr. Carlyle, ich bin nicht die, die Ihr Unternehmen zerstört. Es fault von innen heraus. Ich habe nur den Gestank aufgeschnappt, und ich werde das in meinem Artikel ans Licht bringen. Wie sagt Ihr Brad Matthews so gern? Sonnenlicht ist das beste Desinfektionsmittel.«

»Fassen Sie es nicht falsch auf, Gina, aber in gewisser Weise bewundere ich Sie. Sie sind mutig, bis zum Ende. Ich weiß nicht, ob Cathy Ryan so war. Ich habe auf einem anderen Steg gestanden und mit dem Fernglas zugesehen, wie sie ihre letzte Fahrt antrat. Paula Stephensons Gesicht konnte ich nicht sehen, als sie sich zur großen Schnapsbrennerei im Himmel aufgemacht hat.« Er blickte sie unumwunden an. Seine blassblauen Augen waren kalt und leblos. »Schon faszinierend, wenn man jemanden in den letzten Momenten seines Lebens ansieht und sich vorstellt, was ihm oder ihr dabei durch den Kopf geht.«

Gina versuchte ihre Todesangst auszublenden, sie antwortete so ruhig und überlegt wie möglich. »Es erstaunt mich, dass Sie wirklich so dumm sind zu glauben, Sie könnten mir etwas antun und damit durchkommen. Der *Empire Review* weiß, woran ich arbeite, sie werden die Story weiterverfolgen. Man weiß dort, dass ich mich heute Abend mit Ihnen treffe.«

Junior lächelte herablassend. »Gina, damit haben Sie recht und unrecht zugleich. Ihre Zeitschrift wird die Geschichte weiterverfolgen. Ich rechne fest damit. Aber es gibt nicht die geringste Verbindung zu mir. Wir können uns darauf verlassen, dass der verstorbene Ed Myers auch in Zukunft seinen Mund hält. Alle Indizien deuten auf Dick Sherman hin, der ganz erbärmlich und erfolglos versuchen wird, mich mit hineinzuziehen. Und vergessen Sie doch bitte nicht, Sie sind heute Abend mit Michael Carter verabredet, nicht mit mir.«

»Sie sind überzeugt, dass Carter nicht reden wird?«

»Ich treffe mich später mit ihm. Und um Ihre Frage zu beantworten: Ich bin ganz sicher, dass Carter niemandem gegenüber auch nur ein Wort sagen wird. Denn nach dem heutigen Abend wird er gar nichts mehr sagen. Nie mehr.« In Carlyles Stimme lag eine tödliche Kälte.

109

Versteinert lauschte Michael Carter dem Gespräch zwischen Junior und Gina Kane. Er war überzeugt, dass man ihn nicht mitverantwortlich machen konnte für die Morde an Cathy Ryan und Paula Stephenson. Als er die Informationen über ihren Aufenthaltsort weitergegeben hatte, hatte nichts darauf hingedeutet, dass er es mit einem Mörder zu tun hatte.

Von dem Augenblick an, als er Sherman hinter den Morden vermutete, hatte Junior ihn in dieser Ansicht bestärkt. Wie hatte er bloß so naiv sein können? Er hatte Juniors Behauptung, Sherman habe an dem Abend von Myers' Tod gleichzeitig mit dem CFO das Gebäude verlassen, kein einziges Mal hinterfragt. Er hatte Sherman mit den Morden in Verbindung gebracht, indem er sich dessen Kreditkartentransaktionen angesehen hatte. Ihm war nie der Gedanke gekommen, auch mal einen Blick auf Juniors Karten zu werfen.

Mit angehaltenem Atem lauschte er, als Junior Gina eröffnete, was er mit ihm vorhatte. »Denn nach dem heutigen Abend wird er gar nichts mehr sagen. Nie mehr.«

Schweiß bildete sich auf seiner Stirn. Carter stand auf und begann im kleinen Wohnzimmer auf und ab zu gehen. Wenige Minuten zuvor hatte er noch die Möglichkeit in Betracht gezogen, einfach das Weite zu suchen, buchstäblich außer Landes zu fliehen. Er hatte etwas mehr als eine Million auf seinem Anderkonto und fast so viel auf seinem Privatkonto. Er könnte das Geld auf ein neu einzurichtendes Konto auf den Caymaninseln überweisen. Er könnte googeln, welche Länder kein

Auslieferungsabkommen mit den USA hatten, und online den nächsten verfügbaren Direktflug in eines dieser Länder buchen.

Fieberhaft ging er den Plan durch, bis ihn die Realität einholte. Eine Überweisung würde seine Zeit dauern, wahrscheinlich achtundvierzig Stunden, vor allem, wenn man dieses Konto vorher noch eröffnen musste. Lagen Beverlys und Zacks Pässe in der Wohnung oder im Safe auf der Bank? Wenn Letzteres der Fall war, würde er nicht vor neun Uhr am nächsten Tag drankommen. Würde sie überhaupt zustimmen? Wenn nicht, würde er seinen Sohn dann zurücklassen müssen?

Wenn die Polizei Kanes Leiche fand, würde sie als Erstes deren Handy untersuchen. Und wenn sie es nicht fanden, würden sie sich von ihrem Telefonanbieter ihre Verbindungsaufzeichnungen geben lassen. Daraus würde ersichtlich werden, dass sie an diesem Abend ein auf seinen Namen registriertes Gerät angerufen hatte. Es handelte sich um den Anruf, dem er in diesem Moment lauschte. Damit wäre er sofort auf der Liste der Verdächtigen. Jeder Versuch, irgendwo an einer Grenze seinen Pass vorzulegen, würde zu Fragen führen und letztlich zu seiner Verhaftung.

Ich kann aber auch der Gute sein, dachte sich Carter. Ich kann derjenige sein, der der Journalistin das Leben rettet. Vielleicht werde ich sogar zum Helden. In dem Augenblick, in dem ich gehört habe, dass ihr Leben in Gefahr ist, habe ich nicht mehr an die Folgen für mich gedacht; ich habe die Polizei gerufen. Zufrieden und auch ein wenig stolz auf sich wählte er den Notruf.

Vier Minuten später erging ein Fahndungsaufruf an alle Einheiten in Manhattan. »Halten Sie Ausschau nach einem schwarzen Lincoln Navigator, Kennzeichen ...«

110

Gina war der Verzweiflung nahe. Wo blieben die Polizeisirenen, die ihr bestätigen würden, dass sie Charlie auch wirklich erreicht hatte? Man hätte ihre Bewegung anhand der Handysignale nachverfolgen können. Wer wusste schon, was Carter unternahm, wenn er zufällig mithörte? Vielleicht war er ja Teil des Plans, um sie in Juniors Wagen zu lotsen?

Sie trauerte um das Leben, das sie mit Ted gehabt hätte, um die Kinder, die niemals geboren würden. Sie fragte sich, wie ihr Vater mit dem Verlust eines weiteren Familienmitglieds zurechtkommen würde. Zumindest wäre Marian da, um ihm beizustehen.

Schluss damit, befahl sie sich. Wenn ich schon untergehe, dann zumindest nicht kampflos.

»Also, Mr. Carlyle, was ist für mich vorgesehen? Ein Unfall? Oder doch lieber ein Selbstmord?«

Er lächelte. »Ach, Gina, doch nicht so etwas Kreatives.« Er beugte sich über die Tasche zu seinen Füßen, zog eine Pistole heraus und richtete sie auf sie. »Wenn man Sie im Park findet, wird man sich nur fragen, ob Dick Sherman dahintersteckt oder Sie das Opfer eines sinnlosen Raubüberfalls wurden.«

Junior sah nach vorn. »Oscar, nach knapp einem Kilometer rechts.«

Ihr lief die Zeit davon, dachte Gina. Was konnte sie als Waffe benutzen? In der Tasche am Boden hatte sie einen Stift gesehen, aber wenn sie sich jetzt hinunterbeugte, wäre das zu offensichtlich. Es gab allerdings noch eine andere Möglichkeit.

Junior sah abwechselnd zu ihr und hielt Ausschau nach der Stelle, die er für sie anscheinend ausgewählt hatte. Die Waffe hielt er in der rechten Hand, keinen Meter von ihr entfernt. Gina schob die linke Hand unter den Oberschenkel, bis sie ihr Handy ertastete, beugte sich leicht nach vorn, schob das Gerät nach hinten und dann am Rücken entlang, bis sie es mit der rechten Hand zu fassen bekam.

In der Ferne war jetzt schwach eine Sirene zu hören. Als sie den Kopf drehte, um herauszufinden, aus welcher Richtung das Sirengeheul kam, brachte Junior die Waffe näher an sie heran.

Gina sah ihre Chance gekommen. Sie warf sich gegen ihn, packte mit der linken Hand den Pistolenlauf und drehte ihn von sich weg. Gleichzeitig holte sie mit der rechten Hand aus, schlug ihm mit dem Handy ins Gesicht und zertrümmerte ihm mit der harten Kante des Geräts die Nase. Er stieß einen Schrei aus, Blut spritzte über sie beide.

Sie rangen miteinander, aber sie hielt seinem Druck stand, als er erneut versuchte, die Waffe auf sie zu richten. Im nächsten Moment ertönte ein ohrenbetäubender Knall. Ein Schuss hatte sich gelöst.

Der Wagen beschleunigte. Sie sah nach vorn. Oscars Kopf war zur Seite gesackt. Ihre Handgelenke, mit denen sie am vorigen Abend ihren Sturz abgefangen hatte, schmerzten.

Junior war stärker als sie, keine Frage. Der Wagen ruckelte, als er über ein Hindernis rollte. Und Stück für Stück gelang es Junior, den Lauf der Waffe auf sie zu richten, bis dieser fast ihren Brustkorb berührte.

Dann kam der Aufprall. Gina und Junior flogen nach vorn gegen die Sitze, während der SUV gegen einen Baumstamm krachte und abrupt zum Stehen kam.

Gina, halb bewusstlos, konnte sich kaum rühren. Jeder Knochen im Leib tat ihr weh. Sie sah, wie Junior nach vorn gebeugt den Boden nach etwas abtastete. Sie hatte keine Kraft mehr, um sich zur Wehr zu setzen, also zerrte sie am Türgriff und fiel fast hinaus, als die Tür plötzlich aufging. Sie sah gerade noch, wie Junior erneut auf sie zielte. Aber dann spürte sie, wie sie vom Wagen weggezogen wurde und sich jemand zwischen sie und den Wagen schob.

»Polizei! Keine Bewegung!«, rief der Streifenpolizist und richtete seine Waffe auf Junior.

Gina taumelte einem weiteren Polizisten entgegen, der angerannt kam. Sie hatte beide Hände auf die klingelnden Ohren gepresst. Es war vorbei, dachte sie. Gott sei Dank war es vorbei.

EPILOG

Vier Monate später

Hand in Hand stiegen Gina und Ted von der Tram, die sie durch die Mangroven zur Bar am Strand der Pelican Bay gebracht hatte. Marian winkte sie zu dem Tisch, den sie und Ginas Vater reserviert hatten.

Nachdem sie sich umarmt und begrüßt hatten, sagte Marian: »Ich würde gern den fantastischen Ring sehen, von dem dein Vater mir erzählt hat.«

Gina streckte ihr die Hand hin und zeigte ihr stolz den Verlobungsring, den Ted ihr am Weihnachtsabend geschenkt hatte.

Sie nahmen Platz und bestellten Cocktails. »Wir verfolgen es zwar gelegentlich in den Zeitungen«, sagte Ginas Vater, »aber erzähl doch von den neuesten Entwicklungen um die Übeltäter bei REL.«

Gina lachte. »Wo anfangen? Gut, ihr wisst, dass Brad Matthews beim Erscheinen des Artikels noch am selben Tag entlassen wurde. Der Verlust seines Job ist das geringste seiner Probleme. Vierzehn Frauen haben gegen ihn und REL wegen sexuellen Missbrauchs Anzeige erstattet.«

»Frederick Carlyle Jr. steckt in noch größeren Schwierigkeiten«, fügte Ted hinzu. »Er ist wegen dreifachen Mordes angeklagt, die er seinem Chauffeur in die Schuhe schieben will. Und natürlich wegen versuchten Mordes.« Dabei sah er zu Gina.

»Der Chauffeur ist noch auf dem Weg ins Krankenhaus

gestorben, er kann also nichts mehr zu seiner Verteidigung vorbringen«, sagte Gina.

»Dick Sherman, der CEO, wurde entlassen. Er besteht darauf, dass er Anspruch auf eine gewaltige Abfindungssumme hat. REL ist anderer Meinung. Die Anwälte werden noch viel Spaß damit haben«, sagte Ted.

»Was passiert mit dem, der die Frauen zu diesen Vertraulichkeitsvereinbarungen genötigt hat?«, fragte Marian.

»Du meinst Michael Carter. Nach allem, was ich höre, versucht er mit der Staatsanwaltschaft so viele strafmildernde Deals wie möglich auszuhandeln«, antwortete Gina. »Er hat sich bereit erklärt, gegen Carlyle Jr. und einige andere auszusagen.«

»Der Chefredakteur, der deine Recherchen stoppen wollte, hat hoffentlich bekommen, was er verdient hat«, sagte Ginas Vater.

»REL hat ihn sofort gefeuert, als bekannt wurde, dass er sich hat bestechen lassen, um die Story abzuwürgen. Natürlich geht er gerichtlich dagegen vor. Auch hier dürfen sich die Anwälte noch auf viel Arbeit freuen«, erwiderte Gina.

»Gleich ist es so weit«, hörten sie eine Frau am Nachbartisch sagen.

Damit richteten sie ihre Aufmerksamkeit aufs Meer. In ehrfürchtigem Schweigen betrachteten nun alle einen weiteren wundervollen Sonnenuntergang am Golf von Mexiko. Als die Sonne am Horizont versank und sich ihr orangefarbener Schein über die fernen Wolken breitete, sah Gina, wie die Hand ihres Vaters auf der von Marian zu liegen kam. Und im gleichen Augenblick spürte sie Teds warme Hand, der sie im Nacken streichelte. Begleitet wurde dieser Moment von einem Gershwin-Song, der fast hundert Jahre zuvor geschrieben worden war:

There's a somebody I'm longin' to see
I hope that he turns out to be
Someone who'll watch over me.

DANKSAGUNG

Wieder einmal haben wir am Schluss eines neues Buches das Wort »Ende« gesetzt.

Will man eine gute Geschichte erzählen, ist das anstrengend, aber auch eine große Freude.

Meine Leser sollen vom ersten Kapitel an gefangen genommen werden, und sie sollen nach dem Epilog zufrieden sein – das habe ich mir immer gewünscht.

Nun zum Dank an alle, die unerlässlich waren, um dieses Ziel zu erreichen.

Michael Koda, der seit über vierzig Jahren mein Lektor ist. Danke, Michael.

Marysue Rucci, Cheflektorin bei Simon & Schuster, deren Beobachtungen und Anmerkungen die Geschichte fraglos besser gemacht haben.

Kevin Wilder für seine klugen Ratschläge zur Arbeit der Polizei.

Meinem Sohn Dave, der mit mir Wort für Wort bis zum Schluss am Text gearbeitet hat.

Meiner Schwiegertochter Sharon für ihre unschätzbare Unterstützung beim Lektorat.

Last but not least, Dank an Sie, meine teuren Leserinnen und Leser. Ich hoffe, Sie hatten beim Lesen dieser Geschichte so viel Spaß wie ich beim Schreiben.

Gruß und Segen,
Mary